M. T. Edvardsson

Né en 1977, M. T. Edvardsson a grandi à Trelleborg, en Suède. Il est l'auteur de cinq ouvrages, dont deux pour la jeunesse. Professeur dans le secondaire, il vit avec sa famille à Löddeköpinge, en Suède. Son premier roman traduit en français, *Une famille presque normale*, a paru chez Sonatine en 2019, avant d'être repris chez Pocket où il a été récompensé du Prix Nouvelles Voix du polar étranger 2021. En 2022 paraît son deuxième roman, *Ceux d'à côté* (Sonatine).

CEUX D'À CÔTÉ

ÉGALEMENT CHEZ POCKET

UNE FAMILLE PRESQUE NORMALE
CEUX D'À CÔTÉ

M. T. EDVARDSSON

CEUX D'À CÔTÉ

Traduit du suédois
par Rémi Cassaigne

SONATINE ÉDITIONS

Titre original :
GODA GRANNAR
Éditeur original : Forum

ISBN : 978-2-266-32931-6
Dépôt légal : janvier 2023

Ceci est un roman.
Toute ressemblance avec des voisins
ou des quartiers résidentiels réels
serait une pure coïncidence.

Good fences make good neighbors.

Robert Frost

1

Mikael

Après l'accident

Vendredi 13 octobre 2017

En ouvrant la porte, j'entends déjà les sirènes. Un groupe d'élèves qui traînent dans la cour regarde dans ma direction en me saluant de la main.

« Bon week-end ! »

J'attache mon sac de sport au porte-bagages et je mets la sacoche de mon ordinateur dans la corbeille avant. Quand j'ai tourné dans le tunnel qui passe sous la grand-route, je lâche les pédales et prends le vent en plein visage. Au bord du trottoir sont assises deux fillettes que je connais de la maternelle de Bella. Les mains arrondies devant la bouche, elles hululent comme des chouettes. L'écho du tunnel les fait rire.

Dans la côte, l'acide lactique raidit mes cuisses, mais je pédale jusqu'à être en sueur. Un ballon en cuir a été oublié sur la prairie communale. Les balançoires de l'aire de jeux vont et viennent au vent. Je salue une femme dont le caniche lève la patte au pied d'un réverbère.

Le son des sirènes se rapproche. Je jette un œil par-dessus mon épaule sans apercevoir de lumières bleues. Par ici, il n'y a pas de rues pour la circulation automobile, toute la zone verte est circonscrite d'allées piétonnes et de pistes cyclables. C'est ça, entre autres, qui nous a décidés à déménager à Köpinge. Ici, nos enfants peuvent aller à vélo à l'école ou chez leurs copains sans avoir à circuler au milieu des voitures.

J'ouvre grand la bouche pour engloutir l'air vif de l'automne. Le sentiment de liberté, tout un week-end sans contrainte devant nous. Il me tardait vraiment de pouvoir lâcher prise et me laisser vivre. Passer du temps en famille. Peut-être quelques heures libres pour tailler la haie comme je l'ai promis, mais ça peut aussi très bien attendre le printemps.

Quand je tourne en prenant la piste cyclable qui remonte vers notre petite maison, nos plus proches voisins Åke et Gun-Britt arrivent à pied. D'un bon pas, bras dessus, bras dessous. Voilà plusieurs jours que je ne les ai pas vus. C'est comme ça que ça marche, ici : du début de l'automne à la fin du printemps, tout le monde s'enferme et disparaît. Ce n'est que fin avril qu'il commence à se passer quelque chose. Quand le givre disparaît et que l'air se charge de pollens, les enfants coiffés de casquettes et tartinés de crème solaire prennent possession du quartier avec leurs trottinettes et leurs ballons. Les jardins voient l'un après l'autre éclore des mères à lunettes de soleil branchées, plongées dans leurs portables, et des pères ventripotents dans des shorts trop courts. Pendant trois mois, le secteur passe en mode estival, avec ses trampolines et ses piscines gonflables. Le volume monte et les journées rallongent. Jusqu'à la fin août, quand l'école reprend. Vent, feuilles d'automne. Nuit, pluie et silence.

On oublie tout ce qui était florissant et vivant, et on a du mal à croire que la lumière doive revenir un jour.

Même nos voisins retraités ferment leurs portes quand l'obscurité déferle. Åke fait le ménage d'automne dans le jardin, passe les plates-bandes au jet d'eau, nettoie les toiles d'araignées dans les moindres recoins et bâche les meubles extérieurs avec un soin qui ferait pâlir de jalousie tout conservateur de musée. Et Gun-Britt ne montre bientôt plus qu'une tête curieuse à la fenêtre de sa cuisine. La gardienne des lieux. Rien ne lui échappe, même pas un sac plastique qui passe en virevoltant dans le vent.

« Salut ! » fait Gun-Britt quand mon vélo arrive à portée de voix.

Je tangue, hésitant entre m'arrêter pour échanger quelques mots et continuer à pédaler. Je préférerais rentrer à la maison retrouver ma famille. Mais au moment où je vais passer, Åke pose un pied sur la piste cyclable et m'oblige à freiner.

« Tu as entendu le choc ? demande-t-il.

— Nous pensons qu'il y a eu un carambolage », dit Gun-Britt.

Je mets pied à terre.

« Un carambolage ?

— Tu n'entends pas les sirènes ? » s'étonne Åke.

Gun-Britt fait un geste en l'air, comme si le son tournait au-dessus de nos têtes. Je demande :

« C'était près d'ici ?

— Difficile à dire. »

Åke désigne notre maison de la tête.

« Ça venait de là.

— Sans doute de la grand-route », ajoute Gun-Britt.

C'est ainsi que tout le monde appelle la route limitée à soixante qui contourne Köpinge comme un périphérique, en passant devant le supermarché Ica et le

Systembolaget avant de continuer vers l'E6 où commencent les plaines de Scanie, la tour Turning Torso de Malmö à l'ouest et les flèches de la cathédrale de Lund à l'est.

« Ça s'approche », dit Åke.

Nous tendons l'oreille tous les trois. Il a raison, les sirènes hurlent de plus en plus fort.

« Pas étonnant. Les gens conduisent comme des fous, déplore Gun-Britt. Mais rassure-toi : Bianca et les enfants sont rentrés il y a une demi-heure. »

Bianca. Les enfants.

Un frémissement dans ma poitrine.

« OK, dis-je, pressé de me remettre en selle.

— Bon week-end, alors », me répond Gun-Britt, avant que je reparte sur mon vélo.

Pendant la fin du trajet, mes pensées s'agitent. Bianca devait faire les courses pour le week-end en allant chercher les enfants, mais ils sont à présent à la maison. En sécurité. William probablement sur le canapé avec son iPad et Bella à la cuisine pour aider sa mère.

Le bruit des sirènes retentit de plus en plus fort entre les maisons.

Mes cuisses sont lourdes, mes chevilles se crispent. Encore vingt mètres jusqu'à chez nous. Un chien aboie derrière une palissade et je réalise alors que les sirènes se sont tues.

En débouchant dans le jardin au coin de la maison, je prends les lumières bleues en pleine face. L'asphalte, les haies et les petites clôtures, tout est noyé dans le bleu clignotant.

Je ne respire plus. Mes pieds pédalent, pédalent. Je me hausse au-dessus de la selle pour regarder droit dans le bleu aveuglant.

Au milieu de la rue gît un vélo rouge. Il a l'air écrasé, les roues sont déformées et le guidon pointe vers le haut.

À côté se tient notre voisine du numéro 15, Jacqueline Selander. Son visage est blanc. Un cri s'est figé sur ses lèvres.

L'ambulance s'est arrêtée devant notre haie de thuyas où deux ambulanciers en vert sont accroupis. Sur l'asphalte devant eux est étendue Bianca. Ma femme bien-aimée.

2

Mikael

Avant l'accident

Été 2015

La première fois que j'ai rencontré Fabian et Jacqueline Selander, nous venions tout juste d'emménager ici. Bella avait eu trois ans ce week-end-là et je m'apprêtais à installer un nouveau siège auto que j'avais déniché à prix bradé sur Internet. Le soleil me gratinait la nuque tandis que, à moitié fourré dans la voiture, je suais en me débattant pour faire entrer une ceinture de sécurité trop large de plusieurs centimètres dans le trou ridicule où, d'après le mode d'emploi, elle était censée passer. Je pestais, laissant échapper un flot de jurons par le nez et la commissure des lèvres. Je n'ai pas remarqué que quelqu'un s'était glissé derrière moi.

« C'est le nouveau R-design, hein ? »

La ceinture m'a glissé des mains et ce maudit siège auto s'est renversé sur le côté. Quand j'ai eu dégagé le haut de mon corps de la banquette arrière et grossièrement essuyé la sueur de mon front, j'ai aperçu un gamin en salopette courte et casquette BMW. Il était dans notre allée et observait la voiture.

« Le modèle sportif, oui, ai-je répondu.

— Je le savais bien, a dit le gamin. R-design. »

Quel âge pouvait-il avoir ? Douze, treize ans ?

« Moteur Diesel, a-t-il repris. Plug-in hybride, hein ?

— Ça doit être ça », ai-je hésité.

Le gamin a souri.

« C'est sûr que c'est ça. »

Je n'avais pas de temps à perdre, mais ne voulais pas non plus avoir l'air désagréable.

« Je m'appelle Fabian, a dit le gamin. J'habite aussi dans le quartier. »

La zone résidentielle en périphérie de Köpinge était divisée en petits quartiers qui consistaient chacun en une cour carrée goudronnée entourée de quatre pavillons de la première moitié des années 1970 plus ou moins identiques. Chaque quartier était affublé d'un nom mignon tiré des livres d'Astrid Lindgren : Bullerbyn, Lönneberga, Saltkråkan et Körsbärsdalen. Nous habitions Bråkmakargatan. *Rue des Filous*, comme *Lotta-la-filoute*, avais-je expliqué à nos enfants, qui m'avaient regardé avec perplexité.

« Alors on va être voisins, ai-je dit au garçon qui s'appelait Fabian.

— OK, a-t-il répondu en caressant de la main le pare-chocs de la Volvo comme si c'était un animal. Tu aurais plutôt dû acheter une BMW. Meilleur rapport qualité-prix. »

J'ai ri, mais il a continué avec le plus grand sérieux :

« BMW 530 Touring. Elle développe 272 chevaux. Et celle-ci ?

— Je ne sais pas. »

Pour moi, une voiture est un moyen de transport. Je n'en attends pas grand-chose, à part une couleur assez neutre et beaucoup de place dans le coffre.

« 215 », a affirmé le garçon.

Il avait l'air sûr de son fait.

J'allais me glisser à nouveau à l'intérieur pour m'occuper du siège auto quand une femme a traversé la cour.

« Ah, te voilà, Fabian ! »

Elle avait une certaine allure. Longues jambes, short court, un bronzage qui faisait ressortir ses dents blanchies et ses yeux bleu ciel.

« Il aime les voitures.

— Je m'en serais presque douté.

— J'aime les BMW », a corrigé Fabian.

La femme, qui semblait être la mère de Fabian, a ri avant de me tendre une main aux longs ongles roses.

« Alors c'est vous qui venez d'emménager ? Des zéro-huit, il paraît ? »

Des *zéro-huit* ? Ça se disait encore ? Je croyais que plus personne n'utilisait sa ligne fixe ; les indicatifs régionaux devraient bientôt être oubliés, au même titre que les téléphones à cadran et les écouteurs en Bakélite.

« Euh, hum, oui, ai-je fait en m'essuyant la main sur le short pour la saluer.

— Je m'appelle Jacqueline. Avec Fabian, nous habitons là-bas, au numéro 15. »

Elle m'a indiqué la maison derrière une allée où les mauvaises herbes s'en donnaient à cœur joie entre les dalles et dont la clôture d'un mètre de hauteur aurait bien eu besoin d'un coup de pinceau. Sur la façade, à côté de la porte, étaient accrochés un fer à cheval et un moulin à vent en bois, un chiffre 1 en métal argenté et un 5 un peu bancal.

J'avais déjà démonté les chiffres de notre façade. C'était une exigence de Bianca. Elle avait accepté d'habiter au numéro 13 à la condition que nous ôtions immédiatement ce nombre de mauvais augure.

« Bien, j'espère que vous allez vous plaire, a dit notre nouvelle voisine Jacqueline. Vous avez aussi des enfants, n'est-ce pas ? »

J'ai opiné du chef. La sueur me coulait du front et poissait mon tee-shirt aux aisselles.

« Bella vient d'avoir trois ans et William en a six. »

Fabian et sa mère ont échangé un regard.

« Il faut qu'on file, a dit Jacqueline avec un petit salut de la main. À plus tard ! »

Elle a retraversé la cour à grandes enjambées. Pressé de la suivre, Fabian a trébuché. Arrivé à l'allée du numéro 15, il s'est retourné et m'a dévisagé. J'ai répondu d'un sourire.

Le siège auto installé, je suis rentré raconter à Bianca ma rencontre avec les voisins.

« Jacqueline Selander ? C'est une ancienne mannequin. Elle a vécu aux États-Unis.

— Comment tu sais ça ? »

Bianca a incliné la tête de côté. Elle n'avait pas changé depuis ces nuits d'été huit ans plus tôt, quand j'étais tombé éperdument amoureux de ses taches de rousseur et de ses fossettes.

« Internet, chéri.

— Tu t'es renseignée sur les voisins ? »

Elle a ri.

« Mais qu'est-ce que tu crois ? On ne déménage pas à six cents kilomètres sans s'informer sur les voisins qu'on va trouver. »

Naturellement. Je l'ai embrassée dans le cou.

« Que sais-tu encore, Lisbeth Salander ?

— Pas grand-chose. Les retraités du numéro 12 s'appellent Åke et Gun-Britt. Ils ont l'air tout à fait ordinaires, nés dans les années 1940, typiques de leur génération. Gun-Britt a mis une fleur comme photo de profil sur Facebook, et dit aimer danser. Åke n'a pas l'air d'être présent sur les réseaux sociaux.

— OK. »

Moi qui avais toujours habité en appartement, j'avais du mal à comprendre ce besoin de tout connaître sur ses voisins, mais selon Bianca, c'était tout à fait un autre truc dans les zones résidentielles. Ici, impossible d'éviter ses voisins comme en ville.

« J'ai trouvé quelques photos de Jacqueline Selander, mais elle a l'air d'avoir été plus célèbre à l'étranger qu'ici. En tout cas, elle semble vivre seule avec son fils au numéro 15.

— Et au 14 ? ai-je demandé.

— Ola Nilsson. Né la même année que moi. Il a l'air assez secret, mais… »

Elle a marqué une pause en écarquillant les yeux pour signaler qu'elle tenait un scoop.

« Il est dans Lexbase.

— Hein ? C'est un criminel ? »

Car c'est bien comme ça qu'on se retrouve dans cette base de données, non ?

« Probablement pas, a dit Bianca. Mais il a été condamné pour violences.

— Et tu as lu le jugement ?

— Bien sûr. Nous allons vivre en contact étroit avec ces gens. Tu es un enfant de la ville, chéri. Tu ne piges pas comment ça marche dans des coins comme ici.

— On aurait peut-être plutôt dû choisir un chalet en Laponie.

— Pourquoi pas, s'il n'y faisait pas un froid aussi mortel. »

J'ai soupiré. C'était Bianca tout craché de se biler inutilement, obsédée de la sécurité qu'elle était. Mais ce n'était bien sûr pas étonnant que sa paranoïa monte d'un cran au moment de se jeter dans un environnement nouveau où nous ne connaissions pas un chat.

À bien des égards, nous avions été contraints de déménager, et c'était ma mission de veiller au moral des troupes. Je le devais à Bianca. Et aux enfants.

La Scanie était un nouveau départ. Rien ne devait gâcher ça, et surtout pas quelques voisins.

« Je suis sûre que ça va bien se passer, a dit Bianca en posant son bras sur le mien. Je ne veux pas t'effrayer. Nous habitons Bråkmakargatan, au numéro 13 : qu'est-ce qui pourrait bien nous arriver, hein ? »

3

Mikael

Après l'accident

Vendredi 13 octobre 2017

L'ambulance fait demi-tour dans la cour et, dès qu'elle a regagné la grand-route, les sirènes retentissent à nouveau. Je reste là dans le silence écrasant, au fond d'un gouffre gigantesque où le temps et l'espace disparaissent. Les sirènes hurlantes emportent toute lumière avec elles, et le ciel s'obscurcit sans raison. Tout s'arrête. Je ne vois que les regards des voisins, pétris d'effroi, juste avant que la panique prenne le dessus.

« Maman ! Maman ! »

Bella et William déboulent du portail en chaussettes. Je me penche pour les attraper dans mes bras.

« Qu'est-ce qui s'est passé ? demande William. Où est maman ? »

Tout est chamboulé. Je ne sais pas quoi faire.

« Maman a été renversée, dis-je.

— Quoi ? »

Bella pleure de désespoir.

« Elle est en route pour l'hôpital. »

Je serre mes enfants contre moi.

Ma poitrine se serre, j'ai peine à respirer.

Dans la rue, devant nous, Jacqueline et Fabian sont figés, sous le choc. Derrière eux accourt aussi Ola.

« Maman, sanglote Bella. Je ne veux pas qu'elle meure.

— Elle ne va pas mourir, hein, papa ? » dit William.

Leur peur me transperce. Ça ne peut pas être vrai.

« Pourquoi avait-elle pris le vélo ?

— Elle allait au supermarché, dit William. Elle devait être partie dix minutes maximum. J'avais promis de garder Bella.

— Je croyais que vous étiez déjà passés faire les courses ?

— Oui, mais maman avait oublié la feta. »

Quand je me relève, le monde tangue. Je prends les enfants par la main en titubant à l'aveuglette.

« On va suivre l'ambulance. »

Les clés de la Volvo sont dans ma poche.

« Tu ne vas quand même pas y aller avec les enfants ? » dit Jacqueline.

Elle devrait la fermer. Elle vient de renverser Bianca. La voir m'est insupportable.

« Laisse-les ici en attendant », propose Ola.

Il est déjà sur le point de prendre Bella par la main quand je m'avance pour lui arracher mes enfants.

« Jamais de la vie. »

Le visage de Bella est défait par les larmes.

« On veut venir », dit William.

J'hésite. Je suis déjà allé aux urgences à Lund. C'est un endroit qu'on évite autant que possible, et qui n'est absolument pas recommandé pour des enfants trop jeunes. Je chuchote alors contre leurs joues :

« Je vous aime. Je crois qu'il vaut mieux que vous attendiez à la maison. »

Je suis partagé. J'aimerais les avoir près de moi pour les consoler, mais je conçois bien qu'il vaut sûrement mieux pour eux qu'ils ne viennent pas.

« J'appelle Gun-Britt. Åke et elle resteront avec vous en attendant. Je serai bientôt de retour.

— D'accord, dit William en prenant sa petite sœur par la main.

— Est-ce que maman va rentrer ? » s'inquiète Bella.

Je les serre tous les deux dans mes bras en m'efforçant de les rassurer.

Quand je m'installe au volant, Jacqueline s'approche de la voiture. Chaque mouvement prend du temps. Elle déglutit, avale, lève la main vers sa bouche.

« Je… Je… C'est allé si vite. Elle a surgi de nulle part. »

Je claque la portière et démarre. Je n'ai rien à lui dire.

Ola doit faire un bond de côté quand je recule. En manœuvrant dans la cour, je vois dans le rétroviseur mes chers petits, le visage défait. Ils agitent les mains quand la Volvo s'élance sur la grand-route, derrière la haie de thuyas.

Je roule pied au plancher.

Mes bras tremblent, mes jambes frémissent. Je ne vois rien d'autre que l'asphalte devant la voiture, tout le reste est flou et sombre. Mais l'image affreuse me hante. Les yeux clos de Bianca, la teinte bleue de ses lèvres, les plaies, les hématomes.

Plié sur le volant, je précipite la Volvo sur l'autoroute. Je klaxonne désespérément contre une Fiat qui lambine sur la file de gauche avant de la doubler par la droite.

Je sors mon portable et j'appelle Gun-Britt. Inexplicablement, je parviens à la mettre au courant de ce qui est arrivé. Le silence se fait au bout du fil.

« Allô ? Tu es toujours là ?

— Attends », dit Gun-Britt.

Elle appelle Åke. Elle a dû poser la main sur le micro du téléphone, car elle semble très lointaine. Elle marmonne quelque chose, qu'elle le savait.

Putain, que savait-elle ?

« Jacqueline était sûrement ivre, me dit-elle alors à l'oreille.

— Tu crois ?

— Elle devait rouler trop vite. »

Tous les habitants de Bråkmakargatan se traînent au pas dans la cour. Tous sauf Jacqueline.

« Mon Dieu, dit Gun-Britt. Bianca ! »

Je lui demande de se dépêcher d'aller à la maison s'occuper des enfants et d'éloigner Jacqueline et Ola. Je promets d'appeler dès que je sais quelque chose.

« Je vais prier pour Bianca », dit Gun-Britt.

J'entre dans Lund par le rond-point du centre commercial Nova, puis je prends la rocade nord. Autour de moi, les gens s'arrêtent en se demandant ce qui se passe. Un instant de tension, une parenthèse dramatique dans leur quotidien. Cinq secondes plus tard, ils continuent comme d'habitude, alors que moi, ma vie s'est arrêtée.

Comment Jacqueline a-t-elle pu ne pas voir Bianca ? Il devrait être impossible, même dans son cas, de renverser quelqu'un dans notre petit quartier.

L'instant suivant, je roule moi-même trop vite, je perds le contrôle et la voiture cogne un bord de trottoir. Le capteur de parking couine, je jure.

Devant moi, le panneau « URGENCES ».

Je braque en vitesse, me retrouve en sens interdit. Un type avec un bonnet de laine et des rouflaquettes bondit dans le refuge pour ne pas être fauché.

Il gesticule, choqué, mais je n’ai pas le temps d’y penser. Je fais un créneau pour garer la Volvo et défais ma ceinture de sécurité.

Un accident.

C’était sûrement un accident.

4

Mikael

Avant l'accident

Été 2015

Bianca et moi partagions le rêve d'une maison. À la naissance de Bella, nous avons vite été à l'étroit dans l'appartement de Kungsholmen. La ville ne nous attirait plus. Ce qui nous tentait autrefois (la foule, la nuit et le rythme) nous agaçait et nous énervait. Bianca aurait préféré que nos enfants grandissent dans un quartier résidentiel tranquille à la campagne, comme elle.

Nous avons regardé les banlieues. Nacka, Bromma, Sundbyberg. Mais partout, il fallait plusieurs millions de mise de fonds initiale, et nous n'étions pas ravis à l'idée de dépenser soixante-dix pour cent de notre futur budget mensuel pour notre logement.

Nous nous sommes mis à parler de la Scanie. Aucun de nous deux n'avait de lien avec cette région, mais les vastes plaines ouvertes nous attiraient, la proximité avec le reste du monde. J'avais dans l'idée que tout était un brin plus lent dans le Sud. Là-bas, la réussite personnelle et la carrière n'étaient pas aussi importantes, on prenait le temps de profiter de la vie.

« La Scanie? disait Bianca. J'ai toujours bien aimé la Scanie. »

Le choix de la petite ville de Köpinge répondait à des critères économiques et d'emploi. Les prix de l'immobilier y étaient encore accessibles, en tout cas dans les vieux quartiers des années 1970, et, alors que je venais de me retrouver au chômage, un poste de professeur de sport s'est libéré à l'école de Köpinge.

Rien ne nous rattachait à Stockholm. Pas de parent en vie, pas de travail. Mes anciens amis étaient restés à Göteborg, et Bianca s'était depuis longtemps éloignée de sa sœur. Parents d'enfants en bas âge, notre désir de changement était tangible, nous entrions dans une nouvelle phase. Pourquoi pas ailleurs?

C'était comme une aventure. Au feu le passé, en avant vers l'avenir.

Nous sommes donc partis visiter une maison dans ce coin de Scanie, à l'ouest de Lund, dont j'avais ignoré l'existence pendant quarante ans. La maison avait tout ce que nous recherchions, et davantage. Bianca avait toujours dit que le truc, c'était le plan, pas les mètres carrés. Après avoir travaillé dix ans dans une agence immobilière, elle savait bien sûr de quoi elle parlait.

« Il faudra peut-être changer le radier, a signalé l'agent immobilier qui la vendait. Mais n'est-ce pas qu'il y a du potentiel pour en faire une baraque de rêve? »

Bianca était d'accord.

« Et les voisins? a-t-elle demandé.

— Aucun problème », a assuré l'agent immobilier.

Il pensait sûrement qu'elle plaisantait.

« Les habitants de Köpinge sont des gens simples et pragmatiques. »

Dans la voiture, Bianca a posé la main sur ma cuisse.
« On fait une offre ? »

Elle *adorait* cette maison. Bien sûr, il fallait démolir la cuisine, repeindre les murs et poncer le parquet en arêtes de poisson dans le séjour. Le septuagénaire qui habitait là avait un teckel à poil dur qui avait abîmé le sol. Le chien était désormais enterré sous une petite croix en bois à peine visible tout au fond du jardin. Son maître était décédé quelques mois plus tard en tombant d'une échelle, mais l'agent immobilier avait assuré qu'il n'était pas enterré quelque part sur le terrain.

Le premier week-end après la Saint-Jean, nos cartons de déménagement étaient empilés le long des cloisons du séjour. Les enfants dormaient dans leurs nouvelles chambres dont j'avais obturé les fenêtres en y scotchant des draps, en attendant que des stores soient installés.

« On va se plaire, ici, a dit Bianca en m'entourant de ses bras sur la terrasse en bois devant la baie vitrée.

— Comme c'est silencieux, ai-je dit. Écoute. »

Pas une voiture, pas une voix, rien que le léger bruit du vent dans les feuilles.

Cette nuit-là, nous avons fait l'amour comme cela ne nous était plus arrivé depuis une éternité, comme avant les enfants. Une nouvelle ère allait commencer. Nouvelle maison, nouveau lieu, nouvel air.

Bianca a joui en poussant un grand cri. Ses yeux émeraude ont disparu sous ses paupières.

« Tu vas réveiller les enfants, ai-je chuchoté dans son cou, en sueur.

— Je m'en fiche, a haleté Bianca.

— Et les voisins ? » ai-je plaisanté.

Le lendemain, nous étions en train de jouer à chat dans le jardin quand Bella a trébuché. J'ai soufflé sur son genou en nettoyant du pouce la marque d'herbe.

« Un pansement ! » a sangloté Bella.

Tandis que je fouillais dans les cartons, Bianca a continué à jouer sur la pelouse. Après avoir retourné en vain la moitié de nos affaires, j'ai regagné le jardin avec une pointe d'irritation.

Nos nouveaux voisins étaient devant le portail. Jacqueline et son fils.

« Excusez-nous de vous déranger. Nous passions juste dire bonjour. »

Au même moment, Bella et William ont déboulé au coin de la maison, Bianca à leurs trousses.

« Touché ! a crié ma femme. C'est William le chat ! »

Ce n'est qu'en m'entendant me racler la gorge qu'elle a aperçu nos visiteurs.

« Oups ! » a-t-elle lâché, hors d'haleine.

Elle s'est arrêtée en souriant, si bien que William a pu l'attraper.

« Voici Jacqueline et Fabian, les ai-je présentés. Ils habitent au numéro 15. »

Bianca les a salués et Jacqueline lui a donné un sachet de roulés à la cannelle.

« Du supermarché. Je suis nulle en pâtisserie, s'est-elle excusée.

— Il ne fallait pas. »

Jacqueline a souri.

« Pourquoi vous dites *chat* ? » a demandé Fabian.

Il portait la même salopette que la dernière fois, le même tee-shirt délavé et la même casquette BMW. Un fort contraste avec la robe d'été légère de Jacqueline au tissu diaphane, presque transparent.

« Parce que ça s'appelle comme ça, a répondu William. C'est un jeu. »

Fabian l'a regardé comme un demeuré.

« On dit *loup.*

— Ça porte différents noms », a expliqué Jacqueline.

J'ai abondé dans son sens.

« Quand j'étais petit, on disait *touche-touche.* »

Fabian m'a décoché le même regard qu'il venait de servir à William.

« Bon, on va y aller, je ne voudrais pas déranger », a dit Jacqueline.

Je l'ai assurée que ce n'était pas le cas.

« Vous allez changer quelque chose ? a-t-elle demandé en promenant le regard dans le jardin.

— Je pense, ai-je répondu. Mais ça attendra l'été prochain.

— Bien sûr. Vous avez forcément beaucoup à faire, pour commencer.

— C'est notre première maison, a expliqué Bianca. Nous habitions en appartement jusqu'ici, alors un jardin, ça fait un sérieux changement. Mais c'est clair, on va avoir envie d'imprimer notre marque. »

Fabian a désigné quelque chose du bras.

« Il ne faut pas couper ce pommier ! »

Bianca et moi nous sommes tournés vers l'arbre noueux dans le coin côté rue.

« C'était l'arbre préféré de Bengt, a expliqué Fabian. Il l'a planté l'année de la construction de la maison, en 1976. Il a le même âge que ma mère. »

Les joues de Jacqueline ont discrètement rougi. J'ai détourné les yeux. Elle était si jolie que j'avais du mal à la regarder en présence de Bianca : il n'y avait chez elle aucun endroit neutre où fixer son regard.

« Fabian était très lié à Bengt, qui vivait ici avant, a expliqué Jacqueline. C'était comme un autre grand-père pour lui.

— Je comprends », a dit Bianca.

Fabian a lorgné dans notre direction d'un air méfiant. « Pourquoi vous vous êtes installés ici ?

— Mais enfin, Fabian », s'est exclamée sa mère. Puis elle s'est excusée : « Il est parfois un peu trop curieux.

— C'est bien d'être curieux, ai-je répondu. C'est comme ça qu'on apprend.

— Exact », a opiné Bianca en me donnant un coup de coude.

Je me moquais souvent de sa curiosité maladive.

« Mais pourquoi vous vous êtes installés, alors ? s'est impatienté Fabian.

— Je vais commencer à travailler à l'école de Köpinge. »

Le visage de Jacqueline s'est éclairé.

« Vous êtes enseignant ?

— Prof de sport.

— Ah ? »

Bella a encore réclamé un pansement, et Bianca savait apparemment exactement où en trouver dans le bric-à-brac du déménagement.

« Vous vous entraînez beaucoup ? » a demandé Jacqueline.

Elle m'a toisé sans gêne de la tête aux pieds jusqu'à ce que la chaleur me monte aux joues et que je détourne le regard.

« Pas autant que j'aimerais. C'est dur de trouver le temps.

— Je ne vous le fais pas dire, a convenu Jacqueline.

— Alors je t'aurai peut-être comme prof, a dit Fabian. J'espère.

— Bah, on ne sait jamais.

— Fabian va entrer à l'école de Köpinge cet automne. En cinquième. Ah, dire que mon petit garçon va déjà au collège. »

Ses yeux ont scintillé.

Fabian et elle avaient une façon particulière de se regarder, que je n'arrivais pas bien à cerner.

« Bon, il va falloir qu'on y aille, a décrété Jacqueline en ouvrant le portail.

— Bonne journée, ai-je dit.

— Et merci pour les gâteaux, a ajouté Bianca, qui avait fini par retrouver le carton avec les pansements nounours.

— Pensez-vous ! Bye-bye ! »

Jacqueline nous saluait par-dessus la clôture.

« Ils ont l'air sympathiques », a dit Bianca.

Je l'ai embrassée sur la joue.

« Tout à fait. Mais j'espère que je serai dispensé d'enseigner à Fabian. Ce n'est pas génial d'être le prof de son voisin. »

Bianca a ri.

« Je t'avais prévenu. C'est comme ça, dans ces petites villes. Tu ne seras plus jamais anonyme.

— Bon, ne noircissons pas le tableau.

— Non, bien sûr. On doit peindre en blanc. Trois chambres et une cuisine. »

Les pots de peinture étaient déjà sortis sur la terrasse.

« On joue encore à chat ? a demandé William en déboulant de derrière la maison.

— Papa et moi, on va peindre, maintenant, a répondu Bianca. Il va falloir jouer ensemble tous les deux pour le moment. »

J'allais soulever deux pots de peinture quand le portail s'est à nouveau ouvert derrière nous.

« Bonjour, bonjour. »

Une septuagénaire s'est avancée sur la pelouse en regardant avec curiosité autour d'elle.

« Je voulais juste vous souhaiter la bienvenue à Bråkmakargatan, a-t-elle commencé en tendant la main. Je m'appelle Gun-Britt et j'habite la maison en face. »

Elle a serré la main de Bianca avant de baisser la voix.

« J'ai pensé qu'il valait mieux que vous fassiez aussi la connaissance d'autres habitants du quartier. Tout le monde n'est pas comme ces deux-là. »

Un petit coup de tête vers la maison où habitaient Jacqueline et Fabian.

« Mais c'est un endroit très agréable, a repris Gun-Britt. Une merveilleuse cohésion. Tout le monde s'entraide et prend soin des autres. Je suis certaine que vous allez vous plaire. »

J'ai regardé Bianca qui s'efforçait de faire bonne figure. Elle n'aimait pas ça. Le problème avec les voisins, avait-elle coutume de dire, c'est que c'est comme la roulette russe : on ne sait jamais sur quoi on va tomber. Avant le déménagement, elle avait mis en avant l'importance d'être isolé et à l'abri des regards. C'était un des points forts de la maison : la haute haie de thuyas et le portail.

« Nous avons eu une très bonne impression, ai-je lancé avec un sourire un peu forcé.

— Bon, je ne vais pas vous déranger, a dit Gun-Britt. Je vois bien que vous avez plein de choses à faire. »

Pourtant, elle ne faisait pas mine de partir. Pas avant que je soulève mes pots de peinture et tourne les talons.

« Alors très bien, a-t-elle fini par lâcher avant de battre en retraite par le portail. À plus tard. »

Elle l'avait à peine refermé derrière elle que Bianca est allée en tâter le loquet.

« Tu crois qu'on pourrait y installer un cadenas ? »

5

Mikael

Après l'accident

Vendredi 13 octobre 2017

La salle d'attente des urgences vibre de frustration étouffée. Des regards fuyants, des pieds qui trépignent, une quinte de toux qui se transforme en hoquets rauques, des sanglots silencieux derrière une serviette en papier.

Une infirmière en blanc ouvre la porte.

« C'est vous, le mari de Bianca Andersson ?

— Oui, où est-elle ? Qu'est-ce qui se passe ?

— Suivez-moi, dit l'infirmière en me conduisant par un couloir jusqu'à une pièce étroite meublée de deux simples chaises.

— Quand pourrai-je voir ma femme ?

— Les médecins s'occupent d'elle. Ils viendront vous informer dès qu'ils en auront la possibilité. »

L'incertitude me consume, mes jambes me démangent d'impatience. Comment va Bianca ? Il doit y avoir quelque chose que je peux faire.

« Asseyez-vous là en attendant, dit l'infirmière. Voulez-vous quelque chose à boire ? »

Sa voix est douce mais elle n'a pas de visage. Tout ce que je vois c'est sa blouse blanche, quand elle se glisse par la porte, comme un fantôme.

Elle revient bientôt avec un gobelet d'eau tiède.

« Tenez. »

Mes mains tremblent tellement que la moitié finit par terre. Ma bouche est engourdie, je ne contrôle pas mes lèvres.

« Elle va s'en tirer ? »

En fait, ce n'est pas une question que je pose.

L'infirmière inspire profondément et, pour la première fois, je regarde ses yeux. Ils brillent d'inquiétude.

Voilà une heure, Bianca était aussi immortelle que tous mes proches, l'idée qu'elle puisse cesser d'exister si lointaine qu'elle en était presque inconsistante. Plus maintenant. Un instant et tout est changé.

« S'il vous plaît, il faut que quelqu'un me dise ce qui se passe ! »

Je me lève et tourne en titubant dans la pièce.

« Venez, dit l'infirmière. Il vaut mieux vous asseoir. »

Il faut que je m'appuie sur elle, je n'ai plus de forces.

« Elle a pris son vélo pour aller acheter de la feta », dis-je une fois rassis.

L'infirmière semble étonnée. Je poursuis :

« On ne met pas de feta dans les tacos. Je ne sais pas combien de fois je le lui ai dit. »

Je me maudis moi-même.

Que nous est-il donc arrivé ?

« Moi aussi, j'aime bien la feta dans les tacos », dit l'infirmière de sa voix douce.

Je me frotte les tempes, j'essaie de sourire.

Autrefois, j'aimais toutes les petites manies de Bianca. La feta dans les tacos, la lampe de chevet qui doit être allumée pour dormir mais éteinte pour faire l'amour, sa peur irraisonnée des oiseaux, sa manie de bourrer la voiture de couvertures, lampes de poche, gilets de sauvetage et pelles dès qu'on part à plus de trente kilomètres, son habitude de fermer les yeux en traversant les tunnels et les ponts élevés. Toujours à tripoter son portable. La mauvaise habitude de chercher tout et n'importe quoi sur Google sans même me laisser le temps de finir de formuler une question.

Quand tous ces traits charmants s'étaient-ils changés en sources d'irritation ?

Nous n'aurions jamais dû déménager à Köpinge.

Rétrospectivement, la plupart des névroses de Bianca paraissent si prévisibles que c'en est effrayant. Elle disait que les voisins devaient être maintenus à distance respectable, qu'on ne devait jamais nouer avec eux de relations plus profondes que de leur laisser vider notre boîte aux lettres pendant les vacances.

« Y a-t-il quelqu'un que vous souhaitez contacter ? demande l'infirmière. Avez-vous votre portable ? »

Je le sors de ma poche.

Sienna, bien sûr, la grande sœur de Bianca. Il faut que je la prévienne. Mais comment passer un tel coup de téléphone ? À une belle-sœur que je n'ai pas vue depuis plusieurs années. Que nous avons laissée derrière nous et à qui nous avons cessé de donner des nouvelles.

« Et s'il était trop tard ? »

Un murmure. L'infirmière me regarde gravement.

Quelle maudite injustice. Bianca ne mérite pas ça. J'ai toujours cru que la justice triomphait : celui qui agit bien est récompensé.

Je presse les mains contre mon visage et j'hyperventile dans le noir. Des éclairs dans mes yeux. L'image de la joue de Bianca contre l'asphalte, ses paupières closes et la vague de ses cheveux comme un bouquet d'or sur tout ce noir.

Je la gomme et cligne des yeux pour la chasser, je tente de la remplacer par d'autres images. Le sourire en cœur de Bianca, son regard joueur. Nos Vespa lors d'une virée sur les côtes de Sardaigne, toutes ces nuits à la belle étoile. Sa manie de toujours me piquer mes chemises et mes pulls, et leur parfum quand je les récupérais. Les anneaux où nous avons fait graver « Pour toujours ». Combien de temps dure toujours ?

6

Mikael

Avant l'accident

Été 2015

Il n'avait pas plu pendant plusieurs semaines. Soleil écrasant et températures méditerranéennes. Grimpés sur nos escabeaux, Bianca et moi repeignions les chambres pendant que les enfants jouaient dehors sur la pelouse.

« Maman ! Papa ! Vous avez bientôt fini ? »

J'avais proposé de leur acheter une piscine gonflable.

« Je ne sais pas, avait dit Bianca. La plupart des noyades d'enfants ont lieu en eau peu profonde. »

J'ai été obligé de vérifier sur Google : c'était vrai, en effet, même si les noyades concernaient très peu d'enfants, mais principalement des septuagénaires.

« Il faut boire de l'eau. Il faut s'hydrater beaucoup plus qu'on ne l'imagine, a dit Bianca en tartinant les enfants de crème solaire jusqu'à les faire ressembler à de petites geishas. Encore deux heures, puis nous irons à la plage. »

Bella et William ont poussé des cris de joie et Bianca m'a donné une tape sur les fesses à me faire vaciller sur mon escabeau.

« Allez, Rembrandt ! Accélère, c'est la dernière ligne droite. »

Elle était vraiment irrésistible dans son bleu de travail taché de peinture et son débardeur trop grand. J'avais l'impression tangible que tout irait bien, désormais. Tandis que nous nous rincions au tuyau d'arrosage, une ombre de tristesse est passée dans les yeux de Bianca.

« Papa aurait adoré, ici. Imagine qu'il ait pu nous donner un coup de main. »

Il n'y avait pas un an qu'elle avait perdu son père. Jusqu'au bout, alors que le cancer consumait son corps, il avait jardiné dans sa maison de vacances, grimpé sur le toit, cloué, vissé et peint.

Toute une génération s'était éteinte avec lui. Les parents de Bianca et les miens avaient disparu, impossible désormais de se voiler la face : le temps n'était pas infini.

Un soir que nous prenions le frais au coucher du soleil devant la maison avec un petit verre de mousseux, une fois les enfants endormis, le portail s'est ouvert et les retraités d'en face sont entrés.

« Bien le bonjour, a dit Gun-Britt. Comme vous êtes bien, là.

— Mais dites donc, s'est exclamé Åke. Ça, ce n'est pas joli, joli…

— Quoi ? »

Il m'a regardé comme si je plaisantais.

« Mais enfin, le gazon est mort ! »

J'ai regardé l'étendue jaune aux airs de prairie. J'avais d'autres chats à fouetter que d'essayer de garder ma pelouse verte.

« L'arrosage est interdit, ai-je dit.

— Oui, oui, mais il faut creuser votre propre puits, a contré Åke. Je l'ai dit je ne sais combien de fois à Bengt, mais c'était comme pour tout le reste. Il n'écoutait pas.

— Ce sera pour plus tard, a expliqué Bianca. Cet été, nous donnons la priorité à la cuisine et aux chambres.

— Je peux comprendre, a répondu Åke. Vous ne risquez pas d'être désœuvrés pendant un bout de temps. Bengt avait sûrement beaucoup de qualités, mais c'était un sacré paresseux.

— Dis donc, a fait son épouse. On ne dit pas du mal des morts.

— J'ai entendu dire que vous avez aussi fait la connaissance de Jacqueline et du garçon, a repris Åke en continuant son inspection, contournant le garage pour tapoter le bardage de la façade. Nous ne voulions rien vous dire. Mieux valait que vous vous fassiez vous-mêmes votre opinion.

— Oui, ce n'est que justice, a ajouté Gun-Britt.

— Mais quand même, ce garçon…, a continué Åke. Il n'est pas vraiment comme il faut. »

Bianca a failli avaler son cava de travers. Åke avait une façon toute particulière de ne rien dire des gens.

« Vous avez rencontré Ola ? a plutôt demandé Gun-Britt. Il habite au numéro 14. Un bon gars. »

Elle n'avait pas dû lire sa condamnation sur Lexbase.

« Ça, en tout cas, il va falloir le changer, a dit Åke, la main posée sur la porte du garage. Tout le bazar. »

Ça m'était adressé.

« Nous avons prévu de la repeindre, pour commencer », a dit Bianca.

Åke a grogné :

« Un emplâtre sur une jambe de bois.

— Mais ce n'était pas pour ça qu'on était venus, a glissé Gun-Britt. Nous voulions vous inviter à notre fête de quartier annuelle. »

Åke a vite oublié le garage. Il a grimpé sur la terrasse.

« Vous comprenez, chaque été, Gun-Britt et moi, nous organisons une petite fête pour tous ceux qui habitent ici. C'est toujours un plaisir d'accueillir de nouveaux voisins dans Bråkmakargatan. Ici, on se serre les coudes.

— Merci pour l'invitation, a répondu Bianca. Ça a l'air sympathique.

— Ça le sera sûrement », a renchéri Åke.

Bianca et moi sommes restés là, abasourdis, en les saluant de la main tandis qu'ils disparaissaient par le portail.

« Sympas, les voisins, a dit Bianca en remplissant à nouveau nos verres.

— On peut peut-être faire l'impasse sur cette fête ? ai-je proposé.

— Tu es fou ? Ce serait un suicide social. On ne pourrait plus vivre ici.

— Mais tu disais pourtant que…

— Tu ne sais vraiment pas comment ça marche, chéri. Il faut maintenir les voisins à distance, mais à aucun prix paraître asocial ou ingrat. Nous allons aller à cette fête, où nous aurons l'air de drôlement nous amuser. »

J'ai posé ma tête sur ses genoux en riant.

« Sans toi, je n'aurais pas survécu une semaine ici. »

Elle a enlacé mes doigts dans les siens.

« Sans moi, tu n'aurais survécu nulle part.

— Tu regrettes notre déménagement ? »

C'était dit sur le ton de la plaisanterie, mais il y avait de la gravité dans cette question.

Bianca a tourné sa réponse dans sa bouche. Ses doigts se sont accrochés à mes cheveux.

« Bien sûr que non. Je pense qu'on pourra parfaitement se plaire, ici. »

J'ai soufflé, mais continuais pourtant à sentir un poids sur les épaules.

Plus tard, la même semaine, assis à l'ombre sur une chaise longue, j'essayais de gratter des taches de peinture sur mon torse quand William et Bella ont déboulé de la cour.

« Papa, papa ! On peut aller jouer avec Fabian ? »

Ils sautaient sur place, les yeux pétillants.

« Euh, oui.

— Il a un trampoline, a dit William.

— Un trampoline ? » a fait Bianca, qui venait de sortir sur la terrasse.

Six mois plus tôt, William avait voulu aller dans un parc de trampolines, mais la sortie avait été annulée après que Bianca avait lu combien de fractures de la jambe dues à cette pratique se produisaient chaque année en Suède.

Cette fois-ci, William n'avait pas l'intention de lâcher l'affaire.

« Il est tout petit », a-t-il supplié.

Bianca m'a regardé. Elle savait déjà ce que j'en pensais. Les décisions de ce genre la tourmentaient, mais elle était bien consciente qu'il lui fallait céder.

« C'est mieux si tu les accompagnes, m'a-t-elle suggéré avec insistance.

— D'accord. »

Le trampoline ne m'inquiétait pas. Mais Fabian ? Il était beaucoup trop âgé pour jouer avec Bella et William.

« Allez, viens, a réclamé Bella. S'il te plaît, papa.

— Oui, un instant. »

J'ai enfilé un tee-shirt et j'ai accompagné les enfants jusqu'au jardin de la famille Selander. Fabian était déjà monté sur le trampoline et William et Bella avaient ôté leurs chaussures, prêts à grimper eux aussi. C'était vraiment un des plus petits trampolines que j'aie jamais vus. Il fallait sauter chacun son tour pour que ce soit possible.

« Mais qui voilà ! »

Jacqueline était sortie par la porte de la terrasse et se dirigeait droit sur moi. Ses longs cheveux étaient relevés en chignon, ses yeux cachés derrière de grosses lunettes de soleil. Elle n'avait rien d'autre sur le corps qu'un bikini rouge vif.

« Bonjour », ai-je dit en papillonnant du regard.

Tant de peau, partout.

« C'est sympa de passer. Tu veux un verre ? »

Sans le moindre signe de gêne, Jacqueline a remonté des deux mains ses lunettes de soleil sur son front, exposant encore davantage son corps parfaitement bronzé.

Je ne savais pas où poser mes yeux.

« Merci, mais il faut que je retourne peindre », me suis-je excusé en montrant mes bras tachés de peinture.

Jacqueline a souri en me détaillant du regard.

« Mes pauvres. Vous vous tuez à la tâche.

— Ça vous va, si je laisse les enfants ? » ai-je demandé.

Elle a ri en hochant la tête.

« Allez, retourne peindre, on devrait se débrouiller. »

Elle est alors passée si près de moi que l'huile de coco m'a chatouillé les narines. Elle s'est débarrassée de ses tongs près d'un bain de soleil placé au milieu de la pelouse, sur lequel elle s'est étendue les mains derrière la tête. Je n'aurais pas dû regarder, mais c'était difficile de s'en empêcher.

« Je viens vous chercher dans une heure, ai-je dit à William et Bella. Sinon, vous retrouverez tout seuls le chemin. »

Je ne leur ai pas laissé le temps de répondre.

Quand j'ai retraversé la cour commune, le soleil pendait très bas au-dessus des toits, une gigantesque boule de feu surgie du ciel. La sueur coulait de mon front, je voyais un scintillement d'étoiles dans un nuage rouge et or. Pour ne pas être aveuglé, j'ai dû détourner le regard, qui comme par hasard a atterri sur la maison de gauche. Le numéro 14, où habitait Ola Nilsson, l'homme condamné pour violences.

Ça s'est passé très vite, une seconde ou deux. J'ai cligné des yeux en levant le regard vers le pignon. D'une lucarne, il me fixait. Un regard perçant et intense.

Dès qu'il a compris que je l'avais vu, il a disparu.

7

Jacqueline

Après l'accident

Vendredi 13 octobre 2017

Je reste dans l'allée tandis que Micke suit l'ambulance. Dans la rue devant moi gît le vélo rouge de Bianca, avec son guidon tordu et sa roue enfoncée.

« S'il te plaît, dis-je à Fabian. Je ne peux plus voir ça. »

Il ramasse le vélo, et Ola l'aide à le porter jusqu'au portail du numéro 13.

Lentement, un grand silence s'empare du quartier et le froid me saisit la peau.

« Qu'est-ce qu'on va faire ? » demande Fabian.

Je voudrais hurler. Juste au moment où tout allait rentrer dans l'ordre. Devant moi, la BMW avec son pare-chocs abîmé. Pourquoi ai-je acheté cette maudite voiture ?

William et Bella me regardent. Je voudrais les serrer dans mes bras et leur chuchoter à l'oreille pour les consoler, mais ils se dérobent, restent collés l'un à l'autre, sur leurs gardes.

« Est-ce que maman va mourir ? demande Bella.

— Pourquoi tu l'as écrasée ? » demande William.

Je bégaie, je n'ai presque pas la force de répondre.

« C'était un accident, une collision, je n'ai pas eu le temps de freiner. »

William tire sa sœur par le bras et je me dépêche de les suivre en direction de la maison. Je lance à Fabian, resté avec Ola dans l'allée, les yeux dans le vague :

« Viens !

— Je veux rentrer à la maison. »

Sa voix est ténue.

« On va juste attendre le temps que Gun-Britt et Åke arrivent, dis-je en revenant sur mes pas pour aller le chercher. Allez, viens !

— Je devrais peut-être venir moi aussi, intervient Ola.

— Pas besoin. »

Je ne veux plus le voir. Plus avoir affaire à lui.

« Tu es sûre ? »

Comme il avance d'un pas, je tire Fabian par le bras et me dépêche de rejoindre William qui attend à la porte de chez lui en essayant de consoler sa sœur désespérée.

Resté dans l'allée, Ola nous regarde fixement.

Au bout de cinq minutes, les cinq minutes les plus longues de ma vie, Gun-Britt et Åke déboulent dans la maison des Andersson.

« Qu'est-ce qui s'est passé ? »

Gun-Britt berce les enfants dans ses bras. William sanglote et renifle tandis que les pleurs de Bella me percent jusqu'aux os.

« La police est là », dit Åke.

Par la fenêtre, je vois arriver deux jeunes hommes en uniforme. Ils parlent, font des gestes vers la cour, s'étirent.

« Je m'attendais à quelque chose dans ce genre », dit Gun-Britt.

Elle caresse les cheveux des enfants. Ses mains consolent, mais son visage accuse.

Je la supplie :

« Arrête. Pas maintenant.

— Mais que ça aille aussi loin… », lâche-t-elle.

Je dois me mordre la langue. Pour les enfants. Pour Fabian.

Åke va ouvrir aux policiers, qui saluent gravement. Grosses chaussures noires, lourde ceinture avec matraque et pistolet.

Gun-Britt et Åke se présentent :

« Les voisins. Micke nous a demandé de nous occuper des enfants. »

Un des policiers me dévisage :

« Et vous ?

— Une voisine, moi aussi. »

Fabian s'est assis dans un fauteuil du séjour en faisant mouliner ses mains l'une autour de l'autre, comme il en a l'habitude quand il est nerveux. Touille et tourne.

Avec des gestes doux, je m'accroupis à côté de lui. Attention, pas trop près.

« Ça va aller, mon chéri.

— Et si elle ne s'en tirait pas ? » fait-il.

Je respire lentement.

« Ne pense pas à ça. »

Dans l'entrée, j'entends les voix graves des policiers. Leurs grosses chaussures font craquer le seuil.

« Jacqueline ? dit l'un d'eux. Nous avons besoin de vous parler. »

Ils dévisagent Fabian dans le fauteuil. L'autre policier se penche :

« Ça va ? »

Fabian ne dit rien. Ses mains continuent de mouliner.

J'explique :

« C'est mon fils. Il est en état de choc. Il était à côté de moi dans la voiture.

— Est-ce qu'il a besoin de soins ? »

Sans crier gare, le policier approche sa main de Fabian.

« Ne le touchez pas ! » dis-je.

La main se fige en l'air et le policier me dévisage.

« Il n'aime pas les contacts physiques. »

Le policier hésite un instant avant de retirer sa main.

« Je comprends. Prenez votre temps, mais il faudra qu'on parle un moment. »

Ils nous laissent seuls dans le séjour. Fabian se met à respirer plus bruyamment. Ses mains fouettent l'air. Il siffle :

« La police !

— Je sais. Ne t'inquiète pas. »

Tout son corps frémit.

« Tu pourrais aller en prison. »

Il finit par être obligé de s'asseoir sur ses mains pour qu'elles restent tranquilles.

« Non, dis-je. C'était un accident. »

Le policier prend note de ma déposition. Nous sommes assis face à face autour de la table dans la cuisine des Andersson.

« Malheureusement, nous allons devoir saisir la voiture.

— D'accord. Mais pourquoi ? Qu'est-ce que vous allez contrôler ?

— C'est la routine. Nous devons faire une enquête technique. »

Je le regarde un long moment. Il a un visage aimable et des yeux gentils.

De l'autre côté de la porte, j'entends la voix déchirante de Bella, les questions désespérées de William et Gun-Britt qui n'a pas de réponses.

Tout retombe en moi, un crash total d'émotions et de pensées entrechoquées, tandis que les larmes me montent aux yeux.

« Savez-vous comment va Bianca ? C'est grave ?

— Je n'ai malheureusement pas d'informations à ce sujet, dit le policier.

— Ah, mon Dieu ! Qu'ai-je fait ? »

Il me donne un verre d'eau et une poignée de mouchoirs en papier.

« Je comprends que ce soit pénible mais je dois vous poser quelques questions. Que s'est-il passé ? De quoi vous souvenez-vous, Jacqueline ? »

Je ferme les yeux en enfonçant mon index droit dans la fine peau de ma paume gauche.

« Je ne l'ai pas vue.

— Elle était à vélo, n'est-ce pas ? Nous pensons qu'elle a débouché de son allée à peu près au moment où vous entriez dans la cour.

— Oui. »

C'est comme ça que ça a dû se passer.

« Mais vous ne l'avez pas vue ?

— Non. » Ce n'est pas vrai. « Enfin si, je l'ai vue, j'ai vu le vélo, quelque chose de rouge, mais il était déjà trop tard. J'ai freiné trop tard. »

Le choc résonne comme un écho dans ma tête.

« J'ai crié. Je me souviens que j'ai crié. Puis j'ai freiné. »

Le policier note sur son carnet.

« Vous étiez pressée ?

— Non, pas du tout.

— À quelle vitesse rouliez-vous ? C'est un virage assez serré pour entrer dans la cour.

— Je n'ai pas regardé le… le…

— Le compteur de vitesse ?

— Non, je ne sais pas. »

Une sueur froide coule sous mon chemiser. C'est comme si je quittais mon corps pour regarder ce qui se passe en flottant au plafond. C'est une autre personne qui répond aux questions du policier.

« Je ne comprends pas. Comment ai-je pu lui rouler dessus ? »

Le policier prend à nouveau des notes. J'essaie de respirer plus calmement, mais ma poitrine me brûle à chaque inspiration.

« Votre fils était aussi dans la voiture ? Fabian ?

— Oui.

— Quel âge a-t-il ?

— Quinze ans. »

Le policier hoche la tête et écrit. Je réfléchis à quoi dire à propos de Fabian.

« Vous n'avez quand même pas besoin de l'interroger ? Je ne sais pas s'il est en état… Il est sous le choc.

— Ce ne sera sans doute pas nécessaire », répond le policier.

Je ferme les yeux et revois Bianca sur son vélo, le hurlement des freins et l'impact.

« Et si… »

L'angoisse hurle en moi.

« Écoutez… », commence le policier.

Je renifle.

« C'est ma faute.

— Parfois, il se passe des choses affreuses sans que ce soit forcément la faute de quelqu'un », dit-il.

Je ne sais pas s'il y croit lui-même.

« On peut rentrer chez nous ? »

Il se tourne légèrement.

« Juste encore quelques questions. Ça ira ? »

Je hoche la tête. Autant en finir.

« Quelle est votre relation avec Bianca Andersson ? demande le policier.

— Ma relation ? » Ça sonne bizarre. « Nous sommes voisines.

— Vous avez beaucoup de contacts avec vos voisins ?

— Euh, un peu, oui. Comme toujours dans ce genre de quartier. »

Le policier approuve de la tête.

« Donc, vous *fréquentiez* la famille Andersson ? »

Il prononce le mot comme s'il voulait en fait dire autre chose.

« Parfois. »

Ma réponse est brève. Où veut-il en venir avec cette question ?

« Comment décririez-vous votre relation ? insiste-t-il.

— Je ne sais pas. »

Comment décrire une relation ? Il y a deux ans, j'aurais répondu que les Andersson étaient les meilleurs voisins du monde. Mais tant de choses ont changé depuis.

« Bianca et vous étiez amies proches ? »

Je le regarde. Je me demande ce qu'il a bien pu entendre.

« On ne peut pas dire ça, non.

— Et le mari de Bianca ? Mikael ? »

Je frémis. À peine, c'est presque imperceptible, mais un œil policier entraîné devrait le voir.

« Quoi, Mikael ? »

Assez subtilement, je laisse tomber quelques mèches de cheveux devant mes yeux.

« Quelle relation entretenez-vous avec lui ? Vous vous voyez souvent ? »

Je tarde à répondre. C'est Gun-Britt qui a dû lui parler.

« Franchement, je ne vois pas le rapport. Puisque je reconnais que c'est moi qui ai renversé Bianca. Je n'ai pas fait attention, je roulais sûrement trop vite.

— Bien sûr, bien sûr, j'essaie juste d'avoir une vue d'ensemble. Une idée du contexte.

— Il n'y a pas de contexte. C'était un accident. »

Je détourne un instant le regard, un centième de seconde. Il n'en faut pas plus pour détruire une vie.

« Vous comprenez bien que c'était un accident ? » dis-je.

Le policier ne répond pas. Il pose un appareil noir sur la table.

« Je vais vous demander de souffler ici. »

C'est un éthylomètre.

Je frissonne à nouveau et, cette fois, aucun doute que le policier l'a remarqué.

8

Jacqueline

Avant l'accident

Avant que la famille Andersson emménage dans Bråkmakargatan, Fabian et moi avons vu l'agent immobilier arriver dans sa Porsche noire et enfoncer une pancarte « À VENDRE » dans la plate-bande devant le numéro 13. Fabian était déprimé depuis la mort de Bengt, et cette affreuse pancarte n'arrangeait rien. Combien de tragédies derrière les ventes immobilières ? Quelle profanation de venir en costume et en Porsche planter ce panneau orange dans la plate-bande. Comme si ce n'était qu'un nouveau corps de bâtiment à vendre parmi tant d'autres, un bazar de brique et de bois. Comme si cette maison n'avait pas été construite et habitée par des personnes, en l'occurrence un homme qui avait disparu en tombant d'une échelle. Et un petit garçon restait seul, qui avait perdu à la fois son grand-père de substitution et son meilleur ami.

Quand Micke et Bianca ont emménagé avec leurs enfants, Fabian a rapidement changé. Il a retrouvé l'appétit et des couleurs aux joues. Il sortait de plus en plus souvent de sa chambre dans la chaleur estivale.

Bientôt s'est allumé un certain espoir de voir les choses s'améliorer.

Il est facile de prendre congé d'une vie, beaucoup plus facile que la plupart des gens ne semblent le penser. Il suffit de rompre et de recommencer. Je l'ai fait plusieurs fois. On arrête de répondre au téléphone, on dit non à tout et à tous. Les gens vous oublient beaucoup plus vite qu'on ne le penserait. Il y a tellement d'autres personnes desquelles se soucier.

Quand j'ai quitté les États-Unis au bout de dix ans, je suis d'abord rentrée dans ma famille à Tidaholm. C'était un cauchemar. Dans le reste du monde, une décennie s'était écoulée, mais à Tidaholm, tout était demeuré en l'état. La bande des filles traînait toujours au fast-food Frasses : un peu plus grosses, un peu plus ridées, accompagnées désormais de poussettes plutôt que de garçons, elles avaient toujours leur air de collégiennes : *Viens pas faire ta crâneuse.* Maman ressassait toujours autant, et le silence de papa était intact.

J'ai embarqué Fabian avec moi dans une odyssée vers le sud, avec des étapes à Jönköping (trop de pentecôtistes), Landskrona (trop de gangsters) et Sölvesborg (trop de racistes).

Quand Fabian a eu quatre ans, je suis tombée sur la maison dans Bråkmakargatan. J'ai dû chercher Köpinge sur Google Maps, mais ça s'est avéré être ma meilleure décision. Un expert avait injustement déclassé la villa, ce qui m'a permis de l'avoir à prix cassé.

Köpinge… Ce pays digne d'Astrid Lindgren, où le soleil brille toujours et où les portes restent toujours ouvertes.

Et Bengt. Un homme merveilleux qui s'occupait vraiment de Fabian, qui prenait toujours le temps et ne nous a jamais déçus. Fabian s'épanouissait en sa présence, et quand Fabian est heureux, je suis heureuse moi aussi.

Mais je manquais d'attaches. Il n'y avait pas de travail, pas de lieux de rencontres et j'étais ligotée à Fabian vingt-quatre heures sur vingt-quatre et sept jours sur sept.

Par l'intermédiaire du centre de PMI, j'ai été catapultée dans un groupe de mamans. L'infirmière, avec sa frange trop longue et ses yeux de grand-mère, m'a indiqué qu'il existait un groupe de mères d'enfants nés en 2002, comme Fabian, qui se réunissait régulièrement.

« Je vais voir avec elles. Il reste sûrement encore une place. »

Comme quand la maîtresse forçait les filles populaires à me laisser sauter à la corde avec elles. C'était avant que ne poussent mes jambes et mes seins et que les filles de la classe aient envie de me tuer pour de tout autres raisons.

Fabian et moi sommes allés aux réunions du groupe de mamans un vendredi sur deux pendant presque un an. La mère des jumeaux Keanan et Kit avait elle-même trouvé un nom : *Moms and mums*. Six femmes entre vingt-cinq et trente-cinq ans qui se vantaient de leurs enfants et déblatéraient sur leurs maris. En toute simplicité, les réunions étaient hébergées à tour de rôle chez chacune, mais le goûter, lui, n'avait rien de simple. Pain au levain maison, crostini importés d'Italie ou cupcakes décorés avec fantaisie. Les sodas ne mettaient jamais très longtemps à être remplacés par du vin. Les enfants jouaient le plus souvent sans conflit, quatre garçons et trois filles, dans des maisons où l'on semblait préférer acheter des jouets qu'amortir ses emprunts. Après chaque réunion du groupe des mamans, j'étais bien décidée à ce que ce soit la dernière. Je ne supportais pas ces personnes, leurs maisons, leurs vêtements, tout ce qu'elles disaient et leur façon de le dire. Je n'en avais pas moins sacrément chaud au cœur chaque fois qu'arrivait par SMS l'invitation pour la prochaine réunion. Je me sentais revenue au collège. À nouveau la fille qui attend près de son téléphone.

Quand les SMS ont cessé, je me suis d'abord sentie vide. Puis en colère. J'ai fini par me convaincre que toutes les choses de ce genre avaient vocation à se perdre dans les sables. *Moms and mums* était de l'histoire ancienne.

Pourtant, ça a commencé à me manquer. Les mamans aux lèvres rougies de vin, les bols de *raw food*, les enfants qui jouaient en tourbillonnant dans des séjours aux quatre coins de Köpinge. À l'approche du vendredi, j'ai envoyé à toutes un SMS d'invitation. Ce n'était pas mon tour, mais j'y voyais une dernière chance de sauver *Moms and mums*. Personne n'a répondu.

Au bout de deux jours, la mère des jumeaux a appelé.

« Saluuut ! ai-je fait, ravie.

— Euh, salut.

— Comment ça va ? »

Ma question est restée suspendue dans l'éther.

« Eh bien, écoute… »

Elles avaient probablement joué à « pierre-feuille-ciseaux » ou tiré à la courte paille qui d'entre elles m'appellerait. C'était leur façon de prendre des décisions.

« Nous avons déjà une réunion prévue vendredi prochain. Quelques-unes des autres filles ont trouvé que ça ne marchait plus avec Fabian. C'est pour ça qu'on ne vous a plus invités.

— Que ça ne… *marchait* plus ? »

Les mots refusaient de quitter ma bouche.

« Il y a eu tellement de problèmes avec Fabian, a continué la mère des jumeaux. J'ai essayé de faire changer d'idée les filles mais ça n'a pas été possible. Je suis désolée, tu sais. Mais on se verra sûrement au centre de loisirs ou ailleurs. »

Le téléphone s'est mis à peser dans ma main. La mère des jumeaux m'a dit au revoir et raccroché au nez.

Je me suis versé un verre de vin et suis allée voir Fabian qui était par terre en train de construire une tour de cubes.

« Tu es le meilleur enfant qu'une mère puisse avoir », ai-je lâché en m'asseyant à côté de lui.

Il m'a regardée avec étonnement. Quand j'ai passé le bras autour de lui, il l'a repoussé.

Que regretter ? La vérité était que j'avais dès le début détesté *Moms and mums*, c'était un miracle que j'aie supporté aussi longtemps ces mères névrosées qui croyaient leur progéniture envoyée du ciel, élue pour sauver l'humanité, engendrée par immaculée conception, née par césarienne et allaitée au Prosecco.

Si seulement il n'y avait eu que *Moms and mums*.

Si seulement ça en était resté là.

9

Jacqueline

Avant l'accident

Été 2015

Pour la première fois, j'attendais avec impatience la fête annuelle des voisins de Bråkmakargatan. Bianca et Micke avaient l'air vraiment sympathiques, et j'espérais mieux faire leur connaissance. En particulier pour Fabian. La semaine écoulée, il n'avait pas arrêté de parler de William et Bella.

« Ils ne viennent pas ? a demandé Fabian tandis que nous étions sur la terrasse d'Åke et Gun-Britt, une minute après l'heure de l'invitation.

— Ils sont sûrement en route », lui ai-je chuchoté.

Et l'instant d'après, ils ont surgi au coin de la maison avec des fleurs et des chocolats. Fabian a aussitôt entraîné William au fond du jardin, tandis qu'Åke faisait tinter son verre et s'éclaircissait la gorge :

« Soyez les bienvenus chez nous, au numéro 12. C'est merveilleux que tous les voisins aient pu se réunir pour cette fête traditionnelle qui est devenue si importante pour nous. Ça nous rend peut-être un peu risibles, Gun-Britt et moi, sûrement vieux jeu en diable, mais c'est comme ça : nous aimons entretenir certaines traditions. L'an prochain, ce sera le quarantième été consécutif que nous lançons cette invitation. »

Un murmure a traversé la terrasse et Ola a déclenché de timides applaudissements.

« Eh oui, il ne reste plus désormais qu'Åke et moi, a enchaîné Gun-Britt. Parmi les voisins du début. »

Åke s'est esclaffé.

« Les vieux croulants ont tiré leur révérence. »

Du Åke tout craché. Il savait combien Bengt comptait pour Fabian.

« Nous pourrions commencer par les présentations, a proposé Gun-Britt. Puisque nous accueillons de nouveaux voisins.

— Bonne idée », a dit Ola qui venait de serrer la main de Micke et Bianca.

C'était la première fois qu'ils se rencontraient.

« Je peux commencer, a attaqué Åke avec un débit de mitraillette. Je suis né en 1946, la même année que Sa Majesté, j'ai passé quarante-sept ans dans les chemins de fer, désormais à la retraite. Deux gosses exilés dans la capitale, cinq petits-enfants, une femme. Elle, là. »

Il a désigné Gun-Britt.

« Elle, là ? a-t-elle ri. Alors c'est moi. Eh oui. Je suis restée des années à la maison avec les enfants. Nous sommes arrivés ici de Malmö quand ils ont commencé l'école. Åke a construit la maison lui-même. »

Elle s'est tournée vers son mari, qui s'est grandi de quelques centimètres.

« Impressionnant », a dit Micke.

Une seconde plus tard, il a demandé à la petite Bella de faire attention quand elle courait entre les plantations et les décorations. Je les avais prévenus. C'est comme un musée, chez Åke et Gun-Britt. On regarde sans toucher. Chaque bibelot est à sa place dans un ordre maniaque. Fabian l'avait appris à ses dépens.

« Et voilà, a continué Gun-Britt. Quand les enfants ont été grands, j'ai trouvé du travail au supermarché Ica, où je suis restée jusqu'à la retraite. Åke et moi avons toujours aimé habiter ici, et nous sommes très heureux de la bonne entente qui existe entre voisins.

— Il n'y a pas plus important, l'a relayée Åke. Les agents immobiliers mettent en avant les mètres carrés, le bon état, les espaces ouverts et tout ça. Mais rien n'est comparable à de vrais bons voisins. Qu'en dis-tu, Bianca ? Tu es bien dans l'immobilier ? »

Bianca ne devait pas trop savoir quoi répondre.

« C'est vrai. Les voisins sont importants, c'est indéniable. »

Nous nous sommes tous regardés, puis avons hoché la tête en levant nos verres pour trinquer. C'était faux, du pur théâtre. Je me demandais si Bianca et Micke étaient dupes.

« À ton tour, alors, a dit Åke en me désignant de son verre.

— D'accord. »

Que dire ? Sans paraître complètement ridicule ?

« Eh bien, je m'appelle Jacqueline, comme vous le savez.

— Depuis combien de temps es-tu ici ? a demandé Micke.

— Nous avons acheté la maison il y a huit ans, quand Fabian en avait cinq. J'ai vécu dix ans aux États-Unis mais je suis rentrée en Suède à la naissance de Fabian.

— Elle était modèle », a glissé Åke.

J'ai bu une gorgée en détournant les yeux. Au fond, j'aurais dû être fière de ma carrière, mais je savais ce que pensaient les gens.

Certes, beaucoup étaient impressionnés, mais une fois dissipée la première fascination, il ne restait bientôt plus que du mépris.

Modèle ? On les connaît, celles-là.

« Mais tu ne travailles plus comme modèle ? » a demandé Bianca.

Cela ressemblait plus à une constatation brutale.

« Non, ai-je ri. Maintenant, je suis trop vieille et moche pour ça. »

Tous se sont bruyamment récriés, pendant que je désignais Ola.

« À toi. »

Il s'est mordu les lèvres en piétinant sur place.

« Bon, je m'appelle donc Ola. Je me suis installé ici… voyons… il y a deux ans. J'habite au numéro 14, à côté, et… je travaille dans une banque. »

Åke lui a tapé sur l'épaule.

« Si vous avez besoin d'emprunter de l'argent, c'est donc à Ola qu'il faut causer. »

Ola s'est discrètement tourné vers moi en levant les yeux au ciel.

« Que dire de plus ? J'ai été marié, mais plus maintenant. Je vis désormais en concubinage avec deux chats, Hugin et Munin. C'est beaucoup plus simple que les femmes, si vous voulez mon avis. »

Micke et Bianca ont ri poliment.

« Ola a du mal à gérer les individus pensants, ai-je commenté.

— Hé ! Mes chats ont un QI plus élevé que la plupart des gens que je connais. »

Comme un fait exprès, Bianca a alors éternué. Elle s'est passé la main sur le nez en clignant plusieurs fois des yeux.

« Ce sont des chats d'intérieur, ne t'inquiète pas, a plaisanté Ola.

— Là, tu vois, ai-je remarqué. En plus, il enferme ses partenaires. »

Je sais comment fonctionne Ola. Je n'avais pas la moindre intention de lui laisser les coudées franches pour jouer le brave type au cœur pur qu'il essayait d'incarner.

Il a ouvert la bouche pour répliquer mais Gun-Britt l'a interrompu.

« Maintenant, nous voulons tout savoir sur vous, Mikael et Bianca. Nous sommes tous très curieux. »

Bianca cherchait des yeux Micke qui venait de se précipiter pour rattraper Bella derrière les rosiers de Gun-Britt. Elle a essayé d'entrer en contact avec lui, pour aussitôt comprendre qu'il l'avait abandonnée à son sort.

« Je ne sais pas si nous sommes si intéressants que ça, a-t-elle commencé. Nous venons de Stockholm, comme vous le savez déjà.

— Moche-olm, a ricané Åke.

— Et pourquoi Köpinge, alors ? a demandé Ola. Comment avez-vous seulement fait pour trouver la route ?

— Nous habitions en plein centre. On n'était pas complètement rassurés pour les enfants. Il se passe tellement de choses à Stockholm.

— Un sacré tas de saloperies », a lâché Åke, imperturbable.

Ola s'est massé le menton.

« Et donc vous avez déménagé en Scanie ?

— Nous avons toujours aimé la Scanie.

— Et question logement, on en a pour son argent, ici, a glissé Åke.

— Bien sûr. Et puis Micke a trouvé un poste au collège, et la maison nous a beaucoup plu. Le quartier aussi. Tout est allé très vite.

— C'est vraiment très courageux », a commenté Gun-Britt.

J'étais d'accord : je sais ce que c'est que de déménager dans un lieu nouveau.

Je sais aussi que cela cache souvent quelque chose. Quelque chose que l'on fuit.

« Et donc, tu es agent immobilier ? a repris Gun-Britt.

— C'est ça, a répondu Bianca. Je vais essayer de m'adapter au marché dans la région.

— Il y a une agence immobilière à Köpinge, a signalé Åke. Ces bonnes femmes pourraient bien avoir besoin de se mettre au goût de la capitale. »

Les lèvres de Bianca souriaient mais je voyais son malaise dans ses yeux. Quand nos regards se sont croisés, j'ai rapidement secoué la tête pour montrer que je la comprenais. Bianca n'avait pas l'air du genre à se satisfaire de ventes après décès au fond de la cambrousse.

Pendant ce temps, Gun-Britt donnait des coups de coude à Åke. Ce dernier regarda son épouse et se racla la gorge.

« Je propose de porter un toast à nos nouveaux voisins, a-t-il lancé en levant son verre. Mikael et Bianca, William et… Bella. Soyez les bienvenus à Bråkmakargatan ! »

Bientôt, tout le monde s'était installé sur les sièges de jardin et Åke a mis le carré sur le gril.

« En Scanie, on appelle ça échine de porc », a-t-il commenté.

J'ai fait la grimace.

« Carré, c'est plus appétissant. »

Åke a entonné *Vide ton verre*, et nous l'avons rejoint en hésitant. Gun-Britt n'a pas tardé à se mettre à pouffer en renversant du café sur la nappe. Ola a servi du whisky à Micke, le dessert était un rêve de crème, de chocolat et de glace.

À la tombée de la nuit, Bella s'est endormie dans les bras de Bianca, tandis que j'observais avec plaisir Fabian jouer avec William súr la pelouse. Il lui manquait vraiment un camarade dans le quartier. William avait bien sûr quelques années de moins, mais tant qu'ils s'entendaient bien, ça n'avait pas grande importance. En revanche, j'avais dit à Fabian que Bella était trop petite. Je n'avais pas l'intention de le laisser seul avec elle.

Pendant que Micke et Ola discutaient prêts et taux d'intérêt, Åke remplissait leurs verres. Bianca et moi étions en pleine conversation sur les différentes écoles maternelles et primaires de Köpinge, leur réputation, leurs avantages et inconvénients, quand son regard s'est détourné et figé. Elle semblait ne plus écouter. Elle balayait du regard le jardin par-dessus mon épaule.

« Qu'est-ce qu'il y a ? » ai-je demandé.

Elle s'est alors levée et a fait le tour de la terrasse.

« Où est William ? Vous avez vu où il est parti ? »

Tout s'est arrêté autour de la table.

« Je pensais que vous les gardiez à l'œil », a dit Micke.

Bianca l'a rabroué avant d'appeler :

« William !

— Il est sûrement avec Fabian, ai-je dit. Ne t'inquiète pas. »

Mais Bianca s'est mise à faire le tour du jardin en cherchant sans la moindre méthode.

« Allons voir à l'intérieur », a dit Gun-Britt en lui ouvrant la porte de la terrasse.

J'ai regardé Micke de l'autre côté de la table.

« Ils doivent être rentrés chez nous. Je file vérifier. »

Quand je me suis levée, le monde s'est mis à tourner. Avais-je vraiment autant bu ?

« Je t'accompagne », a dit Ola.

Je n'ai pas eu le temps de protester.

L'unique réverbère de la cour était allumé, le ciel piqueté d'étoiles. On n'entendait que le claquement de mes talons sur l'asphalte.

« Attends-moi », a dit Ola.

Ce n'est que dans l'allée qu'il m'a rattrapée. Son haleine essoufflée dans mon dos quand j'ai posé la main sur la poignée de la porte.

Il m'a suivie dans l'entrée. Étroite, sombre. Mon doigt sur l'interrupteur, mais je n'ai pas allumé. J'ai frémi à son parfum, sa chaleur quand il a effleuré mon épaule, peau contre peau. Nous étions bien trop près l'un de l'autre. Son haleine sur mes lèvres et sa main qui se déplaçait doucement sur ma hanche.

« Arrête », ai-je lâché.

Je manquais de conviction.

Les mains d'Ola sur la chute de mes reins. Il s'est pressé contre moi.

« Allez, viens.

— Rentre chez toi, tu es soûl. »

Ola a ricané.

Son baiser était violent et affamé.

Une seconde plus tard, la lampe de l'entrée nous a interrompus. Dans la lumière crue, devant nous, se tenaient Fabian et William.

10

Mikael

Après l'accident

Vendredi 13 octobre 2017

Dans l'unité de soins intensifs, les murs de la salle d'attente réservée aux proches sont nus. Un courant d'air entre par la fenêtre, la chaise où je feuillette une brochure d'information grince sous moi. Je n'arrive pas à lire, ça pourrait aussi bien être du grec.

« Où est ma femme ? »

La jeune aide-soignante qui m'a escorté depuis les urgences à travers un dédale tortueux de couloirs et d'escaliers me regarde en compatissant :

« Dès que les médecins sauront quelque chose, ils viendront vous parler. »

D'un doigt tremblant, je cherche dans mon portable le numéro de Sienna. Je la connais à peine. Cinq ans et six cents kilomètres séparent les deux sœurs et, d'après ce que j'ai pu comprendre, elles n'ont jamais été vraiment proches.

La dernière fois que nous nous sommes vus ? Ce devait être à l'enterrement de leur père. Sienna avait un nouveau mari, de nouvelles lèvres et deux ados. Elle n'a presque pas pleuré pendant la cérémonie. *Typique*, a dit ensuite Bianca.

« Allô ? fais-je quand ça décroche. Sienna ?

— Micke ? Il est arrivé quelque chose ? »

Pourquoi appellerais-je, sinon ?

« Bianca a été renversée. À vélo. »

Sienna se tait un moment.

« Elle est blessée ?

— Je ne sais pas grand-chose. Les médecins l'examinent. Je viens d'arriver à l'hôpital.

— Qu'est-ce que tu racontes ? Qu'est-ce qui s'est passé ?

— Elle a été renversée par une voisine. Elle était inconsciente quand l'ambulance l'a évacuée. »

Sienna inspire entre ses dents.

« Et les enfants ?

— Ils n'ont rien. Bianca devait juste faire un saut au supermarché.

— Je… J'arrive. »

Je ne comprends pas tout de suite ce qu'elle veut dire.

« Je descends tout de suite en avion.

— Tu ne veux pas attendre ? Voir d'abord ce que disent les médecins ? »

Un moment de silence. Puis elle répète :

« J'arrive. »

L'aide-soignante passe me voir à intervalles réguliers. Elle me demande comment ça va, si elle peut faire quelque chose pour moi. Je réponds que je veux juste savoir comment va ma femme.

Après une minute, ou dix, ou cent, je perds la notion du temps, mon portable vibre dans ma main et un nouveau message s'affiche à l'écran. Tout le reste alentour devient flou.

Pardon !! C'est dérisoire, mais je ne sais pas quoi écrire d'autre. Je t'en prie, pardonne-moi !! Je ne comprends pas comment ça a pu arriver. Elle a déboulé d'un coup devant moi. J'aimerais pouvoir échanger ma place avec elle. Je ne me le pardonnerai jamais. Comment ça a pu se passer ?

Je clique sur le message pour le relire. Je commence une réponse, que je gomme. J'écris encore et j'efface tout. Je finis par ranger mon portable. Que dire d'autre ?

« Voilà le docteur », me prévient l'aide-soignante.

Le médecin est un homme de mon âge, un nez de boxeur qui a déjà dû être cassé. Il me regarde dans les yeux quand nous nous serrons la main. Il se présente : Arif.

« Malheureusement, Bianca souffre d'une hémorragie cérébrale. C'est très grave. »

Ma vue s'obscurcit. Ces mots retentissent dans ma tête, je ne sens plus mes pieds.

« Elle va être opérée », dit le médecin.

Lentement, mes jambes s'engourdissent. Je vais m'effondrer.

« Comment ça, opérée ? Elle va guérir, n'est-ce pas ? »

Le docteur Arif détourne ses doux yeux bruns. Il inspire à fond, cligne plusieurs fois des yeux et, quand il vide ses poumons, c'est comme si tout son corps de boxeur se ratatinait.

« Je suis désolé, mais on ne peut pas dire grand-chose de plus pour le moment. Nous devons arrêter cette hémorragie. »

Il regarde le mur derrière moi.

Je ne suis pas certain de ce qui se produit ensuite, mais je crois que l'aide-soignante me prend par le bras pour m'empêcher de tomber à la renverse.

Je me trouve encore en plein brouillard, tremblant, la tête qui tourne, quand mon portable vibre à nouveau. C'est Gun-Britt.

J'explique que Bianca doit être opérée.

« Oh non ! Cette chère, chère Bianca…

— Comment vont les enfants ?

— Ils sont choqués. Inquiets. »

Même si j'arrive à peine à parler, il faut que je leur dise quelque chose.

« Tu peux mettre le haut-parleur ? »

Gun-Britt est essoufflée. On dirait qu'elle ouvre une porte.

« La police a relâché Jacqueline, dit-elle. Ils l'ont rapidement interrogée ici même, à la cuisine, puis elle a pu rentrer chez elle. Mais en tout cas ils ont saisi la voiture. »

Je ne commente pas, pas le courage.

« Le plus important, c'est que Bianca guérisse.

— Oui, bien sûr. »

Ça grésille, et le son change quand elle met le haut-parleur.

J'essaie de me ressaisir.

« Papa ? dit William.

— Mon grand. »

Une boule grossit dans ma gorge, je refoule mes larmes.

« Ta petite sœur est là aussi ? »

Bella répond elle-même.

« Vous allez bientôt rentrer ? Est-ce que le docteur a réparé maman ? »

Je murmure, gorge serrée :

« Bientôt. Ils vont d'abord l'opérer. Et puis après maman pourra rentrer.

— Ça prend longtemps ? demande Bella.

— Je ne sais pas. »

William a l'air inquiet.

« Où est-ce qu'on l'opère ?

— À la tête. »

Je ne veux rien leur cacher, mais que peuvent-ils supporter d'entendre ?

« C'est un super bon docteur. Il va guérir maman.

— Promis ? dit Bella.

— Promis. »

Je promets et je jure. Je ne peux rien faire d'autre.

« Je vais rentrer vous retrouver. »

Je ne veux pas être sans eux une seconde de plus.

« Je vous aime. »

Gun-Britt coupe le haut-parleur et referme la porte des enfants.

« C'est un pur cauchemar, Micke.

— Je sais. Mais je ne peux rien y faire pour le moment. Je rentre m'occuper des enfants.

— Åke et moi, nous sommes là. Tu le sais.

— La sœur de Bianca va venir aussi, dis-je.

— Sienna ? Je croyais qu'elles n'étaient plus en contact. »

C'était ce que je croyais aussi. Comment Gun-Britt connaît-elle son nom ?

« Écoute. »

Elle baisse la voix.

« Oui ?

— Tout ça, c'est ta faute, dit-elle. Tu dois bien le comprendre, non ? »

11

Mikael

Avant l'accident

Été 2015

Un des derniers matins de l'été, j'ai été réveillé par une voix au rez-de-chaussée :

« Hé ho ? Il y a quelqu'un ? »

Bianca s'est dépêchée de descendre en culotte et nuisette pendant que j'observais, penché par-dessus la rampe. Fabian était dans l'entrée en tee-shirt délavé et bermuda, ses cheveux courts encore moins coiffés que d'habitude.

« Vous faites quoi ? a-t-il demandé en levant les yeux vers moi.

— On dormait, a répondu Bianca.

— Encore ? Je peux entrer, ou bien… ? »

Comme s'il n'était pas déjà dans l'entrée.

J'ai soupiré, tandis que Bianca s'attachait un drap de bain autour des hanches et se dépêchait de passer devant lui pour gagner la cuisine.

« Quelle heure il est ?

— Je sais pas, a dit Fabian.

— Comment tu es entré ? » ai-je lancé du haut de l'escalier.

Il a levé le visage avec un sourire si large que je devinais ses amygdales.

« Par la porte, bien sûr.

— Elle n'était pas fermée ? » a demandé Bianca.

Tous deux m'ont regardé.

« Je sais. Je vais faire plus attention. »

Depuis notre installation à Köpinge, j'avais vite pris la mauvaise habitude de ne pas fermer la porte d'entrée de la maison. À Stockholm c'était impensable, mais ici, c'était une tout autre histoire. On trouvait juste inutile de passer son temps à ouvrir et fermer.

« Il n'y avait pas de sonnette, s'est excusé Fabian.

— Non », ai-je soupiré.

Elle était encore emballée dans un des cartons à bananes stationnés dans le séjour depuis le déménagement. Le seul fait d'y penser me donnait la migraine.

« Je peux rester ? a demandé Fabian. Je peux vous aider à peindre. Ou jouer avec William. »

Bianca m'a supplié du regard.

Nous étions d'accord que Fabian était trop grand pour jouer avec William, mais aucun de nous deux n'avait le cœur de dire quoi que ce soit.

« Il va falloir attendre un peu, a dit Bianca en regardant son portable. Il n'est que 8 h 15.

— OK, a dit Fabian. Quand, alors ?

— Reviens dans quelques heures.

— Quelques heures ? Tu pourrais être plus précise ? »

Bianca a retenu un soupir.

« Dans *deux* heures, a-t-elle répondu. Reviens dans deux heures. »

Fabian est revenu. Il revenait toujours.

Sans arrêt, il se pointait dans notre jardin, dans l'allée, dans le garage, sur notre véranda. Fabian était le diable en boîte. À peine tournait-on le dos une minute ou deux, on pouvait mettre sa main à couper qu'on allait bientôt entendre le gamin se racler la gorge.

« C'est comme un putain de fantôme, ai-je dit à Bianca. Il arrive comme ça, de nulle part.

— Il ne semble même pas vraiment intéressé par le fait de jouer avec William, a remarqué Bianca.

— Non, non, c'est après *nous* qu'il en a. »

Nous avons ri et mon rouleau de peinture a goutté par terre.

« Et merde ! J'en ai mis partout !

— Tu crois qu'il a été diagnostiqué ? a demandé Bianca.

— Sûrement. De nos jours, il est plus facile de se faire diagnostiquer que d'envoyer une lettre par la poste. »

Elle a ri en m'éclaboussant avec son pinceau.

« Ne vois pas tout en noir et blanc. C'est quand même bien que les gens soient aidés. Qu'on puisse savoir pourquoi on se sent comme ci ou comme ça.

— Bien sûr. Mais ça peut aussi être exagéré. Est-ce qu'il faut vraiment mettre une étiquette sur chaque personnalité ?

— Peut-être pas, a réfléchi Bianca. Mais qu'est-ce qu'il a, à ton avis ? Asperger ?

— Qu'est-ce que j'en sais ?

— Il est très érudit dans certains domaines, a raisonné Bianca. Je crois aussi qu'il est intelligent. Il parle d'une façon plus adulte qu'un ado de treize ans normal.

— Côté intelligence, il n'a sûrement pas de problème.

— Mais qu'est-ce qu'il a, alors, à ton avis ? a insisté Bianca. Si tu devais deviner ? »

J'ai marqué une pause.

« On a beaucoup d'élèves qui ont le syndrome UCEM. »

Bianca a demandé avec perplexité :

« UCEM ? »

J'ai souri, un peu honteux :

« Une Case En Moins. »

Le lundi suivant, j'ai fait ma rentrée à mon nouveau poste de prof de sport au collège de Köpinge. Le matin se posait doucement sur les toits, le soleil brillait derrière un fin voile nuageux tandis que je pédalais vers l'est le long de la rivière.

J'avais déjà plusieurs fois changé de poste, mais les établissements étaient toujours dans la région de Stockholm, et je n'avais jamais eu particulièrement le trac. Cette fois, c'est avec une boule au ventre que j'ai attaché mon vélo avant de me diriger vers l'entrée.

Tout était nouveau. Je n'avais rencontré qu'une seule fois le proviseur au cours de l'été. Un sympathique quinquagénaire qui appréciait autant la poésie de Tranströmer que le club de foot de Tottenham. Tout le corps enseignant rassemblé m'a dévisagé à mon entrée dans la salle de réunion. Le nouveau qui débarquait de Stockholm.

Une semaine plus tard, ça a été le tour des élèves. Polis, bien élevés et globalement adorables, même s'il était parfois difficile de saisir ce qu'ils disaient. La plupart d'entre eux appartenaient à la classe moyenne blanche policée, arborant sweaters Gant et jeans coupe slim, mais pour ceux qui venaient de la campagne, Köpinge était la grande ville. En Crocs et casquette retournée, ils étaient déposés par les bus qui allaient les ramasser dans les villages environnants comme Ålstorp et Hofterup, ou d'autres localités si petites que, à peine le temps de dire ouf, on les avait traversées.

Mon trac du début a vite été balayé. J'aimais bien le collège de Köpinge. La solidarité y était forte, même s'il était difficile de me libérer de l'impression d'être nouveau dans un monde clos où tous semblaient tout savoir les uns des autres. Les enseignants étaient incollables sur leurs élèves.

Celui-ci et celui-là habitent à tel endroit.

Untel est petit-fils d'untel et joue dans la même équipe de foot que cet autre, et j'ai grandi avec leur mère.

« C'est souvent comme ça dans une petite ville », m'a dit un jour la prof d'anglais Majros devant un cappuccino à la machine à café.

Le prof de musique Roine m'a alors expliqué que c'était même une stratégie assumée.

« Le proviseur ne recrute que du personnel domicilié à Köpinge. »

C'était donc pour cela qu'il avait tant insisté pour que je m'installe ici, et non à Lund ou Malmö.

Pour les cours de sport, nous disposions d'un grand gymnase, de terrains de foot, de hockey, de basket, de pistes de course et de sautoirs. Les réserves étaient pleines à craquer de matériel moderne, et beaucoup d'élèves étaient des sportifs pratiquant activement le foot, le hand, la natation, l'équitation ou le golf. C'était le jour et la nuit comparé aux écoles de la banlieue de Stockholm où j'avais travaillé jusque-là.

Un vendredi de septembre, je terminais le cours des troisièmes A avec un jeu d'attrape et de poursuite consistant à arracher une « queue » à ses camarades de classe, tout en protégeant la sienne.

J'avais besoin d'uriner depuis la pause-déjeuner. Je m'étais jusqu'à présent retenu, mais ce n'était plus possible. J'ai confié la responsabilité à deux filles sérieuses qui étaient trop enrhumées pour participer.

« J'en ai pour cinq minutes maximum. »

Comme le vestiaire des garçons était le plus proche, j'ai dû me précipiter dans les effluves de fond de slips, de sueur et de puberté.

En poussant la porte, j'ai eu le souffle coupé.

« Mais enfin, merde ? »

Il y avait quelqu'un.

« Fabian ! »

Il était tout au fond, près des douches, la main enfoncée dans un blouson argenté accroché à un portemanteau.

« Mais qu'est-ce que tu fabriques ? »

Fabian n'a pas bougé d'un iota tandis que je m'élançais vers lui.

« Ce n'est pas ce que tu crois, a-t-il dit. Je... je... »

Sans réfléchir, je l'ai attrapé par le bras et, quand sa main est sortie de la poche du blouson argenté de marque, une paire de ciseaux est tombée par terre.

« Qu'est-ce que tu as fait ? »

Il m'a suffi de tirer sur le blouson : il l'avait complètement saccagé. Un grand coup de ciseau lacérait le joli vêtement.

« Ce n'est pas moi qui ai commencé, s'est défendu Fabian. Je ne fais que me défendre. »

J'étais tellement choqué que j'en avais oublié mon envie pressante.

« Qu'est-ce que tu veux dire ? Il y a quelqu'un qui a abîmé *tes* vêtements ? »

Je l'ai toisé de la tête aux pieds. Casquette BMW, salopette et chaussures fatiguées qui avaient été blanches.

« Ils m'ont fait plein d'autres trucs.

— Comme quoi ? »

Son visage tout entier s'est déformé pour protester. S'ils lui avaient fait subir quelque chose, il n'avait pas l'intention de dire ce dont il s'agissait.

« Quoi qu'ils t'aient fait, c'est mal de réagir comme ça, Fabian. Si quelqu'un est méchant avec toi, tu dois venir nous voir nous, les enseignants, ou ta mère. La vengeance n'est jamais justifiée. Ça ne produit qu'un cercle vicieux.

— Pardon. J'étais tellement en colère.

— À qui est ce blouson ? ai-je demandé en secouant le tissu lacéré. Tu vas devoir demander pardon. Après, on appellera ta mère. Il faudra rembourser.

— Non, pas maman ! Je paierai tout seul pour le blouson. »

Il m'a supplié en joignant les mains.

« S'il te plaît, Micke. Il ne faut pas que maman sache ça. Elle a déjà assez de problèmes d'argent comme ça. »

Ça faisait mal au cœur de le voir dans cet état. Mais je n'avais pas le choix. N'est-ce pas ?

Il avait quand même lacéré un blouson, merde !

« Je vais avouer et demander pardon, a dit Fabian. Je trouverai l'argent pour lundi. Pourvu que tu ne racontes rien à maman. »

Il me faisait vraiment de la peine, mais j'ai quand même tout raconté à Jacqueline.

12

Fabian

Avant l'accident

Automne 2015

Les gens sont comme des devinettes, et je n'ai jamais aimé les devinettes. Les réponses sont toujours tirées par les cheveux et ridicules. *Qu'est-ce qui marche, marche, et n'arrive jamais à la porte ?* Ah, ah, ah.

C'est nul.

Je n'ai jamais aimé les mêmes choses que les autres de mon âge. À la crèche, quand ils jouaient à papa, maman et bébé, je restais assis à côté à me demander si j'avais atterri sur la mauvaise planète.

En primaire, tous les garçons jouaient au foot. Je déteste le sport. C'est tellement ridicule. Pendant que les filles sautaient à la corde ou bricolaient, je restais dans mon coin avec un livre.

Je déteste Mello et Musical.ly. Tout ce cirque sur les réseaux sociaux. J'aime lire et apprendre des choses. Pas des histoires inventées, je m'intéresse à la réalité.

J'aime les voitures et les ordinateurs. BMW et informatique.

Je ne suis pas trop pour les sentiments, tous ces trucs. Les gens déblatèrent beaucoup trop. Il faut toujours causer, discuter, vider son sac. C'est quoi, le problème du silence et de la solitude ?

La plupart des gens pensent que je suis idiot. Trop débile pour comprendre que je suis différent. En fait, ce sont eux, les idiots. Des idiots qui disent apprécier la différence, que tout le monde a le droit d'être comme il est. Que du baratin. Des mots creux.

Je préfère les voitures et les ordinateurs.

Et les animaux.

Si maman n'avait pas eu autant la trouille des chiens et qu'on avait eu un peu plus d'argent, j'en aurais eu un. Un boxer ou un labrador. On dit que le chien est le meilleur ami de l'homme. Fidèle et loyal.

La pire punition qu'on puisse infliger à un chien, c'est de l'exclure de la meute. Pas le gronder, le battre ou l'affamer. Le pire, c'est de le mettre à la porte. Lui interdire d'être avec les autres.

Les hommes sont aussi des animaux, de bien des façons. Nous nous sommes juste monté la tête en imaginant être exceptionnels.

J'ai habité dans beaucoup d'endroits, mais je ne me rappelle aucun d'entre eux. Ça ne me fait rien. Je suis né aux ÉtatsUnis, en Californie, de l'autre côté de l'Atlantique. Un jour, j'y retournerai.

Köpinge est le trou du cul du monde. Dix mille personnes en troupeau. Comme des rats. Maman a habité dans plein d'endroits comme ça. Elle dit que c'est partout pareil.

Avant, au moins, j'avais Bengt, mais maintenant, Köpinge est vide. Absolument sans intérêt.

Moins de cinq ans avant le permis de conduire. Après, je me barre, direct. Je retourne en Californie, au garage de papa. J'y travaillerai, pendant que maman sera sur la véranda, derrière la moustiquaire, en train de boire de la *root beer*.

Köpinge ne me manquera pas. Je ne gâcherai pas une seule pensée pour ce trou.

Au début, j'ai cru que ça irait mieux, avec l'arrivée de Micke et des autres. J'ai écouté les idées pleines d'espoir de maman, même si je savais exactement ce qu'elle cherchait à faire.

Et bien sûr, Micke avait l'air de quelqu'un de bien. Je me trompe rarement sur ce genre de choses, d'habitude, je démasque très vite les personnes fausses. Mais après cette histoire avec le blouson argenté de Ruben, je l'ai percé à jour.

En rentrant, j'ai trouvé maman en train de pleurer à la table de la cuisine. Mille deux cents balles pour un blouson. Elle allait devoir faire un emprunt.

Comment avais-je pu ? Elle était si triste. *Déçue.*

Je déteste la voir comme ça.

Si seulement Micke avait pu se taire. Je me serais arrangé d'une façon ou d'une autre pour trouver l'argent.

« Pourquoi c'est toujours comme ça, Fabian ? » s'est interrogée maman.

J'aurais aimé avoir une réponse. Je n'aurais rien demandé de mieux que de pouvoir lui promettre que cela ne se reproduirait plus, mais je ne fais pas de promesses sans être sûr à cent pour cent de pouvoir les tenir.

Plus tard, ce vendredi-là, j'ai découvert quelque chose de dingue.

J'ai entendu maman dans sa chambre. La porte était fermée, il faisait nuit noire. J'avais passé la soirée devant mon ordinateur.

D'abord, je n'ai pas compris. Quelque chose était différent. Je me suis glissé jusqu'à la porte pour écouter. Maman chuchotait et riait. Était-elle au téléphone ?

C'est sa voix qui l'a trahi. Sa voix grave et sourde, même chuchotée. Un homme ne peut pas chuchoter de la même façon qu'une femme. Il riait aussi différemment.

Je me suis mis à avoir chaud à travers tout mon corps, mon sang était en ébullition.

J'avais reconnu sa voix. Elle était dans ma tête depuis notre départ de Californie. Un fœtus peut identifier la voix de ses parents dès avant la naissance.

Il était venu pour nous ramener à la maison.

13

Jacqueline

Avant l'accident

Automne 2015

Que fait-on quand on comprend que son enfant est bizarre, qu'il y a quelque chose qui ne tourne pas rond ? On ferme les yeux. On espère malgré tout qu'il n'y a rien, qu'on se fait des idées, que ce n'est qu'une phase, quelque chose qui va disparaître. On se dit à soi-même que toutes les personnes sont différentes et uniques, qu'il n'existe pas une seule bonne façon d'être.

Mais c'est mon enfant. On souhaite toujours ce qu'il y a de mieux pour son enfant, et le mieux est le plus souvent d'être comme les autres, de ne pas trop sortir du lot, de ne pas être bizarre ou différent.

Quand ai-je vraiment commencé à comprendre ? Longtemps avant que j'aie bien voulu l'admettre. Quand j'ai acheté la maison, je le savais déjà. Quand nous nous sommes installés à Köpinge.

Fabian avait cinq ans et je voulais pour lui les meilleures conditions possibles. Je ne pouvais imaginer plus parfait endroit pour grandir : Köpinge, où tout le monde salue tout le monde, que l'on peut traverser à vélo sans croiser une seule rue, où les écoles obtiennent les meilleures notes dans toutes les enquêtes, et où tout est joli et propret jusqu'au moindre recoin. On ne saurait approcher davantage d'une idylle de conte de fées.

L'agent immobilier a décrit la maison comme « un rêve pour une famille ». Certes, elle avait quelques mètres carrés de trop pour Fabian et moi, mais à cette époque, il n'était pas prévu que nous habitions seuls ici pendant dix ans.

Quand Bengt s'est brisé le cou en tombant de cette échelle, ça a été un peu comme si une partie de Fabian mourait elle aussi. Il s'est muré dans le silence pendant plusieurs jours. Il n'a pas pleuré, mais refusait d'en parler. Quand je lui ai proposé un psychologue, il a frappé du poing contre le cadre de la porte à s'en faire saigner les phalanges.

Lentement, c'est allé mieux, mais pas bien. Fabian souriait rarement. Assis devant son ordinateur, ou un livre sur les genoux, il se contentait de répondre laconiquement quand on lui adressait la parole.

Il n'y a rien de pire que voir son enfant aller mal.

Ce n'est que vers l'été dernier, quand Micke et Bianca ont emménagé, que les choses ont commencé à changer.

Un vendredi de septembre, alors que je revenais du Systembolaget de Lund, je me suis trouvée appuyer un peu fort sur l'accélérateur. Ma radio était à fond et je n'ai pas vu la Volvo noire avant qu'elle me double comme une folle, en me faisant une queue de poisson. Putain d'idiot ! J'allais écraser mon klaxon quand le gyrophare s'est allumé.

Il y avait la place de s'arrêter sur le bas-côté. Tandis que le policier s'approchait, j'ai fouillé au fond de mon sac pour trouver un chewing-gum, puis j'ai descendu la vitre de ma portière.

« C'était un peu rapide, ça. Vous êtes pressée, ou quoi ? »

Le policier a glissé la moitié de la tête dans la voiture.

« Désolée, monsieur l'agent », ai-je lâché.

Il s'est scotché à mon décolleté. Bien sûr, j'aurais pu le prendre mal, mais j'ai préféré en apprécier les potentialités.

« Peter, a-t-il dit.

— Pardon ?

— Je m'appelle Peter. Laissez tomber *monsieur l'agent*. Permis de conduire, s'il vous plaît. »

J'ai posé mon sac sur mes genoux en me penchant un peu plus que nécessaire. J'ai pris tout mon temps pour trouver mon portefeuille.

« Jacqueline Eva Selander. »

Il a lu mon permis de conduire tout en me reluquant comme les hommes font toujours.

« Jacqueline tout court, ai-je dit.

— Il y a une école, là-bas, *Jacqueline tout court*. Il va falloir un peu lever le pied. »

Je me suis faite toute petite en papillonnant des cils : « Pardon… Peter. »

Il a reculé d'un pas. Les uniformes font toujours leur petit effet. Et ce Peter semblait avoir abattu pas mal d'heures en salle de sport.

« Écoutez, vraiment, d'habitude, j'ai plutôt le pied léger… »

C'était une réplique piquée à un film, et Peter s'est aussitôt complètement déridé. Son visage s'est éclairé, il a souri en me rendant mon permis.

Tellement viril. Des veines saillantes et des muscles bandés sous la chemise.

« Je crois qu'il me faut votre numéro », a-t-il ajouté.

Une nouvelle preuve que je valais encore quelque chose. On a besoin d'un rappel, de temps en temps.

Dans les vingt-quatre heures, Peter m'avait envoyé des SMS et des photos. Dans les quarante-huit, nous avions couché ensemble.

14

Jacqueline

Après l'accident

Vendredi 13 octobre 2017

Quand je ressors de la cuisine de Bianca et Micke, c'est comme si la température avait baissé de quelques degrés. Sur le canapé, Åke regarde la télévision pendant que Gun-Britt s'occupe des enfants à l'étage. Le silence est plein de pièges cachés.

Je resserre ma veste en m'approchant de Fabian, assis dans le fauteuil.

« Allez, viens. On rentre. »

Il ne me regarde même pas. J'aimerais pouvoir le toucher, le secouer, le caresser, le serrer. Ce pour quoi sont faites les mamans.

Au lieu de quoi :

« Allez, viens. »

Sur le pas de la porte, le policier nous dévisage. Åke aussi.

« Vous ne l'arrêtez pas ? » demande Gun-Britt.

Elle est descendue jusqu'au milieu de l'escalier et serre si fort la rampe qu'elle la fait vibrer.

« C'est une alcoolique », éructe-t-elle.

Gun-Britt n'a jamais caché son mépris pour moi, mais là, elle passe les bornes.

« Tu n'as jamais rien fait d'autre que semer la désolation depuis que tu t'es installée ici. Et regarde maintenant ce que tu as fait ! C'était ça que tu voulais ? »

Les policiers me regardent. Je dois me taire, tout garder pour moi. Quoi que je dise, ce sera interprété à mon désavantage.

« Du calme, dit Åke à sa femme.

— Mais tu ne saisis pas ? Bianca ne va peut-être jamais se réveiller. »

Elle met des mots sur ses pires craintes.

J'essayais de refouler cette idée, mais à présent, tout s'effondre autour de moi. Gun-Britt a raison. Tout ça est ma faute.

« C'est un choc pour tout le monde », dit Åke.

Mais Gun-Britt continue à s'en prendre à moi.

« Et si tu l'avais tuée ? Comment as-tu pu ? »

Ta gueule ! Je voudrais le crier, mais je parviens à me maîtriser. Je me détourne d'elle.

« C'était un accident. »

C'est tout ce que j'arrive à dire, mais Gun-Britt n'en démord pas :

« C'est toi l'accident, Jacqueline ! »

Elle éclate en sanglots dramatiques, et Åke se précipite pour la prendre sous son bras.

« Là, là… »

Je suis en train de me noyer. Je voudrais plus que tout me laisser couler et disparaître dans les profondeurs jusqu'à ce que tout ça soit fini. Je saisis la main de Fabian et le tire du fauteuil. Il n'a pas le temps de me résister, nous sommes déjà en route vers la sortie.

« Nous sommes aussi effondrés que vous », dis-je.

Gun-Britt s'arrache des bras d'Åke et gesticule vers les policiers.

« Vous ne faites rien ? Arrêtez-la ! »

Le policier qui m'a interrogée s'efforce de la calmer. Il lui explique que j'ai soufflé dans l'éthylomètre. C'était négatif.

« Je n'ai plus rien bu depuis le 22 août », dis-je.

Ma promesse à Fabian est ancrée en moi. Je ne peux pas lui faire du mal une fois de plus.

15

Jacqueline

Avant l'accident

C'est sans doute la même chose pour la plupart des filles. On nous répète combien on est mignonne. Partout, quoi qu'on fasse, il faut être jolie et mignonne. Ce ne sont pas seulement les parents qui le disent. Dames de la crèche, professeurs, maîtres-nageurs, membres de la famille, connaissances et voisins. À la fin, il n'y a que ça qui compte.

Les copines. C'est comme ça qu'on cultive l'amitié.

Comme tu es jolie aujourd'hui.

Ah, tes cheveux ! Tes ongles !

J'ADORE ton nouveau top.

Et les garçons. Nous les laissons nous juger de la même façon.

Putain, ce qu'elle est bonne. Quel cul !

Comme tu es moche. Jacqueline les œufs au plat.

La différence entre bonheur et déchéance, entre succès et échec. Petite fille, es-tu jolie ou laide ?

La frontière est si ténue. Un seul mot et tout est changé.

Je sais que je dois beaucoup à mon corps. Je ne devrais pas me plaindre. Pour moi, l'apparence comptait plus que l'examen le plus brillant. Mon CV était mon poids, mes mensurations, le creux cintré entre mes cuisses. Tout ce que j'ai pu vivre, j'en suis redevable à mon apparence. Toutes les personnes que j'ai rencontrées, les repas mangés, les cocktails bus. Les soirées où j'ai dansé et aimé.

J'avais dix-sept ans quand j'ai quitté la Suède à cause d'une proposition que je ne pouvais pas refuser. C'était ce que tout le monde disait. Une des meilleures agences du monde, des centaines de milliers de couronnes pour être photographiée dans des vêtements que je pouvais au plus rêver de porter un jour, mon visage sur les affiches, les magazines et à la télévision. Pendant plusieurs années, j'ai arpenté les catwalks entre New York et Los Angeles.

J'ai eu une belle carrière, mais avant mes trente ans, le travail s'est tari et je me suis retrouvée seule flanquée d'un bébé dans une chambre d'hôtel de Manhattan, avec le mal du pays.

Au fond, j'ai toujours eu le mal du pays.

« Que savez-vous faire ? » s'est enquise la femme qui m'a enregistrée comme demandeuse d'emploi à Tidaholm.

Je ne comprenais pas comment, si médiocre avec sa peau grasse et ses cheveux filasse, elle pouvait avoir ce sourire rayonnant de bonheur.

« Je ne sais pas, ai-je répondu, maussade. Je ne sais rien faire. »

Faire la bouche en cœur, baiser l'objectif du regard. Voilà mes talents.

« Je ne vous crois pas », a dit la conseillère de l'agence pour l'emploi, qui visiblement n'était pas du patelin.

Dans mes bras, Fabian hurlait comme un animal sauvage.

« Qu'il est mignon », a commenté la femme.

Si son nez n'avait pas déjà été aussi tordu, je lui aurais mis mon droit en pleine figure.

Trois semaines plus tard, Fabian et moi partions pour Jönköping. Une dernière pique de ma mère sur ma nullité comme parent avait fait déborder le vase. Je l'ai envoyée au diable, elle et mon muet de père, et j'ai emménagé dans un studio avec coin cuisine chez un ouvrier du bâtiment de cinq ans mon cadet avec qui j'avais chatté sur Spraydate.

En fait, en quittant les États-Unis, j'avais pris une décision, je me l'étais promis : fini les relations merdiques, fini de se jeter tête baissée dans des amours sordides. J'en avais soupé. Si jamais je devais à nouveau frayer avec un membre du sexe opposé, ce devait être rapidement expédié, si possible dans l'anonymat. Ou alors je laisserais venir les choses lentement. J'imaginais une amitié chaleureuse et profonde avec une âme sœur, quelqu'un avec qui vieillir, qui nous comprenne, Fabian et moi.

Mon travailleur du bâtiment était bien équipé en bas, mais sous-développé dans la région du cerveau. Quand j'ai trouvé des seringues d'anabolisants à côté du lait dans le réfrigérateur, j'ai commencé à chercher quelque chose de mieux.

Cette fois, mon domicile n'abriterait si possible aucun autre chromosome Y que celui qui était la malédiction de mon petit Fabian.

Ma vie a rarement été comme je la prévoyais. Je suppose qu'il en va ainsi pour la plupart des gens.

16

Mikael

Avant l'accident

Automne 2015

Bientôt, l'automne avait pris la Scanie à la gorge. Alertes météo à la radio, tempêtes qui faisaient craquer la maison et voler les tuiles. La pelouse s'était transformée en une mer brune de feuilles mortes.

Semaine après semaine, les jours raccourcissaient. Pluie battante. Nuit en quittant la maison, nuit en rentrant.

Nous couchions les enfants tôt, allumions des bougies et débouchions du vin.

« Tu sais ce que j'en pense », a dit Bianca en montrant de la tête les flammes vacillantes.

Son imagination catastrophiste ne prenait jamais de vacances.

« Je te promets de les souffler avant qu'on sombre, ai-je dit en me blottissant contre elle sur le canapé.

— Quand finit-on les peintures ? » a-t-elle demandé.

Il ne nous restait plus que notre chambre.

« Ce week-end », ai-je proposé.

Le seul fait d'y penser me pesait. Mon travail au collège absorbait toute mon énergie. La plupart des élèves étaient autonomes en cours de sport, mais il y avait toujours quelques défis à relever dans chaque classe. Des jeunes qui, pour diverses raisons, avaient développé une opinion négative sur la matière ou le sport et la santé en général. Les élèves qui oubliaient leurs affaires de gym, qui avaient des douleurs menstruelles une fois par semaine ou fumaient en cachette derrière un talus pendant les courses d'orientation. C'était eux que je voulais atteindre. Inspirer. Convertir. Réussir à faire aller mieux un seul de ces élèves valait bien tous mes efforts et mes soucis.

« Tu n'as pas à sauver le monde entier », m'avait dit Bianca plusieurs fois quand je travaillais à Stockholm. Mais il ne s'agissait pas de cela. Je n'arrivais tout simplement pas à voir un jeune aller mal sans rien faire pour y remédier. C'était mon sacerdoce. C'était pour ça que j'étais devenu enseignant, à l'origine.

« Je t'aime », m'a dit Bianca, dans le canapé.

Elle ne pouvait s'empêcher de regarder les bougies de travers.

J'ai fini par les souffler.

« Je vais passer un entretien d'embauche, m'a-t-elle dit.

— Hein ? Mais c'est une super nouvelle ! C'est chouette, ma chérie !

— Ce n'est pas exactement l'agence de mes rêves, mais ça a l'air correct malgré tout. Cent pour cent à la commission, mais au moins, je reprendrais un secteur de Lund où le terrain est déjà bien préparé. »

Génial. Le travail d'agent immobilier fonctionne toujours à la commission, et elle ne pouvait pas briguer d'emblée un poste de haut niveau alors que le marché en Scanie ne lui était pas du tout familier.

« C'est juste que je serais bien restée encore un peu à la maison avec les enfants. Tout est tellement nouveau pour eux. Je vais avoir la boule au ventre en permanence.

— La maternelle se passe très bien, l'ai-je rassurée.

— Sûrement. Mais tu sais que ça n'a rien à voir.

— Tu vas y arriver haut la main, chérie. »

Quand elle avait repris le travail après son congé maternité pour William, ça avait été le chaos. Lui et moi, on ne pouvait pas être tranquilles une minute. Bianca appelait à tort et à travers, passait à la maison entre des rendez-vous et des visites, jusqu'à me rendre fou et que je me sente illégitime en tant que parent. Elle a fini par craquer, puis, au bout de quelques semaines, sa paranoïa s'était tassée. Jusqu'à ce que William commence la maternelle. Elle supportait à peine de l'y laisser, s'attardait devant le bâtiment pour l'épier par la fenêtre. Programmait toutes ses visites le week-end pour pouvoir récupérer William tôt en semaine. Et elle avait bientôt commencé à parler de faire un autre enfant.

J'ai regardé Bianca, sur le canapé, avec un élan de tendresse.

« Je sais que c'est pénible pour toi, mais on va se débrouiller », ai-je dit.

Elle a agité ses cheveux blonds et détaché un élastique pour les laisser tomber sur le coussin du canapé.

« Je suis assez fatiguée de rester à la maison. Ça aurait été bien de faire la connaissance de quelqu'un, en Scanie.

— Tu as pourtant… comment, déjà… Lisa ? »

Une bonne copine d'études qui avait déménagé au sud un an plus tôt.

« Mais elle vit à Malmö. Je voulais dire ici, à Köpinge. L'été dernier, on voyait au moins des gens dehors. Maintenant c'est pire qu'une ville fantôme. »

Elle avait raison. Dès l'arrivée de l'automne, tous les jardins et toutes les rues s'étaient vidés, les écrans de télévision luisaient derrière des stores baissés et les gens se hâtaient entre leur voiture et leur porte d'entrée, croulant sous les sacs de courses, les affaires de bureau et des gamins hurlants. Au mieux, on avait le temps d'un signe par-dessus l'épaule ou d'un hochement de tête par la fenêtre de la cuisine. Les semaines étaient remplies par le travail, les week-ends bourrés à craquer d'activités. Il fallait faire du sport, aller à l'école de natation ou à la fête des généalogistes.

« Je pense que ça va être super, ai-je dit. Tu vas sûrement te faire plein d'amis dans ta nouvelle boîte. »

Elle m'indiqua qu'elle croisait les doigts.

« Je n'ai pas encore le poste.

— Comme s'ils pouvaient se passer de toi, l'ai-je assurée en l'embrassant.

— Merci pour ton soutien, chéri, tu es gentil. »

Deux jours plus tard, elle avait signé son contrat. C'était une petite agence immobilière indépendante dont aucun de nous n'avait jamais entendu parler, située dans un local décrépit en lointaine périphérie de Lund. La première impression a été en demi-teinte, mais je me suis efforcé au mieux de lui donner la pêche. Ça allait sûrement bien se passer. Köpinge serait ce nouveau départ que nous imaginions et appelions de nos vœux. Il n'arriverait pas du jour au lendemain, mais c'était en vue.

17

Mikael

Avant l'accident

Automne 2015

Un vendredi soir, je me suis décidé à reprendre la course. Je suis à grand-peine parvenu à faire entrer mes fesses dans mon legging et j'ai passé une bonne demi-heure à m'équiper : une lampe frontale, un capteur de pouls et un bonnet respirant. Quand tout a été prêt, une pluie violente battait avec insistance contre la fenêtre du séjour.

« Ça ne va pas m'empêcher de sortir, nom d'un chien, ai-je lâché. Même si ça doit se transformer en nage tout habillé. »

Bianca a ri depuis le canapé.

« Tu peux toujours aller prendre un abonnement en salle de sport, à la place.

— Non, pas question. Ce fourbi a bouffé la totalité de mon allocation sport-santé. »

J'ai embrassé d'un geste tout l'équipement qui m'avait semblé indispensable au moment de l'acheter.

« Un peu de pluie n'a jamais tué personne, ai-je dit en me claquant sur les cuisses.

— Ça, ce n'est pas *un peu de pluie*, chéri. C'est les chutes du Niagara. »

J'ai ouvert la porte et risqué un pas dehors. L'eau s'est abattue sur moi comme un mur mouvant, mais je n'allais pas reculer maintenant. J'ai fait encore deux pas avant de rebondir à l'intérieur, presque projeté en arrière.

« Pardon. »

En bas du perron, Fabian clignait des yeux sous la cataracte, mains au fond des poches et casquette enfoncée sur le front.

« Qu'est-ce que tu fais là ? » ai-je crié à travers le déluge.

Fabian a trituré ses mains.

« J'ai sonné à la porte. J'ai fait comme vous m'avez demandé, j'ai sonné à la porte. »

J'ai testé la sonnette. Pas un bruit.

Et moi qui avais passé une demi-journée à installer ce machin !

« Il doit y avoir un problème, ai-je dit après avoir essayé encore et encore.

— Tu vas où ? » m'a demandé Fabian en me toisant avec un scepticisme non dissimulé.

Il a levé le visage vers la pluie battante.

« Je sors courir.

— Pourquoi ? »

C'était une question pertinente. Je n'avais pas de bonne réponse.

« Bianca est à la maison ? William et Bella ? a-t-il demandé. Je peux entrer ?

— Pas maintenant. Il est trop tard.

— *Amen.* »

Il a fait une lippe boudeuse.

« Et toi, qu'est-ce que tu fais dehors par ce temps ? ai-je demandé.

— Je ne veux pas rester à la maison. Maman est pénible.

— Viens, ai-je fait en poussant la grille. Je te raccompagne chez toi. »

Nous avons couru côte à côte à travers la cour couverte de flaques. J'étais en plus mauvaise forme encore que je n'avais voulu le croire. Mon pouls est vite monté à trois chiffres et je peinais à suivre le rythme de Fabian.

Au numéro 15, nous avons trouvé porte close. Fabian a frappé énergiquement et la porte s'est bientôt ouverte, mais ce n'était pas Jacqueline. C'était un homme. Grand et large d'épaules.

« Qu'est-ce que vous foutez ? a-t-il lâché à Fabian, qui a plié le cou avant de lui passer devant pour se faufiler au chaud à l'intérieur.

— Bonjour, ai-je répondu. C'est moi qui habite au 13, là-bas. »

Il m'a dévisagé comme si je m'étais échappé d'un asile de fous.

« Pourquoi sortir courir avec cette putain de tempête ?

— Fabian était en train de sonner à notre porte, ai-je expliqué. Mais la sonnette ne marchait pas. »

Le colosse a plissé les yeux dans le noir.

« Je ferme. Tout va être trempé. »

Je suis resté planté là comme un point d'interrogation, dégoulinant sous mon bonnet de course hors de prix censé respirer, mais qui me tirait et me serrait.

J'ai juste eu le temps d'arriver à mi-chemin du tunnel piéton, devant l'aire de jeu et la prairie communale, quand une crampe aux cuisses m'a forcé à rentrer en boitillant.

Je me suis traîné à l'intérieur. Blessé et trempé. Le portrait craché du sportif raté.

La télévision était allumée dans le séjour.

« Chérie ? » ai-je lancé.

Pas de réponse.

Je suis allé me changer directement dans la buanderie. Je me suis extirpé de mon collant et de mon maillot et j'ai enfilé un survêtement sec. En revenant dans l'entrée, j'ai entendu une voix inconnue.

« Chérie ? » ai-je fait à nouveau.

J'ai glissé un œil dans le séjour où Bianca riait sur le canapé.

« Chérie ? » ai-je dit pour la troisième fois.

Elle a sursauté et s'est redressée.

« Salut, mon cœur. Alors, tu es bien mouillé ? »

Dans le fauteuil en face d'elle était assis Ola, le voisin du 14. Il avait croisé les jambes et ôté ses lunettes.

« Il s'est passé quelque chose d'affreux », a dit Bianca.

Leurs rires avaient aussitôt disparu, remplacés par de lourds hochements de tête.

« Ola a été braqué.

— Hein ? À la banque ?

— Non, a dit Ola. Devant Gerdahallen à Lund.

— Là, maintenant ?

— Hier soir.

— Il sortait d'une séance de sport, a précisé Bianca. Il a été attaqué par deux types. »

Ola a opiné du chef.

« Visage découvert. Ils ont pris mon portefeuille et mon portable.

— Ils étaient armés ? ai-je demandé.

— Pas que j'aie vu. Mais ils pouvaient avoir n'importe quoi. Couteaux, pistolets. Rien à faire d'autre que leur donner les trucs.

— Merde, que c'est triste. C'est dingue ce que c'est devenu. »

Je lui ai donné une tape sur l'épaule. Je pouvais facilement imaginer combien ce devait être dur. À Stockholm, un de mes élèves avait été attaché et humilié par deux garçons plus âgés. Le pauvre était resté plusieurs mois chez lui avant de revenir à l'école.

« Le docteur m'a mis en arrêt maladie, a dit Ola. Il m'a prescrit des tranquillisants. »

Il a fini dans un murmure, comme si c'était difficile à admettre.

« J'angoissais un peu à la tombée de la nuit, a-t-il avoué. Et comme je n'ai pas le droit de conduire si je prends ces cachets, je suis venu vous voir pour parler un moment.

— À quoi serviraient les voisins, sinon ? » a fait remarquer Bianca.

Ola a souri. Si seulement il savait ce qu'elle pensait vraiment.

« Je vais prendre une douche chaude, ai-je dit.

— Et moi rentrer chez moi, a annoncé Ola en se levant. Ça va beaucoup mieux, maintenant. Merci pour la compagnie. »

Bianca lui a légèrement touché le bras.

« J'espère que tu arriveras à dormir cette nuit. »

Je les ai accompagnés jusqu'à l'entrée. Ola a enfilé chaussures, manteau et bonnet.

« Prends soin de toi », ai-je dit.

Il a hoché la tête avec gratitude et Bianca lui a fait la bise.

« Il m'a fait pitié, a-t-elle avoué après son départ. Il a l'air très seul. »

J'aurais préféré que quelqu'un d'autre prenne pitié d'Ola, mais il aurait été cynique de commenter. Une fois déshabillé dans la salle de bains, je suis allé voir Bianca, une serviette-éponge nouée autour des hanches.

« Tu voudrais te doucher avec moi ? »

Elle a souri et glissé la main sous ma serviette avec un baiser taquin.

« Allez, viens. »

Nous nous sommes serrés dans la douche sous le jet d'eau chaude.

« Tu sais quoi ? Il y avait un homme chez Jacqueline, ai-je dit. Quand j'ai raccompagné Fabian, c'est un homme qui a ouvert.

— Et alors ? Tu prenais Jacqueline pour une sorte de bonne sœur ?

— Non, mais… »

Je ne savais pas bien de quoi il retournait. Mais cet homme s'était vraiment comporté comme un rustre…

« Tu sais qu'Ola a fréquenté Jacqueline un bon moment ? a dit Bianca.

— Comment ça, *fréquenté* ? »

Ils semblaient si mal assortis.

« Qu'est-ce que tu crois ? a-t-elle souri. Ola m'a dit que ça aurait pu devenir sérieux entre eux s'il n'y avait pas eu Fabian.

— Hein ?

— Ola ne le supporte pas. »

Ça ressemblait à une mauvaise excuse. Jacqueline n'était sûrement pas intéressée par un type comme Ola.

« Apparemment, Fabian a été méchant avec les chats d'Ola, a dit Bianca. Il leur donnait des coups de pied, leur tirait la queue. Ces chats sont comme des enfants pour Ola. »

J'ai ri, si bien que j'ai avalé de l'eau et toussé.

« Un adulte avec des enfants-chats… »

Bianca m'a pincé le lard, j'ai glissé et je me suis retenu à ses épaules pour retrouver l'équilibre. Le bout de son nez a effleuré mon menton.

« J'espère qu'on va être dispensés d'avoir Ola sur le dos pour un oui ou pour un non.

— Ce n'est pas si terrible, a dit Bianca. Il a l'air sympathique. Et c'est bien agréable, un peu de compagnie.

— D'un *voisin* ? »

Elle a fait la grimace.

« J'aurais préféré éviter. Mais Ola a l'air OK.

— Mais qui es-tu ? lui ai-je demandé. Et qu'as-tu fait de ma femme ? »

18

Mikael

Après l'accident

Vendredi 13 octobre 2017

Je rentre de l'hôpital sur les chapeaux de roue. En sortant de l'E6, je fais un dépassement dangereux juste avant le rondpoint qui dessert Köpinge. Quand je me gare, Ola sort dans la cour.

« Comment va-t-elle ? »

Je ferme la Volvo sans le regarder. Je me hâte de gagner le portail.

« Hé ! appelle-t-il. Dis-moi comment elle va. »

Je referme le portail derrière moi, mais Ola vient regarder par une fente entre deux planches.

« On est en train de l'opérer. Nous n'en savons pas plus. »

Le regard d'Ola s'écarquille derrière ses lunettes.

« Ça a l'air grave. »

Je tourne les talons et m'en vais. Je ne veux rien savoir de lui.

Dès que j'entre dans la maison, les enfants se jettent sur moi et, bientôt, nous pleurons ensemble en tas dans le canapé.

« Quand est-ce qu'on pourra voir maman ?

— Est-ce qu'elle aura une cicatrice à la tête ? Est-ce qu'ils vont lui raser les cheveux ? »

Bella et William me bombardent de questions et j'essaie de les rassurer, sans avoir moi-même de vraies réponses.

« Vous pouvez rentrer, dis-je à Gun-Britt et Åke. Merci pour votre aide.

— Nous restons volontiers s'il y a besoin », m'assure Gun-Britt.

Pas question. Je ne veux pas entendre ses accusations fantaisistes. Je dois m'occuper de mes enfants. Leur mère est sur la table d'opération et l'avenir est dans le brouillard.

« La sœur de Bianca est en route. Nous retournerons à l'hôpital dès que nous aurons un peu dîné.

— Combien de temps va durer l'opération ? demande Åke.

— On ne sait pas. Sûrement plusieurs heures. Et elle ne se réveillera pas tout de suite. »

Je demande aux enfants s'ils se souviennent de leur tante Sienna.

William secoue la tête.

« Bizarre, son nom, dit Bella. Elle a des enfants ?

— Ils sont grands. Au moins quinze ans.

— Comme Fabian », remarque Bella.

Oui. Enfin… Peut-être pas non plus comme Fabian. Mais bien sûr je ne le dis pas tout haut.

« Je crois que je me souviens d'elle, maintenant, dit William. Pourquoi elle vient ?

— Parce que c'est la sœur de maman. Elle s'inquiète pour elle.

— Moi aussi », dit Bella.

Je la serre contre moi.

« Nous tous, mon cœur. »

Je sors dans le vestibule, où Gun-Britt enfile son manteau.

« Comment as-tu pu laisser les choses en arriver là ? » lâche-t-elle.

Åke fait entrer le vent froid par la porte en sortant sur le perron.

« Arrête », dis-je.

Je ne devrais pas m'abaisser à ça, mais mes doigts me démangent et je dois serrer les poings.

« Bianca en savait plus long que tu ne penses, dit Gun-Britt. C'était presque comme si elle se doutait que quelque chose allait arriver. L'été dernier, elle m'a dit…

— Tais-toi ! »

Je n'ai pas l'intention de parler de ça. Bianca est toujours inquiète. Depuis que je la connais, elle a toujours été névrosée. Ça n'a rien à voir avec Jacqueline.

« C'était un accident », dis-je d'une voix sourde.

Gun-Britt attache le dernier bouton de son manteau. Elle s'avance de deux pas et me regarde droit dans les yeux :

« C'est vraiment ce que tu crois ? »

19

Fabian

Avant l'accident

Automne 2015

Ce n'était pas papa qui se cachait dans la chambre de maman ce soir-là. Parfois, je pense trop à lui et il me manque tellement que j'imagine des choses. Je crois le voir, reconnaître sa voix. Une fois, je m'étais précipité vers un homme chez Ikea, persuadé que c'était mon père. Quand il s'était retourné et qu'un visage inconnu m'avait regardé de haut, j'avais été si déçu que j'avais crié jusqu'à ce que les vigiles interviennent.

Peter ressemble à beaucoup d'autres hommes que maman a cachés dans sa chambre. Gros muscles et quelque chose de dangereux dans le regard. Comme s'ils n'avaient pas compris que la vie aurait été plus facile s'ils avaient eu l'air un peu plus gentils.

Elle ne les cache que la première semaine, à peu près. C'est toujours pareil. Elle dit qu'elle ne veut pas que ça aille trop vite. Puis les sentiments prennent le dessus. *Cette fois, c'est différent*. Elle le sent de toutes les fibres de son corps.

Elle devrait réfléchir plus et moins ressentir.

On devient facilement une proie si on ne maîtrise pas ses émotions.

Je ne sais pas quoi penser de Peter. Probablement qu'il ne vaut pas mieux que les autres.

Bientôt, deux étoiles jaunes pendent au plafond du vestibule. On doit se baisser pour passer. C'est Peter qui les a accrochées là.

« Parce que vous êtes les étoiles de ma vie. »

C'est assez guimauve, mais maman est comme ensorcelée et trouve tout ce qu'il fait *tellement romantique*.

Peter est policier, et il me laisse toucher son pistolet. C'est plus lourd qu'on ne croit. Je lui demande :

« Tu as déjà tiré sur quelqu'un ?

— Seulement dans les jambes.

— Qu'est-ce qu'il avait fait ?

— Il menaçait un enfant avec un couteau. »

Peter me regarde gravement.

« Par la suite, j'ai su qu'il souffrait de troubles psychiatriques.

— Tu pourrais tuer quelqu'un ?

— Si je dois, oui, dit Peter. On peut se retrouver dans des situations où on n'a pas le choix. »

Je ne crois pas qu'il hésiterait. Je suis bon connaisseur de l'âme humaine. Est-ce que maman voit les mêmes choses que moi ?

En tout cas, elle n'aime pas qu'il vienne ici en uniforme et armé. Les voisins pourraient croire qu'elle est une criminelle.

Ça fait rire Peter.

« Mon étoile », dit-il en l'embrassant dans le cou.

Alors, j'imagine que c'est papa. Je remplace son visage grossier et son regard de gros dur par les joues rondes et le large sourire de papa. Il a de l'huile sur les doigts, une clé Allen à la main et des taches sur les genoux. Papa passe la moitié de son temps sous un point élévateur ou la tête sous le capot d'une Chevrolet ou d'une Studebaker.

J'ai deux photos de lui enfermées à clé dans un tiroir de ma chambre.

« Ton père adore les décapotables », dit maman un soir en venant me souhaiter bonne nuit.

Assis au bord du lit, nous examinons les photos.

« Même sous la pluie, il fallait rouler sans toit », raconte-t-elle.

Je me représente la scène. Maman, les cheveux au vent, une main sur les doigts de papa posés sur le levier de vitesse. Highway 1 sous le grand soleil de Californie.

« Pourquoi il ne pouvait pas rentrer avec nous en Suède ? »

Ça rend toujours maman triste quand je parle trop de ça.

« Il avait son garage. Et sa mère était âgée. »

Il est resté pour s'occuper de ma grand-mère. Maman dit que c'est d'elle que je tiens ma fibre musicale.

« Elle était toujours dans sa chaise à bascule sur la véranda, à jouer de l'harmonica et chanter des chansons country. »

J'aime aussi la country. Et l'électro allemande.

Peter n'aime que le hard rock. Il en met à fond quand il vient ici le soir. Åke et Gun-Britt se sont déjà plaints.

« Il faut bien qu'ils supportent un peu, estime Peter. On n'est pas dans une putain de maison de retraite. »

Je suis d'accord.

Åke et Gun-Britt ronchonnent pour à peu près tout. Sous prétexte qu'ils sont les plus anciens occupants, ils s'imaginent pouvoir faire la loi. Bengt se moquait d'eux et les appelait *vieux schnocks*. C'était drôle, parce que Bengt avait le même âge qu'Åke. *Sur le papier seulement*, disait-il alors.

Je ne suis pas convaincu par Peter, mais maman dit que je dois lui donner une chance. En tout cas, c'est cool qu'il soit flic. Il me laisse monter dans sa voiture de police, une V70 de 245 chevaux.

Un mercredi, en rentrant de l'école, j'entends maman contrariée et remontée. Les étoiles du vestibule s'entrechoquent, mais la voiture de Peter n'est pas dans l'allée. Peut-être se disputent-ils au téléphone ? Ça ressemble à ça, d'habitude, après quelques semaines.

« Non, c'est non. Je ne veux plus avoir affaire à toi. J'ai tourné la page ! »

Discrètement, j'ôte mon manteau et me glisse dans l'entrée. Dès que maman me voit, elle se tait. Ce n'est pas Peter qui croise les bras devant elle. C'est notre voisin. Ola.

« Salut, mon grand, dit maman.

— Salut », dit Ola.

Je me contente de le dévisager.

Il n'a toujours pas compris qu'il ne devait plus approcher maman ?

« Ola va s'en aller », explique-t-elle.

Moi, je ne dis mot. Je le suis du regard quand il sort du vestibule. Il marque un bref arrêt sur le pas de la porte et salue maman de la tête avant de quitter les lieux.

« Où est Peter ? »

Je le demande surtout pour qu'elle ne l'oublie pas.

Parce que si le choix doit se faire entre Peter et Ola, ce n'est pas difficile.

Ola est un idiot.

20

Jacqueline

Avant l'accident

Automne 2015

Mes parents m'ont tout appris de l'art d'être une petite fille sage : se taire, rester tranquille sur sa chaise, s'incliner gentiment et sourire. Ils m'ont appris qu'il était important d'être mignonne et adorable et de ne jamais me disputer. Mais ils ne m'ont rien appris sur l'amour.

« Comment on sait qu'on est amoureuse ? » avais-je demandé à ma mère quand j'étais en CE2.

Maman avait une façon particulière de me regarder avec une expression d'étonnement total, comme si elle n'avait jamais compris qui j'étais ni ce que je faisais là.

« Tu verras bien, m'avait-elle répondu. Ce n'est pas le moment de t'inquiéter de ça. »

Jusqu'alors, je n'étais pas inquiète, mais surtout curieuse. À présent, je comprenais qu'il y avait quand même là de quoi s'inquiéter.

J'ai donc consacré tout mon CE2 à essayer de tomber amoureuse.

Quand ça m'est arrivé pour la première fois, je venais d'avoir dix ans. C'était comme une maladie.

Une fois infectée, pas une semaine ne se passait sans que ce merveilleux chatouillis ne bouillonne dans mon corps. Un regard, un mot, une façon de se passer la main dans les cheveux. Rien n'était trop infime pour déclencher cette tempête intérieure.

J'ai vite appris à aimer tomber amoureuse. Mais personne ne m'a jamais rien appris du véritable amour.

Et me voilà : bientôt quarante ans et à nouveau amoureuse.

Peter est entré avec fracas dans ma vie et a tout changé.

« Comment ça, trop pressé ? a-t-il dit. On ne peut pas tout planifier. Tomber amoureux, ça arrive, et c'est tout. »

Il m'a bombardée de SMS : de grands mots et plein de cœurs. Il m'a invitée au restaurant grec à Lund et m'a tenu la main de la place Mårtenstorget jusqu'à la gare. Embrassée comme s'il allait me dévorer.

« Mais si ce n'est pas réciproque…

— Mais si, l'ai-je assuré, ses mains sur mes hanches. Je ressens exactement la même chose que toi. »

Toute cette situation était enivrante. Peter me rendait plus vivante que je ne l'avais été depuis des années. Il fallait que je desserre le frein, que j'ose vivre ici et maintenant. Que je trouve mon vrai moi, mon ADN. Certaines personnes ont besoin de davantage pour se sentir vivantes. J'ai besoin de tout.

Peter m'a emmenée en excursion au bord de la mer. Nous avons joué au minigolf et partagé une crème glacée. J'aimais sa façon de serrer ma main un peu trop fort, comme s'il avait peur de me perdre. De passer le bras autour de moi dès qu'un autre homme me regardait.

Fabian et Peter avaient l'air d'assez bien s'entendre. C'était encore tout nouveau, mais ça semblait en tout cas prometteur.

« Maman, m'a dit Fabian un matin. Je n'aime pas Ola. »

C'était sorti comme ça.

« Pourquoi penses-tu à Ola ? »

Nous étions assis à la table de la cuisine, avec vue sur le terrain d'Ola par-dessus la clôture. C'était peut-être la raison.

« Je pense à lui parce que je ne l'aime pas. C'est difficile d'arrêter de penser aux gens qu'on n'aime pas. »

Parfois, ses raisonnements me dépassaient largement.

« Moi non plus, je n'aime pas beaucoup Ola, ai-je dit franchement. Tu n'as pas besoin de penser à lui. »

À la base, ça avait été une erreur de commencer une histoire avec un voisin. C'était tellement naïf. Ola et Fabian étaient immédiatement entrés en confrontation.

« Peter est mieux », a dit Fabian.

Ça faisait chaud au cœur. Tout espoir n'était pas mort.

« C'est sûr. »

Fabian a fini son petit déjeuner, mis son cartable sur l'épaule et enfourché son vélo.

Dans l'après-midi, j'ai reçu un appel du collège.

D'année en année, il y a eu tant d'appels, de lettres et de convocations qu'à vrai dire j'ai perdu tout espoir. C'est affreux d'être montré du doigt et remis en cause en tant que parent.

Un conflit avec une fille de la classe, a dit le proviseur au téléphone.

Le genre de choses que *vous* devez résoudre, aurais-je voulu répondre.

« Je t'accompagne à la réunion », a déclaré Peter en me voyant dans tous mes états.

J'ai demandé à Fabian, qui a haussé les épaules.

« D'accord, a-t-il répondu avant de regarder Peter. Tu viendras en uniforme ? »

Il s'y est rendu en chemise et veste. C'était la première fois que je le voyais habillé ainsi. J'aurais aimé plus que tout lui arracher ses vêtements, mais je me suis contentée de lui glisser la langue dans l'oreille une fois sur le parking devant le collège de Köpinge.

Peter s'est retourné et a regardé Fabian, sur la banquette arrière.

« Tu es inquiet ?

— Pas vraiment, a dit Fabian.

— Ne t'en fais pas. On va arranger ça. »

La nuit tombait et Peter dégageait une forte odeur d'homme. Je l'ai tenu par le bras à travers les couloirs du collège.

« Bonjour Jacqueline », a dit le proviseur en me tendant la main.

Il me rappelait Brad Pitt dans *12 Years a Slave*. Portant cheveux longs et barbe, mais avec élégance. Pas le proviseur typique.

« Peter », s'est présenté Peter en lui serrant la main.

Le proviseur nous a fait entrer dans la salle de réunion. Une affiche proclamait : « Connaissance & Amour ». À la table, Micke Andersson faisait cliqueter son stylo.

« Bonjour », a-t-il fait.

Fabian m'avait raconté que le différend avait éclaté en cours de sport, pourtant je ne m'étais pas préparée à ce que Micke soit présent.

« Nous nous sommes déjà vus, a-t-il dit quand Peter s'est présenté.

— Ah bon ? Je vous ai envoyé au trou, peut-être ? »

Peter et Fabian ont été les seuls à rire.

« Il est policier, ai-je expliqué.

— Je sais, j'ai vu la voiture, a dit Micke. J'habite le même lotissement que Jacqueline et Fabian. »

Peter m'a rapprochée de lui. Écarté quelques boucles pour m'embrasser sur la joue. J'ai trouvé ça déplacé, bien trop intime, mais je n'ai rien dit.

« Et voici Lilly et ses parents », a repris le proviseur.

Nous nous sommes salués poliment.

La fille portait un haut si court qu'on pouvait le prendre pour un soutien-gorge. Une veste de survêtement Fila de couleur vive par-dessus et un pantalon avec de gros trous aux genoux.

« Je vous en prie, asseyez-vous », a dit le proviseur.

Ils se sont affalés sur les chaises. Les parents de Lilly avaient l'air d'avoir travaillé dix heures par jour tous les jours ces vingt-cinq dernières années.

« Il s'est passé quelque chose entre Lilly et Fabian en cours de sport aujourd'hui, a commencé le proviseur. Nous ne pouvons pas laisser passer ça, il faut réagir immédiatement. »

Je ne l'avais jamais vu si sombre. Je me sentais comme une petite fille qui attend de se faire gronder. Comme si c'était *moi* qui avais fait quelque chose de mal.

« C'est totalement inacceptable », a continué le proviseur.

Ça m'a fait un petit choc. Selon Fabian, ce n'était pas du tout si grave que ça. Lilly l'avait cherché, provoqué, s'était moquée de lui, et à la fin, la coupe pleine, il lui avait rendu la monnaie de sa pièce.

« Si je n'ai pas été mal informé, c'est Lilly qui a commencé, a dit Peter. Elle s'en est prise verbalement à Fabian. Tout à fait gratuitement. »

Le proviseur a bombé le torse et l'a arrêté.

« Je pense que nous devrions d'abord écouter ce que ces jeunes gens ont à dire eux-mêmes. »

J'ai pris la main de Peter sous la table. Son corps était entièrement tendu. On voyait bien qu'il n'aimait pas l'attitude du proviseur. Il devait être habitué à représenter lui-même l'autorité supérieure.

« Oui, j'avoue, a dit Lilly. C'était méchant de traiter Fabian de gros, de moche et de débile. Mais tout le monde le fait. La plupart sont juste trop hypocrites pour le lui dire en face.

— Mais pourquoi ? a réagi le père de Lilly en soulevant un peu ses fesses. Pourquoi dis-tu des méchancetés pareilles à un camarade de classe ?

— Mais enfin, je me suis excusée. C'était idiot. Merde, ça lui donne pas le droit de me faire ce qu'il a fait. Qu'est-ce que les gens vont dire, maintenant ? »

Peter a regardé Fabian.

« Qu'est-ce que tu as fait ? »

Alors seulement, j'ai compris qu'il s'agissait de quelque chose de vraiment grave.

« Elle le méritait », a dit Fabian.

J'ai senti Micke qui m'observait de côté, et la honte a déferlé en moi. Il devait penser que j'étais une mère ratée.

« Raconte ce que tu as fait, a demandé le proviseur à Fabian.

— Je l'ai enregistrée avec mon portable. Elle était en train de faire des grimaces. Je ne l'ai pas forcée.

— On n'est pas libre d'avoir l'air qu'on veut ? a demandé Lilly en passant la main devant ses yeux.

— Tu devrais avoir honte, a dit son père à Fabian.

— Vous avez conscience du mal qu'il a fait ? » m'a dit sa mère.

La main de Peter a tressailli sous la table, mais je l'ai remise à sa place en l'avertissant du regard.

« Fabian a donc pris des photos de Lilly dans une pose provocante, a expliqué le proviseur. Puis il les a publiées sur un forum pornographique sur Internet. »

Pas ça ! J'aurais voulu disparaître sous la table.

« Fabian ! »

Comment avais-je pu échouer à ce point ? Depuis sa naissance, j'avais désespérément tenté de lui apprendre à respecter les filles. D'où cela lui venait-il ?

Fabian pouvait très bien être différent. Je l'acceptais et l'aimais sans condition. Mais jamais je ne considérerai avec indulgence ces saloperies dégradantes pour les femmes.

« C'est vrai ? a fait Peter. Tu les as publiées sur un site porno ? »

Il riait presque.

« C'est elle qui a commencé », a répété Fabian.

Lilly a ravalé sa morve et essuyé ses larmes. Je me suis en bonne partie reconnue en elle.

« Je t'ai un peu harcelé, a-t-elle concédé. Et maintenant, toute l'école pense que je suis une pute.

— Il faut immédiatement retirer ces photos, ai-je dit à Fabian.

— OK.

— C'est quelque chose de grave », a ajouté Micke.

C'était la première fois qu'il ouvrait la bouche.

Peter l'a dévisagé, l'air de dire : *Dis donc, toi, tu manques pas d'air !*

« Bien sûr, il va supprimer ces images, a lancé Peter. Mais ça n'enlève rien au fait que c'est Lilly qui a commencé. Parfois, il faut un peu réfléchir. Nos actes peuvent avoir des conséquences. »

Le proviseur et Micke ont échangé un regard critique puis se sont tournés vers Peter.

« Nous n'encourageons pas nos élèves à se faire justice eux-mêmes, a déclaré le proviseur. Vous non plus, j'espère ?

— Non, non, non, ai-je dit.

— Non, cela va de soi, a renchéri Peter. Je dis seulement qu'il faut faire attention et réfléchir avant d'agir. »

Fabian m'a regardée.

« Je peux supprimer les photos tout de suite.

— Tout de suite, a confirmé le proviseur. Ce que tu as fait est criminel. »

Peter a lâché un soupir, comme pour signifier qu'il n'était pas d'accord. J'ai pressé ses doigts sous la table.

« Je crois en tout cas que ça fera une leçon au gamin, a-t-il affirmé.

— Je suis désolée pour tout ça », ai-je dit en cherchant le regard de Lilly.

Ses parents m'ont dévisagée comme si j'étais le diable en personne.

« Une fois que c'est publié sur Internet, on n'arrive jamais à s'en débarrasser totalement, a expliqué le proviseur à Fabian. Tu le comprends sans doute ? »

Fabian a hoché la tête.

Il ne laissait jamais paraître aucun sentiment dans ce genre de situations. Je crois que je lui ai servi de repoussoir en la matière. Dès que vous montrez la moindre faiblesse, on vous saute à la gorge.

Nous avons regagné la voiture dans la pénombre.

« Un site porno, a dit Peter. C'était créatif.

— Arrête ! ai-je lâché. Un truc pareil peut détruire la vie d'une fille.

— Et Fabian ? Qu'est-ce que ça lui fait, à ton avis, de se faire traiter de gros et de moche ? En tout cas, je pense que Lilly aura compris et qu'elle lui fichera la paix désormais. »

J'ai ravalé mes protestations. Peut-être Peter n'était-il pas celui que je croyais ? Certes, c'était noble de sa part de prendre la défense de Fabian, mais sa façon de le faire en disait long sur sa propre vision des femmes.

Il a déverrouillé la voiture d'un *bip* et Fabian est allé s'asseoir sur la banquette arrière. Quand les phares se sont allumés, ils ont éclairé directement Lilly, dans son jean troué et son mini top. Devant une Saab marron, ses parents avaient chacun allumé une cigarette.

« Elle a eu ce qu'elle méritait », a dit Fabian.

Un frisson m'a parcouru l'échine.

21

Mikael

Après l'accident

Vendredi 13 et samedi 14 octobre 2017

Dans le couloir des soins intensifs, je tiens Bella et William par la main.

« Je vous aime tellement, vous le savez, hein ? Tout va s'arranger. »

Je les garde tout contre moi en poussant la porte avant d'avancer vers le lit où dort Bianca. La couverture est remontée sur sa poitrine, les machines à côté du lit ronflent et ronronnent.

Elle a l'air pâle. Éprouvée. Avec en même temps quelque chose de paisible sur sa bouche close.

Je songe à notre week-end thalasso à Ystad. L'odeur de mer et d'automne. Étendus en peignoir devant la cheminée, nous nous perdions dans les yeux l'un de l'autre.

L'opération s'est bien passée. On a fait cesser l'hémorragie cérébrale, mais il est encore impossible d'estimer la gravité des dégâts.

« Nous ne pouvons qu'attendre et voir », dit le docteur Arif.

C'est tellement désespérant. Nous allons rester assis là des heures et des heures, c'est sûr. Juste attendre.

Bella sanglote. Une digue se rompt et les larmes giclent.

Je m'agenouille pour la prendre dans mes bras.

« Pourquoi maman ne se réveille pas? Je veux qu'elle se réveille ! »

Les yeux de Bella sont deux fentes rouges. En temps normal, il aurait été depuis longtemps l'heure d'aller se coucher.

« Moi aussi, je le veux, ma chérie. Dors un peu maintenant, je crois que maman va se réveiller après.

— Est-ce qu'elle ira bien, alors? demande William.

— Nous ne savons pas. Ça prendra peut-être du temps avant que maman soit à nouveau comme avant. Le cerveau est la partie du corps la plus importante.

— Nan, dit Bella. C'est le cœur.

— Oui, si le cœur s'arrête, on meurt », confirme William.

Bella sanglote et serre à nouveau ses bras autour de mon cou. Presse son petit nez contre ma joue.

« Je ne veux pas que maman meure. S'il te plaît papa, dis qu'elle ne va pas mourir. »

C'est alors que je craque à mon tour. Mes larmes coulent, ma voix se brise.

« Non, maman ne va pas mourir.

— Promis?

— Oui. Promis. »

Parce que c'est comme ça qu'on fait. C'est comme ça qu'on est papa.

Bella s'endort dans mes bras, et la respiration de William sombre bientôt elle aussi dans une lourde somnolence. Pour ma part, pas moyen de dormir.

Chaque minute est une montagne à gravir. Lentement, mon regard caresse le moindre pli et repli du visage de

Bianca. Les années ont beau avoir laissé leur marque, je reconnais le moindre trait des origines, quand il n'y avait qu'elle et moi, quand toutes les portes étaient ouvertes et aucun rêve trop grand.

Pour toujours.

C'était ce qu'on disait.

Toujours : deux mots fondus en un. Exactement comme nous.

Tôt le samedi matin, je reçois un SMS de Sienna.

Dans le taxi.

Je réponds avec un pouce levé et un bref itinéraire.

Au moment où je vais appuyer sur *Envoyer*, Bianca bouge. Une petite secousse d'une épaule qui se propage vers le haut, faisant sursauter la tête. Comme une décharge électrique. La bouche se déforme et elle a l'air de souffrir.

Je me précipite gauchement sur sa main.

« Chérie ? Tu m'entends ? »

Ses lèvres s'affinent et, bientôt, elle repose à nouveau paisiblement sur l'oreiller.

« Chérie ? »

Je veux qu'elle se réveille. Elle me manque.

Ce qui est curieux, c'est qu'elle me manque depuis si longtemps. Plusieurs années, me semble-t-il. Elles me manquent, l'espièglerie et toute cette légèreté dont j'étais jadis tombé éperdument amoureux, pour lesquelles je me disais prêt à mourir.

Les enfants en bas âge. Voilà notre bouc émissaire. Sur ce point, nous étions parfaitement d'accord.

Ce sera mieux après, nous répétions-nous pour nous en persuader. *Il s'agit juste de traverser ces années avec les enfants en bas âge.*

Pour *toujours*, c'est pour tous les jours.

Je reconnais à peine Sienna. Elle a dû se teindre les cheveux. Mince et musculeuse, les yeux bruns, elle mesure sans doute dix centimètres de plus que Bianca. Il n'y a pas que la personnalité et les centres d'intérêt qui séparent les deux sœurs.

Elle passe doucement la main sur le bras de Bianca.

« Comment va-t-elle ? L'opération s'est bien passée ? »

J'essaie de lui transmettre les propos des médecins, qu'on a stoppé la grosse hémorragie, mais qu'il en reste de petites inopérables.

« Ils ne peuvent pas dire grand-chose de plus avant qu'elle ne se réveille. Ce n'est qu'alors qu'on pourra voir si le cerveau a été touché. »

Sienna retient son souffle.

« Ma petite Bianca, dit-elle en caressant la joue de sa sœur. Comment ça s'est passé ? Comment a-t-elle pu se faire renverser juste devant la maison ?

— Je ne sais pas. William a expliqué qu'elle devait aller à vélo au supermarché. Nous devions manger des tacos. »

Sienna se retourne.

« Elle laissait souvent les enfants seuls, comme ça ? »

Ça ressemble à un reproche. J'espère qu'elle n'est pas venue pour chercher des poux.

« Ça prend cinq minutes d'aller à Ica. Et puis j'étais en train de rentrer du travail. »

Sienna porte les mains à son front.

« Et nous qui venions de renouer. »

Je ne comprends pas ce qu'elle veut dire.

« Nous nous sommes pas mal écrit l'été dernier », précise-t-elle.

Bianca ne m'en a pas parlé.

« Au fond, je ne sais pas pourquoi nous avons passé si longtemps sans nous donner de nouvelles. Il y a eu d'abord la mort de papa, puis vous avez déménagé en Scanie.

— Oui. »

Je sais que Sienna s'est plainte de notre déménagement.

« Tu m'as bien dit que c'est une voisine qui l'a renversée ? »

Je déglutis.

« Oui, elle a l'habitude de rouler vite dans le lotissement.

— Ne me dis pas que c'est cette Jacqueline ? »

Sienna me dévisage. Que sait-elle au sujet de Jacqueline ?

« Bianca t'a parlé d'elle ? »

Sienna retient son souffle quand, soudain, Bianca bouge à nouveau. Ses épaules tremblent et sa tête roule sur le côté.

« Ma chérie ! »

Les lèvres de Bianca s'entrouvrent et ses paupières tressaillent. Elle cligne et cligne encore des yeux.

« Bianca ? »

Je prends sa main. Son visage est agité de petits spasmes et, au bout de quelques secondes, je plonge droit dans ses yeux émeraude.

« Chérie ? Tu m'entends ? »

Elle me regarde, sans me voir. Ses yeux papillonnent, son regard ne semble pas trouver où se fixer.

« Chérie ? dis-je. Bianca ? »

22

Fabian

Avant l'accident

Hiver 2015

Peter pige.

« Te laisse pas emmerder. »

Maman ne comprend rien. Elle veut me punir.

« Pas de WiFi pendant deux semaines, me menace-t-elle. Ce que tu as fait à cette fille est affreux.

— Allez, dit Peter. Là, tu es injuste. C'est la fille qui a commencé. »

Je déclare que ça ne fait rien si maman coupe le réseau. De toute façon, je la connais. Dès demain, elle va regretter, vouloir qu'on parle, et elle finira assez vite par rebrancher le WiFi.

« Mais comment ça se passe, à l'école ? » demande-t-elle.

Toujours la même vieille question. Combien de fois vais-je devoir y répondre ?

« Ça va, maman. Ça va. »

Parce qu'on ne veut pas inquiéter sa maman. On ne peut pas lui dire que l'école est l'enfer sur terre, une guerre mondiale, et depuis toujours. *Tout va bien.*

Au fond, elle sait. Forcément. Il y a certaines choses qu'il vaut quand même mieux taire à tout prix.

Trois semaines, c'est la durée standard. Trois semaines passent, puis ils commencent à se disputer. Souvent, j'ai attendu ce moment, je l'ai peut-être même désiré, mais avec Peter, c'est autre chose. Je l'apprécie de plus en plus.

« Je te préviens, dit maman. Ne te mêle pas de la façon dont j'élève mon fils. »

Puis quelques minutes suffisent pour qu'elle pleurniche et que Peter demande pardon.

Maman est *sensible*.

« C'est toi qui voulais que je t'accompagne à cette réunion », dit Peter.

Il s'implique pour moi. Peu l'ont fait.

« Je sais. Pardon. »

Quand Peter lui caresse les cheveux, son visage devient flou et celui de papa le remplace. Maman dit qu'elle l'aime. Il y a encore de l'espoir.

Je mets mes écouteurs et disparais dans l'écran.

Une semaine plus tard, il neige quand je vais au collège sur mon vélo.

Quelques garçons se sont cachés dans les buissons près du tunnel. Ils me bombardent de boules de neige, je baisse la tête et pédale de toutes mes forces dans la côte. Ils me courent après et me touchent au dos et au cou.

Quand je me réfugie au chaud dans l'entrée, je tombe sur Micke, en survêtement bleu.

« Quel temps, hein ? »

Je le dévisage. Il a vu que j'arrivais juste de dehors, la tempête de neige est sous ses yeux.

Pour rejoindre mon casier, je passe devant Lilly et la mafia des filles. Elles font semblant de ne pas me regarder, mais leurs voix changent, elles complotent et chuchotent.

Ça a toujours été comme ça, j'ai l'habitude.

Si je savais faire autrement, si je pouvais changer quelque chose, n'importe quoi, je le ferais sans hésiter. J'essaie de me persuader que ça n'a pas d'importance, que je me fiche bien d'elles et de ce qu'elles pensent, mais au fond, c'est impossible. Je me mens à moi-même. Ça fait mal de ne pas être apprécié.

Et je sais que tout est ma faute. Je l'ai appris très tôt.

Pas de fumée sans feu.

Pour une dispute, il faut être deux.

J'essaie de marcher le dos droit. Ne pas me retourner.

Quand je me penche pour ouvrir mon casier, quelqu'un dans mon dos envoie valser ma casquette. Quelques garçons de troisième ricanent. J'ignore leurs regards, je ramasse ma casquette et la remets sur ma tête.

Je rêve de Californie. Papa et moi en bleu de travail devant l'atelier. Maman sur la véranda. Grand-mère qui joue de l'harmonica.

Le matin de la Sainte-Lucie, maman et Peter sont sur le canapé. Il est resté cette nuit. Je bois du chocolat chaud et, à la télévision, on voit une chorale en blanc défiler à l'aube.

« Je pensais aller voir ma mère à Piteå pour Noël, dit Peter. Vous ne voudriez pas m'accompagner ? »

Maman me regarde. Je peux lire dans ses pensées.

« Je ne sais pas. C'est un peu prématuré.

— Mais non, ma mère est cool. Ne t'inquiète pas. Pas de chichis chez nous. Un peu de hareng, un coup de schnaps, à la bonne franquette, pas de dîner de famille et tout ça.

— Mmh. »

Maman se tripote les doigts, fait tourner ses bagues.

« C'est loin, Piteå.

— On irait en avion, bien sûr », dit Peter.

Je lape précautionneusement mon chocolat brûlant. Maman sait que je n'accepterai jamais ça.

« Qu'est-ce que tu en penses ? poursuit Peter. Je réserve les billets ? »

Maman se tortille.

À la télé on chante : *Staffan était un palefrenier.*

« Je ne sais pas. On pourrait attendre un peu.

— Attendre ? Noël est dans une semaine. »

Peter se lève si brusquement qu'il accroche la table basse et renverse du café sur la moquette. Maman est aussitôt à quatre pattes munie d'un rouleau d'essuie-tout.

Ça me fait mal de la regarder. J'aimerais être normal, un meilleur fils, qui ne gâche pas tout. Mais voler, vraiment, je ne peux pas.

« Écoute..., dit maman en se précipitant vers la cuisine derrière Peter. Fabian n'a jamais pris l'avion et il...

— Et quoi ? Il faut bien une première fois ? Prendre l'avion, c'est rien du tout.

— Mais pas maintenant, dit maman. Nous avons tout notre temps. Pas besoin de nous presser comme ça. »

Peter grommelle, maman murmure. Leurs voix se transforment en beurre et en gouzi-gouzi, et bientôt ils font clapoter leurs langues. Je ne peux pas entendre ça, je monte à fond le volume de la télé.

La chorale chante : *Bonsoir, bonsoir, joyeux Noël !*

« Baisse le son ! » crie maman.

Bientôt, des pas retentissent dans le couloir. Mais ce n'est pas maman qui arrive, c'est Peter.

« Ça va pas, non ? » hurle-t-il.

Il m'arrache la télécommande et s'acharne sur tous les boutons jusqu'à ce que l'écran soit noir et que la chanson meure.

23

Jacqueline

Avant l'accident

Être parent, c'est ce qu'il y a de plus difficile au monde. Le moindre faux pas peut avoir des conséquences dévastatrices. Il n'y a pas de manuel, pas de conseil qui vaille. À certains, pourtant, cela semble venir naturellement. Comme une mise à jour de la personnalité, un reformatage du cerveau, désormais réglé en mode *parent*.

Pendant neuf mois, avec Fabian dans le ventre, j'ai sans arrêt attendu que cela m'arrive. Jusque dans la salle de travail j'ai croisé les doigts. Bientôt, bientôt. *Reformatage terminé, redémarrage de l'unité centrale.* Mais tout ce que j'ai ramené chez moi de la maternité, c'est un dépliant expliquant comment amorcer l'allaitement et comment coucher le bébé pour éviter la mort subite du nourrisson. Rien sur comment apprendre à un être humain à devenir un être humain.

Fabian est une personne formidable. Le *problème*, ça n'a jamais été lui.

Juste après notre installation à Köpinge, j'ai trouvé un emploi de postière remplaçante chez Bring, et Fabian a eu une place en maternelle de l'autre côté de la prairie communale, à cinq minutes à pied de Bråkmakargatan.

D'un côté, c'était exactement ce dont Fabian avait besoin, se socialiser avec des enfants du même âge. Il avait cinq ans et avait toujours été à la maison avec maman. D'un autre côté, j'étais morte de peur que ça ne marche pas à l'école.

Il s'est pourtant bientôt avéré que je n'avais pas à m'inquiéter. La scolarisation s'est déroulée avec une surprenante facilité et, bientôt, Fabian s'était entiché du seul enseignant homme de l'équipe, Göran.

Par précaution, j'ai expliqué à Göran que Fabian était un peu spécial. Il était facilement frustré en cas d'échec et avait parfois besoin de se mettre en retrait quand ça devenait trop agité.

« Ne vous inquiétez pas, m'a assuré Göran. Ça va bien se passer. »

J'avais peur qu'il ne comprenne pas, qu'il me balaie d'un revers de la main comme une énième mère névrosée qui croit que son enfant est unique.

« Tout s'est bien passé aujourd'hui », disait Göran chaque après-midi quand je venais chercher Fabian, en sueur après avoir foncé à vélo pour être à l'heure.

Peut-être était-ce juste une lubie ? La même inquiétude qui tourmente tous les parents, tous les jours et partout.

Le matin, Fabian réclamait : « Dépêche-toi, maman ! » Il avait hâte d'aller à la maternelle et était si content de retrouver Göran. Il était assez clair que Fabian cherchait une figure paternelle. Il posait souvent des questions sur son père aux États-Unis, et j'hésitais sur ce que je pouvais lui en dire sans le décevoir.

Tout allait bien depuis plusieurs semaines quand, un après-midi, Göran m'a appelée. Je faisais ma tournée à vélo, je venais de monter au troisième étage remettre une lettre recommandée à un type propriétaire d'un terrier hargneux. La voix de Göran me rappelait les aboiements du chien.

« Il faut que vous veniez immédiatement. »

Je me suis jetée sur mon vélo et j'ai pédalé jusqu'à ne plus sentir mes jambes. Devant l'entrée de la maternelle, j'ai ôté mes chaussures, la gorge serrée. Les portes de la section étaient fermées. Deux enseignantes me tournaient le dos, devant la machine à café.

« Fabian a mordu une fille au bras, m'a informée Göran. Il a fallu l'emmener à l'hôpital pour la recoudre. »

Tout au fond de la salle de repos, Fabian attendait tout habillé, en combinaison et bonnet. Les autres enfants jouaient dehors.

« Il y a parfois des conflits, a expliqué Göran. Fabian a besoin de s'entraîner à interagir avec d'autres enfants. Surtout des filles. Il a du mal à comprendre où se situe la limite. »

Ça s'embrasait en moi. Tout allait pourtant bien jusqu'ici.

« Pourquoi vous ne m'en avez pas parlé ? »

J'ai essayé de passer le bras autour de Fabian, mais il s'y opposait de tous les muscles de son corps.

« On ne doit jamais se battre et jamais mordre, l'ai-je grondé. Tu le sais bien, Fabian. »

J'étais forcée de faire un effort pour avoir l'air fâchée. Au fond, j'aurais voulu pleurer et le consoler. Au lieu de quoi j'ai reculé d'un pas en agitant le poing comme un personnage de bande dessinée. Sans quoi, que penserait Göran de moi ? Quelle sorte de parent plaint son fils qui vient de mordre le bras d'une petite fille innocente ?

À peine arrivés à la maison, j'ai demandé pardon à Fabian.

« Je sais que tu ne l'as pas fait exprès.

— Bien sûr que si. Elle m'a dit que je ne pouvais pas jouer avec elle, alors je lui ai mordu le bras. »

Un abîme s'est ouvert en moi.

« Il ne faut pas mordre, Fabian. Quand quelqu'un est méchant, il faut aller le dire à un adulte. Promets-moi de ne pas recommencer. »

Il a fait une moue boudeuse.

« Mmh…

— Qu'est-ce que tu dis ?

— C'est promis, maman. »

24

Mikael

Avant l'accident

Hiver 2015-2016

L'hiver a été un bain de bouillasse avec des températures positives et une pluie battante. Un vent d'ouest persistant qui refusait de mollir, des ténèbres et une mélancolie qui jamais ne cédaient un pouce de terrain. Dans une école en Oregon, un élève avait abattu huit enfants et un professeur avant de se suicider et, quelques semaines plus tard, un homme masqué avait attaqué une école de Trollhättan en tuant trois personnes à coups d'épée.

« C'est dingue, a dit Bianca. Maintenant, il va aussi falloir placer des détecteurs de métaux et des vigiles à l'entrée des écoles. »

Je ne voulais pas d'une école de ce genre.

« Il est important d'essayer de préserver une société ouverte.

— Mais la sécurité doit passer en premier », a estimé Bianca.

Nous avons fêté Noël à Göteborg chez mes cousins, que je ne connaissais presque plus et dont les enfants avaient plusieurs années de plus que les nôtres. En rentrant, dans la voiture, William a demandé pourquoi nous avions déménagé loin de tous ses copains de Stockholm. Les yeux luisants, Bianca a tenté de lui expliquer en clignant très fort des paupières.

La culpabilité me retournait les tripes. C'était ma faute, mes démons que nous avions fuis, mais je n'ai pas dit un seul mot. Bella et William n'étaient pas encore prêts pour la vérité.

Au Nouvel An, le ciel s'est brièvement illuminé d'étincelles puis les ténèbres ont repris le dessus. Les jours n'étaient pas assez longs, les nuits ne suffisaient pas. On allait se coucher avant d'être au clair dans sa tête et le réveil sonnait juste au moment où on plongeait dans le sommeil.

Des innocents sautaient à Jakarta et Istanbul, des bombes pleuvaient sur Alep et, en Égypte, des terroristes attaquaient des touristes en train de bronzer.

Bianca se morfondait devant les journaux télévisés.

« Quel monde laissons-nous à nos enfants ! »

Nous étions à demi étendus sur le canapé, tandis que la pluie tambourinait à la fenêtre. Elle s'engouffrait en cascade dans la descente de gouttière et tout était plongé dans le noir.

« Il y a aussi des points lumineux, ai-je rétorqué. Tout n'est pas un désastre.

— Non, bien sûr. Nous avons la meilleure famille au monde et ce Noël a été merveilleux. C'est juste qu'il y a beaucoup de sujets de préoccupation en ce moment. »

Les débuts de Bianca dans son agence immobilière à Lund avaient été rudes. Le secteur qui lui était dévolu consistait presque exclusivement en appartements dans de grands ensembles passablement décrépits du nord de la ville. La vente était poussive, beaucoup de clients étaient exigeants et chipotaient plus que d'ordinaire.

« Je ne gagne presque rien, s'est-elle plainte. Les propriétaires de l'agence s'occupent eux-mêmes des biens les plus attractifs.

— Tu devrais trouver quelque chose de mieux, ai-je dit. Tu es bien trop compétente pour cette agence merdique.

— Mais je connais à peine le marché, par ici. Je ne trouve rien sans GPS.

— On va t'aider. Ce week-end, on va faire un tour à Lund et tout visiter pour mieux connaître les différents quartiers.

— Tu es mignon, a dit Bianca en me pinçant le gros orteil.

— Nous savions qu'il faudrait se battre. Mais tu es une étoile, chérie. Ne l'oublie pas. »

Elle m'a adressé un sourire las tandis que je passais mes bras autour d'elle. Une étreinte entravée, tâtonnante : je me sentais empoté comme un adolescent.

Il y avait une distance entre nous, une résistance invisible qui m'empêchait de l'atteindre. Bianca l'avait-elle remarqué elle aussi ?

Je lui ai caressé les chevilles.

« Tu t'es rasé les jambes ? »

Ça faisait longtemps. Était-ce censé être une invitation ?

« Euh... », a-t-elle fait en se tortillant.

C'était chaud entre ses jambes.

« Je sais que je me suis un peu négligée, a-t-elle ri. Mais rien ne t'oblige à une franchise aussi brutale. »

J'ai glissé ma main entre ses cuisses en l'embrassant.

« Je t'aime tellement. »

Ce n'était absolument pas un mensonge. Mon amour était plus fort que jamais, même s'il s'était aussi transformé. Je voulais voir Bianca gaie et heureuse, je ne pouvais pas imaginer autre chose que vieillir auprès d'elle en regardant nos enfants grandir. Mais mon amour ne s'ornait pas du même désir juvénile que jadis. Je préférais m'endormir en sentant l'haleine de Bianca sur ma nuque plutôt que mordiller la pointe de ses seins. Sa beauté m'éblouissait le plus quand je voyais en elle la plus merveilleuse mère du monde pour nos enfants. L'amour est malléable et mûrit. Je n'avais aucun besoin de tout cet autre aspect si fort désiré dans ma jeunesse.

« Je t'aime moi aussi », a répondu Bianca.

Pour les vacances d'hiver, nous avons réservé un voyage. Ni Bella ni William n'avaient encore fait de ski, mais nous avions entendu dire que les pistes de Branäs convenaient aux débutants. Le vendredi avant les vacances, j'ai laissé la quatrième B dès l'heure du déjeuner. J'ai pris une douche au collège et j'ai enfilé jean et chemise. J'avais prévu de prendre mon après-midi en RTT. Le lendemain, bien avant le lever du soleil, nous devions être dans la voiture en route vers le nord.

La chair de poule aux bras, j'ai traversé la cour de récréation. Arrivé à l'entrée du bâtiment, je me suis bruyamment ébroué en piétinant pour décrotter mes chaussures.

Quelques garçons de troisième C étaient attroupés dans le hall des élèves. Je les avais presque dépassés quand mon instinct a tiqué. Quelque chose clochait. Un bon enseignant sent ce genre de choses.

« Qu'est-ce que vous faites, les gars ? » ai-je demandé.

Ils se sont regardés, sur leurs gardes.

« On traîne. »

Quatre garçons baraqués en sweats et pantalons de survêtement trop courts. Deux d'entre eux étaient des footballeurs très prometteurs.

« Qui est là-dedans ? ai-je demandé en indiquant la porte des toilettes derrière eux.

— Personne. »

Ce n'était pas vrai. Le verrou était rouge.

« Hé ho ? ai-je fait en secouant la porte. Il y a quelqu'un ?

— Mais arrêtez, quoi, a dit un des garçons. Putain, vous pouvez pas tirer sur la porte comme ça. »

Il s'appelait Andy, un fauteur de troubles notoire. Un petit mec à mobylette dont le père plombier avait apparemment été aussi turbulent que lui lors de son passage au collège de Köpinge.

« Allez, les gars, c'est bon, là, ai-je repris. Qui est là-dedans ? »

Andy a bombé le torse en s'avançant. Dangereusement près. Il me dépassait d'une bonne tête.

« De quoi vous vous mêlez ?

— On se calme. »

La porte des toilettes a craqué et le verrou a lentement tourné. Dedans, Fabian, épaules voûtées et air abattu.

« Qu'est-ce qui se passe, ici ? » ai-je demandé.

Les footballeurs ont haussé les épaules.

« C'est lui qui voulait être là-dedans, a répondu Andy. C'est un pays libre.

— Arrête ton char. »

Je lui ai adressé mon regard le plus autoritaire.

« Allez, viens, Andy, on s'en fout », lui ont enjoint ses camarades. Mais Andy n'avait pas l'intention de s'en foutre. Il a levé le bras en me prenant de haut. Il s'est frayé un passage jusqu'à la porte dont il a saisi la poignée.

« C'est lui qui voulait être là-dedans, a-t-il répété. Hein, Fabian ? »

J'ai essayé de l'empêcher de refermer. J'ai avancé la pointe de ma chaussure comme une cale, mais Andy est parvenu malgré tout à contourner l'obstacle et à claquer la porte au nez de Fabian.

« Maintenant, ça suffit ! » ai-je lâché.

Andy a ri.

Une brève lutte autour de la poignée de la porte. Mon pouls s'est emballé. J'étais outragé, piétiné. Un gamin de seize ans mettait à mal mon autorité, l'honneur de ma profession.

« Lâche ça ! » ai-je hurlé.

Andy a ri de plus belle.

À côté, ses potes chahutaient. Quelques-uns filmaient la scène avec leurs portables.

Alors, ça a débordé. J'ai lâché la poignée et frappé de mes deux mains les flancs du harceleur irrespectueux, dont les longues jambes se sont emmêlées tandis qu'il s'effondrait à terre.

Vite, j'ai ouvert la porte et Fabian a pu se glisser dehors.

« Toi, tu me suis tout de suite chez le proviseur, ai-je dit à Andy qui se relevait lourdement.

— *Fuck you !* » Il m'a toisé d'un œil mauvais. « Toi, je vais porter plainte. »

Je l'ai regardé. Parlait-il sérieusement ?

« J'ai tout en vidéo, a fait un des élèves. Des preuves accablantes, tu piges ? »

Andy a topé un *high five*. D'autres élèves sont accourus pour savoir ce qui s'était passé. Quelqu'un a demandé si c'était vrai que j'avais frappé Andy.

Ça a été comme une décharge. J'ai regardé alentour pour chercher par où fuir. Avais-je franchi la limite ? À nouveau ?

La semaine de vacances à Branäs s'en est naturellement ressentie. Que je sois sur un tire-fesses avec Bella ou que je joue à la PS4 avec William à l'appartement. Que je me réchauffe, les pieds endoloris, en buvant un chocolat chaud ou que je zigzague sur une piste rouge ébloui par le soleil sur la neige : l'incident avec Andy me tracassait.

« Mais qu'est-ce que tu as fait, à la fin ? a demandé Bianca. Tu l'as frappé ?

— Bien sûr que non ! J'aidais Fabian à sortir des toilettes quand Andy est tombé à la renverse. C'était un accident.

— Alors il n'y a pas d'inquiétude à avoir ? N'est-ce pas ? »

J'aurais tant voulu la rassurer, lui dire qu'il n'y avait pas de quoi en faire tout un plat et que ce serait vite oublié, mais je savais comment les choses se passaient en milieu scolaire.

« Avant Noël, nous avons eu un cours sur l'approche à faible excitation », ai-je dit.

Bianca et moi partagions une bouteille de rouge en jouant aux dominos dans l'appartement. Elle n'avait jamais entendu parler de ce concept.

« En quoi ça consiste ?

— Dans les situations conflictuelles, en tant qu'adulte, il faut reculer en réprimant l'expression de ses émotions plutôt que gronder et agir de façon autoritaire, ai-je expliqué. Plus facile à dire qu'à faire. Et puis, avec une méthode pareille, difficile de maintenir la moindre discipline.

— Mais quoi ? Tu aurais dû ne rien faire ? Ils avaient quand même enfermé Fabian dans les toilettes.

— J'aurais dû laisser la situation se calmer et parler posément avec eux. J'ai échoué. J'étais stressé, je voulais rentrer à la maison pour faire les bagages. Et quand j'ai vu le visage terrorisé de Fabian, là, dans les toilettes… Et merde. »

J'avais surréagi et envenimé la situation.

« Et si…, a commencé Bianca. Les rumeurs circulent vite à Köpinge.

— Il n'y a sûrement pas lieu de s'inquiéter.

— La prochaine fois, ne t'en mêle pas. Va plutôt prévenir le proviseur. Je ne supporterais pas que tout ça recommence. »

Elle avait sans doute raison. Les risques étaient trop grands et je ne pouvais pas me permettre d'autre erreur.

Le jeudi, nous avons mangé une pizza du Värmland à la viande de renne dans un restaurant douillet au bord des pistes. Chaque jour grandissait mon espoir que l'incident avec Andy pâlisse pendant les vacances, que cette menace de porter plainte ne soit qu'une parole en l'air, comme en lâchent les élèves de nos jours, et que cela resterait sans suite.

J'avais tellement mangé à la pizzeria que j'avais peur de vomir. Revenu à l'appartement, j'ai lu une histoire à Bella et William, qui arrivaient à peine à garder les yeux ouverts. Puis j'ai rejoint Bianca sous la couette. Nous nous sommes caressés et embrassés. Le dîner me remontait au fond de la gorge, j'avais l'estomac comme un ballon.

« Bonne nuit, ai-je chuchoté au milieu d'un baiser. Je t'aime. »

À mon réveil, le lendemain, j'avais reçu un SMS du proviseur du collège de Köpinge.

As-tu la possibilité de passer dans la journée ?

25

Mikael

Après l'accident

Samedi 14 octobre 2017

Bianca fait la grimace en tournant difficilement la tête. Son regard erre, ses paupières collent. Elle gémit.

« Appelle l'infirmière, dis-je à Sienna. Dépêche-toi ! »

Je serre plus fort la main de Bianca.

« Tu m'entends, chérie ? Comment tu te sens ? Tu peux parler ? »

Je me rappelle les mots du docteur. Ce n'est qu'à son réveil qu'on verra si son cerveau a été gravement touché.

« Chérie ? Dis quelque chose. »

Lentement, elle ouvre la bouche. La douleur fait tressaillir son visage. D'une voix étouffée, elle lâche un seul mot :

« Les enfants ? »

Des milliers de tonnes de plomb quittent mon corps.

« Les enfants sont là. Ils dorment tous les deux. »

Je m'écarte pour qu'elle puisse bien les voir. Il me semble deviner un vague sourire. Sienna revient alors avec l'infirmière, une fille dans les vingt-cinq ans, les cheveux rouge vif.

« Vous êtes réveillée, Bianca ? »

L'infirmière vérifie les appareils et pose la main sur le bras de Bianca. Lui explique qu'elle a été opérée.

« Qu'est-ce qui s'est passé ? » demande Bianca.

La jeune infirmière se tourne vers moi.

« Un accident, lui dis-je. Tu as été renversée. »

Les yeux de Bianca brillent dans le vide, comme si elle tournait son regard vers l'intérieur à la recherche de souvenirs. Je l'aide :

« Tu devais faire un saut à vélo au supermarché. »

Elle a toujours les yeux perdus au loin.

« Renversée ? Par une voiture ? »

J'hésite, et Sienna me fusille du regard. Comment présenter les choses ?

« Tu venais de sortir de l'allée.

— Quand ? »

Elle parle lentement. Chaque effort semble douloureux.

« Hier. On est samedi.

— Samedi ? »

Elle semble avoir du mal à saisir.

« Tu as dormi plusieurs heures. »

Bianca ferme les yeux et porte la main à sa tête.

« Ça fait mal ? demande l'infirmière. Ce n'est pas étonnant. Vous avez été opérée. »

Bianca me regarde dans les yeux.

« Renversée dans le lotissement ? Par qui ? »

J'inspire à fond.

« Jacqueline. »

Un long silence s'installe. Bianca m'observe. Son cerveau tourne à plein régime. Les mots semblent se bousculer dans sa bouche. Sa langue siffle, elle se mord la lèvre inférieure.

« Elle a tenté de me tuer.

— Non, ma chérie. Pas du tout. C'était un accident. »

Bianca secoue la tête mais, très vite, porte à nouveau la main à son front en gémissant.

« Excusez-moi, me dit l'infirmière aux cheveux rouges. Je vais vous demander de reculer. »

Un moment plus tard, je réveille les enfants, qui se jettent sur Bianca en pleurant de joie. Je suis submergé d'amour.

« Toi aussi ? dit Bianca en apercevant sa sœur.

— Je suis venue au plus vite », répond Sienna.

Elles se tiennent la main.

« Tu es guérie, maintenant, maman ? demande Bella. Je ne veux pas rester ici. »

Un poids accablant transparaît dans le regard de Bianca.

« Je suis très fatiguée, dit-elle.

— Mais tu as dormi drôlement longtemps », observe William.

Bianca lui tapote la joue. Ses paupières sont en train de se refermer.

« Maintenant, il est important que Bianca puisse se reposer, dit l'infirmière. Si vous voulez, vous pouvez aller prendre un petit déjeuner en attendant. Il y a une cafétéria à l'entrée.

— D'accord. »

J'interroge les enfants du regard.

« Vous avez faim ? »

Ils hochent la tête de concert.

« Une faim de loup, dit William.

— Vous pouvez aussi rentrer un moment à la maison, si vous préférez », suggère l'infirmière.

Une douche chaude et des vêtements de rechange auraient été les bienvenus, mais je ne peux pas laisser Bianca alors qu'elle vient juste de se réveiller.

« Je veux rentrer à la maison », dit Bella.

Bianca me regarde en plissant les yeux.

« Allez-y, dit-elle.

— Sûre ?

— J'y vais aussi, dit Sienna. Tu as besoin de dormir. »

Bianca a à peine la force de répondre d'un *mmh*. Elle est déjà à moitié endormie.

« Maman ne vient pas avec nous ? » demande Bella alors que nous quittons la chambre sur la pointe des pieds.

Je traverse la ville en roulant vite vers l'ouest sur Fjelievägen.

« On peut acheter des hamburgers ? demande William sur la banquette arrière.

— Oui ! Chez McDonald's ! renchérit Bella.

— Pour le petit déjeuner ? »

Je regarde Sienna, à côté de moi.

« Pourquoi pas ? »

Arrivés au centre commercial Nova, nous nous arrêtons au drive-in Max. De toute façon, Bella ne fait pas la différence entre les enseignes de fast-food. Ce qui compte, c'est d'avoir un jouet au fond du sac.

Je me contente d'un café, je n'ai aucun appétit.

« Dis-moi, intervient Sienna quand je quitte l'E6 au rond-point de Köpinge. Comment peux-tu être aussi sûr qu'il s'agit d'un accident ? »

Ses yeux bruns ont des contours acérés.

« Je sais qui c'est, continue-t-elle. Cette Jacqueline.

— Ah oui ?

— Bianca m'a parlé d'elle l'été dernier. »

Un coup d'œil rapide dans le rétroviseur. Les enfants ont les mains et les yeux enfouis dans les sacs de leurs hamburgers.

« Je ne sais pas ce que t'a dit Bianca…

— Elle avait peur, Micke.

— Quoi ? Non. »

Je déboîte sur la file de gauche tandis que Sienna me regarde de côté.

« Bianca avait peur de Jacqueline. »

26

Fabian

Avant l'accident

Printemps 2016

Après les vacances, il y a à nouveau une réunion à l'école. Heureusement, maman n'a pas besoin d'être là cette fois. Là, ce n'est pas moi qu'on va cuisiner. C'est Andy de la troisième C.

C'est en tout cas ce que je crois. Jusqu'à ce que nous nous retrouvions là-bas. Le proviseur en costume chic, Andy avec une grosse chique calée sous la lèvre, son paternel les bras croisés. Les footballeurs de la troisième C. Et Micke qui n'a pas eu le temps de se changer, encore en survêtement.

« Pouvons-nous reprendre du début ? attaque le proviseur. Qu'est-ce qui a conduit à cette malheureuse situation ? »

Andy hausse les épaules. Il s'est avachi sur sa chaise et son père lui donne une tape sur le bras.

« On rigolait juste un peu avec Fabian. On l'a fait entrer par surprise dans les toilettes. C'était rien de grave, juste une blague. »

Le proviseur me regarde.

Tout le monde me regarde.

« Est-ce que c'est aussi comme ça que tu l'avais compris, Fabian ?

— Mm. »

Je n'ai pas l'intention de cafter.

« Ils l'avaient enfermé », dit Micke.

Sa voix est différente, presque effrayée.

Évidemment, je ne veux pas que Micke ait des emmerdes pour m'avoir aidé, mais je préfère qu'il soit un peu fâché plutôt que d'avoir Andy et les autres troisièmes sur le dos tout le reste de l'année scolaire.

« C'est vrai ? demande le père d'Andy en regardant sévèrement son fils.

— Non, répond Andy. Qu'est-ce que tu crois ? On s'enferme dans les toilettes de l'intérieur. »

Micke s'apprête à dire quelque chose, mais le proviseur le précède.

« Quoi qu'il en soit, il y a eu de l'agitation à l'arrivée de Mikael. Comment avez-vous perçu la situation, Mikael ? »

Micke a passé sa main sur son menton.

« Je leur ai demandé de laisser partir Fabian. Quand il a ouvert la porte, il avait l'air vraiment terrorisé.

— Tu avais peur ? demande le proviseur.

— Un peu, reconnais-je.

— C'est sa faute, dit Andy en lançant la main vers Micke. Il a stressé tout le monde. Le type agressif, et tout ça.

— Impossible que ce soit ma faute, répond Micke. Tout était calme jusqu'à ce que tu essaies d'enfermer Fabian aux toilettes. En tant qu'enseignant, je suis tenu d'intervenir dans une situation pareille.

— Toutes ces conneries sont sur la vidéo, dit Andy en posant son téléphone sur la table devant le proviseur. Il suffit de regarder. »

J'ai déjà vu le clip plusieurs fois. Une demi-heure après, c'était déjà sur Snap et Insta. La plupart des commentateurs estiment que Micke devrait être viré. J'ai écrit depuis un compte anonyme que c'était un putain de héros.

Le proviseur ne touche pas au portable et se retourne vers Micke.

« Avez-vous eu l'impression que Fabian était en danger ?

— Peut-être pas en danger. Il avait peur.

— C'était une blague, dit Andy. Pas vrai ? »

Évidemment, ses acolytes le soutiennent à cent pour cent.

« Tout ce que nous désirons, ce sont les excuses de Mikael, et que le collège prenne position et agisse », intervient le père d'Andy.

Micke a l'air poussé dans ses derniers retranchements.

« Évidemment, je ne voulais pas que ça tourne comme ça, explique-t-il. Je suis désolé de t'avoir bousculé, mais je t'ai dit plusieurs fois de reculer. »

Andy ne le regarde pas.

« Drôle de façon de s'excuser », dit son père.

Micke marque une petite pause.

C'est presque humiliant. J'ai moi-même été tellement souvent dans cette situation.

« Pardon », dit-il.

J'aimerais avoir le courage de protester. Ce n'est pas à Micke de demander pardon.

« Ils ont seize piges, dit le paternel d'Andy. C'était pour se marrer. Si vous en venez aux mains pour ça, vous n'avez rien à faire dans l'enseignement. »

Il est au moins aussi grand que son fils. Une bouche grossière, des cicatrices aux joues et les mains calleuses.

« J'ai passé les bornes en te bousculant, Andy, dit Micke. J'en suis désolé. Mais maintenant, en fait, c'est à toi de demander pardon à Fabian. »

Yes ! Enfin quelqu'un qui désigne le vrai coupable.

« Dans vos rêves, réplique Andy.

— Allez, quoi ! » l'encourage Micke.

Son cran m'impressionne grave.

« Sois un homme et assume tes actes. Et laisse Fabian tranquille, à l'avenir. »

Le proviseur tousse dans sa main et se penche en avant, mais le père d'Andy le précède.

« Andy souffre de TDAH. Ce n'est pas sa faute. »

Micke a un mouvement de recul.

« Ah, je ne savais pas.

— Ça vous ferait peut-être du bien de vous informer sur les faits », assène le père d'Andy.

Micke se tasse un peu, serre les lèvres et baisse les yeux vers la table. Mais ensuite, c'est comme s'il se ravisait. Avec des forces nouvelles, il redresse le dos.

« Il devrait quand même demander pardon à Fabian. »

Le père d'Andy hausse les épaules.

Pour finir, le proviseur oblige tout le monde à se serrer la main. Andy serre très fort la mienne, mais je refuse de lui montrer combien ça me fait mal.

« Pour ça, Mikael recevra un avertissement écrit », déclare le proviseur.

Le père d'Andy hoche la tête avec satisfaction.

« Nous aurions pu aller plus loin, dit-il à Micke. Heureusement que vous avez un chef réglo. »

En serrant la main droite du proviseur, il lui tapote l'épaule de sa gauche.

Je colle au train de Micke dans le couloir. À plusieurs reprises, j'essaie de dire quelque chose, un merci, lui montrer que j'apprécie qu'il ait pris mon parti, mais toutes les formulations que j'imagine me semblent ridicules.

Rentré à la maison, je m'enferme dans ma chambre devant mon ordinateur, casque sur les oreilles. Ma main se crispe sur le joystick. J'écrase la détente et réduis les ennemis en bouillie, à la chaîne, mais mes pensées s'envolent bientôt ailleurs et je gâche plusieurs vies bien trop facilement. Je pense à Micke et à la façon dont il s'est impliqué pour moi.

Je ne remarque pas qu'on ouvre la porte jusqu'à l'apparition de Peter à côté de moi.

« J'ai frappé plusieurs fois, dit-il. Tu n'as pas entendu ?

— Non. »

Je montre mes écouteurs en mettant mon jeu sur pause.

« Tu ne pourrais pas venir aider pour le dîner ? Tu restes assis là, tu n'en fous pas une ramée.

— Je joue. »

C'est comme ça chaque fois. J'avais espéré que Peter serait différent, mais il est exactement comme les autres. Il rabâche et pinaille.

« Fabian ! lâche-t-il. Bordel ! »

Il va directement éteindre l'écran, m'arrache le joystick des mains et bouscule la chaise si bien que je manque de m'étaler.

« Je ne t'ai pas dit de venir aider ? »

Son visage est cramoisi.

« Non, tu n'as pas dit ça. »

En plus, c'est vrai.

« Écoute, tu vas arrêter ce putain de petit jeu avec moi. Allez, à la cuisine, rends-toi utile.

— Pourquoi tu me cries dessus ? »

J'agrippe les accoudoirs de mon fauteuil et me cale contre le dossier. Je fais un sit-in. Peter n'arrive pas à contenir la colère qui déferle.

« Maintenant ! »

Il pète les plombs. Il m'attrape par les manches et me soulève. Je contracte mon corps pour résister, je me penche en gesticulant dans tous les sens.

« Sale enculé !

— Qu'est-ce que tu as dit ? »

Peter me tord le bras dans le dos. Un genou dans les côtes et tout son poids sur moi. Ça fait si mal que je crie.

« Demande pardon ! crache-t-il.

— Lâche-le ! »

Maman se précipite et tombe à coups de poing sur Peter.

« D'abord, il demande pardon.

— Arrête ! dit maman. Tu lui fais mal ! »

La colère de Peter accouche d'un gros soupir. Il a beau serrer moins fort et ôter son genou, je continue de hurler.

« Sors d'ici », dit maman.

Elle tiraille tant et si bien que son pull tire-bouchonne.

« Demande pardon », répète-t-il encore et encore.

Il peut aller se faire foutre. Jamais je ne lui demanderai pardon.

« Dehors, dehors, dehors ! crie maman quand enfin il me lâche. Disparais ! »

Peter crache et écume à un cheveu de son visage, mais maman ne cède pas un millimètre. Dans le vestibule, il décroche son manteau et enfile ses chaussures. Il cogne dans les étoiles qui pendent du plafond et me fixe une dernière fois.

Maman se laisse glisser à terre près de moi et fond en larmes tandis que la voiture démarre en trombe dans la cour.

27

Mikael

Avant l'accident

Printemps 2016

Bella est accourue à ma rencontre. D'un grand bond, elle a atterri dans mes bras.

« Papa ! »

Dans un flot de paroles, elle m'a alors raconté tous les événements de sa journée, ses sentiments et ses réflexions.

« Aujourd'hui, on est allés à la bibli, papa. J'ai emprunté une nouvelle histoire d'Alphonse. »

Elle a les yeux et le nez de Bianca. Je ne m'en lasserai jamais.

« Et puis Ola m'a donné une brioche à la cannelle. »

Il lui reste quelques perles de sucre à la commissure des lèvres.

« Ola est passé ?

— Il est encore là ! »

Bella s'est traînée avec moi jusqu'au séjour. Sur la table basse, les restes d'un copieux goûter et, sur le canapé, Bianca et Ola, légèrement penchés en arrière.

« La police les a arrêtés », a annoncé Ola.

J'ai embrassé Bianca. J'en ai profité pour lui montrer des yeux ce que je pensais de cette visite inattendue.

« Tes voleurs ? ai-je dit. Beau travail.

— Ils disposaient d'un bon signalement. Apparemment, ces sombres individus ont dépouillé au moins dix personnes.

— Ola a dû aller les identifier au commissariat, a dit Bianca.

— C'était surréaliste. Comme dans une série policière américaine. Ils avaient filmé plusieurs personnes en mode *line up*.

— Et tu les as reconnus ? ai-je demandé.

— Sans aucune hésitation. Je les ai identifiés du premier coup. C'était encore des ados.

— Espérons qu'ils recevront une sanction appropriée, une prise en charge qui les remette dans le droit chemin », ai-je dit.

Ola s'est redressé sur le canapé. Il a paru sur le point de protester, mais s'est ravisé et m'a plutôt demandé comment ça se passait pour moi au collège.

« Bianca m'a dit que tu avais reçu un avertissement écrit. Ça semble insensé.

— Je ne sais pas. J'ai passé les bornes. »

Ola a levé les sourcils.

« Comme enseignant, on doit pouvoir agir. Ce n'est pas comme si tu l'avais frappé. Où va-t-on, si on prive les enseignants de toute autorité ? »

Il peignait tout en noir et blanc.

« Cet élève souffre de TDAH, ai-je expliqué. Si je l'avais su, j'aurais probablement…

— Sauf que ce n'est pas une excuse. Est-ce qu'on peut faire n'importe quoi, dès lors qu'on a un TDAH ?

— Bien sûr que non. Mais un tel élève doit être abordé différemment.

— J'ai des doutes, a dit Ola en cherchant le soutien de Bianca. Quand j'étais à l'école, il y avait quelques éléments perturbateurs. Aujourd'hui, on les aurait sûrement diagnostiqués. Mais les enseignants ont mis un terme à leur grabuge en exigeant qu'ils se conforment aux mêmes règles que les autres. Ces garçons sont devenus des types bien. Tous. Qu'enseigne-t-on aux fauteurs de troubles à l'école aujourd'hui ? »

Là, je ne pouvais pas lui donner tort. J'avais aidé un gamin victime de brimades, enfermé dans les toilettes, et c'était à moi de rendre des comptes. Sur bien des plans, la société des adultes avait capitulé.

« C'est sans doute une question d'équilibre, ai-je dit. Il est clair qu'on essaie d'aborder tous les élèves comme ils sont, quelle que soit leur situation. Mais cette individualisation à l'extrême conduit bien sûr à des problèmes. L'homme est malgré tout un animal grégaire. Il y a beaucoup de situations où il faut se plier à la règle collective.

— Exactement, a dit Ola. Heureusement que je ne suis pas enseignant. Mais je vous admire, vous qui en avez le courage.

— Ça a commencé à vraiment se gâter quand on a introduit l'allocation scolaire et le libre choix des établissements », ai-je dit.

Bianca a ajouté qu'elle était favorable à la libre concurrence dans tous les autres domaines, mais que, dans le cas de l'école, ça ne marchait pas. La connaissance n'est pas une marchandise.

« Mais cette individualisation qui est à l'œuvre n'est pas directement liée à l'école, ai-je précisé. On la trouve partout. Et elle n'est pas uniquement une affaire de diagnostics.

— C'est vrai », a acquiescé Ola.

Bianca a semblé réfléchir.

« Fabian, par exemple. On ne lui a rien diagnostiqué. »

Ola l'a regardée avec étonnement.

« Rien sur le papier.

— On se demande pourquoi, a continué Bianca. Est-ce que Jacqueline s'y est opposée ?

— Ce ne serait pas impossible », a dit Ola.

J'ai fui à la cuisine. Bianca savait ce que je pensais. Ce n'était ni professionnel ni éthique de parler d'un élève en ces termes.

« J'ai vu un documentaire sur Asperger, a continué Ola dans le séjour. C'est peut-être ce qu'il a. »

Comme s'il pouvait le diagnostiquer après avoir regardé un film.

« J'ai entendu dire que Bill Gates était Asperger, a dit Bianca. Mais aujourd'hui, apparemment, on ne pose plus ce diagnostic. Il faut dire troubles du spectre de l'autisme.

— Quand j'étais gosse, on ne parlait pas de TDAH mais d'hyperactivité. Ça fait réfléchir. Et si on changeait les noms du cancer ou du diabète ?

— Sauf que ce n'est pas exactement la même chose », a objecté Bianca.

J'étais content de constater qu'elle le contredisait. Pourquoi continuait-elle à laisser entrer ce boulet chez nous ? Qu'avait-elle fait de sa devise de garder les voisins à bonne distance ?

« Bon, il se fait tard », a dit Ola.

Enfin.

Je lui ai fait au revoir de la tête tandis qu'il enfilait ses chaussures bateau dans l'entrée.

« Vous avez vu ce flic avec qui Jacqueline sort ? a-t-il demandé en secouant la tête. Je ne le sens pas. »

J'avais eu la même impression, mais pas question de participer à ces ragots. Bianca n'avait pas l'air de relever non plus et, bientôt, Ola s'est retrouvé sur le perron, du bon côté de la porte.

Bianca s'est glissée derrière moi devant l'évier et m'a massé les épaules.

« Tu as l'air tendu. »

La douleur qui siégeait dans mon cou remontait vers la tête. J'ai essayé de me maîtriser pour ne pas dire quelque chose que j'aurais regretté.

« Qu'est-ce qu'il faisait là, en fait ? »

Les mains de Bianca se sont arrêtées.

« Ola ? Il devait avoir besoin de compagnie. Il est à nouveau en arrêt maladie. Il n'arrive pas à travailler.

— Il n'a pas d'amis ? »

Bianca a lâché mes épaules.

« Qu'est-ce qu'il y a ? Tu es jaloux, mon chéri ? »

Sans doute. Un peu.

« Je ne l'aime pas, ai-je dit.

— Ola est un type bien. »

Je me suis retourné et je l'ai regardée. Cette discussion ne pouvait déboucher sur rien qui vaille.

« Qu'est-ce que ça implique, un avertissement écrit ? » a demandé Bianca.

J'ai tardé à répondre.

« Dans la pratique, c'est une façon pour le proviseur de montrer à ses clients, c'est-à-dire les parents d'élèves, qu'il agit. Mais théoriquement, ça signifie que je peux être renvoyé si quelque chose d'analogue se reproduit. »

Bianca a poussé un soupir. Elle m'a regardé avec anxiété.

« Pourvu que ça ne recommence pas comme à Stockholm. »

Quelques jours plus tard, j'ai fait un saut au supermarché Ica en rentrant à la maison. Bianca était allée chercher les enfants et je n'avais au fond aucune raison de me presser comme je le faisais mais, depuis quelque temps, je traînais une impression diffuse que la vie me coulait entre les doigts chaque fois que je voyais Bella et William. Ou Bianca.

Des écouteurs aux oreilles, je choisissais des fruits quand une main m'a doucement touché le coude.

« Pardon », ai-je dit en ôtant mes écouteurs.

Jacqueline tenait une pomme. Son rouge à lèvres était rose vif et ses yeux doux.

« Je voulais juste te remercier, a-t-elle dit. Fabian m'a raconté ce qui s'est passé à l'école.

— Bah… » J'ai rougi. « C'est mon travail. Malheureusement, ça a un peu dérapé…

— Ne crois pas ça, a rétorqué Jacqueline. Ce type, Andy, son père est un vieux copain du proviseur. J'ai entendu dire que lui et son fils sont de vrais bons à rien. Je suis tellement contente que tu aies aidé Fabian. L'école lui a toujours dit qu'il n'avait qu'à s'en prendre à lui-même. C'est toujours la faute de Fabian s'il y a des problèmes.

— C'est… malheureux. »

J'ai regardé autour de moi. Je m'efforçais de garder un ton neutre, les gens ont de si longues oreilles.

« Ça a été un pur enfer, a continué Jacqueline qui n'avait pas du tout perçu ma position ambivalente. Tu n'imagines même pas combien j'ai dû lutter pour que Fabian soit scolarisé normalement. Si on n'a pas fait l'objet d'un diagnostic, c'est presque impossible d'être écouté. »

J'ai noué le sac plastique des poires que j'avais choisies et ravalé ma curiosité.

« Je sais à quoi tu penses, a dit Jacqueline en faisant tourner la pomme dans sa main. Je te promets, je me suis battue pour obtenir un diagnostic. Fabian a vu plus de psychologues et de médecins que la plupart des gens au cours de toute leur vie. Tous ont été en désaccord, certains franchement désagréables. Fabian remplit certains critères, mais pas d'autres. D'un certain point de vue, il est dans telle situation, d'un autre c'est différent. Je me suis rongé les sangs. »

Comme on le fait pour ses enfants.

Jacqueline tenait la pomme juste sous son menton. Il y avait quelque chose de sensuel dans tout ce qu'elle faisait. Peut-être une déformation professionnelle, une séquelle de tant de séances de pose.

« C'est arrivé au point où Fabian refuse désormais catégoriquement de parler avec qui que ce soit. »

J'ai regardé alentour au rayon fruits. La moitié de Köpinge semblait soudain s'y trouver.

« En tout cas, je voulais juste te dire merci », a conclu Jacqueline en posant la pomme dans son panier.

Ça faisait chaud au cœur. Une confirmation que j'avais malgré tout agi avec de bonnes intentions.

« À plus tard », a dit Jacqueline.

Ses doigts ont effleuré mon bras et un chaud chatouillis s'est propagé dans tout mon corps. Je suis resté à la regarder s'éloigner, avec son jean moulant, ses longues jambes, ses hauts talons et sa chevelure comme une cascade d'or. Jacqueline Selander était différente de toutes les femmes qui m'avaient jamais touché.

Je me suis arraché à mes pensées en plongeant les mains parmi les clémentines.

Ressaisis-toi, bordel.

J'avais la femme la plus fantastique du monde, une famille merveilleuse. Regarder une autre femme était une trahison.

Comme un cliché sur pattes, je suis allé acheter un bouquet de roses pour Bianca. À mon retour, je l'ai trouvée dans l'entrée, un énorme sourire aux lèvres. Elle s'est jetée à mon cou, folle de joie.

« J'ai un nouveau travail ! Dans une des plus grandes et meilleures agences de Lund.

— C'est super, ma chérie. Quelle bonne nouvelle ! »

J'ai posé mes sacs de courses pour en extraire le bouquet de roses.

« Tout ça, c'est grâce à Ola », a ajouté Bianca.

Je me suis piqué à une tige épineuse.

« Aïe !

— C'est Ola qui m'a trouvé ce travail, par l'intermédiaire du service immobilier de sa banque. »

28

Mikael

Après l'accident

Samedi 14 octobre 2017

Une fois revenu de l'hôpital, je finis les frites des enfants lorsque la police appelle. Un homme se présente comme enquêteur et veut me parler au plus vite.

J'ai le temps de me doucher et il arrive. En civil, avec une chemise bien repassée. Le crâne rasé.

Sienna est montée à l'étage avec les enfants. Je m'assieds dans la cuisine, le policier en face de moi. Je lui demande s'il veut quelque chose. Du café ? Non, mais merci quand même.

Il enclenche l'enregistrement. Un voyant rouge s'allume, il lit le numéro du dossier et annonce que je suis entendu comme témoin. Alors seulement, je me rends compte de ma nervosité.

« Si j'ai bien compris, votre femme a repris connaissance après son opération. Et vous, comment allez-vous après tout ce qui s'est passé ?

— Je suis inquiet. Encore sous le choc, je suppose.

— Bien sûr. »

Dans le silence qui se fait, il m'observe attentivement tandis que ses lèvres se serrent.

« Où étiez-vous quand Bianca a été renversée ? »

Je tarde inutilement à répondre.

« Je venais de finir mon travail. Je rentrais à vélo quand j'ai entendu les sirènes.

— Qu'avez-vous pensé sur le coup ? »

Je ne comprends pas.

« Pensé ?

— Quand avez-vous compris que c'était Bianca qui avait été blessée ?

— Eh bien, quand je suis entré dans la cour du lotissement et que j'ai vu son vélo.

— D'accord, dit le policier. Et avant ça ? En entendant les sirènes ?

— Que voulez-vous dire ? »

Il y avait de l'hostilité chez lui, dans toute cette situation et sa façon de me regarder. Il aurait dû être de mon côté.

« Vous avez dit avoir entendu les sirènes en rentrant à vélo de votre travail. Que pensiez-vous qu'il s'était passé ? »

J'ai l'impression que ça fait un siècle. Je me souviens de l'air vif de l'automne dans mon nez alors que je pédalais vers la maison. Pas un seul souci dans le corps. Je me faisais une joie d'un week-end détendu en famille.

« Je ne sais pas si j'ai pensé à quelque chose de spécial », dis-je.

Le son des sirènes s'est incrusté dans ma tête.

« Avez-vous rencontré quelqu'un sur votre trajet entre votre lieu de travail et votre domicile ?

— Non. »

J'essaie de trier mes souvenirs. Il s'est écoulé moins d'un jour, mais le monde entier est transformé.

« Ah si. » Je me rappelle à présent. « Les voisins. Åke et Gun-Britt. »

Une ombre de satisfaction apparaît autour de la bouche de l'enquêteur.

« Vous avez parlé avec eux ?

— Je crois. Très brièvement, alors.

— Vous souvenez-vous de ce que vous vous êtes dit ?

— Nous avons parlé des sirènes. Ils avaient entendu une collision sur la grand-route. »

Il hoche la tête.

« Et qu'avez-vous pensé à cet instant-là ?

— Rien de spécial.

— Vous vous êtes inquiété ?

— Oui, peut-être. Sans doute.

— Pourquoi ?

— Je ne sais pas. Parce que les voisins avaient entendu une collision. Quelqu'un avait eu un accident.

— Diriez-vous que vous vous êtes alors senti pressé ? »

Lentement, je comprends. Åke et Gun-Britt ont dû dire quelque chose.

« Oui, sans doute.

— Pourquoi ?

— Je voulais voir ce qui s'était passé. Je…

— Vous doutiez-vous qu'il était arrivé quelque chose à Bianca ?

— Non, pas directement. Ou alors… c'était une de ces impressions inquiétantes que n'importe quoi avait pu se passer. Je voulais vite rentrer à la maison et vérifier que toute ma famille était indemne. »

L'enquêteur gratte sa calvitie et change de position sur son siège. Sans se presser. Mes pensées ont le temps de faire plusieurs tours dans ma tête. Il a l'air de soupçonner que je cache quelque chose.

« Y avait-il une raison particulière qui vous faisait craindre que ce soit Bianca qui ait été renversée ? demande le policier.

— Mais je ne craignais pas ça. Ça pouvait aussi bien être quelqu'un d'autre. Mes enfants. »

Il ne me quitte pas des yeux.

« Quand avez-vous compris que c'était Jacqueline Selander qui avait renversé Bianca ?

— J'ai vu sa voiture. Elle venait d'en sortir.

— Et qu'avez-vous pensé à ce moment-là ? »

Je m'efforce vraiment de me souvenir, mais tout n'est qu'un pêle-mêle d'émotions. De vertige et de trouble.

« Quelle est votre relation avec Jacqueline Selander ? »

L'enquêteur se penche en s'appuyant sur son avant-bras.

« Eh bien… nous sommes voisins… amis… Rien d'autre. »

Il me regarde, aux aguets.

« Rien d'autre ?

— Non.

— Et si je vous dis que j'ai des informations selon lesquelles Jacqueline et vous avez eu une liaison. Que répondez-vous ?

— Ce n'est pas vrai. »

Garder mon calme. Je ne dois pas m'énerver.

« Vous en êtes sûr ?

— Je ne sais pas d'où vous tenez ces *informations*, mais Jacqueline et moi n'avons jamais eu de liaison. »

Il semble attendre une suite, mais je me tais. Une longue justification ne ferait que renforcer ses soupçons.

« Bon, dans ce cas je pense que nous allons en rester là pour le moment. »

Il coupe son enregistreur et se lève.

Il est sûr à cent pour cent que je mens.

« Vous devez me croire, dis-je. Jacqueline et moi n'avons jamais eu de liaison. Pas de cette façon. »

Il ne me regarde même pas.

Une fois l'enquêteur parti, je reste indécis dans l'entrée. Dois-je aller parler à Jacqueline ?

Avant que j'aie le temps de prendre une décision, Sienna glisse la tête par-dessus la rambarde de l'escalier.

« Ça s'est bien passé ? »

J'essaie d'avoir l'air calme.

« Oui, oui. »

Elle descend précautionneusement quelques marches.

« La police aussi soupçonne que ce n'était pas un accident ?

— Arrête. Jamais Jacqueline… »

Je frémis.

« Bianca avait peur d'elle, dit à nouveau Sienna. Elle m'a écrit que Jacqueline était désagréable. »

Ça ne colle pas. A-t-elle vraiment utilisé de tels mots ?

« Bianca n'a pas aimé Jacqueline depuis le premier jour, dis-je. Après ce qui est arrivé à Bella, elle a été encore plus inquiète. Mais Jacqueline n'est pas capable de tuer quelqu'un. L'idée même semble absurde. »

Sienna me regarde avec un air de reproche. Elle dit quelque chose en écartant les bras, mais le téléphone qui sonne dans ma poche l'interrompt.

Je ne reconnais pas le numéro. Je réponds en me détournant vite de Sienna :

« Micke, allô ?

— Bonjour. »

La voix semble lointaine.

« C'est Mikael Andersson ? »

Sienna me suit dans l'entrée. Je marche droit devant moi, sans direction précise.

« J'appelle de l'unité de soins intensifs de Lund. Je dois malheureusement vous informer que l'état de Bianca s'est dégradé. »

Je m'arrête au milieu de la cuisine. Tous les contours disparaissent et la réalité se dissout.

« Mais… Comment ça ? »

La voix au téléphone se fait plus forte.

« Vous devriez venir tout de suite. »

29

Jacqueline

Avant l'accident

Été 2016

La solitude est une souffrance. Depuis mon enfance, je la fuis. Dans ma famille, il y avait toujours une certaine distance, entre mes parents, mais aussi entre eux et moi. Je ne les ai jamais entendus dire à quelqu'un qu'ils l'aimaient, que ce soit l'un à l'autre ou à moi. Nous vivions dans une maison de poupée.

Je n'avais pas non plus de vrais amis. Les gens refusent de le croire. *Toi qui es si jolie. Les garçons t'ont pourtant toujours tourné autour. Tu as toujours eu celui que tu voulais.* Mais je n'ai jamais pu être celle que je veux.

Ce n'est qu'une fois ado tout juste éclose, ayant appris à connaître les faiblesses masculines, que je me suis enfin sentie regardée. S'il est vrai que cette faveur était superficielle et de courte durée, la vie m'avait appris que je n'en méritais pas d'autre.

Mais la solitude ? Je ne l'ai jamais supportée.

Être seule, c'est aussi être obligée de se confronter à soi-même. Pas de regard où se cacher, pas de baisers parmi lesquels disparaître. N'importe quelles paroles creuses valent mieux que des pensées épineuses.

Même si je n'ai jamais voulu l'avouer, surtout pas à lui, mais pas non plus à moi-même, la peur de la solitude a aussi motivé ma décision de garder Fabian.

Il y a eu beaucoup d'années difficiles, mais je n'ai jamais regretté ma décision. Fabian est ce que j'ai fait de mieux dans ma vie.

Après avoir mis Peter à la porte, j'ai soigné ma solitude avec du vin. Par la fenêtre, je voyais l'été éclore dans les fleurs du printemps, les gens arborer shorts et grands sourires, mais moi, je restais à la table de la cuisine, lourde et lasse.

« Maman, disait Fabian. Pourquoi tu es triste ? »

J'étais incapable de répondre. J'avais beau formuler les mots et les ranger dans le bon ordre, c'était peine perdue. Ma gorge était sèche et ma langue paralysée.

Dans le vestibule, deux étoiles pendaient de travers. Je n'avais pas le courage de les décrocher.

Pour la fête de fin d'année scolaire, au moins, j'ai laissé de côté ma bouteille. Fabian terminait sa cinquième. Je l'ai accompagné jusqu'à la vieille église de Köpinge, où retentissaient les chants de saison : *Jamais tu ne le croiras, l'été est là* et *Voici venu le temps des fleurs.* Fabian portait une chemise, un nœud papillon et un bouquet pour Micke. J'ai versé quelques larmes à l'entrée de la nef. Je me suis rappelé mes propres fêtes de fin d'année avec des sentiments mitigés, en m'inquiétant pour l'avenir de Fabian.

Après la cérémonie, les enseignants ont rassemblé la classe sous un grand chêne du cimetière, mais Fabian s'est attardé près de moi, son bouquet dans le dos.

« Pourquoi tu ne vas pas dire au revoir à tes copains ? » lui ai-je demandé.

Les autres parents nous dévisageaient. Dehors, ils étalaient leurs plus grands sourires, mais je comprenais bien sûr ce qu'ils pensaient, ce qu'ils disaient dans notre dos.

« Ce ne sont pas mes copains, a répondu Fabian. Je n'ai pas de copains, tu le sais bien. »

J'étais effondrée. Le cauchemar de toute mère.

Ce n'était pas une nouveauté, mais tant qu'on n'a pas habillé de mots son malheur, on peut faire comme s'il n'existait pas.

Fabian est parti en direction du parking, et je l'ai suivi. Dans l'allée, nous avons croisé Micke.

« Tiens, c'est pour toi », a dit Fabian en lui donnant son bouquet.

Les fleurs, c'était entièrement son idée. Au fond, c'est un garçon plein d'attentions.

« Comme ça me fait plaisir ! » a dit Micke.

Il rayonnait dans son costume bleu avec sa cravate à motifs. Ses joues avaient pris des couleurs au soleil.

« Bon été ! » lui ai-je souhaité.

Le sourire de Micke m'a fait chaud au cœur et redonné espoir. Je ne savais pas à quoi c'était dû, mais je me sentais bien près de lui.

Même Fabian s'était éclairé.

« Ça va être bien, ces vacances ? a demandé Micke.

— Peut-être », a répondu Fabian.

Micke a levé les yeux vers l'église, signifiant par son attitude qu'il devait partir.

« Maman a rompu avec Peter », a lâché Fabian.

Je ne sais pas qui a été le plus interloqué, entre Micke et moi.

« Mais enfin, Fabian… », ai-je commencé.

Il s'est contenté de ricaner.

Micke et moi avons échangé un rapide regard, puis il a filé en remontant l'allée.

Peter continuait d'envoyer des SMS. Souvent tard le soir, parfois la nuit. Quand je ne répondais pas, suivaient des emojis cœur accompagnés de points d'exclamation.

Réponds-moi ! Tu me manques !!

Je ne suis pas certaine que c'était lui qui me manquait, mais à moi aussi quelque chose me manquait.

Je me languis de toi, écrivait Peter.

Je lui répondais avec un smiley gêné.

Le soir de la fête de fin d'année, je me suis assise au bord du lit avec Fabian. Je n'avais pas bu de toute la journée.

« Parle-moi de papa », a-t-il demandé.

Et je lui ai raconté. Tout le conte de fées, comme d'habitude. Notre rencontre quand ma voiture m'avait lâchée sur l'autoroute. Comment j'étais assise à côté de lui dans la dépanneuse qui a traîné mon tas de ferraille jusqu'au garage. Ses doigts huileux et ses muscles tatoués. Comment il s'était glissé sous la voiture et avait constaté que c'était la pompe à eau. À mesure que je racontais, Fabian s'illuminait comme une lampe.

« Quand est-ce qu'on pourra aller le voir ? » a-t-il demandé.

Je me suis tournée vers la porte.

« Ça coûte une fortune.

— Je peux t'aider à économiser.

— On verra, mon grand, on verra. »

Ce soir-là, je n'ai bu qu'un verre. Un seul.

Les grandes vacances avaient commencé, et le soleil entrait comme une lame de rasoir par la fenêtre de la cuisine. Je l'ai entrouverte : dehors, les insectes bourdonnaient.

« Fabian ? »

Ces derniers jours, il avait pris racine devant son ordinateur, dans sa chambre.

« C'est quoi, ce jeu ? » lui ai-je demandé.

Son regard n'a pas quitté l'écran.

« Un jeu de stratégie. »

Je voyais surtout la guerre, les armes, les explosions, la violence et la mort. Je ne parvenais pas à comprendre ce qu'il trouvait d'amusant là-dedans.

« Le soleil brille, ai-je dit. Tu ne veux pas qu'on sorte ?

— Je joue, maman. »

Quelques jours plus tard, nous avons reçu un prospectus dans la boîte aux lettres : pendant l'été, l'association Friskis & Svettis organisait des soirées gym gratuites sur la prairie communale. J'avais vraiment besoin de sortir et de voir des gens. On pouvait au moins essayer une fois.

En chemin, j'ai respiré dans la paume de ma main pour m'assurer que je ne sentais pas le vin. Une blonde coiffée d'un bandeau et d'un micro animait la séance. Elle passait de l'eurodisco des années 1990 dans un haut-parleur Bluetooth en alternant planches, sauts en étoile et pompes.

Le soleil brillait entre les branches des arbres, ça sentait la verdure. J'ai bientôt haleté, essoufflée.

Il n'y avait presque que des femmes. Bien sûr, j'en reconnaissais la plupart. Mais j'ai mis un moment à repérer Bianca.

Une fois localisée dans mon champ visuel, je ne pouvais m'empêcher de lorgner vers elle à intervalles réguliers.

Son collant à motifs moulait parfaitement ses cuisses. Ses jambes semblaient si puissantes. À côté d'elle, je devais faire figure d'anorexique. Quand Bianca s'est mise à quatre pattes dans l'herbe, j'ai admiré ses fesses fermes. Les muscles, la force. Le sourire constant sur ses lèvres. Alors que je haletais, râlais et devais m'arrêter à tout instant pour boire de l'eau, Bianca accomplissait chaque exercice sans avoir l'air de flancher.

Certaines personnes naissent ainsi. Elles traversent le feu sans la moindre brûlure, l'eau sans se mouiller. Toute ma vie, j'ai été doublée par ce genre de femmes. Parfois, elles s'arrêtent et reluquent avec jalousie mes jambes et mes nichons, pour aussitôt repartir, confortées dans la certitude d'avoir tiré la plus longue paille à la loterie de la vie. Je ne pourrai jamais me mesurer aux femmes comme Bianca Andersson.

Quand l'animatrice a eu coupé sa musique et remercié pour cette séance avec un applaudissement, j'ai vu ma chance. J'ai songé à ce que mon manager à New York disait toujours : *If you can't beat them, join them.* En regardant ailleurs, je me suis approchée de Bianca par-derrière.

J'avais réfléchi à une bonne phrase pour la saluer. Notre rencontre devait sembler fortuite. Mais quand j'ai regardé autour de moi, Bianca s'était écartée de la pelouse. Sa bouteille d'eau à la main, elle s'éloignait d'un pas vif sur le chemin. Je l'ai un peu suivie jusqu'à apercevoir l'homme qui l'attendait sous un grand châtaignier.

Je n'avais pas le courage de rencontrer Micke. Je m'apprêtais à battre en retraite pour rentrer directement à la maison quand j'ai remarqué les cheveux et les lunettes. La chemise. Ce n'était pas Micke qui avait retrouvé Bianca sur le chemin. C'était Ola.

30

Fabian

Avant l'accident

Été 2016

La dernière chose que je veux, c'est que maman soit triste. C'est pourquoi je ne dis rien à propos de Peter. De toute façon, elle sait ce que j'en pense.

Un jour, il est juste revenu. Bisou et pardon, dispute sur la faute à qui, j'ai déjà entendu ça mille fois, et puis tout recommence. Comme d'habitude. Je n'ai plus la force de m'en soucier.

« C'est aussi pour ton bien, dit maman un matin où Peter m'a assommé avec sa rengaine habituelle. Je n'étais pas heureuse sans lui. Tu as bien vu toi-même tout le vin que je buvais. »

C'est aussi pour mon bien. J'essaie de penser en ces termes.

C'est pour mon bien qu'il se gargarise de tous les sports qu'il pratiquait *à mon âge*, tout ce pour quoi il était doué, tout ce à quoi il trouve que je devrais me consacrer, même si je comprends bien que son seul but, c'est ne plus m'avoir dans les pattes.

« À ton âge, l'été, je partais en colo », dit-il.

Je ne le regarde pas, je fais comme s'il n'existait pas. Je m'enferme pour jouer dans ma chambre.

Mais l'été dure longtemps et il fait trop chaud. Il n'y a plus d'air, même la fenêtre ouverte. À la fin, il faut que je sorte.

« Tu ne veux pas trouver quelque chose à faire ? demande maman en me voyant assis à l'ombre avec un livre.

— Je lis. »

Elle est étendue comme un œuf au plat, sa peau grésille en plein soleil. Tout le jardin pue l'huile de coco.

Peter est assis à côté d'elle, à demi nu, une bouteille de bière à la main et un rictus aux lèvres.

« Tu es blanc comme un linge, bordel. »

Je n'ai jamais aimé le soleil. Beaucoup s'infligent presque des brûlures pour avoir un « joli bronzage ». Moi, je préfère le confort et être en bonne santé. Les gens disent sans arrêt que la couleur de la peau n'a aucune importance, puis il se jettent sur des crèmes et des sprays pour avoir un plus joli teint.

Je fuis le soleil sur mon vélo. J'enfonce ma casquette et je fais de longs tours à travers Köpinge, jusqu'à être en nage. Partout, les gens rient et sourient. Vivement l'automne et son obscurité, quand ils retourneront tous se terrer dans leurs trous.

La fête est l'idée de Peter.

« Mais bien sûr que tu vas organiser quelque chose, dit-il. On n'a pas quarante ans tous les jours. »

Maman fronce le nez.

« Il n'y a rien à fêter.

— Au contraire, dit Peter. On devrait plus souvent faire la fête. »

Il va bien entendu avoir gain de cause.

Je ne veux pas en entendre davantage. Je fais quelques tours du quartier à vélo et, quand je reviens, je trouve Micke en train de charger des trucs dans sa Volvo.

« Qu'est-ce que tu fais ? »

Il se passe le revers de la main sur le front.

« Je fais les bagages. On part pour Öland. Tu y es déjà allé ? »

J'hésite. Je suis allé dans tant d'endroits, mais c'était quand j'étais petit.

« Je ne crois pas, dis-je alors. Tu es déjà allé en Californie ?

— Non, je ne suis jamais allé aux États-Unis, mais j'en ai toujours rêvé.

— Mon père habite là-bas. Il a un garage en Californie. D'ici quelques années, je m'installerai là-bas pour travailler avec lui.

— C'est vrai ? demande Micke.

— Quoi ? Tu crois que je mens ? »

Il montre ses paumes.

« Bien sûr que non. Je te crois. »

Il n'a pourtant pas l'air convaincu. Et ça me dérange. Je croyais qu'on se comprenait mieux que ça.

D'ailleurs, ça ne me plaît pas qu'ils s'en aillent. Toute une semaine dans un chalet sur l'île d'Öland, à quoi bon ?

Je gare mon vélo dans leur allée et j'attrape une valise pour l'aider à charger la voiture. À ce moment arrivent maman et Peter.

« Tu devrais acheter un camping-car, dit Peter à Micke. C'est drôlement pratique. »

Visiblement, Micke leur avait déjà parlé de ses vacances sur Öland. Gun-Britt videra la boîte aux lettres des Andersson, mais Peter promet de faire une ronde de temps en temps autour de la maison, histoire de vérifier que tout va bien.

« Bon, je suis en vacances, dit-il. Mais on est toujours prêt à rendre service à ses voisins. »

Mais putain, il n'habite pas ici. Micke n'est pas son voisin.

« Nous avons une petite question », dit Peter.

Il fait un léger signe à maman. Elle semble presque nerveuse.

« Je voulais vous inviter. Nous allons fêter mon anniversaire samedi prochain. Est-ce que vous serez déjà rentrés ? »

Micke hoche la tête.

« On ne dirait pas, hein, s'amuse Peter en passant le bras autour d'elle. Cette dame va avoir quarante ans. »

Cette fête ne me dit vraiment rien, mais si Micke et sa famille viennent, ça pourra aller, malgré tout.

Micke regarde maman avec scepticisme.

« Samedi prochain ? Le même jour que la fête de quartier d'Åke ? »

L'expression de maman change en une seconde.

« Ah, zut !

— Ils n'auront qu'à annuler », dit Peter.

Maman lui lance un regard noir.

« Comment ai-je pu oublier la fête de quartier ?

— Åke pourra sûrement la déplacer », dit Micke.

Il essaie de fermer le coffre, mais une des valises bloque.

« On va aller lui parler directement, propose Peter. Allez-y mollo avec la bière. Sur Öland, elle titre toujours quelques degrés de plus. »

Il rit et entraîne maman de l'autre côté de la rue.

Micke est déjà en train de rentrer chez lui. Je le suis et je m'arrête devant le portail. Il y a un petit trou pour regarder, une fente entre deux planches.

Sur la véranda, Bianca, en simple soutien-gorge, boit dans un verre avec une paille. Quelqu'un d'autre sort par la baie vitrée. Je tourne et retourne la tête pour mieux voir.

Ola.

Il enfile une paire de Crocs verts et s'assoit près de Bianca.

« Nous sommes invités à un quarantième anniversaire », annonce Micke.

Je ne vois que son dos.

« Chez Jacqueline ? » demande Ola.

Bianca a l'air étonnée.

« Elle nous a invités ?

— Elle va inviter tous les voisins », dit Micke.

À ce moment, Bianca bondit de son fauteuil et crie en agitant les mains.

« Argh, enlève-moi ça ! Du vent ! »

Quelque chose sous la table lui a fait peur. Ce n'est que lorsqu'Ola le met en fuite que je vois que c'est un pigeon. Un petit pigeon gris tout ce qu'il y a de plus ordinaire.

« Ils sont traîtres, c'est affreux ! » dit Bianca.

Elle est curieuse. Elle aime se la jouer forte et solide, mais au fond, elle a peur d'à peu près tout. Pauvre Micke.

« Malheureusement, ça coince, dit-il. Le quarantième anniversaire de Jacqueline tombe le jour où Åke a prévu sa fête de quartier.

— Non mais c'est nul, fait Ola. Il faut toujours qu'elle crée des embrouilles.

— C'est sûrement une erreur, dit Micke.

— Pas du tout. Jacqueline aime ce genre de situation. »

Mais enfin, c'est faux ! Ola ment. Maman ne ferait jamais ça exprès.

« Je propose de boycotter sa réception, continue Ola. Ça ne se fait pas. Åke a pris date depuis longtemps. »

Est-il jaloux ? Ça doit être pour ça. Ola a dû piger lui aussi que maman en pince pour Micke.

Sauf que ces derniers temps, il court surtout après Bianca. Ils vont peut-être bien ensemble, tous les deux.

« Il est possible qu'Åke ait pris date depuis *trop* longtemps, dit Micke. Je pense que Jacqueline a oublié.

— Non, je ne crois pas, fait Ola.

— En tout cas, Åke était le premier, intervient Bianca. Elle n'a qu'à déplacer sa fête. »

Micke se place entre eux deux.

« Vous montez ça en épingle, comme si c'était un problème énorme. Il y a certainement moyen de s'arranger en contentant tout le monde. Ça va être sympa de faire un peu la fête, non ? »

J'ai chaud. Je presse les mains contre le portail, mais je trébuche et perd mon trou.

Je fixe le bois.

Ma vue se trouble et s'obscurcit, je vois papa. Je l'imagine à peu près comme Micke. Grand cœur, pas compliqué.

Des pas dans mon dos me ramènent à la réalité.

« Mais qu'est-ce que tu fous, là ? » demande Peter.

31

Mikael

Après l'accident

Samedi 14 octobre 2017

« Qu'est-ce qui se passe ? »

J'ouvre la chambre de soins intensifs, mais Bianca a disparu.

« Elle venait de se réveiller. Vous m'avez dit que je pouvais retourner à la maison en attendant. Qu'elle avait besoin de se reposer ! »

Je vais et viens dans la chambre tandis que Sienna s'assied avec les enfants. L'infirmière parle calmement, d'une voix maîtrisée :

« La tension artérielle de Bianca est montée d'un coup. Elle est actuellement en radio pour un nouveau scanner cérébral.

— Mais tout s'était bien passé… »

L'infirmière s'écarte d'un pas en me voyant gesticuler.

« Dès que nous aurons de nouveaux résultats, les médecins viendront vous en dire davantage. »

Je cache mon visage dans mes mains. Je n'en peux plus. Je voudrais m'effondrer en tas sur le sol et disparaître.

Puis je vois mes enfants et je sais que je ne peux pas flancher.

« Venez. »

Bella et William s'assoient chacun sur un de mes genoux. Je leur tiens les mains, penche le front sur leurs petits corps.

« Ça va aller. Tout va s'arranger. »

Derrière eux se tient Sienna. Son visage est comme un portrait dont la peinture aurait coulé. De gros vides ont remplacé bouche et yeux.

« Elle s'était réveillée, dis-je. L'opération était un succès. »

Je répète encore et encore que tout va bien se passer. Je caresse les cheveux des enfants. Je tapote la joue de William et embrasse celle de Bella. Des larmes salées d'enfant sur les lèvres.

Le temps s'écoule à peine. Les cloisons s'inclinent vers l'intérieur, l'air est lourd et chaud. Le bruit entêtant des machines prend toute la place.

Quand la porte s'ouvre, nous nous levons tous les quatre d'un bond.

Ils roulent le lit de Bianca. Elle ne bouge pas. Tout ce qui était paisible chez elle a disparu. Elle dort à présent d'un sommeil lourd et forcé, un tube dans la bouche.

« Oh, ma chérie… »

Les images défilent : Bianca en robe de mariée, pieds nus sur la plage. Le pasteur sous un parapluie, le vent dans son livre de psaumes. *Pour le meilleur et pour le pire, jusqu'à ce que la mort nous sépare.* Le cours de préparation à l'accouchement où j'avais tant respiré que je m'étais étouffé, et la crise de rire qui s'en était suivie, si bien que la sage-femme nous avait rappelés à l'ordre et que nous avions fui, main dans la main. La photo prise à Majorque, sur la commode de l'entrée : chacun un enfant heureux sur les épaules,

Bianca sur la pointe des pieds, ses lèvres contre les miennes. *Pour toujours*.

Je chuchote : « Je vous aime » en les regardant tour à tour : Bianca, William, Bella.

Mes larmes ont cessé quand le docteur Arif se présente, visage fermé.

« Je peux vous parler ? » me demande-t-il.

Les jambes en coton, je suis le docteur dans le couloir. Il ouvre une porte, nous entrons dans une autre pièce.

« Asseyez-vous. »

Je serre les poings sur mes genoux.

« La tension de Bianca a brusquement grimpé, dit Arif. Nous avions du mal à la réveiller.

— Pourquoi ? »

Je ne sais pas si j'ai envie de savoir.

« La radio montre que les petits saignements dans son cerveau ont augmenté, malheureusement. »

Je secoue la tête. Maintenant, il faut qu'il arrête.

« Je suis vraiment désolé », dit Arif.

Je ne comprends pas. Voilà peu, Bianca était réveillée, je lui ai parlé.

« Qu'est-ce que cela implique, exactement ? »

Le docteur Arif déglutit. Mes mains commencent à s'engourdir.

« Dans l'état actuel des choses, il n'y a rien à faire. Nous ne pouvons qu'attendre et voir.

— Mais… Vous pouvez forcément faire quelque chose. On ne peut pas l'opérer à nouveau ?

— Les risques sont malheureusement trop grands. Une opération obligerait à sacrifier une partie relativement importante du cerveau. Ça n'en vaut pas la peine. Bianca ne pourrait plus jamais marcher ou parler. Les fonctions cognitives seraient également gravement atteintes. »

Comment expliquer ça à mes enfants ? Il n'y a rien à faire.

« Donc nous ne pouvons plus qu'attendre ? À nouveau ? »

Arif ferme les yeux.

« Je suis affreusement désolé. »

Je le dévisage, l'image se divise, je vois des étoiles et des ombres. Puis les fils se coupent et je sombre.

32

Jacqueline

Avant l'accident

Été 2016

« Joyeux anniversaire ! » s'est écrié Peter en levant en l'air sa bouteille de bière.

Tantôt j'étais contente de l'avoir retrouvé. Tantôt je me détestais de ne pas lui avoir résisté. Maintenant, au moins, j'avais quelqu'un à qui parler, quelqu'un qui me touchait et disait qu'il m'aimait.

Le jardin s'est empli de félicitations et de rires.

Après s'être longtemps fait prier, Åke et Gun-Britt avaient accepté de déplacer leur fête de quartier. Elle aurait lieu en hiver cette année.

« À la santé de la trentenaire ! »

Barbara, mon ancienne collègue de Bring, levait son verre dans ma direction.

« Trente ans, *I wish* ! »

J'ai bu, et Barbara a tant ri que sa poitrine ballonnante s'est mise à tressauter dans sa robe à petits volants de très mauvais goût achetée chez Ellos.

« Tu es en or », a-t-elle dit en heurtant son verre contre le mien.

C'était pour le moins une *private joke*. Barbara est affectée de synesthésie : elle associe toutes les personnes qu'elle rencontre à des couleurs.

Il s'était écoulé sept ans depuis mon premier jour de travail chez Bring, mais je sentais encore l'atmosphère étouffante et renfermée dans laquelle mon conseiller de recherche d'emploi m'avait jetée, devant un tas désespérant de lettres à classer.

Bring se composait de morts-vivants qui s'esclaffaient quand ils lâchaient un pet et piquaient un fard quand on s'adressait à eux. Barbara a été ma planche de salut. Elle m'a directement abordée, m'a pris le bras et chuchoté :

« Tu dois avoir quelque chose de très spécial. Tu es en or. »

Je n'avais jamais entendu parler de personnes qui perçoivent les autres comme des couleurs. C'était une des nombreuses choses que j'avais apprises de Barbara chez Bring, mon premier boulot sur le sol suédois, le premier que je ne devais pas à mes jambes ou mes nichons.

J'avais trente-deux ans et pas la moindre idée de ce que c'était que se lever à 6 heures du matin, se retenir quand on avait besoin de faire pipi et boire du café à heures fixes. Courir comme une dératée en enchaînant les escaliers pour bourrer les boîtes aux lettres de publicité dont personne ne voulait. Un vrai travail, loin des catwalks et des photographes libidineux.

« Ce que t'es belle, un truc de malade, disait souvent Barbara. *Perfect*. Un putain de rêve sur pattes. »

Elle pouvait s'arrêter en pleine marche pour me dévorer du regard. Il ne manquait plus que la langue pendante.

« Arrête ça, lui disais-je.

— Toi, tu viens d'une autre planète », murmurait Barbara.

Nous avions l'habitude de prendre un café ensemble une fois achevée la tournée du jour. Les sandwichs de Barbara, fromage-confiture-figues-noix, étaient considérés comme des classiques chez Bring.

« Tu ne vas pas rester longtemps ici, disait-elle encore. Les personnes comme toi ne restent pas dans des endroits comme ici.

— *Bullshit.* »

Je refusais de faire des manières. Autrefois, j'arpentais les catwalks avec des sacs à main de créateurs français. Aujourd'hui, je courais dans les couloirs avec ma sacoche lourde de cartes postales et de factures. On fait ce qu'on peut, ce qu'il faut. Je n'ai jamais rêvé d'autre chose que d'avoir de quoi de vivre et d'être aimée par quelqu'un.

« Bordel, tu as été modèle et actrice.

— C'était un petit rôle. Plutôt comme figurante.

— Arrête de te dénigrer », disait-elle en serrant une cigarette entre ses dents tandis que nous nous élancions sur nos vélos postaux chargés à mort.

Je me disais que j'aurais bien eu besoin d'une Barbara plus tôt dans ma vie.

« Ça faisait un bail », a-t-elle dit maintenant que nous nous revoyions à ma fête d'anniversaire.

Sept années passent vite. Je n'avais pas l'impression qu'il me soit arrivé quoi que ce soit. Mes seins étaient plus flasques, j'avais de la cellulite aux cuisses, mais au fond, j'étais encore cette ado manquant d'assurance qui papillonnait des cils et s'était embarquée pour les États-Unis.

« Comme il est grand, maintenant », a remarqué Barbara avec un signe de tête en direction de Fabian.

Il m'avait fallu quarante-cinq minutes pour lui faire mettre une chemise. En revanche, la casquette BMW n'avait pas été négociable.

« Je suis contente que tu m'aies invitée », a-t-elle ajouté.

Cela faisait plusieurs années que je n'avais plus donné de nouvelles. Ses messages et ses mails restaient sans réponse dans mon portable.

« C'est cool que tu sois venue, ai-je répondu en me servant un verre de punch tandis que Peter chassait la fumée du barbecue.

— Tu as un voisin sympathique, a dit Barbara en se penchant vers moi. Il est célibataire ?

— Qui ça ? Micke ?

— Non, non. Lui, là. »

Elle a discrètement désigné Ola, qui se tenait à côté de Peter, un verre à la main. Il était déjà chancelant, les yeux rougis.

« Oublie-le », ai-je fait.

Barbara a ri, avant de réaliser que j'étais sérieuse.

« Je comprends », a-t-elle dit.

Naturellement non, mais ça revenait au même.

La viande était brûlée, mais tout le monde a quand même dit qu'elle était bonne. Mon gratin de pommes de terre a reçu tellement d'éloges que j'ai fini par avouer l'avoir acheté tout prêt chez Lidl.

Après le dîner, c'était *open bar*. Peter a hissé le haut-parleur à la fenêtre de la chambre et nous nous sommes déchaînés dans le jardin en dansant sur des tubes merdiques des années 1980.

« Putain, les boulets, a soufflé Peter à mon oreille en tournant le regard vers Micke et Bianca.

— Chut », ai-je pouffé.

Il avait raison. Le couple Andersson était blotti dans un coin, comme des casseurs d'ambiance de la pire espèce.

Åke et Gun-Britt avaient décliné l'invitation dans la matinée. Prétextant une migraine d'Åke, mais en fait ils ne devaient toujours pas avoir digéré le report de la fête de quartier.

« Allez, on va mettre le feu ! » s'est exclamé Peter.

Il a titubé jusqu'à la table et aligné des verres. Bianca a pris un air snob quand il y a versé de la sambuca et essayé d'allumer son Zippo.

« Putain, quelle merde !

— Tiens », a dit Barbara en lui tendant un briquet Bic en plastique.

Pendant ce temps, les jumeaux Mutic d'Eslöv ont pris en otage la *playlist* et lancé à plein volume une ballade balkanique avec violon et compagnie.

J'ai regardé Bianca à la dérobée tandis que je saisissais la main de Micke pour l'entraîner sur le gazon. Après avoir brièvement joué la résistance, il a fini par se laisser faire quand je lui ai passé les bras autour du cou en roulant des hanches au rythme de la musique.

« Je suis si contente que vous soyez venus, ai-je dit. Malgré tout. »

Je soupçonnais Micke d'avoir un peu poussé à la roue pour persuader Åke de déplacer sa fête de quartier.

« On n'aurait pas voulu manquer ça », a-t-il dit.

La lumière qui tombait sur son visage avait quelque chose de particulier. Elle creusait les petites fossettes qui se formaient sur ses joues quand il riait.

À côté de nous, les jumeaux tourbillonnaient dans une sorte de danse balkanique.

« Merci encore d'épauler Fabian à l'école, ai-je repris. Ça compte beaucoup. »

J'ai penché la tête en arrière en pressant ma poitrine contre lui. Il s'est tortillé, l'air mal à l'aise.

J'avais trop bu. Encore une fois.

Sacrée Jacqueline. C'était tragique. Un homme s'approche un tout petit peu trop près et je deviens une fontaine de sentiments impossibles.

« Merci pour cette danse. »

J'ai souri.

Je savais que je pouvais avoir Micke. Ce ne serait même pas un défi. Mais je n'étais plus comme ça. Je n'avais pas l'intention de briser une famille entière. Pas encore une fois.

Quand je me suis retournée, Ola s'était glissé derrière moi. Collant et sans-gêne, il a passé les bras autour de moi. Il m'a regardée de ses yeux noyés.

« Lâche-moi ! ai-je dit.

— Allez, quoi. Arrête de faire ta mijaurée. Je veux juste danser.

— Merde ! »

Je me suis dégagée en le bousculant, si bien qu'il a glissé en arrière sur les talons de ses mocassins. Du coin de l'œil, j'ai vu Peter. Son regard rouge, fébrile, ses poings serrés.

« Il y a un problème ?

— Mais non », a bafouillé Ola.

Mais Peter l'a attrapé.

« Arrête d'emmerder Jacqueline.

— On ne faisait que danser », s'est défendu Ola en se tortillant pour tenter de se libérer.

Peter m'a interrogée du regard.

« On s'en fout », ai-je dit.

Je ne voulais pas de scène. Qu'allaient penser Micke et Bianca ? Honteuse, j'ai regardé la petite troupe pétrifiée qui constituait les débris de ma fête d'anniversaire.

Peter a évacué Ola sur la pelouse.

« Dégage, maintenant, avant de t'en prendre une. »

Avec un grognement, Ola a titubé à reculons vers le portail.

« Pauvre malade ! » a-t-il lancé, semblant chercher le soutien de Bianca et Micke.

Cinq minutes plus tard, ils rentraient à leur tour. Bianca s'accrochait à Micke, le regard apeuré. S'ils n'ont rien dit, Micke m'a posé la main sur le bras comme pour remercier, mais aussi compatir.

« Je crois bien que cette fête est morte », ai-je constaté.

Peut-être n'était-ce pas la seule chose qui était morte. Peter a écarté les bras, la mine offusquée, mais j'étais infiniment lasse de tout ce cinéma. En regardant Micke prendre la main de Bianca pour rentrer chez eux à la lumière de la lune, j'aurais voulu être celle qui marchait à côté de lui. Tout aurait pu être si différent.

Je me suis débarrassée de mes chaussures et me suis ruée vers la maison. Au passage, sans le faire exprès, mon coude a heurté les côtes de Peter, qui jurait et surjouait l'incompréhension.

« Toi, tu peux commander un taxi », ai-je lâché en lui claquant la porte au nez.

Je me suis bientôt retrouvée assise sur le bord de la baignoire, ravageant de larmes le visage que j'avais mis des heures à arranger.

The story of my life.

Je me suis toujours entendu traiter de soupe au lait. « *You wear your heart on your sleeve* », m'avait déclaré mon agent à L.A. J'ai dû apprendre à contenir mes sentiments. Il y a infiniment de trous où les enfouir, infiniment de toilettes où aller s'enfermer pour pleurer.

Au bout d'un moment, Peter s'est mis à tambouriner à la porte, frapper à la fenêtre, mais je n'avais pas l'intention de le laisser entrer. D'ailleurs, plus jamais personne n'entrerait. Tout tournait toujours mal. Je faisais de mauvais choix, j'agissais mal. *J'étais* mauvaise.

Je me suis regardée dans le miroir du couloir. Un monstre de mascara.

Certaines choses ne se réparent pas. Que fait-on avec ce qu'on n'arrive pas à réparer ? On le cache, on le jette, on l'oublie.

Pour moi, ne restait que la fuite.

33

Jacqueline

Après l'accident

Dimanche 15 octobre 2017

« J'ai peur, maman. »

Assis à la table de la cuisine, Fabian regarde dans le vide. Son tee-shirt est taché et l'évier sent mauvais.

« Comment ça va se passer, tout ça ? »

J'aimerais être en mesure de le consoler et le rassurer, mais je refuse de lui faire encore des promesses que je ne pourrai peut-être pas tenir.

« Je ne veux pas y retourner. Je refuse de remettre les pieds dans cet endroit. »

Fabian se balance sur place en faisant vriller ses mains l'une autour de l'autre.

« Tu n'imagines pas combien c'est horrible. »

Je le vois en le regardant. C'est une souffrance insoutenable.

Comment ai-je pu accepter de l'expédier là-bas ? J'essaie de me défaire de ces souvenirs. La terreur dans les yeux de Fabian quand ils l'ont traîné dans la voiture. C'est avec cette image dans la tête que j'ai tenu heure après heure au centre de désintoxication. Cette image qui m'a fait résister et rester quand la tentation de m'enfuir devenait trop forte.

« Et si tu allais en prison ? dit Fabian. Ils me renverront dans ce foyer !

— Non, tu n'y retourneras plus jamais. »

Je ne sais pas combien de temps passe, combien de temps nous restons là ensemble dans la cuisine, mais à la fenêtre, les fines ombres ont viré aux ténèbres compactes. Quand une voiture entre dans la cour, la lumière de ses phares emplit la cuisine.

« Peter ! »

Fabian se précipite dans sa chambre en entendant tambouriner à la porte.

« Ouvre ! » hurle Peter.

Je crie à mon tour : « Tu n'es pas le bienvenu ! »

Nous sommes nez à nez de part et d'autre de la porte.

« Donne-moi cinq minutes. »

Je vacille. Je pense aux voisins. Il va réveiller ceux qui dorment encore.

Quand j'ouvre, Peter entre et me prend aussitôt dans ses bras.

« Arrête ! lui dis-je en le repoussant. Qu'est-ce que tu veux ? »

Il m'attrape les joues dans ses grandes mains.

« Allez, quoi. C'est *moi*. »

Les derniers boutons de sa chemise en flanelle sont défaits, les manches retroussées jusqu'aux coudes. Il ne s'est pas rasé depuis plusieurs jours.

« Je ne veux plus que tu viennes.

— Écoute, dit-il. Tu n'es pas obligée d'être forte, là. »

Je ferme les yeux et tente de lutter quand Peter caresse ma joue pour écarter une boucle de cheveux.

« Tu as besoin de moi, dit-il. Nous avons besoin l'un de l'autre. Laisse-moi être là pour toi et pour Fabian. »

Toujours les mêmes appels pour m'attirer, les mêmes caresses prodiguées tout au long de ma vie.

Mais je suis une autre désormais.

« Tu comprends bien que les enquêteurs vont m'interroger moi aussi, poursuit-il.

— Et pourquoi ça ? »

Il n'écoute pas.

« Je peux dire les bonnes choses. Je sais comment ça marche.

— Arrête ton char ! J'ai déjà tout raconté à la police. J'ai reconnu les faits et j'assume.

— Les services sociaux vont te reprendre Fabian », lance Peter.

Je me soustrais, me fraie un passage devant lui et vais ouvrir en grand la porte dans la nuit.

« Dégage !

— Allez, dit-il beaucoup plus doucement. Tu n'es pas forcée de traverser ça toute seule.

— Je ne suis pas seule. »

Peter sourit un peu, puis un éclair passe dans ses yeux et sa voix prend à nouveau son écorce dure.

« Tu veux parler de Micke ?

— Ferme-la.

— Je le savais. Tu le baises !

— Sors, maintenant ! »

En face, la lumière s'allume chez Åke et Gun-Britt. Au pire, je pourrai toujours m'enfuir en traversant la cour.

« Tu as essayé de tuer Bianca ? demande Peter.

— Ça va pas ? »

Il ne peut pas être sérieux.

« Tu as vu l'occasion d'être débarrassée d'elle.

— Tu es malade, dis-je. Tu piges quand même que c'était un accident. Tu crois vraiment que j'aurais fait exprès de blesser Bianca ? »

Il ricane. Je bande les muscles de ma cheville, prête à lui donner un coup de pied dans l'entrejambe si nécessaire.

« Va-t'en ! »

Il me fixe, la bouche ouverte. Avance d'un pas.

« Je t'aime. »

Ses mots respirent la haine.

Je recule.

« Mais tu ne le mérites pas, putain ! » ajoute-t-il.

À cet instant, Fabian surgit de sa chambre derrière lui. Il tient sa batte de brännboll.

« Laisse-nous tranquilles ! »

Il se balance sur place, halète par le nez.

Je ne l'ai jamais vu dans cet état. Complètement hors de lui.

« Sinon quoi ? dit Peter. Tu me tapes avec ce truc ? Tu ne ferais pas de mal à une mouche, bordel. »

La batte tremble dans la main de Fabian. Moi aussi, je tremble de tout mon corps.

Peter hésite quelques secondes, puis il me bouscule pour sortir dans la nuit froide. Je me dépêche de fermer la porte à double tour derrière lui. La batte de brännboll tombe à terre.

Fabian et moi restons aussi près l'un de l'autre qu'une mère et son fils peuvent s'approcher sans se toucher. Lentement, sa fureur animale se dissipe.

Dehors, la voiture démarre.

34

Mikael

Avant l'accident

Été 2016

Le lendemain des quarante ans de Jacqueline, j'ai dormi tard, réveillé par les enfants qui utilisaient mon corps comme un trampoline. Ils rebondissaient, tombaient sur mon ventre et me chatouillaient sous les bras.

« Debout, papa ! a réclamé William. On veut des crêpes !

— Ma tablette est morte », s'est plainte Bella.

Ma tête était une bétonnière, mais je ne pouvais faire autrement que de ramper hors du lit pour préparer le petit déjeuner.

Bianca était pieds nus en peignoir devant l'îlot central de la cuisine.

« Bonjour », m'a-t-elle dit en m'embrassant.

La cafetière crachotait déjà, et je me suis attelé à préparer la pâte à crêpes.

« Dis donc, ce Peter, a commenté Bianca, il ne tourne pas rond.

— Ola aussi a été désagréable.

— Oui, mais il était bien obligé de se défendre. Peter était sur le point de le frapper. Ne pas avoir davantage de jugeote, quand on est policier… »

Je me suis servi une tasse avant que tout le café soit passé. Il a éclaboussé mon pantalon de survêtement.

« C'était comme revivre une boum de gamins de quatorze ans, a dit Bianca pendant que je frottais une lingette sur mon pantalon.

— Je ne comprends pas ce que Jacqueline trouve à Peter », ai-je affirmé.

Bianca m'a aidé à frotter.

« C'est surtout Fabian que je plains. Imagine, être forcé de cohabiter avec ces deux dingues… »

Dans sa bouche, c'était un peu de la culpabilité par association. Comme si les défauts de Peter déteignaient sur Jacqueline. Je soupçonnais là une pointe de jalousie. Probablement parce que j'avais dansé avec Jacqueline. Elle était passablement éméchée et m'avait collé d'un peu trop près.

« Pour moi, fini, les fêtes de voisins », a conclu Bianca en se levant.

Je l'ai enlacée par-derrière, lui ai caressé les clavicules avant de descendre vers ses seins.

« J'aurais dû t'écouter dès le début, ai-je dit. C'est un danger mortel de fréquenter ses voisins. »

Elle s'est mise à ronronner quand je l'ai embrassée dans le cou, et j'ai durci contre sa chute de reins.

En même temps, ma danse avec Jacqueline m'est revenue à la conscience. J'ai dû cligner des yeux pour chasser ces images. Comment pouvais-je penser à une autre pendant que je faisais un câlin avec ma femme ?

Le portable de Bianca a bipé. Quand elle a eu composé son code, un avis s'est affiché, annonçant un message d'Ola.

« Qu'est-ce qu'il écrit ? ai-je demandé.

— Il regrette, naturellement. Mais il dit depuis longtemps que Peter et Jacqueline sont des malades. »

J'étais dérangé de la voir prendre ainsi le parti d'Ola, sans aucune distance critique. Il s'était aussi mal comporté que Peter.

« Tu n'as quand même pas oublié qu'Ola a été condamné pour violences ? »

Bianca s'est crispée et sa peau est devenue froide sous mes mains. J'ai aussitôt débandé.

« C'était des circonstances très particulières, a-t-elle répondu. Je peux comprendre qu'Ola se soit indigné.

— Indigné, d'accord. Mais là, il s'agit bien de tout autre chose. »

Avait-elle vraiment l'intention de prendre sa défense ? Elle avait elle-même paru effarée quand elle m'avait rapporté cette condamnation : Ola était arrivé chez sa mère souffrant de démence sénile et l'avait retrouvée au lit, nageant dans son urine, alors qu'un agent de l'aide à domicile se trouvait dans l'appartement. Selon le plaignant, un soignant remplaçant d'une vingtaine d'années, Ola avait perdu son calme quand il lui avait expliqué qu'il avait déjà changé la couche de sa mère et qu'il n'avait pas l'autorisation de recommencer, mais qu'Ola pouvait le faire s'il voulait. Le tribunal avait estimé que se jeter sur le jeune homme, le plaquer au mur et lui cracher entre les yeux constituait un acte de violence caractérisé.

« Imagine que ce soit ta mère, a dit Bianca en ôtant mes mains de sa taille.

— Bien sûr, c'est dégueulasse. Mais ce n'est pas la faute du remplaçant. Et recourir à la violence n'est jamais acceptable, non ?

— Bien sûr que non. »

Bianca s'est servi le reste du café et a éteint la cafetière.

Ola était-il en train de lui retourner la tête ? Quand j'avais moi-même perdu les pédales à l'école à Stockholm, elle avait fait preuve de zéro compréhension. Aucune pitié. Si j'avais recommencé, elle serait partie en emmenant les enfants.

Je l'avais suppliée à genoux de me donner une seconde chance. Et je reconnaissais avoir mal agi. La violence est toujours une erreur.

Visiblement, d'autres règles s'appliquaient à Ola Nilsson.

Certes, il avait trouvé un nouveau boulot à Bianca. Je lui en étais reconnaissant. Elle était beaucoup plus gaie depuis, semblait plus en forme. Mais quand même.

« Tu te sens une dette envers Ola ? ai-je demandé. Ce n'est pas grâce à lui que tu as eu ce travail. Tu es une agente immobilière super douée, ils n'auraient pas pu trouver mieux, ma chérie. »

Elle a souri froidement.

« Merci. »

J'ai eu l'impression désagréable que nous avions commencé à nous mentir. Pas seulement l'un à l'autre, mais aussi à nous-mêmes.

Ce n'est qu'une fois les enfants couchés, alors que la nuit tombait par-dessus les toits, que je me suis extirpé du canapé en enlevant mon pantalon de survêtement taché de café.

« Il faut que je reprenne ma vie en main. »

Bianca a souri, étonnée.

« Maintenant ? En caleçon ?

— Je sors courir. »

Mon inertie était forte, mais je n'avais aucune intention de m'avouer vaincu. Laisser filer toute une journée d'été vautré avec la gueule de bois sur un canapé, c'était d'une autre époque. J'étais désormais un adulte, un père de famille.

En traversant la cour dans mon collant de course de plus en plus serré, j'ai jeté un œil dans le jardin de Jacqueline. Partout des bouteilles, des cannettes et des verres. Des ballons dégonflés et des serpentins fanés jonchaient la pelouse piétinée.

On ne pouvait pas laisser ça comme ça. Pourquoi n'avait-elle pas nettoyé ?

J'allais continuer le long du sentier quand j'ai remarqué Jacqueline sur une chaise longue devant sa maison.

« Salut », ai-je lancé.

Pas de réponse. Elle portait des lunettes noires. Elle était sûrement au trente-sixième dessous. Peut-être dormait-elle ?

« Jacqueline ? »

J'ai ouvert le portail et suis entré.

« Ça va ? »

Elle a sursauté et ôté ses lunettes. Elle m'a regardé, mal réveillée, sans maquillage et les cheveux en vrac.

« Pardon…, a-t-elle dit. J'ai honte. »

Elle a empli ses poumons d'air. Sa lèvre inférieure tremblait et, avant qu'elle ait le temps de souffler, son visage s'est défait en mille morceaux.

« Ça va ? »

J'ai avancé de quelques pas vers elle. Que faire ?

« Hier, c'était trop. Quel fiasco…

— N'y pense plus. Tu veux peut-être un peu d'eau ? Viens, je t'accompagne à l'intérieur. »

Il y avait déjà un verre sur la table du séjour. Elle a bu quelques gorgées, s'est assise au bord du canapé en essuyant ses larmes du petit doigt.

« Je crois que j'ai une forme de handicap fonctionnel.

— Qu'est-ce que tu veux dire ? »

Elle a ri, mais le cœur n'y était pas.

« Il y a un truc qui cloche chez moi. Un trouble psychique qui fait que je sabote toutes mes relations. »

Je me suis mordu la langue. Son problème était surtout d'entamer des relations avec des nuls.

« L'amour, ce n'est pas facile, ai-je plutôt dit.

— J'aimerais être davantage comme Fabian. Il ne s'intéresse pas trop à ça. Ou comme toi : une personne ordinaire qui ne fait pas un drame tous les quarts d'heure.

— Je prends ça comme un compliment.

— C'était mon intention. »

Elle me regarda avec ce que j'interprétais comme du soulagement, mais qui se mêlait à autre chose, plus triste. De la déception.

« Ça ne me ressemble pas, a-t-elle dit. Parler de ce genre de choses avec quelqu'un que je connais à peine. Ou en parler tout court. »

C'était une grande preuve de confiance. Je ne savais pas quoi en faire.

« À quoi servent les voisins, sinon ? À prêter du sucre ? »

Difficile de résister à son sourire à demi triste.

« Je suis tellement fatiguée de moi-même. De tout. Nous ferions mieux de partir loin d'ici pour prendre un nouveau départ. »

Exactement comme Bianca et moi.

« Où est Fabian ? » ai-je demandé en regardant alentour.

Il n'aurait pas fallu qu'il entende tout ça.

« Il… Nous… »

Jacqueline s'est levée et a montré la porte de la salle de bains.

« Il est là-dedans. »

J'ai regardé fixement le marqueur rouge du verrou.

« J'étais tellement en colère contre lui, a-t-elle dit. Merde, que tout ça retombe sur Fabian…

— Tu l'as enfermé dans la salle de bains ? »

Jacqueline a détourné le regard.

« Ça ne se verrouille que de l'intérieur, bien sûr. »

La même explication que j'avais entendue dans la bouche d'Andy, de la troisième C.

« Ça ne sert à rien de le priver de sortie. Il aime autant rester à l'intérieur, a dit Jacqueline. Et l'enfermer dans sa chambre ? Il peut y vivre des décennies sans problème. Qu'est-ce que je peux faire ? Il faut bien que je puisse le punir. Comment lui apprendre, sinon ? »

Ça ne me regardait pas, je ne savais rien de ce que c'était, de vivre avec un ado comme Fabian, mais mon instinct me disait que ce n'était absolument pas la bonne façon de faire.

« Tu ne peux pas lui parler ? Essayer de le raisonner ? »

Je me sentais comme le pire donneur de leçons qui soit.

« Il n'y a rien que je n'aie testé. »

Jacqueline a poussé un profond soupir, une boucle de cheveux est tombée sur son visage. J'avais de la peine pour elle, mais que pouvais-je faire ? Je ne voulais pas être davantage mêlé aux affaires de la famille Selander.

« Je peux en discuter avec le collège. Il y a un psychologue qui… »

Jacqueline m'a arrêté de la main.

« Merci, mais ça ne vaut pas la peine. Nous sommes déjà passés par là, et Fabian refuse.

— Je… »

J'ai regardé la porte d'un air entendu.

« J'étais parti pour courir.

— Encore pardon, a-t-elle répété. Merci de m'avoir écoutée. Je me sens comme la plus grande idiote du monde.

— Tu as tort. Il y a toujours pire. »

Ça faisait du bien de l'entendre rire. Pendant mon jogging, je n'ai pas pu penser à autre chose qu'elle et Fabian. Je l'imaginais enfermé aux toilettes, la frange sur les yeux. Le chagrin et le désespoir de Jacqueline. J'avais beau avoir un podcast dans les oreilles, je n'avais aucune idée de ce dont il parlait en revenant à mon point de départ quarante minutes plus tard.

Devant le numéro 15, la voiture de Peter était mal garée.

J'étais complètement à plat en plongeant sur le canapé à côté de Bianca. En reprenant mon souffle, je lui ai parlé de Jacqueline, du champ de bataille dans son jardin, de comment elle avait craqué et enfermé Fabian dans la salle de bains.

« Elle l'a enfermé dans la salle de bains ? Sérieusement ? »

Bianca était choquée.

« Ça devient de plus en plus dingue. »

J'étais d'accord.

« Je trouve que nous ne devrions plus rien avoir à faire avec ces gens, a ajouté Bianca.

— On peut toujours déménager en Laponie. »

Elle m'a dévisagé. Sans même esquisser un sourire.

« On devrait surtout la signaler aux services sociaux. »

35

Mikael

Après l'accident

Dimanche 15 octobre 2017

« Pourquoi elle ne se réveille pas ? demande Bella. Je veux rentrer à la maison, maintenant. »

Elle est sur mes genoux devant le lit de Bianca.

« Maman, réveille-toi, maintenant. S'il te plaît. »

Je lui caresse la joue tandis que le temps passe.

Je me souviens de ma première rencontre avec Bianca. Je faisais un saut chez Åhléns, et je m'étais arrêté au rayon homme.

« Je peux vous aider ? » a dit une voix derrière moi.

Je m'apprêtais à répondre d'un sourire avant de m'enfuir, mais en me retournant, j'ai trouvé son regard vert enchanteur. J'ai acheté pour plusieurs milliers de couronnes de vêtements en me maudissant les jours qui ont suivi de ne pas lui avoir demandé son numéro. Dieu merci, je savais au moins où elle travaillait.

La semaine suivante, je me suis tout le temps trouvé quelque chose à faire en centre-ville, histoire de me glisser dans le grand magasin pour l'apercevoir. Caché derrière un portant de manteaux, je guettais en direction des caisses quand elle a soudain surgi :

« Je peux vous aider ? »

Le même merveilleux sourire. J'ai bredouillé et perdu mes moyens. J'ai fini par lui demander si elle me reconnaissait.

« Non, je devrais ? »

Je me suis emmêlé dans une brassée d'explications balourdes pendant que Bianca me regardait, un petit sourire au coin des lèvres. Vaille que vaille, j'ai réussi à m'arracher une question : voudrait-elle prendre un café ?

Deux semaines plus tard, le café pris, après une promenade et un dîner romantique sur mon balcon, Bianca a avoué qu'elle m'avait bien sûr reconnu, chez Åhléns. Elle avait pensé à moi plusieurs fois après notre première rencontre.

Un été, nous sommes allés ensemble en Sardaigne, et depuis nous sommes inséparables.

« Papa », dit Bella en me touchant le menton.

Ma peur se reflète dans ses yeux. Elle ne m'a presque jamais vu pleurer.

« Quand est-ce que maman va rentrer avec nous ? » demande-t-elle.

Ma réponse se brise au fond de ma gorge et sort en bouillie bredouillée.

« Je… ne… sais… pas… »

Cette attente. C'est comme être arrêté en plein saut et espérer atterrir.

« Je veux regarder un film », dit William.

Bella saute à terre le rejoindre.

« Moi aussi ! »

Sienna les aide à lancer *Les Enfants de Bullerbyn*, et la voix chaude de conteuse d'Astrid Lindgren se détache sur le bruit des machines de réanimation.

Un aide-soignant arrive bientôt et salue en silence. Il passe à côté des enfants, relève les persiennes et laisse entrer de l'air frais pendant trente secondes.

« Il fait déjà nuit », soupire-t-il.

Pour moi, ça n'a pas d'importance. Cette chambre est à jamais plongée dans l'obscurité. Le temps n'existe plus, la lumière est reléguée au loin.

L'aide-soignant s'arrête sur le pas de la porte et salue quelqu'un. Échange quelques phrases courtes puis revient dans la chambre.

« Vous avez de la visite. »

J'ai à peine le temps de réfléchir qu'Ola se présente devant moi. Sa chemise est boutonnée jusqu'en haut et ses lunettes sont embuées.

Je ne veux pas de lui ici.

« Qu'est-ce que tu fais là ? »

Je me lève d'un bond.

« Salut, Ola », lance Bella en levant les yeux de la tablette.

Il faut que je me maîtrise, pour les enfants.

« J'avais acheté une fleur, dit Ola. Mais c'est interdit, ici. »

Il tend la main à Sienna et se présente.

« Je ne reste pas longtemps. Je voulais juste voir comment elle allait. »

Les larmes me montent aux yeux, mais je n'ai pas l'intention de me donner en spectacle. Pas ici, pas maintenant.

Ola s'approche du lit et baisse les yeux vers Bianca.

« Que disent les médecins ?

— Qu'on ne peut qu'attendre et voir.

— C'est incompréhensible, dit-il en portant la main à sa bouche.

— Il vaut mieux que tu t'en ailles, maintenant. »

Il hoche la tête. Reste encore un instant à regarder Bianca. Quand il part, je le raccompagne dans le couloir. Je lui demande :

« Tu as parlé à Jacqueline ?

— Un peu.

— Pourquoi a-t-elle acheté cette voiture ? Une BMW ? Elle a toujours conduit des tas de ferraille. »

Ola hausse les épaules.

« Fabian est obsédé par les BMW. »

Je le sais. Mais quand même. Comment a-t-elle pu s'offrir une voiture pareille ?

« Je ne lui pardonnerai jamais.

— Je comprends.

— Comment a-t-elle pu ne pas voir Bianca ? Est-ce qu'elle avait bu ? »

Ola remonte la fermeture de son parka.

« Elle a cessé de boire. Elle sort tout juste de désintoxication. »

D'une certaine façon, cela rend les choses pires encore. Jacqueline n'était pas ivre. Elle était elle-même, en pleine possession de ses moyens.

« Elle devait rouler trop vite. Jacqueline a toujours conduit comme une folle dans le quartier.

— C'est possible », dit Ola.

Sa nonchalance me donne la nausée.

« Bianca est couchée là et nous ne savons pas si elle va se réveiller un jour. Tu piges ? »

Je fixe son cou. J'ai entendu quelque part qu'il fallait six secondes pour faire perdre connaissance à quelqu'un, en plaçant ses pouces au bon endroit.

« J'espère qu'elle va aller en prison », dis-je.

Ola continue à monter et descendre sa fermeture éclair.

« Je ne crois pas, répond-il. Conduite imprudente, blessures involontaires. Je parierais plutôt pour une amende.

— Non. On ne peut pas renverser quelqu'un et l'envoyer dans le coma puis s'en tirer avec une amende. »

Au fond, je ne sais pas pourquoi je trouve si important que Jacqueline reçoive une punition substantielle. C'est primaire et j'ai du mal à me reconnaître, mais les idées de vengeance et de justice ne me laissent aucun répit.

« J'y vais, dit Ola.

— Merci. »

À ce moment, Sienna entrebâille la porte.

« Attendez, fait-elle. Il faut que je vous demande quelque chose. »

Elle sort et se place dos à la porte.

« Bianca m'a confié l'été dernier qu'elle avait peur de Jacqueline. Vous lui aviez raconté des choses qui l'avaient inquiétée. »

Ola lâche sa fermeture éclair et baisse les yeux.

« Euh, non, je ne sais pas. Qu'est-ce que ça pourrait être ?

— Vous pensiez que Jacqueline courait après Micke. Bianca avait peur pour son couple, que sa famille vole en éclats. »

Ces mots me heurtent comme un coup de poing dans le plexus solaire.

« Tu lui as raconté tellement de conneries, dis-je à Ola.

— J'ai juste raconté ce que Jacqueline m'avait fait. Bianca pouvait elle-même tirer ses propres conclusions. »

Sienna est sur le point de s'effondrer quand la porte s'ouvre derrière elle.

« Papa ? demande Bella. Qu'est-ce que vous faites ? »

Elle nous regarde les uns après les autres.

« Ola s'en va », dis-je.

À ce moment, le docteur Arif arrive par une autre porte.

« Comment allez-vous ? »

Sienna répond, mais je n'entends pas ce qu'elle dit. J'attends qu'Ola ait disparu dans l'ascenseur pour me tourner vers Arif.

« Je vais procéder à quelques tests, explique le docteur. Vous pouvez y assister si vous voulez, mais c'est mieux si les enfants attendent dans la salle des familles. »

Bella a l'air inquiète. Sur sa tablette, les enfants de Bullerbyn dansent autour d'un mât de la Saint-Jean. Je demande :

« Quels tests ? »

Le docteur Arif regarde Bella et baisse la voix.

« Je vais stimuler Bianca de différentes façons, entre autres par la douleur, pour étudier ses réactions. Nous n'observons chez elle aucun signe de réveil. »

36

Fabian

Avant l'accident

Automne 2016

J'ai peut-être juste joué de malchance. Il ne devrait pas y avoir plus d'idiots qu'ailleurs dans le corps enseignant. Pourtant, je suis tombé sur plus de crétins que je n'en peux compter sur mes doigts et mes orteils.

Le seul que j'ai vraiment apprécié était Helmer, mon enseignant spécialisé de primaire. Nous jouions ensemble au bâton merdeux ou au tourne-huit en salle C1, que tout le monde avait rebaptisée salle *C1 crétin*. Jouer aux cartes était une récompense, parce que j'avais terminé mes devoirs avant tous les autres. Helmer et moi avions bien sûr compris que je n'avais pas besoin d'enseignant spécialisé. C'était juste une façon pour les maîtresses de m'évacuer de la salle de classe.

Mais Helmer est parti à la retraite, et il y a eu de nouveaux enseignants, hommes et femmes. Toute une armée de bouffons.

Je suis aujourd'hui en quatrième. Plus qu'un an et demi avant la liberté. Beaucoup de profs nous bassinent déjà avec le lycée, combien il est important d'avoir de bonnes notes pour intégrer le bon cursus, et bla, bla, bla. Je m'en fous, du lycée.

Ce qui est bien en grandissant, c'est que ça devient plus facile de sécher. On s'envoie de fausses convocations chez le dentiste sur le portable, on prétexte une crise d'angoisse, qu'on doit aller causer avec le psy. Certains profs ne remplissent même pas la feuille de présence. Parfois, je vais à la bibliothèque jouer ou regarder YouTube quand À Dada Frida assomme le reste de la classe avec ses boniments sur le développement durable et le réchauffement climatique.

En suédois, nous avons notre prof principal, Kenneth, gros et chauve. Je crois qu'il rêvait d'être écrivain. Maintenant, il corrige les fautes d'orthographe dans des comptes-rendus de livres faciles que quatre-vingt-dix pour cent de la classe n'ont pourtant pas réussi à finir.

Roine en musique, un type de l'âge de pierre qui ne voit ni n'entend rien. Mats le Matheux qui a trois fils au collège et une femme qui a déménagé à Ténériffe. Le bruit court qu'il se produit comme travesti à Malmö le week-end.

Et puis il y a Micke, bien sûr. Avant cette histoire avec Andy, tout le monde l'aimait. Maintenant, les gens disent qu'il est un peu chelou. Une partie de moi souhaite que Micke se fasse virer, car je le préfère comme voisin que comme prof.

La pire de tous est Miss Pink. Elle s'appelle en fait Majros, un nom de vache, et enseigne l'anglais. Et s'habille tous les jours en rose.

Le pire, pour Miss Pink, c'est quand ses élèves prononcent un mot avec l'accent américain.

« *That's not the right pronunciation.* »

C'est presque comme si elle le cherchait, son mème.

Je le poste dans le *chat* de la classe et, bientôt, la vidéo devient virale et tombe évidemment sous les yeux du proviseur.

« C'est vrai ? dit maman. C'est vraiment toi qui as fait ça ? »

Elle est bien entendu furieuse, mais en même temps quelque part un peu impressionnée, même si elle ne le reconnaît pas.

« C'est juste une blague », dis-je quand elle passe l'image en mode plein écran.

J'ai découpé une image de Maman Meuh que j'ai coloriée en rose, inséré dessus le visage de Majros alias Miss Pink. *That's not the right pronunciation.* Le mieux, c'est que j'ai réussi à distordre la voix si bien que le mot « prononciation » est réellement mal prononcé.

« C'est un dictateur, maman. Toute l'école la déteste.

— Peu importe ce qu'elle a fait ou comment elle est, Fabian. Ça n'est pas acceptable, c'est tout. Être méchant n'est jamais justifié. »

La punition est trois semaines sans ordinateur, sans connexion, sans portable.

« Je ne peux pas être enfermé dans la salle de bains, à la place ? »

Maman refuse.

Je sais de toute façon qu'elle me rendra l'ordinateur avant la fin de la semaine.

Je déteste décevoir maman, mais cette fois, ça en valait la peine. Au collège, on me voit d'un autre œil. J'ai droit à des tapes dans le dos et des hourras. Quelques mecs de troisième m'appellent *king* et trouvent que mon mème est le plus *badass* qu'ils aient jamais vu. Et depuis une semaine, Miss Pink n'a plus reproché sa prononciation à personne.

Quelques semaines plus tard, c'est à nouveau le drame. Maman a été convoquée au collège.

« Pas encore une réunion, Fabian. Je n'en peux plus ! »

Je me sens comme le pire des traîtres.

Maman s'est toujours battue pour moi. Toutes ces années, à travers toutes ces réunions. Tous ces profs et ces psys qu'elle a été forcée d'écouter et de combattre. Elle est mon bras armé.

Si Fabian veut que ce soit comme ça, alors c'est comme ça.

L'école, c'est une blague. Une putain de prison. Tout ce qu'on a besoin de savoir, on le trouve de toute façon sur Internet.

Sois toi-même, tous les autres sont déjà pris, lit-on sur le mur de notre classe.

Si tout le monde pense pareil, personne ne pense.

Pire, comme connerie, on peut toujours chercher.

Qu'est-ce que je fais ici ? Je vais travailler dans un garage automobile. Ça ne me sert à rien de jouer du bongo, d'écrire des articles de débat ou de calculer la diagonale spatiale d'un cube.

« Que se passe-t-il encore ? demande maman quand nous nous asseyons dans la salle de réunion. Je pensais que cette affaire avec Majros était réglée. »

Le proviseur, qui fixait jusqu'ici sa poitrine, lève enfin les yeux.

« Bien sûr, bien sûr. Fabian a demandé pardon à Majros. Cette fois, c'est Kenneth qui a sollicité cette réunion. »

Kenneth s'installe en face de nous et tambourine des doigts. C'est mon prof principal, qui ressemble beaucoup au père dans *Les Griffin*.

« L'idée était de discuter avec vous de la suite de la scolarité de Fabian. »

Kenneth regarde maman, qui est de plus en plus irritée.

« Nous en avons déjà causé mille fois. Qu'y a-t-il de plus à en dire ? »

Le proviseur tire sur sa cravate, comme les bébés tirent sur leur zizi dès qu'on les laisse galoper sans couches.

« Comment trouves-tu que ça se passe pour toi à l'école, Fabian ? demande-t-il.

— Ça va. »

Je hausse les épaules en répondant. Ils ne supporteraient pas la vérité.

« Si j'ai bien compris, Fabian atteint tous les objectifs de connaissances, dit maman. Il a eu de très bons résultats aux tests nationaux.

— Oh oui, opine Kenneth. Il n'y a pas de problème avec les études.

— Il s'agit de *l'environnement social*, précise le proviseur. Comme vous le savez certainement, la commune dispose d'une école spécialisée. »

Maman attaque aussitôt.

« Il n'est pas d'actualité que Fabian change d'école. »

Elle a passé sa journée à boire du vin. Je l'entends à sa voix.

« Il y a beaucoup de conflits à l'école, fait remarquer Kenneth. Autant avec les élèves que les professeurs. Pourquoi, à ton avis, Fabian ? »

Parce qu'ils sont débiles.

Bien sûr, je ne le dis pas.

« Je ne sais vraiment pas.

— Une autre solution est que Fabian ait un assistant de vie scolaire », dit Kenneth.

Le proviseur le regarde avec mécontentement. Les assistants de vie scolaire coûtent cher.

« Nous en avons déjà parlé, soupire maman. Fabian ne veut pas d'assistant. »

Ces assistants de vie scolaire sont tous les mêmes. Des fumistes, des âmes d'artiste qui ont décroché de leur formation d'enseignant et ont besoin d'arrondir leurs allocations. Qui préfèrent s'occuper de leur portable plutôt que travailler. Qui supporterait de s'en traîner un comme ça à l'école ?

« Il faut qu'il y ait un changement », insiste Kenneth.

Le proviseur me regarde.

« Y a-t-il quelqu'un dans le personnel du collège en qui tu aies particulièrement confiance ? »

Ils me fixent tous les trois. Je ne sais pas trop quelle idée le proviseur a derrière la tête. Je n'ai confiance en personne d'autre que moi-même.

« Micke, propose maman.

— Oui, OK. Peut-être. »

Micke est bien. Il est de mon côté. Je crois qu'il s'intéresse vraiment à moi.

« Mikael Andersson ? fait le proviseur, qui a enfin cessé de tripoter sa cravate. Le prof de sport ?

— Je croyais que tu n'aimais pas le sport ? remarque Kenneth.

— C'est exact. »

Maman et moi, nous nous sourions. Nous aimons bien Micke tous les deux, je le sais.

« Je peux en toucher un mot à Mikael, dit le proviseur. Si je le libère de quelques autres tâches, il pourrait devenir une sorte de mentor pour Fabian. Qu'en pensez-vous ? »

Maman s'éclaire.

« Qu'est-ce que tu en dis ? » me demande-t-elle.

Un mentor ? Je sais à peine ce que c'est. Mais c'est une chance de devenir plus proche de Micke.

« Pourquoi pas ?

— Alors c'est décidé », tranche le proviseur.

Il se lève et tend les bras vers maman. Un instant, on dirait qu'il compte l'embrasser.

37

Mikael

Avant l'accident

Automne 2016

Quand Bianca est rentrée, il faisait déjà nuit. Les enfants et moi avions mangé, et les restes de fricassée attendaient au réfrigérateur sous un film plastique.

« J'ai fait la meilleure affaire de ma vie ! a lancé Bianca de l'entrée. Un million et demi au-dessus du prix de départ. Le chef a débouché le champagne !

— Magnifique, ma chérie ! »

Je l'ai serrée dans mes bras.

Depuis qu'elle avait changé d'agence, beaucoup de choses avaient évolué. Elle avait l'air en meilleure forme et semblait plus heureuse. En même temps, elle était de moins en moins à la maison, et le stress lui faisait oublier des choses.

Pendant qu'elle mangeait les restes du dîner, j'ai pu tout entendre sur l'appartement qu'elle avait vendu, comment les offres avaient commencé lentement avant de monter en flèche, et comment son chef l'avait couverte de compliments.

« Pardon, je n'arrête pas de parler, a-t-elle dit en buvant un grand verre de lait. Et toi, ta journée ?

— Oh, comme d'habitude, à peu près. »

Je ne savais pas trop comment lui annoncer la nouvelle sans casser l'ambiance.

« Le proviseur m'a demandé d'être une sorte de coach pour Fabian. Ils ont eu une réunion avec Jacqueline et lui, d'où il est ressorti que j'étais le seul professeur en qui il ait confiance. »

J'étais partagé. D'un côté, je savais ce que Bianca allait en penser. De l'autre, je ne pouvais pas m'empêcher de me sentir fier.

« Tu plaisantes ? a-t-elle réagi. Je croyais qu'on était d'accord pour ne pas avoir avec eux plus de contacts que nécessaire.

— Oui, mais là, il s'agit de mon travail. »

Fabian n'avait pas noué de lien avec un autre adulte depuis plusieurs années. Je ne pouvais pas prendre sa confiance à la légère.

« Tu es beaucoup trop gentil, mon chéri », a dit Bianca en essuyant le lait sur ses lèvres avec sa serviette.

En dessous, elle m'adressa un discret sourire.

Elle le prenait beaucoup mieux que je ne m'y attendais. Je le devais probablement à cette transaction immobilière réussie.

Après nous être douchés et avoir changé les draps, nous avons longtemps fait l'amour puis nous sommes endormis blottis l'un contre l'autre.

Ce samedi-là, Bianca avait trois visites à Lund. Je suis passé la prendre en voiture avec les enfants et nous sommes allés dans la réserve naturelle de Skrylle : promenade dans la forêt et saucisses grillées au bout d'une pique.

Le soir, William et Bella se sont endormis tôt. Bianca et moi avons partagé une bouteille de cava devant la télévision.

Quand on a frappé à la porte, nous avons échangé un regard avant de nous tourner vers l'horloge murale.

« Qui peut bien venir aussi tard ?

— C'est sans doute Fabian qui vient discuter avec son mentor », a ironisé Bianca.

Nous sommes allés ensemble dans l'entrée. De l'autre côté de la porte, nous avons trouvé Gun-Britt.

« Vous n'allez pas le croire, a-t-elle dit.

— Qu'est-ce qui se passe encore ?

— Jacqueline va faire un stage à la maternelle. »

Bianca s'est étranglée.

« Dans *notre* maternelle ? Celle de Bella ?

— Comment le sais-tu ? » ai-je demandé.

Gun-Britt s'est contentée de rire.

Il y avait deux oracles, ici : le groupe Facebook *Köpinge Forever*, et Gun-Britt de Bråkmakargatan.

« Mais Jacqueline n'est pourtant pas enseignante de maternelle ? ai-je objecté. Avant, elle travaillait comme postière.

— Je crois qu'elle a pris l'option enfance et loisirs au lycée, a dit Bianca. On ne doit pas exiger davantage.

— Je peux entrer ? a demandé Gun-Britt. Je ne serai pas longue. »

Elle a dressé un index conspirateur en l'air avant d'avancer.

« On ne sait jamais qui pourrait nous entendre. »

Connue dans tout le quartier pour écouter aux portes, elle était évidemment consciente du risque.

« Je me demande si elle va travailler dans la section de Bella », ai-je dit.

Bianca m'a dévisagé.

« J'espère vraiment que non.

— C'est bizarre qu'on ne soit pas plus exigeant avec le personnel, a glissé Gun-Britt. On ne peut pas faire confiance à Jacqueline.

— Pourquoi dis-tu ça ? »

Tous ces commérages me restaient en travers de la gorge. Gun-Britt et Åke parlaient sans arrêt de l'entente entre voisins, mais ils ne manquaient pas une occasion pour vomir leur fiel sur Jacqueline et Fabian.

« Je te trouve injuste, ai-je ajouté. Pourquoi Jacqueline ne pourrait-elle pas travailler à la maternelle ?

— Mais enfin, tu le sais, a fait Bianca. Les idées de Jacqueline sur l'éducation ne sont pas exactement super modernes. Elle enferme Fabian dans la salle de bains.

— Ça ne doit pas être si simple avec lui, ai-je tempéré.

— Et elle picole, aussi, a dit Gun-Britt. Tout le monde le sait. »

Je lui ai tourné le dos pour montrer à Bianca que je n'allais pas tarder à étrangler la vieille pie.

« Vous n'avez pas compris qu'il faut vous méfier de Jacqueline ? a demandé Gun-Britt. Demandez à Ola.

— Comment ça ? »

Je l'ai regardée à nouveau. Impossible de tenir la bride à ma curiosité.

« Une histoire vraiment tragique, a commencé Gun-Britt. J'aimais beaucoup Mette-Louise, la femme d'Ola.

— Tu connais la femme d'Ola ?

— Ex-femme, a précisé Bianca.

— Nous sommes devenues très bonnes amies dès leur installation, a raconté Gun-Britt. Mette-Louise était adorable. J'ai mis longtemps à pardonner à Ola après ce qui s'est passé.

— Donc Ola était marié quand il s'est installé ici ?

— Mais oui. »

Je n'avais pas compris ça. En revanche, ça n'avait pas l'air d'une nouveauté pour Bianca.

« Que s'est-il passé ? » ai-je demandé.

Gun-Britt a pris un air dramatique.

« Jacqueline.

— Qu'est-ce que tu veux dire? Est-ce qu'Ola l'a trompée avec Jacqueline ?

— Ils étaient à peine arrivés, a dit Gun-Britt. En pleine rénovation. Bien sûr, Mette-Louise a été brisée. »

Bianca a fait claquer sa langue d'un air compatissant. Était-elle au courant de tout ça ?

« Aussitôt Mette-Louise partie, Jacqueline n'a plus voulu avoir affaire à Ola, a poursuivi Gun-Britt. Presque comme si elle avait seulement cherché à leur faire du mal. La chose accomplie, ça ne l'amusait plus. »

Ola et Jacqueline. Avait-elle détruit leur couple ?

« Méfiez-vous, a répété Gun-Britt. Jacqueline ne peut pas s'en empêcher. C'est aussi pour ça qu'elle a été virée de son boulot à la poste. Alors, Bianca, surveille-le bien. »

Je n'en croyais pas mes oreilles.

Elle parlait de moi. C'était moi qu'il fallait tenir en laisse.

Cette commère était venue insinuer que j'étais infidèle.

« Je ne suis pas un animal, ai-je dit. J'ai mon libre arbitre.

— Oui, oui, a marmonné la vieille pythie. Bien sûr. »

Ça a été la goutte de trop.

« Je vais me coucher. Il est tard. »

J'ai monté l'escalier en faisant résonner démonstrativement mes pas. Dans l'entrée, Bianca a dit au revoir à Gun-Britt et j'ai filé me brosser les dents.

Dans notre chambre, j'ai trouvé Bianca assise au bord du lit. Dans un des coins, l'horrible papier peint brunâtre commençait à se décoller.

« On aurait dû tout repeindre en arrivant, ai-je dit. Maintenant, ça ne se fera jamais.

— On va s'y mettre bientôt, a répondu Bianca. Pour le moment, je n'ai pas la force. »

Je l'ai regardée au fond des yeux. J'ai pensé à Ola et Jacqueline. Aux insinuations grotesques de Gun-Britt.

« Tu comprends bien que jamais je ne serais… »

Le mot lui-même opposait une résistance insurmontable.

Bianca a baissé les yeux.

« Je t'aime », ai-je dit alors.

Elle m'a regardé prudemment et nos lèvres se sont rencontrées.

« Je t'aime moi aussi. »

38

Mikael

Après l'accident

Lundi 16 octobre 2017

Les minutes s'empilent tandis que je vais et viens entre les cloisons de la salle d'attente exiguë. Sienna est avec les enfants, heureusement plongés dans le monde enchanté d'Astrid Lindgren qui défile sur leur tablette.

Tard dimanche soir, nous avons appris que Bianca ne réagissait pas à la douleur. Le docteur Arif a expliqué d'une voix lente et grave qu'on allait encore procéder à d'autres tests à intervalles réguliers.

Je flotte dans les limbes, entre le présent et l'avenir. Je veux savoir ce qui va se passer, et en même temps non. Si tout se suspendait maintenant, nous resterions malgré tout ensemble : Bianca, Bella, William et moi. Ici et maintenant. Dans une seconde ou deux, il sera peut-être trop tard.

Comment mesure-t-on l'activité cérébrale ? Comment mesure-t-on la vie ?

J'imagine le docteur Arif muni d'un instrument de précision. En ce moment même, il mesure mon avenir.

La mort, nous en avons rarement parlé, mais quand le père de Bianca a disparu, nous avons entrebâillé la porte de l'inaccessible.

« Il y a forcément quelque chose de plus, a dit Bianca.

— Forcément ? »

Elle tenait une pâle photo de son père, format timbre-poste. Aujourd'hui elle la porte autour du cou, comme une amulette.

« Sinon tout ça serait… si… absurde.

— Ça n'est pas absurde, ai-je répondu. La vie est merveilleuse. Il faut en profiter. »

L'avons-nous fait ? Profiter de cette vie ? Je regarde nos enfants et l'avenir qui brille dans leurs yeux. Il n'est pas encore trop tard.

« Assieds-toi un peu », dit Sienna.

Je secoue la tête. Trop de choses m'agitent.

J'ouvre sur mon portable le site du *Sydsvenskan* et je lis les dernières nouvelles :

Soupçon criminel en lien avec un accident de la route survenu vendredi dernier à Köpinge, dans lequel une femme de trente-cinq ans a été grièvement blessée. La police mène une enquête préliminaire à l'encontre de la conductrice. Elle est soupçonnée de conduite imprudente et blessures involontaires.

Peut-être la justice va-t-elle malgré tout triompher ? J'ai toujours eu confiance. Le destin, le karma, quel que soit le nom qu'on lui donne. L'équilibre du système. On a ce qu'on mérite.

Lentement, la porte s'ouvre. Une lumière sourde filtre du couloir et la réalité sans appel me prend dans ses filets.

« Voulez-vous bien me suivre, Micke ? » demande le docteur Arif.

J'ai des pieds en plomb. Le court trajet jusqu'à la chambre de Bianca me semble interminable.

Je l'imagine qui se lève de son lit. Elle est en colère contre moi, elle crie, elle peste, mais peu importe car elle est vivante, nous nous aimons et tout le reste va s'arranger.

Puis les images de ce rêve se disloquent lentement et j'enjambe leurs ruines pour m'approcher du lit où elle dort. Je chuchote :

« Ne me quitte pas, ma chérie. »

Bianca répond par le silence et l'immobilité. Comme une sculpture avec un tuyau dans la bouche.

Qu'est-ce qu'une vie digne ? Je cligne des yeux, les ferme, et je vois devant moi un colis, un légume, un paquet humain.

« Asseyez-vous, s'il vous plaît », dit Arif.

Ses grands yeux charrient du chagrin.

« Voilà, reprend-il. Malheureusement, nous ne décelons aucune activité cérébrale chez Bianca. Elle ne répond à aucun test. »

J'attends un *mais*. Il y a toujours un *mais*.

« Connaissez-vous la position de Bianca vis-à-vis du don d'organes ? »

De quoi parle-t-il ?

« Je ne comprends pas », dis-je.

Le docteur Arif baisse le regard et la voix.

« Je suis vraiment désolé. Prenez tout votre temps, rien ne presse. »

Je regarde Bianca.

« Mais elle respire, pourtant. Que voulez-vous dire ? »

Arif déglutit.

« Bianca ne respire pas par elle-même. C'est l'intubation qui maintient son corps en vie. »

C'est trop. Je m'effondre.

Pour toujours.

Qu'est-il arrivé à ce *pour toujours* ?

39

Jacqueline

Après l'accident

Lundi 16 octobre 2017

La police nous a convoqués pour nous interroger. Dans le bus pour Lund, Fabian commence à douter.

« Je ne sais pas si je vais assurer sur ce coup-là.

— Mais si. »

Il regarde par la fenêtre, où les champs somnolent. Une charrue qui trace de longs sillons dans la terre noire est suivie par un vol de corneilles.

Je me suis préparée. J'ai tout passé en revue plusieurs fois depuis l'appel de la police. Fabian sait exactement ce qu'il doit faire.

« J'ai horreur de mentir, dit-il.

— Mais tu n'as pas besoin de mentir. Tu dis juste ce dont nous avons convenu. Le reste, on n'en parle pas.

— Et s'ils demandent ? »

J'ai un doute moi aussi. Et si ça ne tenait pas la route ?

« Allez, viens », lui dis-je quand le bus s'arrête.

Nous traversons en silence la place de la gare. Fabian a les mains dans les poches de son blouson et sa casquette enfoncée sur les yeux. Pour ma part, je regarde le sol.

L'hôtel de police de Lund est situé à un coin de rue, la réception est presque déserte. Pourvu simplement que je ne tombe pas sur Peter. Je rase le mur et gagne vite un guichet pour me présenter.

Une femme brune d'une trentaine d'années se présente : Emelie, c'est elle qui va nous interroger.

« Merci d'être venus si vite. »

Je ne savais pas qu'on avait le choix.

« Bonjour », dit Emelie en tendant la main à Fabian.

Il marmonne la même chose en guise de réponse, sans prendre sa main. Je songe à lui expliquer, mais pourquoi ? Elle n'a aucun droit d'exiger que tout le monde salue de la même façon.

« Voulez-vous boire quelque chose ? »

Emelie nous précède dans l'escalier.

« Non, merci », lui dis-je.

Nous nous arrêtons devant une petite pièce où attend un homme de grande taille au crâne rasé.

« Nous avons besoin de vous entendre séparément, explique Emelie. Commençons avec vous, Jacqueline, Fabian peut rester ici en attendant. Il y a quelques journaux si tu veux de quoi t'occuper. »

Fabian s'installe au milieu d'un canapé deux places. Je lui demande si ça va, et il hoche la tête.

Emelie et l'homme rasé me font entrer dans la pièce d'interrogatoire et, avant même que nous soyons assis, je me mets à causer.

« Franchement, je ne comprends pas la raison de tout ça. J'ai raconté exactement ce qui s'était passé. Êtes-vous obligés d'infliger ça à Fabian ? »

Les policiers se regardent.

« Mon fils est un peu spécial, dis-je. Ce genre de situation le rend très nerveux. »

Emelie affirme qu'elle comprend.

« Nous n'avons que quelques questions à lui poser, dit son collègue. Ça devrait aller vite.

— Comment allez-vous après tout ce qui s'est passé ? » demande Emelie.

Elle a de doux yeux de biche et un abord agréable.

« C'est horrible. Je n'arrive toujours pas à croire que c'est réel. Nous sommes tristes et choqués. Désespérés. »

Emelie pose ses mains l'une sur l'autre sur la table et jette un œil à ses papiers. Son collègue lance l'enregistrement.

« Vous avez été informée de nos soupçons de délit, Jacqueline. Nous vous interrogeons aujourd'hui comme suspecte de conduite imprudente et blessures involontaires. Vous avez le droit de vous taire et d'exiger la présence d'un avocat.

— Je n'ai pas besoin d'avocat, dis-je aussitôt.

— Comprenez-vous les soupçons vous concernant ? demande l'homme.

— Oui.

— Quelle est votre position à ce sujet ? »

Nous avons déjà vu ça en long et en large.

« J'assume ce que j'ai fait. Naturellement, je ne voulais blesser personne, mais si j'ai commis un acte délictueux, je suis prête à recevoir une sanction. »

Emelie hoche la tête. Je crois qu'elle me plaint. Elle comprend évidemment qu'il s'agit d'un accident.

« Pouvez-vous encore une fois raconter ce qui s'est passé vendredi dernier ? »

Je suis aussitôt transportée en arrière par mes souvenirs. Fabian et moi chez Ica, la BMW sur le parking. Jusqu'où puis-je m'étendre ?

« Nous avions besoin d'acheter de quoi dîner et de compléter les produits de base. Le plus souvent, je fais mes courses chez Lidl, c'est moins cher, mais Ica est plus près.

— Avez-vous rencontré quelqu'un chez Ica ? demande Emelie. Quelqu'un que vous connaissez ? »

Je m'efforce de garder la tête froide et de respirer calmement.

« À Köpinge, à peu près tout le monde se connaît. On sait qui est qui. J'habite là depuis dix ans.

— D'accord, dit Emelie. Mais vous souvenez-vous de quelqu'un en particulier que vous avez rencontré vendredi dernier ? Est-ce que vous avez parlé à quelqu'un ? »

Je me mordille un peu la lèvre inférieure.

Combien en sait la police, en fait ? Quelqu'un nous a peut-être vus à Ica ou sur le parking devant. S'ils me surprennent à mentir ou à cacher quelque chose, tout peut être fichu.

« Je sais que Roine était là. Il est professeur de musique au collège de Köpinge, dis-je. Nous l'avons salué.

— Quelqu'un d'autre ? » demande le rasé.

Son apparence est bien moins engageante que celle d'Emelie.

« Nous avons dit bonjour aux Polonais du kiosque à bonbons. Et sur le parking, nous sommes tombés sur un autre de nos voisins, Ola Nilsson. »

Emelie semble satisfaite, comme si tout ce que je disais concordait avec les informations dont dispose la police.

« Vous souvenez-vous d'autre chose ? S'est-il passé quelque chose de particulier avant que vous montiez dans la voiture ?

— Non, rien.

— Cette voiture, dit le policier en grattant son crâne chauve. Une BMW 323. Vous l'avez achetée il y a environ une semaine. C'est exact ?

— Oui, c'est ça. »

Que dois-je dire au sujet de la voiture ?

« Y avait-il une raison particulière à cet achat ? »

Je lutte contre ma nervosité, je fais tout pour qu'elle ne se remarque pas.

« J'avais besoin d'une nouvelle voiture.

— Qu'est devenue l'ancienne ? Car vous aviez une autre voiture auparavant, n'est-ce pas ?

— Une Renault. On me l'a reprise.

— Donc elle n'avait pas de problème ? »

Je m'efforce de sourire.

« Elle était vieille. Démarrait quand ça lui chantait. »

Emelie a l'air de se mettre à ma place.

« Comment avez-vous financé cette BMW ? demande le rasé.

— J'ai contracté un emprunt auto, tout à fait normal. »

Emelie croise mon regard au-dessus de la table.

« Nous vous posons cette question dans la mesure où cet achat s'écarte de votre consommation habituelle. Quand on examine votre situation financière, on peut s'étonner que vous mettiez autant d'argent dans une voiture. »

Je souffle une mèche de cheveux de devant mon visage.

« C'était pour Fabian, dis-je. Il adore les BMW. »

Emelie sourit. Même son collègue s'adoucit, comme s'il comprenait lui aussi. Il a sûrement lui-même des enfants.

« Combien de temps allez-vous garder la voiture ?

— Vous pourrez la récupérer dès aujourd'hui », me répond Emelie.

Le chauve tousse dans son coude.

« Revenons à vendredi. Fabian et vous êtes dans la voiture sur le parking d'Ica. Que se passe-t-il ensuite ? »

Je préférerais éviter ces souvenirs. Si je n'y pense pas trop, c'est comme si les images dans mon cerveau se modifiaient. Comme si je pouvais orienter la réalité pour que ce que je raconte corresponde à ce qui s'est vraiment passé.

« Nous sommes rentrés à la maison, dis-je.

— Par le chemin direct ?

— Oui, il y en a pour trois, quatre minutes. Il n'y avait presque pas de circulation.

— Avez-vous parlé de quelque chose en particulier, Fabian et vous, dans la voiture ? »

J'ai réfléchi.

« Non, nous avons dû nous taire pendant le trajet. »

Les souvenirs me reviennent, des images fixes, comme des éclairs.

D'abord : la grand-route devant moi. L'asphalte, les feuilles d'automne et les haies de troènes. Presque personne dehors.

Image suivante : la haie de thuyas au coin de la rue. La voiture qui roule beaucoup trop vite. L'effroi sur le visage de Fabian.

Puis : *boum !* La voiture pile et tout devient flou et sombre. Je suis projetée en avant, la ceinture de sécurité se tend en travers de ma poitrine.

En une demi-seconde, je suis sortie de voiture. Le vélo, c'est ce que je vois en premier, la roue qui tourne encore. Sur l'asphalte, Bianca étendue, et je crie. Un hurlement jailli des profondeurs.

« Une tout autre chose », intervient Emelie.

Elle s'étire et son visage se tend.

« Nous avons une indication selon laquelle vous avez récemment suivi une thérapie pour dépendance à l'alcool. Pouvez-vous nous le confirmer ? »

Ce n'est pas un secret, et pourtant, je me demande bien d'où leur vient cette information. Gun-Britt ? Ou Peter ?

« J'étais en thérapie au centre Nämndemansgården. Je suis sobre depuis bientôt huit semaines.

— Bravo », dit Emelie.

Je l'aime bien. Elle a l'air sensée.

« Vous êtes d'accord que c'était un accident, n'est-ce pas ? lui dis-je. Depuis vendredi, je suis une épave et je lutte pour ne pas replonger. Pour Fabian. Je lui ai promis de ne plus jamais boire.

— Je comprends, dit Emelie.

— On m'a testée vendredi dernier. J'étais sobre.

— Je sais. Mais je dois malgré tout vous poser ces questions.

— Bien entendu. »

Elle ne fait que son travail.

« Nous avons également découvert autre chose, poursuit Emelie en feuilletant ses papiers. Il s'agit de Fabian. »

J'ai le souffle coupé. Quoi, maintenant ?

« Il a déjà fait l'objet d'un signalement criminel.

— Oui… Euh… mais c'était il y a longtemps. »

Les scènes affreuses me reviennent. Je demande :

« Quel rapport ?

— Probablement aucun. »

Pourquoi alors semble-t-elle si préoccupée ?

« Tout ça était une erreur », précisé-je, sans bien comprendre moi-même ce que je veux dire.

Emelie regarde dans ses papiers et inspire à fond.

« La plaignante était une petite fille. »

40

Jacqueline

Avant l'accident

J'aimais bien mon travail chez Bring. Je faisais du sport sur mon vélo, je rencontrais plein de gens joyeux et je m'amusais avec mes collègues.

« Tu ne me laisses pas tomber, hein ? » disait Barbara.

Depuis le premier jour, elle s'attendait à me voir partir d'une seconde à l'autre.

« Tu es habituée à des séances photo glamour. Combien de temps vas-tu encore supporter les envois groupés et les avis de passage ? »

Pied à pied, j'ai démoli l'image positive que Barbara se faisait du métier de modèle. Je lui ai raconté comment j'avais fui du seizième étage par l'escalier de secours pour échapper à un agent sous speed, comment j'avais assommé un assistant photographe d'un coup entre les deux yeux quand il m'avait sans crier gare arraché la culotte dans un ascenseur.

« Factrice, c'est peut-être pas si nul, finalement ? » a pouffé Barbara en plantant les dents dans un de ses légendaires sandwichs.

Je me plaisais beaucoup dans ce métier. Jusqu'à l'arrivée de Dejan Brynhildsen.

Quand Fabian est entré en primaire, j'espérais que beaucoup de problèmes allaient se dénouer. Il savait déjà lire et écrire et aimait apprendre. J'étais assez convaincue que le manque de stimulation en maternelle avait en partie contribué à ses nombreux conflits avec son environnement.

L'infirmière scolaire nous a convoqués pour le contrôle des six ans. Après les examens de vue et d'audition, Fabian a répondu en traînant les pieds aux questions concernant ses habitudes alimentaires, ses horaires de sommeil et ses camarades de jeux. L'infirmière a fait remarquer qu'il avait un indice de masse corporelle un peu trop élevé et a demandé si nous avions discuté du modèle de l'assiette optimale. Puis nous n'en avons plus entendu parler. Jusqu'à ce qu'une convocation au centre de pédopsychiatrie tombe dans la boîte aux lettres.

Dejan était trop jeune pour être chef d'équipe. Vingt-sept ans. Il avait fait une carrière éclair chez Bring. Il avait cessé de distribuer le courrier au bout de six mois pour gravir les échelons dans le bureau de Malmö, avant d'être nommé à la tête de l'antenne de Köpinge.

Il avait les yeux bruns et les cheveux attachés en queue-de-cheval. Un air de barman ou de DJ. Il truffait ses paroles de mots comme « de la balle » et « grave », et m'appelait « meuf ». Je le détestais, mais en même temps il m'était impossible de ne pas le dévorer du regard.

« Il te veut, m'a dit Barbara un jour qu'après une tournée, assises au bord du quai de chargement, nous aérions nos pauvres pieds hors de leurs chaussettes trempées de sueur.

— Bah, arrête.

— Moi, je n'aurais pas craché dessus », a-t-elle avoué en frétillant de la langue.

Dejan Brynhildsen n'a pas tardé à se mettre à dos tous les postiers de Köpinge. C'était un carriériste obnubilé par sa petite personne, qui se souciait de ses subalternes comme d'une guigne.

« Il faut maintenant pointer pour aller en pause, a expliqué Barbara un matin. Et il est interdit de venir prendre l'air sur le quai de chargement. »

Dejan a restructuré l'agence, parvenant à réduire d'un cinquième le nombre d'employés. J'étais sûre de me faire virer. Dernière entrée, première dehors. Mais un jour, Torsten le chauve et Sture-la-sueur étaient partis. Mutés ailleurs.

« Nous n'allons garder que l'élite à Köpinge », a ricané Dejan.

Barbara m'a chuchoté :

« C'est bientôt à moi de sauter.

— Ça n'arrivera pas », l'ai-je assurée.

Une fin d'après-midi, je sortais de la salle de pause-café quand Dejan a demandé à me parler.

Son bureau était aussi vaste que notre salle de tri. Son fauteuil ressemblait à un putain de trône.

« J'ai fait quelque chose de mal ? »

Je réfléchissais déjà à quel autre travail chercher.

« Au contraire, a répondu Dejan. Je voulais te complimenter. Tu fais un super boulot, Jackie. »

Je ne l'avais jamais autorisé à m'appeler comme ça.

« Jacqueline, l'ai-je corrigé.

— Bien sûr », a-t-il lâché, le regard plongé au fond de mes yeux.

Il s'est placé tout près de moi, a arrondi les lèvres et a soufflé sur ma frange. Bientôt, sa main a doucement glissé sur ma cuisse.

J'aurais voulu lui envoyer un coup de pied dans l'entrejambe.

C'était le personnel enseignant qui avait exigé que Fabian soit examiné au centre de pédopsychiatrie. Le premier psy à le recevoir était du genre somnambule, avec de grosses lunettes et une voix traînante. Il m'a interrogée sur mon vécu de parent et mes relations avec Fabian. Dans chacune de ses questions se cachait un reproche. À deux occasions, il l'a observé en train de jouer, de lire et de dessiner un arbre au bord d'un lac où flottait une barque.

« Tout va bien chez ce garçon, avait trivialement constaté le psychologue. Parfois, l'école s'imagine des choses. »

D'après les pédagogues, Fabian avait du mal à interagir avec les enfants de son âge, que ce soit en classe ou dans la cour de récréation. Ils ne m'apprenaient rien.

« Il a mûri trop vite, a dit le psychologue. Fabian est un garçon intelligent et extrêmement pragmatique. Il ne trouve pas vraiment de stimulation à fréquenter les enfants de son âge. Espérons qu'ils le rattrapent bientôt. »

Je suis sortie une dernière fois de la clinique le pas léger et le sourire aux lèvres. J'ai offert une glace à Fabian au snack Sofia, au soleil.

Après l'avoir laissé à l'école, je suis repartie tête haute, avec une petite voix qui me chuchotait que ce n'était pas moi qui avais échoué, que le problème n'était pas chez Fabian, mais dans son environnement.

Une semaine plus tard, les enseignants ont à nouveau appelé. Fabian s'était enfermé dans le local à vélos et refusait de sortir.

Dejan m'a convoquée à un entretien-bilan. La dernière plage horaire un vendredi après-midi. Tout le bâtiment était plongé dans le noir tandis que j'attendais devant le bureau. Dejan était en retard.

« Désolé, un appel important. »

Il m'a priée de m'asseoir et s'est mis à me papillonner autour.

« Nous devons être les meilleurs en Scanie, a-t-il commencé. Meilleure relation client, meilleure rentabilité. Cela exige un dégraissage de notre organisation. »

Soudain, il s'est arrêté derrière moi. Ses mains chaudes massaient mes épaules.

« Tu sais que je t'aime bien, Jackie. Tu es une de mes meilleures. »

Il dégageait une lourde odeur masculine. Ses mains étaient puissantes, elles appuyaient aux bons endroits.

« Je sais que tu es très attachée à Barbara, a-t-il continué. Malheureusement, elle n'est pas de la même trempe.

— Hein ? »

J'ai rejeté ses bras et fait volte-face.

« De quoi tu parles ? »

Dejan a levé les mains.

« Je comprends bien que vous êtes copines et tout, et je respecte ça. Mais je ne peux pas garder Barbara. Elle plombe toute l'équipe.

— Tu as l'intention de muter Barbara ? »

Son visage s'est fermé.

« Euh… non. J'ai essayé, mais personne ne veut d'elle. »

Ça faisait si mal. Je savais ce que c'était d'être mise sur la touche.

Je ne disposais que de quelques secondes. C'était Barbara ou moi, je le comprenais bien.

« Pas touche à Barbara ! »

Dejan a eu l'air choqué quand j'ai reculé ma chaise pour partir en claquant la porte. J'ai parcouru le couloir le pas fier et les larmes aux yeux.

Une semaine plus tard, le papier m'attendait sur ma table de tri. Licenciement pour faute grave.

Barbara a pleuré, pensant qu'on devait pouvoir faire quelque chose.

Le syndicat ? Je n'étais pas inscrite.

Une pétition ? J'ai ri en l'assurant que j'allais me débrouiller.

J'allais m'en sortir. Elle allait m'oublier.

Pour son entrée en CP, l'école a proposé que Fabian dispose d'une assistante de vie scolaire. Une fille dégourdie qui venait de quitter le lycée et avait une nouvelle couleur de cheveux par semaine. Fabian la trouvait OK, mais n'arrivait pas à comprendre pourquoi lui, qui était le plus intelligent de la classe, disposait d'un enseignant supplémentaire alors que tant d'autres en avaient davantage besoin.

Heureusement, Fabian avait Bengt, dans le quartier.

Dès qu'il se sentait un peu déprimé, Fabian filait chez Bengt, au numéro 13, et revenait avec du soleil dans les yeux.

« Bengt est le grand-père d'Alice, mais il dit que je peux aussi l'appeler grand-père si j'ai envie. »

Ça me faisait chaud au cœur. Bien sûr, c'était ma faute si Fabian était privé d'un modèle masculin, et je n'aurais pu espérer mieux que Bengt.

L'année des huit ans de Fabian, quand je me suis retrouvée au chômage, Bengt a acheté une piscine gonflable pour *ses petits-enfants*. Fabian refusait de se baigner si l'eau n'était pas assez chaude. Bengt devait donc courir entre la salle de bains et la piscine avec un seau en plastique plein d'eau fumante.

Un jour où la fille de Bengt, une pimbêche prétentieuse en talons hauts et jupe-culotte, est venue comme à son habitude déposer Alice chez son grand-père, Fabian était dans la piscine muni de ses brassards et de lunettes de natation.

« Je veux me baigner moi aussi », a dit Alice.

Sa mère nous a regardés, Bengt et moi, d'un air réprobateur. Elle n'avait jamais fait un mystère de ce qu'elle pensait du fait que Bengt laisse Fabian traîner chez lui. Elle estimait probablement qu'il me revenait d'y mettre un terme, puisque son père avait trop bon cœur.

« Nous n'avons pas de maillot, a-t-elle répondu à Alice. Et il ne fait pas plus de dix-sept degrés aujourd'hui.

— Mais trente-quatre dans la piscine, a indiqué Fabian en agitant un thermomètre en plastique.

— Allons, bien sûr, que tu vas te baigner », a dit Bengt en tapotant la tête d'Alice.

La fillette a frissonné en se mettant toute nue sur la pelouse.

« Viens », lui a dit Fabian.

Et elle a sauté dans l'eau chaude.

Sa mère m'a lancé un regard noir avant d'embrasser rapidement Bengt.

« Écoutez, il faut que je file. J'ai un rendez-vous pour ma cure à 10 heures. Ma *manucure*, je veux dire. »

Bengt l'a saluée de la main tandis que les enfants pataugeaient et s'éclaboussaient dans la piscine. J'ai souri toute seule en traversant la cour pour rentrer à la maison. J'avais l'intention de m'offrir deux ou trois verres de vin.

Je me suis absentée au plus une demi-heure. Quand je suis revenue, en poussant le portail, j'ai trouvé Bengt accroupi près de la piscine, en train de consoler Alice. Elle claquait des dents, drapée dans une serviette.

« Qu'est-ce qui s'est passé ? »

Je me suis précipitée vers le bassin. Fabian y était encore, regard et menton baissés. Ses lunettes de natation avaient laissé une marque rouge autour de ses yeux et ses brassards flottaient à côté.

« Il l'a tripotée, a expliqué Bengt.

— C'est-à-dire ? »

Fabian s'est détourné.

« Qu'est-ce que tu as fait ? »

Je l'ai attrapé par le bras et l'ai fait sortir de la piscine.

« Qu'est-ce que tu lui as fait ?

— Doucement, a dit Bengt.

— Je voulais juste l'examiner, s'est défendu Fabian. Je n'avais encore jamais vu de zézette. »

J'ai eu un court-circuit au cerveau et le ventre retourné.

Fabian reniflait et sanglotait. Je lui ai caressé les cheveux, mon petit garçon chéri. En mon sein se mêlaient tristesse et dégoût.

J'avais depuis longtemps accepté que Fabian était différent et avait du mal à se plier au jeu social. Il ne percevait pas les signaux de son environnement avec la même clarté que les autres. Mais je n'aurais jamais accepté qu'il se montre sans respect envers les filles. Cette fois, il était vraiment allé trop loin. Il s'agissait d'une agression.

« Ça m'a fait mal », a dit Alice.

Bengt l'entourait de ses deux bras.

« Il faut que j'en parle à sa mère.

— Bien entendu. »

Je le comprenais.

Et je comprenais aussi que la mère d'Alice allait remuer ciel et terre.

41
Mikael

Avant l'accident

Hiver 2016

Je venais de terminer un cours de gymnastique sur agrès quand Roine m'a hélé dans l'escalier.

« Il faut que tu viennes. C'est Fabian. »

Roine s'est dirigé d'un pas décidé vers la salle de musique, où Fabian attendait, les mains pressées entre les cuisses.

« Tu es son mentor, non ? a dit Roine en se pinçant la moustache.

— Qu'est-ce qui s'est passé ? » ai-je demandé.

Fabian a marmonné quelque chose d'inaudible.

« Il a joué de la trompette en plein dans l'oreille d'une camarade de classe, a dit Roine. J'ai essayé de lui expliquer que cela peut provoquer un déficit auditif.

— Pourquoi as-tu fait ça ? » ai-je demandé à Fabian.

Il m'a dévisagé.

« Elle chantait faux. »

Se moquait-il de moi ? En tout cas, il avait l'air sérieux.

« Je crois qu'il vaut mieux que je parle avec Fabian en privé », ai-je indiqué à Roine.

Il n'avait aucune objection et s'est empressé de ramasser ses affaires.

« Allez, raconte, ai-je dit à Fabian dès que nous nous sommes retrouvés seuls. Que s'est-il passé ? »

Il a tordu ses mains sur ses genoux.

« Roine a sûrement lui-même un déficit auditif.

— Quoi ?

— On devait chanter *We shall overcome*, mais Sofie, Tindra et quelques autres filles ont chanté *Faby a la bite tordue*. J'ai fini par prendre la trompette et j'ai soufflé dans l'oreille de Sofie.

— Et Roine ne les a pas entendues ?

— La trompette, en tout cas, si. »

J'ai poussé un soupir.

« Je vais aller lui causer.

— Ça ne fait rien, a dit Fabian. Nous sommes quittes, maintenant. »

J'ai regardé ma montre. Nous étions déjà tous les deux en retard pour le cours suivant.

« Merci quand même », a dit Fabian.

Tout ce que ce gamin devait subir. Ça ne devait pas être facile d'être différent dans une petite localité uniforme comme Köpinge.

Je comprenais que ça ne plaise pas à Bianca, mais j'étais content que Fabian se sente en confiance avec moi. Cela ne signifiait pas que j'aie davantage de contacts avec Jacqueline.

Fabian a souri, et j'ai posé doucement ma main sur son bras.

Je n'aurais pas dû. Il a fait un bond de côté, comme si j'avais du charbon incandescent entre les doigts.

« Me touche pas !

— Pardon. »

Haletant, il a secoué la tête.

« Je déteste le contact physique. »

Vers 16 heures, je suis allé à vélo à la maternelle chercher Bella. J'étais en retard, et je suais sous mon blouson en débarquant dans sa section.

À cette heure-ci, la plupart des enfants avaient déjà été récupérés. À Köpinge, les parents d'enfants en bas âge ne travaillent pas à plein temps.

Bella jouait par terre avec des cubes. Je l'ai appelée et elle m'a sauté dans les bras.

« Ça s'est bien passé, aujourd'hui ?

— Oui. »

Elle a enfoui son visage contre ma poitrine.

« Tout s'est super bien passé », a dit une voix derrière moi.

Une voix que je reconnaissais.

« N'est-ce pas, Bella ? »

Jacqueline a tapoté l'épaule de ma fille.

« Salut, ai-je fait. Alors comme ça, tu es là ?

— Oui, j'ai obtenu ce stage à la maternelle. Ça faisait longtemps que je songeais à travailler avec des enfants. C'est vraiment chouette. »

Bien sûr, j'étais content pour elle. Mais fallait-il vraiment qu'elle soit dans la section de Bella ? Bianca allait grimper au plafond.

« Jacqueline est ma nouvelle maîtresse », a dit Bella.

Je me suis fendu d'un grand sourire, en espérant qu'il ne laisse pas transparaître mon inquiétude.

« Super. Bienvenue, Jacqueline ! »

Ce soir-là, Bianca avait une visite d'appartement supplémentaire à Lund.

« Ola me ramènera, a-t-elle dit au téléphone. On cassera la croûte en chemin, pas besoin de me garder quelque chose.

— Ola ? me suis-je étonné. Mais sa banque ferme tous les jours à 15 heures, non ? »

Que ferait-il si tard à son bureau ?

Bianca s'est contentée de rire.

La jalousie n'est jamais belle à voir, mais elle n'est probablement pas aussi dangereuse que la naïveté.

Quand elle est rentrée, j'avais couché les enfants et m'étais installé dans le canapé devant le journal des sports, les pieds sur la table basse. Bianca a fait irruption, sans ôter chaussures ni manteau.

« Il y avait une fille de Köpinge à la visite de ce soir. Tu sais, la mère des jumeaux Keanan et Kit.

— Oui ? »

Je voyais très bien de qui il s'agissait. Les jumeaux étaient de bons joueurs de hockey. Leur mère, une blonde refaite qui, d'après la rumeur, avait quitté son mari pour son coach sportif de vingt ans plus jeune qu'elle.

« Elle m'a raconté que Jacqueline et elle faisaient partie du même groupe de mamans quand les enfants étaient petits, a dit Bianca. Mais les autres mamans avaient dû finir par mettre le holà. Elles ont fichu Jacqueline et Fabian à la porte. »

J'ai frotté mes yeux fatigués.

« Et pourquoi ?

— Fabian n'arrivait pas à jouer avec les autres enfants. Il y avait tout le temps des conflits et des disputes.

— Pas très étonnant, non ? Tu sais comment est Fabian. »

Bianca a commencé à déboutonner son manteau.

« Mais ce n'était pas Fabian le problème. C'était Jacqueline.

— Comment ça ?

— Elle prenait systématiquement le parti de Fabian, a dit Bianca en s'extrayant de ses manches. Quoi qu'il arrive, c'était toujours la faute de quelqu'un d'autre. Fabian était à plaindre, il était innocent et les autres mamans avaient raté l'éducation de leurs enfants. Elles ont fini par en avoir assez et ne l'ont plus invitée aux réunions.

— Mais je rêve ! »

Ça ressemblait à ce à quoi j'étais confronté au moins une fois par semaine au collège : des gamins de quatorze ans qui n'arrivaient pas à s'entendre, médisaient et se défaussaient.

« Est-ce qu'elle a fait une offre ? » ai-je demandé.

Bianca m'a dévisagé.

« Qui ça ?

— La mère des jumeaux. Est-ce qu'elle a fait une offre pour l'appartement ?

— Ah, a dit Bianca. Non, la chambre était trop petite. »

Quand nous nous sommes glissés au lit un moment plus tard, j'avais trop longtemps gardé pour moi la nouvelle.

« Dis ? »

Bianca s'était déjà blottie sous sa couette en me tournant le dos.

« Mmh, a-t-elle marmonné dans son oreiller.

— J'ai rencontré Jacqueline à la maternelle aujourd'hui. »

Bianca s'est lentement retournée, un tressaillement nerveux au-dessus de la lèvre.

« Apparemment, elle va s'occuper de la section de Bella, ai-je ajouté.

— C'est n'importe quoi, a lâché Bianca en secouant la tête. Là, parmi toutes les sections ? Elle a forcément demandé à y être.

— Mais pourquoi aurait-elle fait ça ? »

Elle a levé les yeux au ciel.

« Oui, pourquoi ? »

Elle pensait bien sûr aux ragots de Gun-Britt.

Elle était jalouse.

Nous étions jaloux l'un de l'autre.

« À cause de moi ? » Je n'ai pas pu m'empêcher de rire. « Je sais bien que je suis irrésistible, mais tu ne crois pas que tu montes un peu sur tes grands chevaux, là ? »

Bianca n'avait pas l'air d'humeur à plaisanter. Elle ne disait rien, ce qui m'inquiétait. Croyait-elle sérieusement que Jacqueline allait essayer de me séduire sous les yeux de ma famille ?

« Il y a une maternelle privée de l'autre côté de la prairie communale, a-t-elle indiqué. Au milieu du nouveau lotissement. Nous pourrions peut-être y mettre Bella ? J'ai entendu dire que c'était beaucoup mieux. De beaux locaux et une bonne cantine.

— J'ai entendu dire qu'il y avait aussi plusieurs années de liste d'attente », ai-je objecté.

Bianca le savait très bien.

« Franchement, ai-je ajouté. Tu ne me fais pas confiance ? Pourquoi Jacqueline m'intéresserait-elle ? »

Bianca a remonté la couette sous son menton.

« Je la trouve juste désagréable. Et puis, tout ce qui se dit sur elle… Est-elle vraiment capable de s'occuper d'enfants ?

— On doit quand même bien lui laisser une deuxième chance, non ? »

Le visage de Bianca s'est ouvert. Elle semblait avoir eu une idée.

« Je peux demander à Gun-Britt. Avec Åke, elle voudra peut-être bien garder Bella ?

— Bof. »

À vrai dire, j'avais du mal à imaginer pire solution.

« Nous pouvons bien attendre un peu de voir, ai-je dit. Si ça ne marche pas avec Jacqueline à la maternelle, nous pourrons toujours parler à Gun-Britt. »

Cette solution parut satisfaire Bianca.

Je l'ai embrassée sur la joue. Je regrettais d'avoir été jaloux. Maintenant, j'en avais honte.

« Dis, ai-je repris en glissant les mains sous sa couette. Je t'aime plus que tout. Tu le sais, hein ? »

Nous nous sommes embrassés longtemps et tendrement.

Elle a pouffé quand j'ai touché un point sensible au creux de son coude.

Pendant tout ce temps, Jacqueline me hantait. Certes, elle avait flirté, mais j'avais considéré cela comme sa façon d'être habituelle, rien qui m'était directement adressé.

J'ai défait le soutien-gorge de Bianca et je l'ai jeté par terre. Mes lèvres ont effleuré ses seins. Elle a soupiré.

Ma main vers l'intérieur de sa cuisse. Mouvements lents. Mes doigts ont glissé sous le bord de la culotte et disparu dans l'humide.

Pendant qu'elle me chevauchait, j'ai agrippé le matelas en luttant pour tenir. J'ai gémi en fermant les yeux.

À nouveau, j'ai revu Jacqueline. Ses seins et ses hanches, le creux entre ses longues jambes minces. Qu'était-il en train de se passer, bordel ? J'ai cligné des yeux pour effacer l'image.

J'ai retourné Bianca pour la pénétrer par-derrière. Elle a dit mon nom.

Dès que je fermais les yeux, Jacqueline était à nouveau là.

C'était une terrible trahison, mais je n'y pouvais rien.

42

Mikael

Après l'accident

Lundi 16 octobre 2017

Le silence est total. Une lumière s'éteint en moi. Toutes les alarmes, le fracas, toute la panique, toute la colère et la frustration disparaissent dans un grand néant.

Je plonge dans les ténèbres.

Mes enfants sont avec moi, je les entends pleurer. Je tiens leurs petites mains dans les miennes, mais je sais bien que je ne suffis plus. Comment pourrai-je jamais à nouveau suffire ?

Une personne est un jadis, un présent et un après. Mais quand ce qui attend n'attend plus, quand le présent est un vide, que reste-t-il ? Des réminiscences, l'histoire. On a coutume de dire qu'on survit tant que quelqu'un se souvient de vous, mais tout le monde sait que la mort est définitive et que les souvenirs s'estompent vite.

Je vois ton visage, mais ce n'est pas toi.

Ton cœur bat, je sens ses vibrations sous ma main, mais tu n'es plus là. Tu nous as laissés.

C'est l'heure la plus longue de nos vies. Bella et William serrent leurs mains autour des miennes, aucun de nous ne veut lâcher.

Bientôt, ton cœur va palpiter dans un autre corps. Arif dit que tes organes vont sauver plusieurs vies et que peut-être y a-t-il là une consolation, mais dans les ténèbres, il n'y a que des ténèbres.

J'aimerais plutôt que ça fasse mal, que je puisse me révolter.

« Voulez-vous que je fasse venir le prêtre de l'hôpital ? propose le docteur Arif.

— Qu'est-ce qu'il peut faire ? »

Je ne veux pas de prêtre. Mon Dieu ne prive pas des petits enfants de leur mère.

Quelqu'un allume une bougie sur la table. La flamme brûle à côté de tes beaux cheveux sur l'oreiller, les petites fossettes de tes joues, ton grain de beauté et tes lèvres fines.

Je tente de me lever, mais mes pieds sont lourds et mon corps m'échappe, comme aspiré vers le sol. Je murmure :

« Ne me quitte pas, chérie ! »

Bella se précipite et te secoue le bras.

« Réveille-toi, maman, réveille-toi ! »

Sienna emmène les enfants et je te tiens la main quand Arif demande si je suis prêt.

Comment être prêt ? Rien dans la vie ne prépare personne à ça.

« Êtes-vous prêt ? »

Je ne serai jamais prêt.

« Je t'aime. »

Un dernier baiser.

« Pour toujours. »

Toujours s'arrête là.

43

Mikael

Avant l'accident

Hiver 2016

J'avais sorti de la remise les cartons de décorations de Noël et j'étais en train d'accrocher des guirlandes et de tester des bougies électriques. Les enfants jouaient avec la crèche que j'avais héritée de mes parents quand Bianca est rentrée hors d'haleine.

« Pardon, je suis en retard ? »

Un bisou rapide puis elle a serré dans ses bras William qui venait de faire attaquer Joseph et l'enfant Jésus par les trois Rois mages.

« Regarde, maman ! Un âne volant ! » a dit Bella.

Bianca a ri sans conviction.

« Là, je suis carrément en pétard ! » m'a-t-elle chuchoté.

J'ai posé l'étoile en papier qui refusait de tenir sur le rebord de la fenêtre.

« Tu sais, Bengt, a dit Bianca. Celui qui habitait dans cette maison.

— Oui. Bien sûr.

— Il avait une petite-fille, Alice, qu'il gardait de temps en temps. Et tu sais que Fabian le considérait comme son grand-père et s'incrustait sans arrêt chez lui. »

Cela sentait l'interprétation de Gun-Britt ou peut-être d'Ola, mais ce n'était pas le moment d'objecter quoi que ce soit.

« Résultat, Fabian a fini par tripoter la fillette. Ils se baignaient ensemble dans une piscine gonflable quand Fabian s'est mis en tête de fourrer ses doigts dans le sexe d'Alice. »

Un renvoi aigre m'est remonté à la gorge.

« Où as-tu entendu ça ?

— Ce n'est pas ça l'important. Bref, la fille de Bengt a été folle de rage. Qui ne l'aurait pas été ? Elle a porté plainte, mais Bengt a continué de fréquenter Fabian et Jacqueline. Sa fille a fini par couper les ponts. »

J'ai pensé à Bella.

« C'était quand ? Quel âge avait Fabian ?

— Quand il a agressé la fillette ? a dit Bianca pour bien retourner le couteau dans la plaie. Huit, neuf ans. La police a transmis la plainte aux services sociaux.

— Nous ne devons jamais laisser Bella seule avec Fabian », ai-je conclu.

C'était triste pour Fabian, mais on ne pouvait pas lui faire confiance. Et s'agissant de Bella, je n'avais pas l'intention de prendre le moindre risque.

« Ola pense que nous devons en parler à la directrice de la maternelle, ou envoyer un mail à la commune, a dit Bianca. Jacqueline ne devrait pas pouvoir travailler avec des enfants. »

Ça paraissait exagéré. Et pas très logique.

« Mais elle n'y est pour rien ?

— C'était la responsabilité de Jacqueline, a asséné Bianca. Un garçon de huit ans doit comprendre qu'on ne tripote pas une petite fille de cette façon. Arrête de la défendre comme ça !

— Je ne défends personne. »

Je n'étais juste pas sûr que tout était noir ou blanc. Rien n'était simple avec Fabian Selander.

« Il faut aussi que tu parles à ton proviseur, a ajouté Bianca. Cette histoire de servir de mentor à Fabian, ça ne me plaît pas du tout. »

Elle avait sans doute raison, ce n'était pas une bonne idée. Nous devions prendre nos distances avec Jacqueline et Fabian. En même temps, c'était tellement dommage, puisque Fabian avait vraiment confiance en moi. Rien n'allait s'arranger chez lui si le monde des adultes le laissait tomber.

« Je pense que nous devrions parler de ça à Bella et William », a dit Bianca.

J'étais sceptique, mais je ne voulais pas de dispute ; peu après, les deux enfants étaient donc assis dans le canapé avec des mines apeurées.

« Vous savez qu'on n'a jamais le droit de toucher le corps de quelqu'un d'autre », a commencé Bianca.

Le rouge aux joues, elle a cherché mon aide.

« *Touche pas à mon corps* », ai-je renchéri.

C'était un slogan qu'ils avaient utilisé à la maternelle. Bella a souri en le reconnaissant.

« Ton corps t'appartient, a expliqué Bianca. Personne n'a le droit d'y toucher. »

Tout ça était-il vraiment nécessaire ? Les enfants avaient surtout l'air perdus.

« Mais si je veux que quelqu'un le touche ? » a demandé Bella.

Bianca a fait la grimace. Elle m'a supplié du regard.

« Il y a des endroits que personne ne doit toucher, ai-je dit. Peu importe que tu le veuilles ou non.

— Où ça ?

— Eh bien, entre les jambes.

— Hein ? » a ri Bella.

Bianca lui a montré.

« Là, par exemple.

— La zézette ?

— Oui.

— William n'a pas de zézette, a objecté Bella. Il a un zizi.

— Personne non plus ne doit toucher le zizi de William, a dit Bianca.

— Et personne ne doit toucher ma zézette, a dit gaiement Bella.

— Tout à fait.

— Moi non plus ? »

Bianca a inspiré à fond, le visage écarlate.

« Euh, si, toi, tu as le droit, bien sûr, ai-je précisé.

— D'accord, a dit Bella. Et quand j'ai fait pipi ? Vous pouvez m'essuyer ?

— Oui, bien sûr.

— Maman et papa ont le droit de toucher la zézette », a conclu Bella.

Bianca a joint les mains sous son menton.

« Oui, enfin, quand on t'essuie, ai-je dit.

— Ou pour mettre de la crème.

— Oui, bien sûr, quand on met de la crème. »

Bianca m'a regardé fixement. Elle a secoué la tête.

Tandis que je m'apprêtais à continuer à me battre avec mon étoile en papier, elle m'a bousculé en passant dans l'entrée.

« Tu vois, ça s'est bien passé », a-t-elle lâché avant de disparaître dans l'escalier.

Le premier jour des vacances de Noël, j'ai emmené les enfants à la patinoire de Lund. Bianca avait une visite d'appartement, ce qui tombait bien, puisque sa condition pour laisser William et Bella faire du patin à glace était qu'elle n'y assiste pas.

Depuis qu'elle était tombée sur une vidéo Internet d'un enfant frappé au visage par une crosse de hockey, elle avait la même réserve pour le patin que pour l'avion, le bateau, les fêtes foraines et tout ce qui pouvait comporter un risque pour la vie ou la santé.

J'avais renoncé à argumenter. Les peurs de Bianca étaient dénuées de toute logique, et il était souvent plus simple de s'adapter pour éviter de l'inquiéter inutilement.

Quand William était bébé, elle avait suivi une thérapie cognitivo-comportementale. Pendant un mois ou deux, j'avais constaté une amélioration, mais bientôt tout était redevenu comme avant.

« On pourra manger au McDonald's en rentrant ? a demandé William après le patinage, pendant que j'étais en train de lui défaire ses lacets.

— S'il te plaît, papa ! a renchéri Bella en s'agrippant à moi.

— Bien sûr. »

Nous avons pris la voiture jusqu'à la gare, où nous avons mangé au Burger King de la place Knut-le-Grand.

« Vous savez quoi ? Maman travaille dans les environs aujourd'hui. Est-ce que vous voulez qu'on aille lui dire bonjour ? »

L'appartement que Bianca devait faire visiter était à deux pas, dans Winstrupsgatan. À Stockholm, j'avais assisté à beaucoup de ses visites. Le plus souvent incognito. Une sorte de jeu. Je circulais en regardant, comme n'importe quel acheteur. Naturellement, je ne faisais pas d'offre, je ne disais jamais un mot. Mais cela créait une certaine excitation et j'étais toujours tellement fier de Bianca, heureux de la voir exercer sa profession, habile, compétente et charmeuse. Après, nous pouvions parler à n'en plus finir de l'appartement et des acheteurs. Parfois, nous faisions des paris sur qui allait faire l'offre la plus élevée, qui allait finalement acheter l'appartement.

« Et si on faisait semblant de ne pas connaître maman ? ai-je proposé à Bella et William devant la pancarte au logo de l'agence immobilière affichant une photo souriante de Bianca.

— Pourquoi ? a demandé Bella.

— On fait semblant de vouloir acheter l'appartement.

— Ça va être rigolo », a dit William.

Il a poussé Bella et m'a dansé autour.

La cage d'escalier sentait le café. Au deuxième étage, la porte était grande ouverte. Nous avons enfilé des surchaussures bleues dans le vestibule.

« Regarde ! » a dit Bella en esquissant un pas de danse sur la moquette.

À force de raclements de gorge et de *hum*, je me suis frayé un passage dans un hall étroit. Un grand type à barbe de hipster a dû se plaquer au mur pour nous permettre de contourner sa bedaine. J'ai regardé par-dessus mon épaule pour m'assurer que William et Bella suivaient.

Le séjour s'arrondissait autour d'un beau poêle de faïence parmi les plus raffinés que j'aie vus. Les gens se déplaçaient par petits groupes sur le parquet.

Au milieu de la pièce, Bianca rayonnait, cheveux lâchés sur sa veste bien repassée.

« Maman ! s'est exclamée Bella.

— Chut, idiote ! a lâché William. On devait faire semblant de… »

Je lui ai tapoté le bras.

« Pas grave. La prochaine fois. »

J'ai regardé Bianca à travers la pièce. Je m'attendais à de l'étonnement. J'avais même peur qu'elle soit fâchée, mais ce qu'elle exprimait à présent était tout autre chose. De l'effroi.

« Qu'est-ce que vous faites là ? » a-t-elle demandé à Bella.

La seconde suivante, j'ai compris. À côté d'elle, des prospectus en papier glacé plein les bras, se tenait Ola Nilsson en personne.

« Il s'est passé quelque chose ? » a-t-il demandé.

À qui s'adressait-il ? La chose n'était pas claire.

Que faisait-il là ? Bianca n'avait jamais mentionné le fait qu'il l'accompagnait lors de ses visites.

« On voulait te faire une surprise, ai-je expliqué à Bianca. Passer dire bonjour à maman au travail. »

J'entendais moi-même l'aigreur dans ma voix.

Bianca m'a adressé un sourire irrité par-dessus la tête des enfants.

« Nous sommes allés faire du patin, ai-je ajouté en regardant Ola.

— Ce n'est pas le bon moment, a dit Bianca. Comme tu le vois, il y a foule. J'aurais pu te le dire si tu avais appelé ou envoyé un message avant.

— Excuse-moi, alors. On ne va pas te déranger plus longtemps. »

J'ai attrapé William et Bella pour les évacuer vers le vestibule.

« Mais quoi, papa ! On venait juste d'arriver. On devait…

— Une autre fois, ai-je répondu. On ira dire bonjour à maman au travail une autre fois. »

Je ne l'ai pas entendu moi-même, mais j'ai compris au silence immédiat des enfants et à leur échine courbée que mon ton était dur.

Un moment plus tard, quand nous nous sommes garés devant notre maison de Bråkmakargatan, j'avais deux nouveaux messages de Bianca dans mon téléphone. Elle s'excusait d'avoir été désagréable, écrivait qu'elle était super stressée, mais que la visite s'était bien passée. Les premières offres venaient de tomber.

J'ai répondu : *Ne t'inquiète pas.*

Puis : *Et Ola, qu'est-ce qu'il faisait là ?*

Ça sonnait sûrement jaloux, mais peu m'importait. Je commençais à en avoir vraiment assez d'Ola. Que faisaient-ils toujours fourrés ensemble, Bianca et lui, à la fin ?

J'ai aidé les enfants à enfiler leurs pyjamas et à se brosser les dents. Pendant que Bella choisissait un livre sur son étagère, la réponse de Bianca est arrivée :

Il était là en tant que représentant de la banque. Ça arrive parfois.

Deux heures plus tard, je me suis réveillé dans le lit double, un enfant ronronnant contre chaque épaule et le livre ouvert retourné sur ma poitrine. Pas de Bianca.

Je me suis extirpé sans réveiller William et Bella. Je me suis glissé à l'étage. Des sons en boîte et une lumière bleutée papillonnante s'échappaient de la chambre de William. Bianca s'était couchée dans son lit, son portable près d'elle sur l'oreiller.

Je suis resté un long moment à la regarder. Lentement, l'air s'est échappé de moi, comme d'un pneu crevé.

44

Jacqueline

Avant l'accident

Hiver 2016

Pour la première fois, la fête des voisins ne devait pas avoir lieu en été. Nous n'avions pas eu le choix quand Åke a présenté son projet de soirée du Nouvel An. C'était nous qui l'avions persuadé de déplacer sa fête, alors nous ne pouvions que répondre présents, sans faire d'histoires.

« Mais tout le monde déteste ça de toute façon, a dit Fabian. Personne ne veut y aller.

— Micke et Bianca sont sympathiques, non? ai-je tempéré. Et puis tu pourras filer à la maison dès qu'on aura mangé. »

J'ai tourné devant le miroir dans la robe à fines bretelles que je venais d'acheter.

« Qu'est-ce que tu en penses ?

— Joli », a répondu Fabian sans conviction.

En traînant très fort les pieds, il a boutonné son unique chemise, vissé sa casquette sur son crâne et m'a attendue dans l'entrée.

Tandis que nous traversions la cour, quelques pétards ont éclaté dans la nuit glacée. Gun-Britt nous a accueillis avec bulles et embrassades. Ola, Bianca et Micke étaient déjà là, sur leur trente et un.

« Quel dommage que Peter ne puisse pas venir », a dit Gun-Britt.

Ola a saisi la perche au vol.

« Il ne vient pas ? »

Il avait l'air tellement satisfait que même Bianca a réagi.

« Il était obligé de travailler », ai-je expliqué.

Ce n'était pas complètement vrai. J'avais quarante ans et n'arrivais pas à entretenir une relation normale. C'en était embarrassant – c'était peu de le dire.

Tout l'automne s'était passé en yo-yo. Un jour, Peter et moi nous disputions en criant et en nous lançant des objets à la figure. Le lendemain, c'était des excuses, une réconciliation au lit et une resucée de rêves d'avenir papillonnants.

Juste après Noël, il m'avait hurlé que j'avais acheté pour Fabian des cadeaux trop coûteux. J'avais fini par le mettre à la porte pour la énième fois.

Au moins, je n'avais pas à m'inquiéter qu'il me fasse honte pour le Nouvel An. Personne ne voulait assister à un *bis* de mon quarantième anniversaire.

« Bonne fin d'année, a dit Micke en levant son verre de bulles.

— Bonne année », ai-je répondu en souriant.

Après le dîner, Åke a sorti les bouteilles d'alcool. Je m'en suis tenue au vin, mais Ola et Micke ont été comme des gosses dans une confiserie. Ils n'ont pas tardé à parler avec la langue pâteuse en riant très fort.

« Je peux rentrer, maintenant ? a demandé Fabian. Tu avais promis. »

Je lui ai dit d'aller remercier Gun-Britt et Åke avant de partir. Bien sûr, c'était triste de voir mon garçon trop grand désormais pour accepter d'assister à ce genre de soirées, mais je me souvenais moi aussi comment c'était. Mon père m'avait souvent forcée à endurer d'affreuses réunions d'adultes.

À côté de moi, Bianca a suivi des yeux Fabian qui s'en allait. L'ambiance étant un peu tendue entre nous, j'ai cherché un sujet de conversation.

« Je suis tellement contente de mon stage à la maternelle. C'est vraiment super chouette. Les enfants sont tout simplement adorables. »

Ce n'était pas exagéré. J'adorais mon nouveau travail.

« Ah ? Très bien », a lâché Bianca en étouffant un bâillement derrière sa main.

Je me creusais pour trouver comment continuer la conversation quand Bianca s'est détournée vers William, de l'autre côté.

Avais-je fait quelque chose, ou était-elle juste de mauvais poil ? Bianca voyait beaucoup Ola, maintenant qu'elle travaillait pour le service immobilier de la banque. Est-ce qu'il avait cassé du sucre sur mon dos ? Ça ne m'aurait pas étonnée du tout.

« Et toi, Ola, comment ça va ? a demandé Åke en lui remplissant son verre une fois de plus. Toujours en arrêt maladie ?

— Je travaille à mi-temps, a répondu Ola. Les médecins disent que je souffre de TSPT.

— TSPT ? Qu'est-ce que c'est que ça ? a demandé Åke.

— T-S-P-T, a épelé Ola. Troubles du stress post-traumatique.

— Assez répandu chez les vétérans de guerre, a commenté Micke.

— Bah, c'est le jargon des toubibs. Les sigles, c'est à la mode, a dit Ola en buvant une gorgée de son verre.

— Oh, là, là, a lâché Gun-Britt, qui courait comme une serveuse autour de la table. Toutes ces misères à cause de ce vol ?

— Ce n'est quand même pas si étonnant que ça, non ? a contré Ola. On va tranquillement faire du sport et deux voyous vous tombent dessus pour vous dépouiller. Ça marque, c'est clair.

— Mais ça fait un bon moment, maintenant, a fait remarquer Åke.

— J'ai recommencé à travailler comme d'habitude, a dit Ola. Je n'y pensais plus trop, mais soudain l'angoisse est revenue. Il y a certaines situations qui la déclenchent. Moi qui ai toujours été introverti, j'ai du mal à rester seul, maintenant. »

Ça devait être pour ça qu'il collait tout le temps aux basques de Bianca. Il se sentait seul, il s'ennuyait.

« Ça devrait être accepté de ne pas aller bien, est intervenue Bianca en couvant Ola du regard. C'est typiquement masculin de ne pas se permettre d'être vulnérable. »

Elle avait l'air bien informée. Avec moi, Ola n'avait jamais parlé de rien.

« La police a pourtant arrêté les voleurs assez rapidement ? » a dit Micke.

Ola a fait tourner son verre.

« Oui, mais après, l'enquête a posé plein de problèmes. Ça a pris un sacré temps.

— Il s'est passé plus d'un an », ai-je commenté.

Ola avait l'air énervé.

« Oui, oui. En tout cas, dans trois semaines, ce sera enfin le procès. »

Je l'ai observé à la dérobée. Sa façon de regarder Bianca m'inquiétait. J'étais étonnée qu'elle ne l'ait pas encore percé à jour.

« J'espère qu'ils écoperont d'une peine sérieuse », a dit Åke.

Ola a posé son verre avec un soupir.

« Ça ne sera pas le cas. Ils n'ont que dix-sept ans.

— Le système judiciaire suédois est une vaste plaisanterie », a pesté Åke.

Bianca a glissé un commentaire, comme quoi le principal était que cela serve de leçon à ces garçons et qu'ils sortent de la délinquance. J'ai montré clairement que j'étais d'accord.

« On peut toujours espérer », a opiné Ola.

Micke s'est tourné vers lui.

« Tu vas témoigner au procès ? »

Quelque chose me disait que Micke connaissait déjà la réponse. Il ne posait la question que pour le provoquer.

« Non, rien de tout ça, a dit Ola.

— Quoi ? Tu ne vas pas témoigner ? a demandé Åke.

— Non. » Ola s'est tortillé sur place. « Il y a au moins dix victimes, il y a d'autres personnes prêtes à y aller.

— Ils ne te *laissent* pas témoigner ? a demandé Gun-Britt.

— Pourtant, tu les avais reconnus ? a dit Micke. Tu les avais identifiés pour la police. N'est-ce pas ?

— Oui. » Ola s'est mâchonné la lèvre. « Mais ce n'est pas la même chose que d'être en face d'eux au tribunal. Les médecins disent que ce n'est pas bon pour mon processus de guérison. »

Il avait peur. Ce n'était pas difficile à comprendre.

« C'est sans doute extrêmement éprouvant de témoigner », a dit Bianca.

J'ai hoché la tête pour abonder dans son sens.

« Notre système judiciaire est basé sur le principe que les gens disent ce qu'ils savent, a rappelé Micke. Imaginez si toutes les victimes raisonnaient comme Ola. Bien sûr, ça doit être une expérience pénible, mais…

— De toute façon, ils ne seront pas sanctionnés, l'a coupé Ola. Un brin de causette avec une bonne femme des services sociaux. *Pauvre petit qui a eu une enfance difficile*. Ensuite, je risquerais de tomber sur eux n'importe où en ville.

— Je te comprends », a dit Åke.

Mais Micke n'a pas voulu en rester là. C'était comme s'il avait décidé de cuisiner Ola jusqu'au bout. Il était probablement agacé de voir Bianca passer tant de temps avec lui.

« J'estime que c'est le devoir de tout citoyen de se rendre disponible pour la justice », a-t-il insisté.

Bianca l'a fusillé du regard, et au même moment Bella s'est mise à pleurer.

« J'ai justement déménagé à Köpinge pour échapper à ça, s'est défendu Ola. Je ne veux pas m'en mêler.

— Mais tu y es mêlé !

— Ça suffit, maintenant ! l'a coupé Bianca en prenant Bella dans ses bras. Tu cries, Micke ! »

Elle exagérait. Ce n'était au fond qu'une discussion.

« Mais tu n'entends pas que…

— Chut ! »

J'étais estomaquée. Certes, Micke était ivre, mais ce n'était pas une raison pour qu'elle le traite comme un gamin.

« C'est facile de parler quand on n'a pas soi-même été dans cette situation, a dit Bianca en tapotant la joue de Bella. J'ai toujours pensé comme toi, Micke. Que j'accepterais de témoigner. Mais au pied du mur, je ne sais pas… Est-ce que le jeu en vaut vraiment la chandelle ? »

Ola et Åke ont opiné du chef, mais Micke n'avait pas l'air d'avoir la moindre envie de débattre en public avec sa femme. Il a reculé sa chaise, croisé les jambes et regardé ailleurs.

« Je rentre avec les enfants, a décidé Bianca. Bella est crevée. »

Micke allait se lever pour l'aider, mais Bianca lui a posé la main sur l'épaule comme pour le clouer à sa chaise.

« Reste, va. Je reviendrai avant minuit. Si je ne me suis pas endormie. »

Une demi-heure plus tard, Ola avait lui aussi disparu. Les yeux rougis et chassieux, Micke me réclamait encore et encore des anecdotes de mes années aux États-Unis. Je lui racontais en riant mes histoires de photographes libidineux et d'agents gluants, de stylistes qui auraient fait passer Narcisse pour un altruiste, j'évoquais le goût vertigineux des Américains pour le luxe, leur consommation de drogue et leurs penchants sexuels.

« Quelle vie tu as vécue, a dit Åke.

— Bah, au fond je ne suis qu'une fille ordinaire de petite ville de province. Une *girl next door*. Je ne me suis jamais vraiment adaptée à tout ça. »

Micke m'a regardée d'un air rêveur.

Son sourire me chatouillait.

« Le *glitter* et le glamour ne m'intéressent même pas, ai-je dit. Je ne me suis jamais tellement intéressée aux vêtements, aux bijoux ou aux chaussures. Je suis heureuse sans ça. »

C'était ainsi que je me sentais. Libre et plus heureuse que jamais. L'alcool y contribuait sûrement, mais j'étais surtout emplie de l'idée de l'année qui se profilait : douze nouveaux mois d'aventures et de possibilités. 2017 serait mon année.

Sans Peter. Sans relations merdiques.

« Ça va bientôt être le moment des douze coups de minuit à l'horloge du Skansen, a lancé Gun-Britt du coin télé.

— Quoi ? Déjà minuit ? s'est étonné Micke en tripotant son portable. Bianca a dû s'endormir.

— Où est passé Ola ? a demandé Åke.

— Il est rentré chez lui, a dit Micke. À mon avis, c'est son TSPT.

— Ou l'alcool », a suggéré Gun-Britt.

J'ai pris Micke sous le bras.

« Viens. Je veux voir les feux d'artifice. »

Il ne gardait pas très bien l'équilibre, j'ai dû le tenir par la main pour traverser le hall. En l'aidant à enfiler ses vêtements chauds, j'ai remarqué que ma bretelle gauche était tombée.

« Vous venez avec nous ? a demandé Micke.

— Non, nous restons ici, a dit Gun-Britt. Ça pète tellement fort ! »

Micke m'a souri. Nous sommes sortis sur la pelouse, le visage tourné vers les explosions dans le ciel. Manteau ouvert, sans écharpe ni bonnet, je grelottais à côté de Micke en regardant les feux d'artifice se refléter dans ses yeux.

Une violente explosion a fait vibrer la nuit, et j'ai glissé la main sous le blouson de Micke. Mes dents claquaient, le froid était parfait, le ciel teinté de rouge, de bleu et de jaune. Quand je me suis penchée contre la chaleur de Micke, il avait des fusées et des étoiles dans les yeux.

« Bonne année. »

Nous avons respiré les bouffées blanches de nos haleines. Des feux d'artifice partout alentour.

« Bonne année », ai-je murmuré.

Sa langue avait un goût de ciel.

45

Fabian

Avant l'accident

Printemps 2017

Après la fête du Nouvel An, plus rien n'a été comme avant. D'abord dégoûté et en colère, j'ai commencé à voir les avantages de la situation une fois le choc estompé.

Je ne dis pas à maman que je les ai vus, mais quand je rencontre Micke dans le quartier ou au collège, c'est comme si une lueur s'allumait en moi, et je ne peux pas la contrôler. Je crois que tout ça pourrait être bien.

Un triste mardi de janvier, trois troisièmes me sautent dessus dans la queue de la cantine. Le proviseur s'en mêle, et ça fait un sacré grabuge.

« Il a maté les seins de Suzi. Le gros dégueulasse ! » lâche une des filles.

C'est à cause de ça que Suzi m'a jeté au visage une cuillerée de purée.

« C'est du harcèlement sexuel », glisse-t-elle au proviseur.

Pourquoi alors se promener avec un haut si court qu'elle déborde de partout ? C'est évident, elle veut qu'on la regarde.

« Il faut aller chercher Micke, a déclaré le proviseur. Ça relève typiquement de sa mission de mentor. »

Je dois attendre dans une salle avec le ventre creux. Quand Micke finit par arriver en survêtement et bandeau imbibé de sueur, le déjeuner est bientôt fini.

« Pourquoi c'est toujours comme ça ? » demande Micke.

Il n'a pas l'air fatigué, plutôt intéressé. Comme s'il se souciait vraiment de moi. Je ne suis pas habitué à ça, je ne sais pas comment réagir. Mais ça fait vraiment du bien.

« Parce que je suis un taré. Un ovni. »

Quand j'étais petit, je me disais souvent que j'avais atterri sur la mauvaise planète. Quand les psychologues et les docteurs n'arrivaient pas à se mettre d'accord sur ce qui ne tournait pas rond chez moi, c'était parce qu'ils n'avaient encore jamais vu un extraterrestre.

« Tu n'es pas du tout un ovni, dit Micke. Mais je comprends ce que tu ressens. »

Vraiment ? Pour de bon ? Je ne peux pas imaginer que Micke ait vécu la même chose. Il est tellement normal. Si gai, charmant et simple. Le genre que tout le monde aime bien.

En tout cas, il ne me juge pas. Il n'a pas l'air fâché ni exagérément apitoyé. Il est concentré sur la recherche d'une solution, ça me plaît.

« C'est vrai, ce que racontent les filles ? Que tu regardais la poitrine de Suzi ?

— Je suppose. Ça a attiré mon regard. Je n'ai pas fait exprès. »

Si elle avait été regardée par un autre, n'importe qui, Suzi aurait probablement fait pointer ses seins encore davantage, ravie d'être au centre de l'attention. Avec moi, bien sûr, c'était différent.

« Elle t'a jeté de la nourriture dessus ? demande Micke.

— Oui. »

Je lui montre la tache sur mon pull.

« J'espère que le proviseur va appliquer le règlement et qu'elle sera exclue de la cantine », dit Micke.

Je lui souris. Mon mentor.

Je garde derrière la tête l'image de maman et lui le soir du Nouvel An. Ça me donne espoir.

Mais je trouverai bien une meilleure punition pour Suzi qu'une minable exclusion de la cantine. La soupe de cow-boy et les boulettes de viande ne risquent pas de lui manquer.

« Comment ça va, à la maison ? » demande tout à coup Micke.

C'est la première fois. Est-ce que ça a un rapport avec *le baiser* ? Est-ce qu'il est curieux de maman ?

« Peter ? ajoute-t-il. Est-ce qu'il est toujours… ? »

Ma réponse est rapide :

« Non. »

Micke n'arrive pas à cacher sa satisfaction. C'est exactement ce qu'il a envie d'entendre. Mais je ne peux pas le tromper, il s'en rendrait compte très vite. Je précise donc :

« Il ne vient plus aussi souvent, en tout cas. Il passe surtout son temps à se disputer avec maman. »

Micke semble soucieux. Bianca et lui ne se disputent sûrement jamais. Pas de cette façon. Et Micke est le genre à ne pas pouvoir entendre parler d'une injustice sans faire quelque chose.

« J'aimerais bien qu'elle rencontre quelqu'un de… mieux. »

Micke n'est pas idiot. Il doit comprendre ce que je veux dire, mais il ne fait aucun commentaire et ne montre absolument rien. Je l'apprécie pour ça. Bien sûr, il ne veut pas me donner de faux espoirs.

Quand nous revenons à la cantine, le personnel m'a gardé une portion. Tant pis si je manque l'interro de maths, je suis déjà largement en avance sur tous les autres.

« Merci pour ton aide, dis-je à Micke.

— C'est naturel », répond-il.

Et je décide alors de m'asseoir sur Suzi et ses potes. Non qu'elles ne méritent pas une correction, mais je ne veux pas décevoir Micke.

Samedi, Peter revient. Maman dit qu'elle ne supporte plus la solitude.

« Mais tu pourrais bien rencontrer quelqu'un d'autre ? dis-je. Peter n'arrête pas de pinailler.

— Ce n'est pas si facile. »

Non, mais sérieusement. C'est si dur que ça ?

Si on veut, on peut.

Peter met son hard-rock dans le séjour. Ils picolent, crient, et je ne veux pas en savoir davantage. Je mets le volume à fond et j'essaie de me concentrer sur mon jeu vidéo, mais les basses cognent sourdement à travers le sol et les murs, ça s'immisce, ça me démange, et à la fin il faut que je sorte.

J'enfile mes chaussures dans l'entrée. Maman et Peter sont à moitié couchés l'un sur l'autre dans le canapé, il faut que je regarde ailleurs pour ne pas vomir.

« Où tu vas ? crie maman à travers un mur de guitares électriques stridentes.

— Je sors ! »

Et je claque la porte.

Je fais quelques tours du quartier à vélo tandis que la nuit tombe. Les mecs de la campagne traînent avec leurs mobylettes dans le centre, une bande de filles fument en cachette dans un bosquet près de la prairie communale, sinon Köpinge est vide et silencieuse. En revenant dans Bråkmakargatan, je descends de vélo devant le numéro 13. La Volvo est dans l'allée. Je regarde tout autour et je me faufile jusqu'au portail. Je jette un œil par la fente, mais je ne vois rien de spécial.

« Qu'est-ce que tu fais là ? »

En me retournant, j'aperçois Ola qui vient vers moi en traversant la cour.

« Je t'ai vu par la fenêtre, dit-il. Il s'est passé quelque chose ? Tu trembles de froid. »

Je n'y avais même pas pensé.

« Je suis allé faire un tour à vélo. »

Un nuage de vapeur sort de la bouche d'Ola. Il sent l'alcool et le parfum pour vieux.

« C'est samedi soir, il est 23 h 30. Tu devrais être à la maison. »

Je ne dis rien, sans bouger d'un iota.

« C'est Peter ? » demande Ola.

Nous nous tournons tous les deux vers la maison. La musique qui en sort sonne comme une pulsation de boîte de nuit.

« Pourquoi elle ne le met pas à la porte ? dit Ola. J'ai essayé de lui parler. »

Comme si elle l'écoutait. Maman se fiche complètement de l'avis d'Ola.

« Tu veux que je te raccompagne ? »

C'est bizarre. Ola n'a jamais été gentil avec moi. Il a évidemment une raison cachée, mais quoi ?

Quand il s'est installé ici, il n'a pas tardé à courir après maman. Ça ne me posait aucun problème, même si c'était dommage pour sa femme, bien sûr. Ce n'est que lorsqu'il s'est mis à dire du mal de Bengt que j'ai compris quel genre de type c'était.

« OK », dis-je quand même.

Ça peut être intéressant de voir ce que ça va donner. Je sais bien sûr que Peter ne porte pas particulièrement Ola dans son cœur.

Je prends mon vélo pour traverser la cour avec lui. Les bras d'Ola sont tendus, il étire les doigts, les replie, encore et encore.

Quand j'ouvre la porte, il me double et entre le premier dans le hall.

« Hé ho ? Hé ho ! »

La musique meurt et maman s'extirpe du canapé.

« J'ai trouvé Fabian dehors, explique Ola. Il était en train de mourir de froid. »

Bien sûr, c'est exagéré, mais ça peut faire du bien à maman de se faire taper sur les doigts.

« Arrête ton char, c'est pas un bébé », dit Peter.

Il est assis sur le canapé, son pantalon déboutonné et ses pieds sales sur la table.

« Pourquoi tu t'en vas, comme ça ? » demande maman.

Ola avance d'un pas dans le séjour.

« Tu devrais peut-être revoir tes priorités », dit-il.

Les pieds de Peter touchent le sol. Il se lève en bombant le torse et maman essaie de le retenir par le bras.

« Ne viens pas te mêler de ça », dit Peter à Ola.

Il est ivre, comme maman.

« Arrête ! » lui fait-elle.

Mais Peter se dégage et titube vers Ola.

« Tu voulais autre chose ? »

On verrait presque la colère sortir des yeux d'Ola, mais Peter est deux fois plus grand et le coup de poing dans la gueule menace.

« Va-t'en », dit maman.

Lentement, Ola recule dans l'entrée tandis que Peter s'appuie au dossier du canapé. Maman vient dans le hall et me regarde comme elle faisait quand j'étais petit. Ça me réconforte qu'elle s'inquiète.

« Pauvre con », lâche Peter en remettant la musique aussitôt Ola parti.

Maman me prépare un chocolat chaud et me donne un plaid en polaire. Quand nous revenons au séjour, Peter ronfle la bouche ouverte, la tête appuyée à l'accoudoir.

« Tu sais que tu es mon numéro un, dit maman quand nous nous asseyons. Tu seras toujours mon numéro un. »

46

Jacqueline

Avant l'accident

Printemps 2017

Ce n'était pas la première fois que j'essayais de mettre fin à une relation par le silence. Mais Peter était collant de chez collant. Si je ne répondais pas à un SMS, il ne tardait pas à m'appeler. Et si je ne décrochais pas, il venait bientôt tambouriner à ma porte.

« J'ai cru qu'il t'était arrivé quelque chose. Tu m'as fait peur. »

Ça durait depuis plus d'un an, et je ne savais pas comment y mettre un point final. En théorie j'avais déjà tourné la page, mais je me retrouvais dans la cuisine avec mon vin, à broyer du noir en ressassant ma solitude et soudain, j'étais incapable de dire non quand il appelait.

Depuis le Nouvel An, j'ai souvent pensé à Micke. Le baiser, les feux d'artifice et l'étreinte rassurante de ses bras. Tout ça avait enclenché un mouvement, quelque chose d'irrésistible. C'était si naïf : de toute façon, il ne pourrait rien y avoir entre nous.

« Tu t'imaginerais déménager de Köpinge ? » ai-je demandé un soir à Fabian.

Ce n'était pas tellement réfléchi, mais ça ne l'avait jamais été lors de nos précédents déménagements.

« Non ! Pourquoi ? »

Fabian déteste les changements brusques.

Mais ensuite :

« En Californie ? On va déménager pour retrouver papa ? »

Je pensais plus à Halmstad ou Kungälv. Il y a un café très cosy à Emmaboda.

« On verra. »

Je ne veux pas dire que je surveillais, mais je voyais l'allée des Andersson de la fenêtre de ma cuisine, et parfois il y apparaissait et le souvenir du Nouvel An se ravivait.

Un soir qu'il faisait sombre et que j'avais vu Bianca et les enfants partir en Volvo, j'ai sauté sur l'occasion. Micke faisait des étirements contre la porte de son garage, à peine rentré de son jogging. C'était la première fois que je me retrouvais seule avec lui depuis le Nouvel An.

« Salut, toi. Alors, le sport ? »

Il levait un pied contre ses fesses. La sueur perlait à son front et ses pectoraux saillaient sous son sweat moulant.

« On n'a plus trente-cinq ans. »

Il a ri vers le ciel, et son haleine chaude s'est transformée en vapeur sous la lampe du garage. Il y avait autour de lui comme un champ magnétique qui m'attirait et me retenait.

« Nous envisageons de déménager », ai-je dit.

C'était une façon puérile de provoquer une réaction de sa part. Mais ça a marché. Micke a lâché son pied et secoué sa jambe.

« Où ? »

J'ai deviné une certaine inquiétude.

« Je ne sais pas bien. En Småland, peut-être, Emmaboda. »

Micke a hoché la tête. Il paraissait étonné, mais pas beaucoup plus. À quoi m'attendais-je ? Qu'il s'accroche à moi et tente de me retenir ?

Quelques longues secondes ont passé. Nous sommes restés là en silence à respirer mutuellement nos panaches de vapeur.

« Tu sais, ce qui s'est passé au Nouvel An… »

Il chuchotait à présent, avait du mal à me regarder dans les yeux. J'ai retenu mon souffle, en espérant jusqu'au bout qu'il dise autre chose que ce qu'il allait dire.

« J'aime Bianca. Ce serait dévastateur si elle apprenait quelque chose.

— Naturellement, ai-je répondu, tandis que la déception explosait en moi. C'était juste un petit bisou. »

Micke paraissait soulagé.

« J'avais trop bu. C'était une erreur, n'est-ce pas ?

— Mmh. »

J'ai refoulé ma douleur. Coupé la tête à tout mon espoir en l'enfonçant dans le même trou noir d'où il était sorti autrefois.

« Personne ne saura rien au sujet du Nouvel An, l'ai-je assuré. Tu peux compter sur moi. »

Micke a soufflé en posant une main soulagée sur sa poitrine. J'étais déjà en train de m'en aller.

Pour ceux comme Micke, je n'ai jamais été autre chose qu'une erreur.

47

Mikael

Avant l'accident

Printemps 2017

En réalité, il n'y avait aucune exigence d'entretien par les habitants de la cour centrale du lotissement. La commune s'en chargeait. Les journées de ménage, un dimanche au printemps et un en automne, étaient une pure idée d'Åke. Ensemble, il fallait balayer la cour, arranger les plates-bandes et repeindre le mobilier. Gun-Britt offrait du café et Åke faisait griller des saucisses.

« Nous maintenons les traditions. Tout est plus facile quand on s'entraide », pérorait Åke, qui n'avait probablement jamais réfléchi au fait que ça n'intéressait personne d'autre parmi nous et que la dernière journée de ménage disparaîtrait au moment même où il casserait sa pipe.

En fait, c'était beaucoup trop tôt dans l'année, le premier dimanche de mars, mais quand Åke avait décidé quelque chose, il n'y avait pas à discuter.

Je l'aidais à repeindre les bancs tandis que Jacqueline grattait, accroupie dans les plates-bandes. Un peu plus loin, Bianca balayait les branches qu'Ola taillait dans les arbres.

Chaque fois que Jacqueline et Bianca s'approchaient l'une de l'autre, j'étais nerveux. Depuis que Jacqueline avait commencé à travailler à la maternelle, j'essayais de déposer et récupérer Bella le plus souvent possible. Même si j'étais sûr à quatre-vingt-dix-neuf pour cent que Jacqueline ne révélerait jamais rien à Bianca, je ne parvenais pas à me défaire totalement de cette inquiétude. Il pouvait suffire d'un mot échappé, une simple petite allusion, et tout mon monde s'effondrerait.

Comment avais-je pu laisser cela arriver ? Cet instant fugace, aux douze coups de minuit, m'avait entièrement captivé, reléguant tout le reste hors jeu. Encapsulé dans la nuit remplie de feux d'artifice, j'avais laissé mes lèvres toucher celles de Jacqueline. J'étais tout sauf innocent. Je ne l'avais pas arrêtée, repoussée en m'arrachant à elle. J'étais une ordure, un salaud, un de ces hommes que j'avais toute ma vie si profondément méprisés.

Je n'avais jusque-là jamais été infidèle. Ça ne faisait pas partie du paysage. C'était tellement loin de qui j'étais. De qui je croyais être.

Après, nous nous étions longuement plongés dans les yeux l'un de l'autre, et j'étais alors certain que nous avions perçu ce moment de la même façon, comme une erreur, quelque chose qui n'aurait jamais dû arriver. À présent, je n'en suis plus aussi persuadé. Jacqueline nourrissait-elle l'espoir d'autre chose ? De quelque chose de plus ?

Les remords avaient bien sûr été immédiats. Le 1er janvier était arrivé, saut à skis à la télévision et pour moi une corde autour du cou. J'aurais vraiment voulu tout dire à Bianca, mais j'avais trop longtemps hésité dans l'attente de l'occasion parfaite. Bientôt, plusieurs jours s'étaient écoulés et la chose me semblait impossible. Mieux valait oublier et effacer. Ça n'arriverait plus jamais. Je me détestais d'avoir laissé cette situation se produire et j'aimais Bianca à en avoir mal.

Elle était à présent à l'autre bout de la cour, en train de tenir l'échelle où grimpait Ola pour scier les branches qui dépassaient d'un bouleau.

« Dépêche-toi », a dit Bianca en fermant les yeux.

Elle avait terriblement le vertige. Peu importait que ce soit un autre qu'elle en haut de l'échelle.

Ola faisait exprès de se balancer, l'effrayait et la taquinait en prenant exagérément son temps. Ils riaient ensemble.

« Mais voyez qui voilà », a dit Åke, et tout travail a cessé.

Une voiture de police est entrée dans la cour. Peter a fait clignoter son gyrophare, provoquant des sauts de joie chez Bella et William.

« On peut s'asseoir au volant ? »

Peter est passé devant les enfants en les ignorant.

« Monsieur l'agent, a fait Åke. Un café ? »

Il a pris le mug et a marché vers Jacqueline.

« Tu ne réponds pas au téléphone. Je ne savais pas à quoi m'en tenir. »

Jacqueline a regardé tout autour, mal à l'aise.

« Pas maintenant, a-t-elle chuchoté. C'est le jour du ménage. »

J'ai songé à ce que Fabian m'avait dit sur Peter, toujours à faire des histoires. Je me suis rappelé le désespoir de Jacqueline à sa fête d'anniversaire, l'été précédent. Ce n'était peut-être pas si étonnant qu'elle ait envie d'autre chose.

« Je n'accepte pas d'être traité comme si je n'existais pas, a lancé Peter. Tu le sais bien. »

Jacqueline a murmuré un pardon. Aussitôt, elle a croisé mon regard, et il m'a semblé y deviner une supplique.

« Est-ce que les enfants peuvent s'asseoir au volant ? » ai-je coupé.

Bella et William se dirigeaient déjà vers la voiture de police.

« Hein ? Oui, d'accord. »

Peter a un peu ronchonné. Puis il a hissé les enfants l'un après l'autre sur le siège conducteur et leur a montré le fonctionnement de la radio.

« Tu as toujours voulu être policier ? a demandé William.

— Est-ce que tous les petits garçons n'en ont pas envie ? a dit Peter en lui ébouriffant les cheveux. Mais c'est un travail difficile. Ingrat. Aujourd'hui, je choisirais un autre métier. »

Il s'est étiré et a bu une gorgée de café.

« Oui, ça a l'air drôlement dur », s'est moqué Åke.

Peter l'a défié du regard.

« Tu n'imagines pas. Vous devriez venir en patrouille avec moi une nuit. À Rosengård, Kroksbäck ou Lindängen. Quitter votre petite bulle toute rose de Köpinge.

— Compris, a dit Åke. Nous avons déménagé ici pour que nos enfants n'aient pas à grandir à Malmö.

— Là, tu exagères, ai-je objecté. La situation n'est pas si terrible que ça. »

J'aime bien Malmö. Västra Hamnen, Lilla Torg et Möllan. Ça ressemble tellement plus à l'Europe que Stockholm.

« Tu sais, a repris Peter, tous les jours, j'arrête des gens qui braquent, brutalisent, volent, mais ils ne sont jamais punis. Ils se moquent de moi. Pendant que je leur passe les menottes, ils me rient au nez. Parce qu'ils savent aussi bien que moi qu'ils seront sortis d'ici quelques heures. »

Il parlait vite, presque hystérique.

« Vous ne comprenez pas combien c'est désespérant. Vous êtes aussi aveugles que tous les bons Suédois moyens. Vous vous souciez plus de vos déductions fiscales et de vos taux d'intérêt que de voir des jeunes filles se faire violer et leurs agresseurs rester libres. Vous n'avez aucune idée de ce qui se passe dans la réalité.

— Arrête, maintenant, a dit Jacqueline. Personne ne supporte tes tirades politiques. »

Peter l'a regardée, offusqué. Pendant ce temps, j'ai essayé de faire sortir William de la voiture de police.

Bien sûr, je comprenais que ce devait être parfois décourageant, je connaissais en partie le même raisonnement dans le monde scolaire, mais la situation ne pouvait pas être aussi manichéenne que la peignait Peter.

« Le mieux serait de déménager en Islande, a-t-il repris. Là-bas, ils ont deux meurtres par an. *Deux*. La police n'a même pas besoin d'être armée. »

Jacqueline l'a regardé, infiniment lasse. Peut-être aurait-il mieux valu pour tout le monde qu'il déménage en Islande ?

« Ces types qui ont attaqué Ola, a-t-il continué. Ils ont pris une peine conditionnelle et des travaux d'intérêt général. Quelle putain de blague ! »

D'un geste résolu, il a dévissé le couvercle de la Thermos pour se resservir du café. Entre-temps, Ola était descendu de son échelle et traversait la cour, Bianca dans son sillage.

« Mais les peines plus lourdes n'ont pas tellement d'effet dissuasif, ai-je souligné. Il n'y a qu'à voir aux États-Unis. »

Peter a soufflé sur son café fumant.

« Je m'en fous, que ça leur fasse peur. Mais je me préoccupe des victimes et de leurs proches. On ne devrait pas pouvoir tuer quelqu'un et réintégrer la société après un an ou deux. Si on veut descendre quelqu'un, il suffit d'engager un mineur. En Suède, un gamin de quinze ans obtient quatre-vingts pour cent de réduction de peine. Quatre-vingts pour cent ! Si la peine est de dix ans de prison, il est condamné à deux et il sort au bout d'un an et demi.

— C'est vrai, ça ? » s'est interrogée Gun-Britt en ramassant des miettes de gâteau dans sa main.

Cela semblait exagéré. Je n'étais pas assez au courant.

« Évidemment, que c'est vrai, a dit Peter. Et si en plus tu as moins de quinze ans, tu n'es pas responsable pénalement. Un gosse de quatorze ans qui assassine en Suède doit aller dans un foyer causer avec les bonnes femmes bien-pensantes des services sociaux.

— Maintenant, ça suffit ! » l'a coupé Jacqueline.

Comment un policier pouvait-il s'exprimer en ces termes ?

Je lui tournais le dos quand Bella est arrivée en courant :

« Regardez, regardez, j'ai trouvé un squelette ! »

Instinctivement, Peter a pris le commandement. Grands pas sur l'asphalte, hanches larges, ceinture à breloques. Ola, Åke et moi l'avons suivi jusqu'à la haie de thuyas, au coin de la cour, où Bella a indiqué sa trouvaille.

Peter s'est retourné en clouant Ola du regard avec des airs de prédateur affamé.

« C'est ta saloperie de chat qui a fait ça ?

— Ce sont des chats d'intérieur », a grinché Ola.

Peter s'est penché vers la haie et en a sorti du bout du pied les restes d'os emplumés d'un oiseau.

48

Jacqueline

Avant l'accident

Printemps 2017

C'est sûr qu'on chouchoute un brin. Enfin, chouchouter n'est sans doute pas le mot. On est plus attentive, on consacre un peu plus de temps et de soin à un enfant dont on connaît les parents, qui sont des voisins. Je ne pouvais imaginer pire : qu'il arrive quelque chose à Bella à la maternelle, qu'elle se blesse et que j'aie à le dire à Bianca et Micke en les regardant dans les yeux.

Quand j'ai commencé mon stage, j'ai expliqué la situation et demandé si je pouvais éviter la section où était placée la fille de mes voisins.

« Ne t'en fais pas pour ça, avait dit la directrice. À Köpinge, tout le monde est plus ou moins voisin. Si on devait tenir compte de ça, il ne resterait plus aucun personnel. »

Je m'inquiétais peut-être sans raison ? Bella était gaie et bien élevée, on s'entendait bien, et je voyais rarement Bianca. La seule chose qui me rendait nerveuse était de croiser Micke à peu près tous les jours. Chaque fois, le souvenir de cette soirée de Nouvel An se ravivait.

À l'agence pour l'emploi, j'ai reçu beaucoup de compliments pour mon investissement à la maternelle. Tout le monde était content : la directrice, mes collègues, les enfants et leurs parents. Je devrais peut-être envisager de suivre une formation d'enseignante en maternelle ? Il y avait une possibilité de combiner des études avec la suite de mon stage.

Un vendredi de mars, l'hiver est revenu pour une courte visite. Le vent s'est levé sans crier gare en vidant la cour de récréation. Rassemblés dans la grande salle, nous avons vu les flocons tournoyer violemment sur le toboggan et les balançoires.

Les parents se sont pointés un à un en grelottant pour récupérer leurs enfants. Un certain chaos régnait sur les routes. Chaos de neige et pluies verglaçantes. Il allait être 17 heures et Bella était la seule enfant qui restait.

« D'après le planning, elle aurait dû être récupérée il y a dix minutes », a dit Elahe, ma collègue.

Nous devions fermer d'ici une demi-heure. Pourvu qu'il ne se soit rien passé.

« J'appelle les parents », a décidé Elahe dix minutes plus tard. Bella et moi faisions un puzzle. Le temps passait, et j'essayais de cacher à Bella mon inquiétude croissante.

Elahe est revenue avec la directrice.

« Son père est en déplacement, un camp de sport, a expliqué Elahe. Il travaille au collège de Köpinge. Apparemment, c'était la maman qui devait la récupérer aujourd'hui, mais nous n'arrivons pas à la joindre. Son téléphone a l'air coupé. J'ai laissé deux messages vocaux et envoyé un SMS. »

Dehors, la neige se déversait à gros flocons. Venir de Lund ne devait pas être simple. Et si Bianca était tombée dans le fossé ou quelque chose de ce genre ?

« Nous devrions avoir fermé il y a déjà cinq minutes, a dit la directrice. Est-ce que l'une de vous deux peut rester attendre avec la fillette ?

— Désolée, non, s'est excusée Elahe. J'ai un rendez-vous. »

Bella avait compris qu'il y avait un problème.

« Jacqueline ? Elle est où, maman ?

— Elle arrive bientôt », l'ai-je rassurée.

Naturellement, je voulais bien rester avec elle, mais Fabian était déjà seul à la maison depuis plusieurs heures après l'école. Si le dîner n'était pas sur la table à 18 heures, comme tous les jours, ce serait la crise.

« Je connais les règles, ai-je dit, mais je pourrais prendre Bella avec moi à la maison. »

La directrice m'a regardée.

« Ah oui, vous êtes voisins. »

Elle s'est éclairée.

« Donc vous connaissez assez bien les parents ?

— Oui. »

En effet.

Enfin, je le pensais.

« Qu'est-ce que tu en dis, Bella ? a demandé la directrice de la maternelle. Tu voudrais bien rentrer avec Jacqueline, jusqu'au retour de maman ? »

J'ai mis le double de temps à rentrer dans la tempête de neige.

« Qu'est-ce que c'est, ton plat préféré ? » ai-je demandé à Bella.

Je savais déjà qu'elle n'était pas difficile.

« Des boulettes, de la purée, de la sauce brune et des airelles.

— Je vais te préparer ça. »

Elle est restée assise à la table de la cuisine pendant que je faisais chauffer de l'eau et dégeler la viande hachée au micro-ondes. À côté, Fabian tambourinait des doigts sur la table.

« Tu veux regarder YouTube avec moi en attendant ? a-t-il proposé à Bella. Viens dans ma chambre. »

J'ai sursauté, par pur réflexe.

Mais Bella était déjà partie, sautillant d'enthousiasme.

« Vous pouvez laisser la porte ouverte ? » ai-je lancé.

Fabian m'a regardée, offusqué.

J'avais honte. Il fallait qu'il puisse compter sur ma confiance. Moi, sa maman.

J'ai roulé les boulettes, j'ai préparé la purée et la sauce avec de la poudre toute faite. De temps à autre, je coupais la hotte et tendais l'oreille vers la chambre de Fabian. De la musique et des voix sortant de l'ordinateur, les rires joyeux de Bella.

Nous venions de nous mettre à table quand Bianca est arrivée.

De gros flocons de neige ont balayé l'entrée quand je lui ai ouvert. Elle avait un bonnet et une écharpe, la panique dans le regard.

« Bella est ici ? »

Elle est allée droit à la cuisine avec ses chaussures trempées de neige.

« Maman ! Je mange des boulettes et de la purée ! »

Bianca m'a dévisagée. Ses gestes étaient courts, comme tronqués.

« Est-ce que tu imagines mon inquiétude ? J'étais coincée sur l'autoroute, mon portable mort.

— Pardon, ai-je dit. On était nous aussi très inquiets.

— Est-ce que c'est légal de faire ça ? Emmener un enfant chez soi ? »

Elle a saisi Bella et l'a emmenée comme une poupée désarticulée.

« Arrête, maman ! Je veux encore des boulettes ! »

Fabian et moi nous sommes regardés, estomaqués.

« J'ai failli appeler la police, a repris Bianca. Tu réalises ce que tu as fait ? Quand je suis arrivée à la maternelle pour chercher ma fille, elle avait disparu ! »

J'ai essayé d'expliquer que je souhaitais juste lui rendre service, mais Bianca ne voulait rien entendre.

« Nous avons appelé plusieurs fois, ai-je dit. Micke était en déplacement, et tu ne répondais pas. Mais tu as quand même vu que nous avons laissé un message ? »

Elle a plissé les yeux sous le bord de son bonnet.

« Oui, je l'ai vu. À la fin !

— Pourquoi je n'ai pas le droit à des boulettes ? a gémi Bella pendant que Bianca lui enfilait de force sa combinaison.

— Tu en auras, des boulettes, mon petit cœur. Tu auras tout ce que tu veux. Mais d'abord, on va rentrer à la maison. »

Sa voix tremblait. Elle avait l'air complètement sortie de ses gonds.

Peut-être aurais-je dû être plus compréhensive ? Moi aussi, j'aurais été désespérée de ne pas trouver mon enfant. Mais je n'arrivais pas à me défaire de l'impression qu'il s'agissait en réalité d'autre chose.

« À lundi », ai-je dit à Bella.

Elle m'a fait au revoir de la main à travers la tempête de neige, tandis que Bianca la traînait de l'autre côté de la cour.

« Bianca ne nous aime pas, a dit Fabian en croisant ses couverts dans son assiette.

— Pourquoi tu dis ça ?

— Parce que c'est vrai.

— Je ne crois pas », ai-je rétorqué.

Et pourtant, je savais bien qu'il avait raison.

Dimanche, Fabian et moi faisions une partie d'Othello sur le canapé. Quelques taches blanches sur la pelouse, c'était tout ce qui restait de la neige. Les pies et les pouillots chantaient dans les arbres.

« Ça commence à être ennuyeux, ai-je avoué quand Fabian a gagné pour la neuvième fois d'affilée.

— Othello, ce n'est jamais ennuyeux », a-t-il dit en préparant une nouvelle partie.

J'aimais le regarder manipuler les jetons. Sa patience et sa minutieuse exactitude. Moi, je me suis toujours entendu reprocher ma maladresse.

« Maman, a-t-il demandé, hésitant. Pourquoi papa n'a pas voulu venir avec nous en Suède ? »

Il a retourné un nouveau jeton.

« C'est… compliqué, ai-je dit. L'amour est compliqué.

— Mais pourquoi ? Soit on s'aime, soit on ne s'aime pas. »

Cette nuit-là, j'avais dormi d'un sommeil inquiet et m'étais levée tôt. Je n'avais rien pu avaler d'autre qu'une tasse de thé au petit déjeuner. J'aurais dû retourner parler avec Bianca pendant le week-end. Aller la voir pour clarifier ce qui s'était passé. Vendredi soir, elle était dans tous ses états.

Aussi ai-je veillé à arriver tôt lundi matin pour aborder le sujet avec Bianca ou Micke quand ils passeraient laisser Bella à la maternelle.

Chaque fois qu'un parent ouvrait la porte et ôtait ses chaussures, je venais attendre dans l'entrée. Bientôt, tous les enfants étaient là, et leur petit déjeuner servi.

« Il manque Bella, ai-je signalé à Elahe.

— Elle est malade. »

Après le déjeuner, la directrice est venue me chercher. Je devais me rendre au plus vite à l'agence pour l'emploi de Lund. Pas même le temps de dire au revoir aux enfants.

À l'agence, ma référente m'attendait, un pli profond au front.

« J'aimerais pouvoir faire quelque chose, Jacqueline. Il s'agit tout simplement d'une décision de la commune. »

À effet immédiat. J'étais mutée de la maternelle à une maison de retraite en périphérie de Köpinge.

« Mais je me plais tellement à la maternelle. Je comptais même suivre une formation pour y enseigner… »

Ma référente s'est à nouveau dite désolée. Ceci venait d'en *haut lieu*. Elle ne pouvait rien y faire.

« Mais la directrice de la maternelle a trouvé que c'était une bonne idée que je ramène Bella. Nous étions d'accord.

— Je suis vraiment désolée. »

La commune avait reçu des plaintes à ce sujet et estimé qu'une maternelle n'était pas un placement qui me convenait.

« Est-ce que c'est Bianca Andersson qui est derrière tout ça ? La mère de la fillette ? Je crois qu'elle a quelque chose contre moi. C'est une affaire personnelle. »

C'était tellement dingue. J'avais rendu un service à Bianca et voilà comment j'étais récompensée.

« D'après la commune, il s'agit d'un avis global, a affirmé ma référente. D'habitude, on ne prend pas en compte les plaintes individuelles des parents. »

Fabian avait raison. Bianca ne nous aimait pas. C'était un acte de vengeance, une déclaration de guerre. Mais pourquoi ? Toujours la même vieille histoire. La concurrence, la peur d'être dépossédée, remplacée. Avait-elle appris ce qui s'était passé cette soirée-là ?

J'ai écrit un message à Micke :

As-tu parlé à Bianca de ton « erreur » du Nouvel An ?

La réponse est arrivée immédiatement :

NON ! Elle a dit quelque chose ?

Je l'ai laissé mariner un moment. C'était méchant, mais j'étais folle de rage.

En quittant l'agence pour l'emploi, j'ai poussé ma Clio à fond. Ma vue s'est rétrécie et un sentiment familier s'est emparé de moi.

L'impuissance.

L'impuissance totale et invincible.

Je n'allais pas être une victime. Pas encore une fois.

Je me suis arrêtée au bord de la route et j'ai cherché Bianca parmi les contacts de mon téléphone. Les pouces tremblants, j'ai écrit :

MERCIpouravoirsabotémavie.Jenel'oublieraijamais !

49

Mikael

Avant l'accident

Printemps 2017

J'ai accompagné une classe de troisième quelques jours au ski en Småland, et je suis rentré avec des bonbons et des peluches pour les enfants.

Dans la cuisine, Bianca était en train de répartir de la sauce tomate sur des pâtes à pizza fraîchement étalées.

« Alors, pas de jambes cassées ? a-t-elle demandé. Pas de coma éthylique ?

— Je n'ai rien remarqué. D'un autre côté, on est un peu distrait après un demi-litre de vodka. »

Bianca a ri sans conviction. Nous ne nous amusions plus ensemble.

« Raconte-moi maintenant ce qui s'est passé, ai-je dit en piquant une tranche de salami sur une des pizzas qui attendaient d'être enfournées.

— J'ai eu un rendez-vous qui s'est éternisé, a expliqué Bianca. C'était la tempête de neige du siècle et mon portable était mort. Je ne me doutais absolument pas que la maternelle fermait dès 17 h 30. »

À son arrivée, tout était éteint et fermé. Hors d'elle, elle avait couru dans tous les sens autour des bâtiments.

« Bella avait disparu. Tu imagines ? »

Au bout d'un moment, elle avait trouvé un mot collé sur une des portes.

« J'ai cru que c'était une mauvaise plaisanterie. Qui se comporte comme ça ? Moins professionnel, c'est possible ? »

Au centre de loisirs, il n'y avait eu aucun problème. William s'était certes retrouvé seul avec un pédagogue poussant des soupirs excédés, mais personne n'avait eu l'idée saugrenue de le prendre chez lui.

« Jacqueline a juste voulu être gentille », ai-je dit en massant la nuque de Bianca.

Elle s'est figée et a tourné la tête.

« Tu trouves que c'est ma faute. J'aurais dû écourter ma réunion et rentrer dans les temps, comme ça rien ne serait arrivé.

— Non, ce n'est pas ce que j'ai dit. »

Elle s'est penchée pour fouiller dans un tiroir de cuisine.

« J'ai envoyé un mail à la directrice de la maternelle et au responsable communal. Ça ne peut pas se passer comme ça.

— Sérieusement ? Là, tu exagères. »

Elle a violemment refermé le tiroir.

« Je sais que tu as un faible pour Jacqueline, mais quand les enfants sont touchés, ça va trop loin. Imagine si Fabian… »

Ma gorge s'est serrée.

« Elle n'a quand même pas laissé Bella seule avec Fabian ?

— Je ne sais pas. Je sais juste qu'il faut que ça cesse. Ola m'a raconté que Jacqueline s'est comportée de la même façon avec lui. Elle a essayé de faire son nid au sein de sa famille. Ils avaient à peine fini de déménager. »

Ma mauvaise conscience me consumait, quand bien même Ola n'était pas le mieux placé pour se prononcer.

Bianca a enfilé les maniques et enfourné les plaques des pizzas.

« Mais est-ce que c'est utile de causer des problèmes à Jacqueline à la maternelle ? ai-je demandé. Elle n'est même pas titulaire. C'est juste un stage. »

La porte du four s'est refermée en claquant.

« Je veux avoir le moins possible affaire à Jacqueline. Tu devrais toi aussi vouloir la même chose. »

Elle avait sans doute raison.

« Viens, chérie. »

J'ai passé les bras autour d'elle et j'ai frôlé du bout des doigts la fossette de son menton avant de l'embrasser.

« Tu es mon tout, lui ai-je dit.

— C'est sûr ? »

Les maniques sont tombées à terre et j'ai pris ses mains.

« Je me fous complètement de Jacqueline Selander. Tu comprends ? »

Si Bianca voulait que j'évite Jacqueline, *amen*. Pas question que je mette en péril notre mariage, ma fantastique famille.

Deux jours plus tard, nous avons appris que Jacqueline ne resterait pas à la maternelle. C'était mieux comme ça.

J'ai remplacé mon manteau d'hiver à col de fourrure par une veste d'étoffe légère, mais le mois de mars était comme d'habitude capricieux. Dès le lendemain, le temps s'est gâté et une pluie battante m'a gardé éveillé la moitié de la nuit.

Le matin est arrivé comme un rouleau compresseur. Des éclats de voix dans la cour et les enfants en pyjama sur le seuil de la chambre.

« Papa, il faut te lever. Les voisins sont là. »

Bianca était déjà sortie sur la véranda, où Åke pestait.

« On nous a cambriolés. »

Il gesticulait sans arrêt tandis que Gun-Britt s'efforçait de le calmer. À côté de lui se trouvait Ola, l'air grave. Peter s'est alors pointé à la grille, mal rasé, les cheveux en vrac. Il avait visiblement passé la nuit chez Jacqueline. Leur relation me laissait perplexe.

« Et voilà, c'est arrivé jusqu'à Köpinge, a dit Åke.

— Il y en a partout », a rétorqué Peter.

Gun-Britt semblait sur le point d'éclater en sanglots d'une seconde à l'autre.

« Il y a vingt ans, ça n'aurait pas pu arriver. Pas ici. Mais les gens n'ont plus aucun sens de la propriété.

— Tu es en service ? » ai-je demandé à Peter.

C'était surtout pour le chercher, mais il n'a pas paru relever.

« Non, bordel. C'est mon jour de congé.

— Ça s'est passé quand ? ai-je demandé à Åke. Vous étiez à la maison ?

— Ça, ces voyous s'en contrefichent, a affirmé Peter. Une sacrée chance que vous ne vous soyez pas réveillés, qui sait comment ça aurait pu finir.

— Tu sais, j'ai le vieux fusil de chasse de mon frangin au grenier, a dit Åke. Je crois que le moment est venu de le descendre. »

Il n'avait pas l'air de plaisanter.

« Ils ont cassé la porte ? ai-je demandé.

— Ils ne sont pas allés plus loin que le garage, a dit Åke. Ils ont volé ma tronçonneuse. Flambant neuve.

— Ah, tu sais, l'assurance, on ne peut pas compter dessus. C'est sûr, on n'aura pas un sou, a déploré Gun-Britt.

— Vous n'aviez pas d'alarme ? » a demandé Peter.

Åke a soupiré.

« C'est vraiment utile ? »

Åke et Gun-Britt avaient misé sur une solution beaucoup moins chère, en posant un faux autocollant sur leur façade. Hélas, son dessin était tellement amateur que même un petit cambrioleur complètement shooté ne s'y serait pas laissé prendre.

« Ces sociétés de sécurité pratiquent des tarifs délirants », a dit Gun-Britt.

Au cours de la nuit, une ou plusieurs personnes avaient fracturé la porte du garage du numéro 12. D'un pas lourd, lâchant des bordées de jurons, Åke a mené la compagnie de l'autre côté de la rue pour montrer les traces d'effraction. Pour lui, ils s'étaient servis d'un simple pied-de-biche.

« Vous devriez peut-être quand même appeler la police, ai-je suggéré. Il pourrait y avoir des empreintes digitales ou d'autres traces.

— Inutile, a dit Peter. Nous ne nous déplaçons plus pour ça. Il faut s'en remettre aux sociétés de sécurité et aux vigiles. »

Comme d'habitude, c'était exagéré, mais avec Peter, s'opposer ne rimait à rien.

« C'est à ce point ? s'est interrogé Ola. C'en est vraiment fini de notre société de bien-être ?

— On ne peut quand même pas faire patrouiller des vigiles à chaque coin de rue, a dit Åke. Ce n'est pas tenable.

— Non, euh… » Peter s'est un peu gratté sa repousse de barbe. « J'ai vu d'assez bons exemples de collaboration entre voisins. Des gens qui unissent leurs forces pour ouvrir l'œil. Ça donne vraiment de bons résultats. Si on a en plus un bon chien de garde, on peut faire le ménage assez vite.

— Quoi ? ai-je dit. Une sorte de milice citoyenne ? »

Ça semblait complètement dingue.

« Une collaboration entre voisins », a dit Peter.

Åke s'est penché en baissant la voix.

« Börje, du 21, est sorti chasser une bande de jeunes qui faisait du tapage dans leur cour, l'autre nuit. Je ne comprends pas d'où peuvent bien venir ces voyous, ça ne peut pas être des gens de Köpinge. »

J'ai failli éclater de rire, mais les autres avaient l'air extrêmement pincé.

« En tant que policier, je ne peux malheureusement pas agir avec vous, s'est défilé Peter. Mais si vous avez besoin de bons conseils… Il faut par exemple faire attention à ne pas trop les provoquer. Ils peuvent sortir des couteaux, tout ça. Et s'ils sont shootés, on ne peut pas prévoir. »

Åke a tapé du pied.

« Si j'avais eu vingt ans de moins, je serais intervenu sur-le-champ. Il s'agit de prendre le taureau par les cornes. »

Il a adressé un regard impérieux à Ola, qui s'est à son tour tourné vers moi.

« Bien sûr, on peut s'entraider pour ouvrir l'œil, ai-je dit. Faire une sorte de ronde de nuit entre voisins vigilants. »

Les autres m'ont dévisagé, comme si je n'avais rien capté.

« Je peux faire un planning », a proposé Ola.

Ce n'était peut-être pas ce que j'avais imaginé, mais Åke était tout feu tout flamme.

« Je vais aussi aller causer à ceux des autres lotissements. J'habite quand même ici depuis la construction de ces baraques.

— Ça me semble sage, a dit Peter. Si vous ne faites rien, les voyous vont prendre le contrôle. Ça peut aller très vite.

— Je connais quelqu'un dans le quartier qui a un chien, a signalé Ola.

— Très bien, a dit Åke. Il faut qu'il en soit. »

Je suis parti de là avec un sentiment d'irréalité. Ces gens-là étaient-ils sérieux ? Mes anciens amis de Stockholm auraient été effondrés d'entendre ça.

« C'est affreux, les cambriolages, a dit Bianca à la table du petit déjeuner. Heureusement qu'on a une alarme. »

Nous en avions une, mais pas dans le garage. Et pas de capteur aux portes et fenêtres. L'alarme ne fonctionnait que lorsqu'il n'y avait personne à la maison. Mais Bianca n'avait pas besoin de savoir ça.

« Il est quand même peu vraisemblable que nous soyons frappés nous aussi, ai-je dit. Ils ne vont sans doute pas attaquer deux fois le même lotissement. »

En même temps, je ne parvenais pas à me débarrasser de mon inquiétude. Je ne me souciais pas du risque qu'on me vole des objets, les biens matériels peuvent toujours être remplacés. Il s'agissait plus d'une impression diffuse de liberté perdue, une atteinte à notre intégrité.

« On va finir par devoir construire des murs tout autour du lotissement. *Gated communities.* Vidéosurveillance et vigiles qui contrôlent tous ceux qui veulent entrer.

— Je n'ai rien contre, a dit Bianca. Si c'est nécessaire. »

Avions-nous toujours eu des opinions si différentes ?

« Bof, je ne sais pas. »

Ce n'était pas le monde dans lequel je voulais voir grandir mes enfants.

« La collaboration entre voisins, ai-je marmonné. Un peu exagéré, non ? »

Le vendredi suivant, j'étais en train d'émincer des tomates et des concombres pour la soirée tacos, je versais de la sauce dans un bol et coupais des tranches de feta quand Bianca est arrivée en trombe de l'entrée.

« Et voilà, c'est arrivé ! »

Elle m'a mis son portable entre les mains.

« Tiens, regarde ça. Un camion a écrasé plein de gens dans Drottninggatan. »

J'ai essayé de lire à l'écran, mais Bianca m'a répété tout ce qu'elle avait entendu. Beaucoup de blessés, plusieurs morts, un camion qui avait défoncé la devanture d'Åhléns. La rumeur d'un tireur embusqué et d'une alerte à la bombe. Tout Stockholm plongé dans le chaos.

« On n'est plus en sécurité nulle part », a dit Bianca.

Deux semaines plus tôt, une attaque du même genre avait eu lieu sur Westminster Bridge à Londres. Avant ça, Bianca et moi avions vaguement évoqué la possibilité d'y aller en vacances cet été. Désormais, il n'en serait plus question.

Le soir venu, nous avons suivi à la télévision les reportages sur Stockholm et un monde que nous ne reconnaissions plus. Des scènes de guerre dans Drottninggatan. Si lointaines, et pourtant proches à faire peur.

« Imagine si j'étais allée à cette formation, a dit Bianca. J'aurais pu y être quand le camion est arrivé.

— Ton stage n'était pas au centre de congrès d'Älvsjö ? ai-je demandé. Et pas ce week-end, de toute façon, non ?

— Non, mais ça aurait pu se passer là-bas, à ce moment-là. Pure hypothèse.

— Chérie, on ne peut quand même pas s'isoler. Les terroristes auraient gagné.

— C'est déjà fait, a dit Bianca. Ils ont gagné depuis longtemps. »

Aussitôt les enfants endormis, je me suis vautré sur le canapé, fatigué et gavé de tacos. Je zappais dans l'offre démesurée de Netflix quand on a sonné à la porte.

« Si tard ? »

Bianca s'est levée pour tenter de voir dans le noir tandis que j'allais ouvrir.

« Salut ! »

Devant la porte se tenait Ola, tout de noir vêtu, une sorte d'uniforme tout-terrain avec beaucoup de poches. À ses côtés, un homme du quartier que je connaissais de vue.

« C'est l'heure.

— L'heure de quoi ? »

Bianca s'est glissée derrière moi et Ola s'est démanché le cou pour la saluer de la main.

« Nous effectuons une première patrouille ce soir. J'ai fait un planning. »

L'autre a salué et s'est présenté : Krille, de la rue Saltkråkan.

« Tu as mon gamin au collège. Tristan. »

En effet. Tristan, en cinquième C. Doué pour la lutte.

Son père avait un fil barbelé tatoué sur le dos de la main, une barbe touffue et un labrador en laisse.

« Regarde, a fait Ola en dépliant une demi-feuille A4. On peut bien sûr permuter, si ça ne va pas. »

Le labrador a aboyé et Krille a tiré sur sa laisse avec irritation.

Ola a ricané.

« Maintenant, le calme va régner dans le coin. »

50

Jacqueline

Avant l'accident

Printemps 2017

Après deux jours dans cette maison de retraite dépotoir, au milieu des gémissements, de la puanteur, avec des épaves humaines qui se faisaient dessus et des collègues qui refusaient d'apprendre mon nom, j'ai jeté l'éponge et je me suis mise en congé maladie.

La maternelle et les enfants me manquaient. Jamais de ma vie je ne m'étais sentie aussi blessée, traitée avec une injustice aussi terrible. Et j'avais été modèle pendant dix ans, c'est dire.

La table de la cuisine est devenue mon lieu de vie. Persiennes baissées et café noir. Une bouteille de vin après le déjeuner pour supporter les idées qui me tournaient dans la tête.

Peter continuait de me bombarder de SMS et de messages, et quand les nuits étaient les plus longues et que la solitude me tourmentait, il était si facile de lui céder. Encore une nuit, une dernière fois, puis je ne le reprendrais jamais plus.

J'étais acculée dans un coin. Comme si certaines personnes réussissaient toujours tout, alors que d'autres, comme moi, étaient condamnées à vie à l'échec et au désespoir. C'était presque comme si j'appelais de mes vœux une catastrophe, quelque chose qui tranche et impose du neuf.

Lentement, la colère s'est allumée en moi. Des braises ont jailli des flammes.

Bianca n'avait pas répondu à mon SMS. C'était inutile. Je savais que c'était elle qui s'était plainte à la commune, sa faute si j'avais été chassée de la maternelle.

Un samedi, alors que Fabian était parti sur son vélo et que j'avais éclusé un litre de rouge, j'ai traversé les quelques mètres de la cour pour pousser le portail du numéro 13.

J'étais en feu. J'avais passé plusieurs heures la nuit précédente à ressasser des idées de vengeance. Il fallait que je m'affirme, je ne pouvais pas laisser passer ça. J'en avais tellement assez de Bianca avec son air de sainte-nitouche.

La Volvo n'était pas dans l'allée. Ça devait signifier qu'elle était seule à la maison. J'ai essayé de me contenir, de rassembler mes idées et de trouver les mots justes. Il n'y avait aucune raison de déraper et d'en venir aux mains, mais il fallait que Bianca comprenne ce qu'elle m'avait fait.

À mon grand étonnement, c'est Micke qui m'a ouvert la porte.

« Salut ? » a-t-il fait.

Ses yeux étaient comme un calmant. J'avais essayé de refouler le souvenir de cette nuit du Nouvel An, mais tout m'est revenu d'un coup.

« Bianca est là ? ai-je demandé.

— Elle est avec les enfants chez une copine à Malmö. »

Micke est resté sur le seuil, comme pour me signifier que je n'étais pas la bienvenue.

« J'ai besoin de causer. »

Si Bianca n'était pas là, cela ouvrait d'autres possibilités. C'était quelque chose que j'avais envisagé quoique assez vite décidé d'éviter. Mais là, avec Micke devant moi, cette décision ne me semblait plus autant aller de soi.

« Je ne sais pas, a dit Micke. Je pense… »

Il a perdu le fil et s'est poussé quand j'ai forcé le passage.

« Tu sais ce que Bianca a fait ? »

Il a refermé la porte derrière lui. L'air honteux.

« Écoute, calme-toi. »

C'était une insulte. *Calme-toi.*

« Je n'ai pas le droit de rester à la maternelle. Tu saisis ? Moi qui m'y sentais si bien. Elle a bousillé ma vie. »

Micke a froncé les sourcils.

« Tu es ivre ?

— Arrête. La commune m'estime inadaptée. Ils ont déterré une ancienne plainte aux services sociaux. Mais surtout, un parent s'était manifesté. Devine qui ? »

Micke s'est passé la main sur le menton. Il semblait ne pas savoir quoi dire, ce qui m'a fait enrager encore davantage.

« Putain ! Pourquoi vouloir gâcher la vie de quelqu'un à ce point ?

— Je ne crois pas que Bianca cherchait à te nuire. Elle a juste eu peur. Tu sais combien elle peut être parano. »

Ah, Micke. Toujours aussi compréhensif.

« C'est Bianca qui est arrivée en retard à la maternelle. Je voulais lui rendre service… »

Ma voix commençait à se briser.

Micke a posé la main sur mon bras et m'a regardée au fond des yeux.

« Je vais parler à Bianca. Nous pouvons sûrement prendre contact avec la commune et remédier à ça. »

Micke était quelqu'un qui réglait les problèmes. Tout autre chose que ce à quoi j'étais habituée.

Il a lâché mon bras, mais j'ai soutenu son regard.

Nous sommes restés ainsi un peu trop longtemps.

Je l'ai suivi à la cuisine. Son dos était une promesse d'harmonie. Droit et puissant. Un dos contre lequel se réveiller matin après matin.

« Il y a sûrement une autre maternelle où tu pourrais travailler, a-t-il dit en s'appuyant au réfrigérateur. Ça va s'arranger. »

Dans son monde, tout s'arrangeait toujours. J'aurais aimé que la vie soit aussi simple pour moi.

D'un mouvement lent, j'ai rejeté mes cheveux sur mes épaules, glissé mes pouces sous la ceinture de mon jean pour le remonter.

Micke ne pouvait me quitter du regard.

Mon corps était ma malédiction et mon bonheur, mais aussi une arme.

C'est peut-être le désir qui m'a fait me pencher vers lui. L'aspiration à mieux ? Ou juste pour rendre à Bianca la monnaie de sa pièce.

« Non », a dit Micke.

J'ai écarté quelques mèches de mon visage et me suis approchée.

« Non, Jacqueline. »

Mon doigt traçait de lentes lignes sur son visage. Ses yeux ont tressailli, ses mains se sont opposées, jusqu'à ce que soudain je le plaque contre le réfrigérateur, la main sur sa poitrine.

« Va-t'en », a-t-il demandé.

Mais son regard me suppliait de rester.

J'ai inspiré son parfum. Ma main a effleuré son jean, l'air a vibré.

« Je ne veux pas. J'aime Bianca. Ma famille. »

Nos regards unis. Le tissu rêche du jean s'est accroché sous mes ongles.

« Arrête », a-t-il dit.

Ça ressemblait à *embrasse-moi*.

Ma main a glissé sur lui. Il était dur comme la pierre.

« Oui, tout de suite », ai-je dit.

Micke s'est mis à haleter. J'ai serré mes doigts autour de sa nuque et je l'ai embrassé.

Derrière nous, la porte d'entrée s'est ouverte.

Micke a reculé en s'essuyant la bouche du revers de la main. Dans l'entrée se tenait Bianca, sac à main au creux du bras.

« Qu'est-ce que… ? »

Elle me faisait presque pitié. *Presque*, seulement.

« Jacqueline est passée m'emprunter un truc », a dit Micke.

Bianca a laissé tomber son sac par terre.

« Merci », ai-je lancé en me frayant un passage devant elle dans l'entrée.

Dans la cour, le soleil printanier m'a sauté aux yeux. La lumière violente m'a éclaboussée, et tout mon corps s'est mis à vibrer.

51

Fabian

Après l'accident

Lundi 16 octobre 2017

Assis devant la salle d'interrogatoire, je feuillette un magazine auto. Le canapé me rentre dans le dos. J'ai beau me tourner dans tous les sens, rien n'y fait.

On interroge maman pendant une éternité. Quand les policiers ressortent avec elle, son visage a repris quelques couleurs. On ne voit plus aussi clairement qu'elle n'a pas bien dormi depuis plusieurs jours.

« Je crois qu'il vaut mieux que je reste avec Fabian pendant son interrogatoire, dit-elle à la policière. Il est mineur. »

La policière qui s'appelle Emelie se tourne vers son collègue chauve. Apparemment, c'est lui qui décide.

« Ça va aller », dis-je à maman.

Ce sera sans doute plus facile comme ça.

« Sûr ? »

Elle ne me fait pas confiance. Parfois, elle ne vaut pas mieux que tous les autres.

« T'inquiète. Tu peux m'attendre ici. »

Dans la salle d'interrogatoire, Emelie lit à voix haute des numéros et des trucs pour l'enregistrement. Elle déclare que je vais être entendu en qualité de témoin.

« Pour commencer, je veux bien que tu me racontes ta journée de vendredi dernier.

— OK. »

Je reprends tout du début. Notre sortie au supermarché Ica. Maman qui poussait le chariot, moi qui cochais la liste des courses. Nous avons chargé la voiture, puis sommes rentrés directement à la maison. Au moment de tourner dans la cour commune, Bianca a surgi à vélo, et maman n'a pas eu le temps de freiner.

« Attends un peu, dit Emelie. Revenons au supermarché. Combien de temps avez-vous mis pour faire les courses ? Une estimation ?

— Vingt minutes peut-être ? Une demi-heure ? »

Emelie a l'air satisfaite.

« Vous avez parlé à quelqu'un, dans le magasin ?

— Non, pas vraiment. Bien sûr, on a dit bonjour à des gens. Je crois que maman a un peu causé au type, à la caisse. Sinon, je ne sais pas.

— Et ensuite ? dit Emelie. Une fois sur le parking ? »

Je suis préparé. Je sais quoi dire. Pourtant, mes mots se hachent, coincent et accrochent.

« Nous… Euh… Dehors…

— Vous avez rencontré quelqu'un devant Ica ? s'impatiente le chauve.

— Ola, notre voisin. Nous sommes tombés sur lui sur le parking. »

Soudain, mon cou me démange. La nuque. Partout. Il faut que je me gratte.

« Vous avez parlé à Ola ? » demande le chauve.

Emelie et lui me dévisagent bizarrement. J'essaie d'arrêter de me gratter.

« Il voulait voir notre nouvelle voiture. C'est une BMW 323, année 2014.

— Et ensuite ? demande Emelie.

— Quoi ?

— Qu'est devenu Ola après avoir regardé la voiture ? Où est-il passé ? »

Je regarde mes mains, je lutte pour les empêcher de bouger.

« Il est parti. Je crois qu'il avait sa propre voiture. »

Emelie feuillette ses papiers. Ça se passe bien, je gère. Ça ne me gratte plus autant qu'avant.

« Ensuite, vous avez donc regagné Bråkmakargatan. Vous avez parlé de quelque chose de particulier, dans la voiture ? »

J'essaie de me rappeler.

« Je ne crois pas.

— Et que s'est-il alors passé ? demande le chauve. Raconte.

— Nous avons tourné dans la cour et… Maman a crié.

— Qu'est-ce que tu as vu, quand vous avez tourné dans la cour, Fabian ?

— Quelque chose de rouge a surgi. Maman a crié, puis ça a tapé. Tout est allé si vite. »

Emelie regarde bizarrement son collègue. Est-ce que je me suis trompé ?

« Maman crie d'abord, puis vient la collision, répète le chauve. Je t'ai bien compris ? »

Je me gratte dans le col de mon tee-shirt.

« Peut-être aussi que c'était l'inverse. »

Emelie semble déçue. Je me dépêche de reprendre :

« Mais je crois quand même qu'elle a d'abord crié. »

Je sais comment travaille la police scientifique. J'ai vu à la télé qu'ils peuvent savoir quand une voiture freine en étudiant les traces de pneu sur l'asphalte.

« Nous aimerions te poser aussi quelques autres questions, dit Emelie. Certaines pourront te paraître bizarres, et y répondre pénible, mais il est important que nous levions un certain nombre de doutes.

— D'accord. »

Tout mon corps se crispe.

« Est-ce que ta maman fréquentait beaucoup Mikael et Bianca Andersson ?

— Pas vraiment. Nous sommes voisins, et… »

Je regarde la table.

« Et ? »

Emelie se penche.

« Micke est mon prof de sport. Et maman a travaillé à la maternelle de Bella.

— Mmh, nous avons compris qu'il y a eu un incident à la maternelle. Est-ce que ta maman t'en a parlé ?

— Non. Quoi ? » Que veut-elle dire par *incident* ? « Quand il y a eu une tempête de neige et que Bianca n'est pas venue chercher Bella ?

— C'est ça. Raconte-nous ce que tu sais à ce sujet.

— Eh bien, maman a ramené Bella à la maison et lui a fait des boulettes de viande. Mais Bianca est arrivée super en colère. »

Emelie semble d'abord satisfaite, mais au bout de trente secondes elle se remet à pinailler.

« Tu as entendu ce qu'elles se sont dit, ce soir-là ?

— Je ne me souviens pas très bien. Bianca a beaucoup crié. Elle trouvait que maman n'avait pas bien fait de prendre Bella.

— Et qu'a dit ta maman, à ce moment-là ?

— Elle n'a pas dit grand-chose. Mais après, elle a dû arrêter la maternelle.

— Et qu'est-ce qu'elle en a pensé ? demande Emelie.

— Elle avait de la peine. C'est après ça qu'elle a été ivre tous les jours. »

Emelie a quelque chose de triste au coin de l'œil, et le chauve prend le relais.

« Ta maman est partie en cure de désintoxication au début de l'automne. Où as-tu habité, pendant ce temps ? »

Mon ventre se noue. Je ne veux pas parler de ça. Même pas y penser.

« Un de ces foyers pour jeunes. »

J'évite de les regarder.

« Ton père ne fait pas partie du tableau, si j'ai bien compris, dit le chauve.

— Il vit aux États-Unis.

— Et ta maman n'a pas de partenaire ? Un petit ami ? »

Ils n'ont pas vérifié ?

« Elle a été assez longtemps avec Peter. Il est policier. »

Emelie dit qu'elle sait qui c'est.

« Ils se disputaient beaucoup. Se quittaient et se remettaient ensemble. Mais plus maintenant. Maman et moi, nous avons parlé de déménager.

— Pourquoi ? » demande l'homme.

Je hausse les épaules.

« Vous avez déjà habité dans un trou pareil ? »

Emelie sourit un peu.

« J'habite à Teckomatorp, dit le chauve.

— Alors vous comprenez. »

Emelie croise mon regard.

« Je suis désolée pour tout ça, Fabian. J'espère que tu comprends pourquoi nous posons des questions pénibles. Quand une chose pareille se produit, nous devons aller jusqu'au fond.

— OK. »

Je comprends quand même comment marche une enquête de police.

Ils disent qu'on va suspendre l'interrogatoire. On me ramène bientôt à maman. Elle tient un de ces ridicules magazines people et ses genoux tremblent.

« Comment ça s'est passé, mon chéri ? Ça va ?

— Bien sûr. »

Il faut qu'elle se ressaisisse. La police va forcément avoir des soupçons si elle tremblote comme ça.

« Comme je le disais, nos techniciens en ont fini avec votre voiture, indique Emelie. Si vous attendez là un moment, je vais demander qu'on vous la restitue. »

Maman et moi nous serrons sur le canapé inconfortable. Je me gratte, les genoux de maman trépignent.

Elle répète sans arrêt que tout va s'arranger et que je peux être tranquille. Comme si c'était moi qui avais besoin de me calmer.

« Ils sont partis depuis longtemps », dit-elle au bout de quelques minutes.

Je ne réponds pas.

Ça me gratte à présent jusque sur le ventre.

« Je crois que suis allergique à notre lessive. »

Maman promet d'en acheter une autre. Il en existe des hypoallergéniques.

« Ah, les voilà enfin ! »

Maman fait mine de se lever, mais Emelie lui demande de rester assise.

« Nous avons malheureusement une triste nouvelle. »

Maman se fige, à moitié levée.

« C'est la voiture ?

— Non, répond Emelie en lui tendant les clés de la BMW.

— Nous devons changer le chef d'inculpation », dit le chauve.

Emelie baisse les yeux.

Quoi, maintenant ?

« Bianca Andersson est décédée au cours de la matinée. »

52

Mikael

Avant l'accident

Printemps 2017

Bianca est repartie avec les enfants à Malmö chez son amie Lisa, et je ne pouvais certainement pas le lui reprocher.

Je t'aime, toi et notre famille, ai-je écrit dans un SMS. *Jamais je ne t'aurais trompée.*

Je ne savais même pas si c'était vrai. Avais-je failli la tromper ? Je n'avais pris aucune initiative. Jacqueline était ivre et je lui avais dit de partir, mais j'aurais évidemment dû être plus explicite. La repousser, la bousculer, la jeter dehors. Je n'avais pas été assez fort et j'avais fini par me laisser entraîner dans cette situation.

Tout ça, je l'avais dit à Bianca. J'avais été à cent pour cent sincère. Je lui avais expliqué pourquoi Jacqueline était venue, qu'il ne s'agissait pas du tout d'emprunter quoi que ce soit, qu'elle était visiblement ivre et bouleversée par ce qui lui était arrivé et qu'elle voulait lui parler.

Mais c'était en vain. Bianca n'écoutait pas. Elle jetait fébrilement les affaires des enfants dans deux sacs Ikea sans me regarder. Elle m'a à peine laissé dire au revoir à Bella et William.

Nous pouvons aller consulter quelqu'un, ai-je écrit dans un SMS le samedi soir.

Pardon. Je t'aime ! Déménageons d'ici.

Je n'ai reçu aucune réponse.

Au lieu de quoi on a sonné à la porte.

Mille pensées ont eu le temps de me traverser l'esprit. J'ai aperçu mon inquiétude dans le miroir de l'entrée avant d'ouvrir.

« Alors, au taquet ? »

Dehors, Ola attendait dans sa combinaison noire.

« Pas ce soir. Impossible. »

J'avais complètement oublié notre ronde de nuit, et Ola était sans doute la dernière personne sur terre que j'avais envie de voir pour l'instant.

« Mais quoi ? Bianca et les enfants ne sont pas là, non ? »

Comment diable le savait-il ? J'ai vu rouge.

« Tu as parlé avec elle ? »

Ola s'est dépêché de secouer la tête.

« Je les ai vus partir.

— Encore une fois, je ne peux pas ce soir.

— Mais enfin, tu as eu le planning, a-t-il dit en sortant un papier du fond d'une de ses nombreuses poches. C'est écrit là. Ce soir, toi et moi. Si tu avais un empêchement, il fallait prévenir plus tôt. »

J'aurais voulu lui dire d'enfoncer son papier dans un orifice anatomique de son choix. J'aurais voulu lui dire que je n'acceptais pas une société de milices et de vigiles. Au lieu de quoi :

« Bon, d'accord. Une seconde. »

Nous avons suivi la piste cyclable d'un lotissement à l'autre, tandis que la nuit enlaçait plus étroitement le corps des maisons. Ola entrait partout, approchait les mains des fenêtres pour regarder dans les remises, se penchait au-dessus des clôtures en fendant du faisceau de sa torche l'obscurité du jardin.

J'ai soupiré. C'était comme avoir à nouveau douze ans et jouer au super-héros.

Nous ne parlions pas beaucoup. La boule au fond de ma gorge et toutes mes pensées virevoltantes me maintenaient occupé. Mais sur le chemin devant l'aire de jeu, nous nous sommes arrêtés sous un lampadaire et Ola m'a parlé davantage de l'agression dont il avait été victime. Il avait été profondément secoué.

« Je crois que c'est une des pires choses qui puissent arriver à quelqu'un, a-t-il dit. Perdre son sentiment de sécurité.

— C'est curieux, ai-je commenté. Dans tous les films et les livres, la sécurité est représentée comme quelque chose d'un peu ridicule, quelque chose dont il faut se détacher pour être libre. »

Ola a tourné pensivement le regard vers la prairie communale.

« Cette façon de voir les choses ne tient pas longtemps quand on a perdu pour de bon son sentiment de sécurité. »

Il avait sûrement raison. J'étais à bien des égards un privilégié.

Nous sommes passés pour la troisième fois devant notre lotissement. Jacqueline était penchée au-dessus d'un verre de vin dans sa cuisine.

« Elle boit trop, a dit Ola. Je crois qu'elle ne va pas bien. »

La mauvaise conscience m'a oppressé de plus belle.

« Elle n'a pas pu rester à la maternelle, ai-je expliqué. Bianca ne t'a pas raconté ce qui s'est passé ? »

Ola a paru presque choqué quand je lui ai raconté le soir de la tempête de neige, où Jacqueline avait pris Bella chez elle. Il ne comprenait pas pourquoi Bianca avait réagi aussi violemment.

« Jacqueline a essayé de lui rendre service », a-t-il dit tandis que nous traversions la cour commune.

C'était pour le moins inattendu. D'ordinaire, Ola n'était jamais en reste pour prendre le parti de Bianca.

J'étais sur le point de lui demander de redire la même chose à ma femme quand j'ai soudain aperçu quelque chose dans notre garage. Un mouvement derrière la petite fenêtre. Une vague lueur qui sautillait sur le mur.

« Qu'est-ce que c'est, bordel ? »

Ola m'a fait un signe discret.

« Viens. »

D'humeur sombre, je l'ai suivi. Pas rapides et silencieux dans l'allée.

« Chut ! » a fait Ola.

Il a brandi sa torche comme un pistolet en visant la porte. Aucun doute. Des traces d'effraction.

« J'appelle la police », ai-je dit.

Ola m'a regardé avec scepticisme.

« Ça ne vaut pas la peine. Ils n'arriveront jamais à temps. »

Il a saisi la poignée.

« Ça peut être dangereux », ai-je prévenu.

Ola respirait par le nez. Ses yeux se sont rétrécis avant qu'il ne tire la porte et crie :

« Stop ! Plus un geste ! »

Le cône de sa torche a cloué deux jeunes en survêtements et baskets.

« On ne bouge plus ! » a fait Ola.

J'ai aussitôt reconnu les cambrioleurs.

« Je sais qui c'est, ai-je dit. Liam et Bleridon. Ils ont été élèves au collège de Köpinge.

— Espèces de salauds, a sifflé Ola.

— Ce sont des gosses. Ils n'ont pas dix-huit ans. »

Ola a ricané et piétiné sur place, les deux garçons toujours prisonniers de sa torche.

« Referme la porte. »

J'ai obéi.

Liam et Bleridon ne bougeaient pas.

« Du calme, OK ? a dit Liam. On se casse tout de suite. Promis, on se barre. »

Ça semblait une bonne proposition. Je connaissais ces gamins. J'avais eu Liam en sport, un gars bien, bon joueur de handball. Il s'était mis à filer un mauvais coton après le divorce de ses parents. Bleridon était quant à lui un garçon qui manquait d'assurance et compensait en jouant les durs.

« Dans tes rêves, a répondu Ola. Mettez-vous contre le mur.

— Mais… »

Avec une force inutile, Ola m'a bousculé pour s'approcher des garçons en quelques pas explosifs. D'une de ses poches, il a sorti un long objet noir.

« Qu'est-ce que c'est que ça ? » ai-je demandé.

Une matraque. Un de ces modèles télescopiques.

« Les mains au mur ! a hurlé Ola.

— Laisse tomber, ai-je dit. On appelle leurs parents. On porte plainte. »

Ola a balayé toutes mes objections en faisant des moulinets de matraque.

« Tu sais aussi bien que moi qu'il ne se passera rien si on porte plainte. »

Liam s'est alors élancé en tentant de forcer le passage. Ola a répondu en balançant sa matraque. En même temps, Bleridon a saisi sa chance et s'est précipité vers la porte derrière le dos d'Ola. Je me suis écarté pour le laisser s'enfuir.

« Maintenant, ça suffit », ai-je dit.

Mais Ola continuait à menacer Liam de sa matraque.

« Je le jure, a dit Liam. Je vais te dénoncer. »

Sa joue avait gonflé et il a craché du sang.

« Merde ! » ai-je lâché.

Ils sont restés campés face à face, comme pour un duel.

Ola a fini par reculer, la matraque toujours levée. Liam a passé la main sur sa lèvre fendue et m'a adressé un regard meurtri avant de ressortir en titubant dans la cour et de disparaître dans la nuit.

Ola a détendu la main et baissé sa matraque.

J'avais la tête qui tournait. La violence m'a toujours dégoûté, mais après ce qui s'était passé à l'école à Stockholm, j'avais dû admettre qu'elle existe en chacun de nous. Juste sous la peau. Chez Ola. Mais aussi chez moi.

« Putain », a dit Ola.

Il haletait violemment, les mains appuyées sur ses genoux.

« On garde ça pour nous, hein ?

— Absolument. »

Les mensonges et les secrets s'accumulaient déjà, un de plus ne coûtait pas grand-chose.

53

Mikael

Après l'accident

Lundi 16 octobre 2017

Chez nous, c'est une maison hantée. Le parfum de chalet de vacances a disparu, toutes les lampes sont éteintes. Il n'y a plus que les cloisons qui craquent.

La table de la salle à manger ressemble à une boutique de fleuriste. Je retourne doucement les petites cartes :

Nous pensons à vous.

Avec tristesse et amour.

Je m'effondre dans les ténèbres. Essoré. Je n'arrive même plus à verser une seule larme.

Sienna monte les enfants dans leurs chambres pendant que je reste une heure entière sous la douche. Je laisse couler l'eau. Je fouille le tiroir de Bianca et j'en sors une brosse avec laquelle je m'étrille partout où je peux. Quand je sors de la douche, l'air est saturé de vapeur et j'ai la peau couverte de taches rouges.

Je me mets à la fenêtre du séjour. Je cogne mon front à la vitre. Dehors, le monde est privé de couleurs. Je ne comprends pas comment je vais pouvoir vivre sans Bianca.

Je suis au bout du rouleau. Absolument sans forces. J'ai l'impression que tous mes muscles s'étiolent.

D'une main tremblante, je me sers un double whisky et je me laisse tomber sur le canapé. Je lutte pour convoquer des images de Bianca, d'autres images que celles avec lesquelles elle m'a laissé, mais les souvenirs demeurent des ombres vagues. Je ne vois plus son visage. Sa voix aussi a disparu. Tout ce qui subsiste est la BMW dans la cour, le vélo écrasé dans la lumière bleue des gyrophares et Jacqueline qui crie.

Je me lève pour remplir mon verre, mais à mi-chemin du bar, mon téléphone sonne.

Numéro inconnu.

J'hésite à répondre. La mélodie de la sonnerie s'achève presque quand j'appuie sur le bouton vert.

« Micke.

— Micke Andersson ? C'est la police de Lund. »

C'est l'enquêteur qui m'a entendu samedi dernier. Il m'explique qu'il a des informations concernant l'enquête préliminaire.

« Nos investigations montrent que la thèse criminelle ne peut être étayée. Ce qui s'est produit vendredi dernier est un accident. »

Cela ne pouvait pas être vrai : Jacqueline était soupçonnée de faits criminels, c'était dans le journal.

« Vous ne pouvez pas faire ça. »

Je titube quelques pas pour m'agripper au dossier du canapé.

« Nous avons procédé à un examen technique du lieu de l'accident et de la voiture, et entendu toutes les personnes concernées, dit le policier. Je comprends que c'est très difficile en ce moment, mais tout indique que ce qui s'est produit était un accident. »

Je veux m'insurger, mais les mots restent coincés dans ma gorge. Comment peut-on tuer quelqu'un en voiture sans que cela ait la moindre conséquence ? Je veux savoir ce que sont devenus la *conduite imprudente* et l'*homicide involontaire*.

« Occupez-vous plutôt de votre famille, dit le policier au téléphone. Vos enfants ont plus que jamais besoin de vous. »

Je raccroche et m'effondre sur le canapé.

C'est tout ? Bianca a disparu à jamais et l'enquête est abandonnée. Suis-je à présent censé tourner la page ?

Lentement, mon vide intérieur commence à se remplir. Le noir prend des couleurs. Pas celles du chagrin ou de la douleur, mais de la fureur la plus rouge.

Il faut que je trouve Jacqueline.

« Comment ça va ? » demande Sienna.

Elle est dans l'entrée, des cernes noirs autour des yeux.

« Je… Bianca… »

Impossible de prononcer quoi que ce soit de sensé.

« Les enfants dorment, dit Sienna.

— Merci. »

Je me masse les tempes.

« Jacqueline, dis-je. Il faut que je parle à Jacqueline. »

Sienna renifle.

« Pourquoi ? Est-ce que c'est vraiment sage ? »

Peut-être pas. Mais je veux regarder Jacqueline dans les yeux quand elle dit que c'était un accident, qu'elle n'a pas vu Bianca sur son vélo. Je veux lui dire qu'elle a détruit ma vie et celle de mes enfants.

« Bianca avait l'air convaincue qu'il y avait quelque chose entre Jacqueline et toi, dit Sienna. Elle m'a écrit qu'elle vous avait surpris. Est-ce que tu trompais ma sœur ?

— Oui, j'ai embrassé Jacqueline. Ça ne signifiait absolument rien, mais c'est arrivé. J'aime Bianca, je l'ai toujours aimée. Elle est tout pour moi. »

Au présent. Il ne pourra jamais en être autrement.

Je presse mon front contre mes mains jointes. Respirer, respirer. Comment survivre à ça ? J'ai trahi Bianca, et maintenant elle n'est plus là.

« Bianca ne t'a jamais parlé du SMS qu'elle a reçu ? demande Sienna.

— Quel SMS ? »

Sienna déglutit. Ses yeux sont injectés de sang.

« D'après ce que j'ai compris de ce que m'en a dit Bianca, elle a dénoncé Jacqueline auprès de la commune après ce qui s'est passé avec Bella à la maternelle. Quand Jacqueline l'a appris et qu'on lui a supprimé son stage, elle a envoyé à Bianca un SMS assez menaçant.

— Qu'est-ce que tu veux dire ? Bianca me l'aurait dit. »

Sienna secoue la tête.

« Bianca regrettait. Elle comprenait qu'elle était tombée trop bas en dénonçant Jacqueline. Mais elle était jalouse, avait peur que Jacqueline t'enlève à elle. »

C'est trop dur à avaler.

Si seulement nous nous étions parlé.

« Et qu'y avait-il donc sur ce SMS ? Celui que Jacqueline a envoyé ? »

Sienna s'assied sur le fauteuil en face de moi, penchée en avant, les jambes croisées.

« Elle a écrit que Bianca avait détruit sa vie. Qu'elle n'oublierait jamais ce qu'elle lui avait fait. »

Ces mots me rongent. Jusqu'où Jacqueline était-elle prête à aller ? D'expérience, je sais qu'il n'est pas du tout aussi difficile qu'on le croit de franchir toutes les limites imaginables.

« Vous vous êtes donc tant écrit cet été ? Bianca ne m'a jamais dit que vous aviez repris contact. »

Je passe la main sur ma poitrine. Ma peau me brûle encore après ce violent récurage.

« Notre dernier contact date de juste avant cette fête de voisins où vous deviez aller, explique Sienna. Elle s'est fâchée avec moi quand je lui ai écrit ma façon de penser. »

Je ne devrais peut-être pas demander, mais je le fais quand même.

« Et que pensais-tu ?

— Qu'elle aurait dû te quitter », dit Sienna.

J'aurais mauvaise grâce à le prendre mal.

« Je croyais moi aussi que c'était cuit pour nous. »

Sienna serre ses genoux.

« Que s'est-il passé ? »

54

Mikael

Avant l'accident

Printemps 2017

Tard dimanche soir, Bianca est rentrée de Malmö avec les enfants.

« Un cambriolage ? L'angoisse… »

Elle n'avait pas lu mes messages.

Du seuil du garage, elle examinait à présent le lieu du crime. J'avais tenté d'essuyer la tache de sang sur le sol, mais une nuance plus sombre avait imprégné le ciment.

« Qu'est-ce que c'est que ça ? a demandé Bianca.

— Ola a montré son vrai visage. »

Elle m'a regardé comme si je mentais à nouveau. Quand je lui ai raconté la matraque, elle a secoué la tête, comme si elle refusait d'y croire.

« Nous savons bien ce qu'il a fait à ce pauvre remplaçant de l'aide à domicile. Ce qui s'est passé hier n'est pas une surprise totale.

— Mais on ne peut pas comparer, a rétorqué Bianca. Les types qui ont forcé la porte de notre garage n'étaient pas exactement des innocents. »

Je n'en croyais pas mes oreilles. Elle défendait l'agression perpétrée par Ola.

« Il avait une matraque, ai-je insisté. Ces gamins ont dix-sept ans.

— Parfois, tu es naïf, Micke. Tu sais très bien ce qu'a traversé Ola depuis qu'il a été dépouillé. Il m'avait raconté s'être procuré une matraque et un poing américain. C'est une chance qu'un de vous deux ait eu de quoi se défendre. Ça aurait pu très mal se finir. »

Je ne savais pas ce qui était arrivé à ma femme. Nous avions des visions de la sécurité diamétralement opposées.

« Et en plus, tu n'es pas le mieux placé pour le juger, a-t-elle lancé. Après ce qui s'est passé à Stockholm. Et ensuite ici avec cet Andy. »

Elle appuyait là où ça faisait mal.

Ola n'était pas le seul à avoir la violence à fleur de peau. Nous le savions tous les deux. J'ai pris mon élan en m'appuyant sur un nuage noir de culpabilité qui m'emplissait la poitrine :

« Pardon. Je ne comprends pas comment ça a pu en arriver là. Si seulement je pouvais revenir en arrière.

— Mais tu ne peux pas. »

Bianca m'a transpercé d'un regard dégoulinant de mépris.

C'était à nouveau l'été, mais aucun oiseau ne chantait dans notre jardin. Sous un parasol, Bianca regardait d'un œil cave les enfants remplir des bombes à eau sur la pelouse.

« Il faut qu'on en parle, ai-je suggéré.

— Il n'y a pas grand-chose à dire. »

Quand nous venions de nous rencontrer, nous pouvions discuter de tout. Dos contre dos, nous regardions le coucher de soleil dans l'herbe de Rålambshovsparken.

Rien ne semblait difficile, tout était possible. Quand j'avais demandé à Bianca ce qui pour elle était le plus important dans un couple, sa réponse n'avait pas tardé : *La sincérité. Pourvu que nous soyons sincères l'un avec l'autre, rien ne nous sera jamais impossible.*

Bianca avait vu Jacqueline m'embrasser. Elle ne pourrait jamais l'effacer.

« Je ne veux pas me défausser, ai-je dit en prenant les mains ballantes de Bianca dans les miennes. Mais c'est Jacqueline qui a pris l'initiative. J'ai tenté de dire non. Ça n'arrivera plus jamais.

— Tenté de dire non ? »

J'entendais moi-même l'impression que cela donnait. Pourquoi diable n'avais-je pas résisté ? Après la fête du Nouvel An, j'avais résolu que rien de semblable ne se produirait jamais plus. Et pourtant… Quelle sorte de personne étais-je ?

« Je le savais, a dit Bianca. Un moment, j'ai cru que je devenais folle. Elle te courait bien après. »

Cela semblait si dramatique. Comme si tout n'avait pas été une succession de circonstances fortuites.

« Je t'aime de tout mon cœur, Bianca. »

Elle donnait l'impression que tout était fini.

« Pourquoi Jacqueline s'est-elle mis en tête que tu étais intéressé ? Quels signaux lui as-tu envoyés ? »

Elle avait sûrement raison. J'avais été réceptif.

« J'avais l'impression, je ne sais pas, que nous étions en train de nous éloigner l'un de l'autre. Tu travaillais tellement, c'était difficile de parvenir jusqu'à toi.

— Donc c'est ma faute ?

— Non ! »

D'habitude, je n'étais pas aussi nul avec les mots.

« Je te l'ai dit. Je t'ai explicitement demandé de garder tes distances avec Jacqueline ! Tu ne piges pas ? Les gens voyaient. On causait sur vous.

— Tu parles des ragots de Gun-Britt ? »

Bianca s'est levée. Ses mains étaient sur le point de m'échapper.

« Je ne sais pas si je pourrai te faire à nouveau confiance un jour, Micke. »

Sa voix menaçait de se briser. Dans un pur élan de désespoir, je me suis précipité pour la retenir, la serrer dans mes bras, mais elle s'est libérée.

« Pardon, ma chérie, ai-je répété encore et encore. Pardon. »

J'étais pathétique, mais c'était mon cœur qui parlait.

Les joues de Bianca étaient humides.

J'aurais vraiment voulu tout dire. Je crois moi aussi à la sincérité. La sincérité à cent pour cent. Mais là, il me semblait impossible d'évoquer la nuit du Nouvel An. Cela m'enfoncerait encore plus profond dans cet abîme de ténèbres.

« Est-ce que tu pourras jamais me pardonner ? »

Nous étions si proches que je sentais les battements de son cœur et son souffle contre mon menton. Et pourtant, nous n'avions jamais été plus distants qu'en cet instant.

« Si tu ne m'aimes plus, tu dois me le dire », lui ai-je murmuré.

C'était encore un mensonge.

Si elle ne m'aimait plus, je ne voulais pas le savoir. Jamais.

55

Jacqueline

Avant l'accident

Été 2017

Pour la fête nationale, Åke a hissé la bannière bleu et jaune dans son jardin. À présent, je buvais du vin au petit déjeuner, au déjeuner et au dîner. C'était la seule façon de rendre ma solitude supportable, mes pensées floues et mes émotions moins épineuses.

J'étais assise à la table de la cuisine quand la voiture de Peter est entrée dans la cour. Il envoyait des messages tous les jours depuis quelque temps, et j'avais oscillé entre l'ignorer, lui faire une réponse vache, et admettre que sa compagnie me manquait.

J'ai glissé mes pieds dans des sandales et je me suis dépêchée de gagner l'allée.

« Salut, beauté, a dit Peter en m'embrassant sur la joue.

— Qu'est-ce que tu fais là ?

— Je voulais t'inviter à manger. De vraies boulettes de Piteå, à l'occasion de la fête nationale. La recette de ma grand-mère. »

Je me suis contentée de le regarder. C'était pénible de le voir se pointer comme ça et se comporter comme si rien ne s'était passé et que tout allait bien. Mais je ne voulais pas faire de scène.

« Mais putain, tu es soûle ? s'est-il étonné. Il n'est pas 11 h 30. »

J'ai ôté sa main de mon bras.

« C'est le jour du drapeau. J'arrose ça. »

Nous avons levé les yeux vers le ciel bleu clair et le drapeau qui flottait mollement au-dessus du toit d'Åke et Gun-Britt.

« J'ai fait une recherche sur ton voisin, a dit Peter.

— Tu t'es informé sur Micke ?

— Non, non, Ola. Un sacré tartuffe, à ce qu'il semble. Il a des cadavres dans le placard.

— Pourquoi tu te renseignes sur mes voisins ? Est-ce seulement légal ? »

Peter a lâché un éclat de rire.

« Ça peut être bien de savoir à quoi s'en tenir avec les gens. »

J'ai feint l'indifférence. J'ai appuyé la main contre le mur de la remise et j'ai plissé les yeux dans le soleil.

« Il a été condamné pour violences, a dit Peter. Il a roué de coups un garçon de l'aide à domicile parce qu'il estimait que sa mère n'était pas assistée comme elle en avait besoin.

— Tu parles d'un scoop… »

Entre-temps, Åke nous avait aperçus. Il accourait de son garage en pantoufles et short trop court.

« Bien le bonjour, a-t-il lancé en agitant un petit objet rond en plastique. Maintenant, je me suis acheté moi aussi une alarme. On a eu une offre drôlement avantageuse.

— Juste un peu trop tard », a dit Peter.

Åke s'est offusqué.

« Mais ils reviendront. C'est un pays sans lois, bon sang. Les autorités ont perdu pied. Tu n'es pas au courant qu'ils sont aussi entrés dans le garage de Micke ?

— Non », a fait Peter en me fusillant du regard.

J'ai levé les yeux au ciel. Pourquoi devrais-je le tenir informé des dernières nouvelles de Bråkmakargatan ?

« Eh oui, Ola et Micke les ont pris sur le fait, a expliqué Åke. De vrais voyous. Dès le lendemain, j'ai appelé toutes les sociétés de sécurité. »

Il a donné son bidule en plastique à Peter, qui l'a examiné sans grand intérêt.

Du coup, je me suis dit qu'il faudrait peut-être que j'installe moi aussi une alarme. La petite bourgade paisible de Köpinge n'était plus un endroit sûr.

« Combien ça t'a coûté ? »

Åke a vraiment pris plaisir à répondre, ravi de se vanter de sa trouvaille exceptionnelle.

« Deux mille cinq cents. »

Où trouverais-je tout cet argent ?

« Alors la qualité ne doit pas être terrible », a constaté Peter en lui rendant le machin.

Åke n'a pas eu le temps de protester. Le portail du numéro 13 s'est ouvert et Micke a fait un pas devant sa Volvo qui reluisait au soleil. À la seconde où il nous a aperçus, il s'est arrêté, hésitant.

« Voyez qui voilà, a dit Åke. L'homme, le mythe, Micke le policier de quartier. »

Micke a feint de rire. Il se balançait d'avant en arrière sur ses baskets blanches flambant neuves et a regardé par-dessus son épaule.

Des voix dans son jardin. Bianca et les enfants étaient en train de sortir eux aussi.

« Je rentre », ai-je dit à Peter.

Je n'étais plus seulement une erreur pour Micke. J'étais un ratage total.

Arrivée à mi-chemin, j'ai perdu une sandale et dû tenir en équilibre sur une jambe pendant que j'essayais de la renfiler. Derrière moi, Bianca était pressée de faire monter William et Bella dans la voiture. L'irritation transparaissait dans sa voix.

« Allez, on s'en va. »

Obéissant, Micke s'est assis au volant pour sortir la voiture. Dans le rétroviseur, il m'a semblé deviner le regard assassin de Bianca.

Elle s'était précipitée dans la maison au moment précis où j'embrassais son mari.

D'abord, je m'étais convaincue que c'était le but recherché : que je voulais blesser Bianca pour la punir de ce qu'elle m'avait fait.

Dans ce cas, n'aurais-je pourtant pas dû me sentir mieux ? Mission accomplie, en somme. Mais j'allais de mal en pis et, bientôt, j'ai réalisé que je me mentais à moi-même. Rien de tout ça ne concernait Bianca. Il ne s'agissait pas de vengeance. Il s'agissait juste de Micke.

À force d'insister, Peter m'a eue à l'usure et j'ai fini par le laisser entrer. Il a préparé ses boulettes pendant que je m'imbibais de vin. Un lourd nuage sombre pesait sur mes pensées.

Après un long moment, beaucoup de bruits de casseroles et des flopées de jurons, Peter a appelé Fabian :

« Viens manger avant que ça refroidisse ! »

J'ai noyé les lambeaux de pommes de terre trop cuites dans la confiture d'airelles et j'ai fait bonne figure quand il m'a demandé comment je trouvais ça. Fabian n'a pas été aussi discret. Il se contentait surtout de triturer des morceaux de boulettes dans la confiture.

« Mange correctement ! l'a corrigé Peter. Tu te tiens encore plus mal que les handicapés qui font le ménage au commissariat. »

Fabian s'est redressé et a piqué un morceau de boulette au bout de sa fourchette.

« Il y a des enfants qui n'ont rien à manger du tout », a marmonné Peter.

Par de petits signes, j'ai tenté d'encourager Fabian à au moins avoir l'air de manger. Il a fini par avaler en grognant.

« Tu pourrais au moins *faire semblant* de trouver ça bon, non ? s'est plaint Peter. J'y ai mis toute mon âme et deux heures de mon temps que je ne retrouverai jamais plus.

— Pardon », a dit Fabian.

Il a déplié sa serviette et craché dedans ce qu'il avait dans la bouche.

Peter a jeté ses couverts.

« Ça va pas, non, petit salopiaud ?

— Mais ce n'était pas bon. »

Peter s'est tourné vers moi.

« Tu vas le laisser se comporter comme ça ? Tu comptes réagir quand ? »

J'ai essayé de garder mon calme. Il savait bien comment était Fabian. Pourquoi se laissait-il provoquer ?

« Arrêtez ça, tous les deux, ai-je dit. J'en ai ma claque. Laisse Fabian tranquille. Quelle importance ? »

Peter a frappé des deux poings sur la table.

« Mais quoi, bordel. On se plie en quatre pour inviter à déjeuner. La recette de ma grand-mère. Et si tu essayais plutôt un peu de l'éduquer ? De lui montrer qui décide ? »

Fabian s'est penché, tête pendante au-dessus de son assiette de boulettes.

« Personne ne t'a demandé de cuisiner des boulettes, ai-je dit en commençant à me lever. Personne ici n'a envie de manger des boulettes. Personne ne t'a même invité à venir. »

Ça suffisait, maintenant. Fabian en faisait les frais.

« Qu'est-ce que tu veux dire ? J'ai besoin d'un putain de carton d'invitation ? »

Je me suis levée d'un bond.

« Fabian a raison. Ça a goût de vomi, ai-je lancé en vidant mon assiette à la poubelle. Et arrête de m'expliquer comment élever mon fils. Tu n'as pas la moindre idée de ce que c'est. »

Fabian a lentement levé la tête et s'est calé contre le dossier de son siège, comme s'il était au cinéma.

« Merci, c'était tout, ai-je ajouté en tirant sur le pull de Peter. Maintenant, tu peux partir !

— Mais putain… ! »

Fabian m'a suivie dans l'entrée où j'ai ouvert la porte en grand. Dans le jardin d'en face, le vent avait molli et le drapeau suédois pendait comme un torchon.

« Et emporte tes étoiles en partant », ai-je dit à Peter.

J'ai conduit Fabian à la salle de bains où nous nous sommes enfermés. Moi sur le bord de la baignoire, mon garçon sur la cuvette des toilettes. Aucun de nous deux n'a rien dit avant d'entendre la porte d'entrée claquer.

56

Fabian

Avant l'accident

Été 2017

Je fais beaucoup de vélo l'été. Jamais dans une direction particulière, vers une destination précise. C'est rouler que j'aime. Le vent de la vitesse et les quartiers familiers qui défilent. Le sentiment de tout voir tout en partant ailleurs.

« Où tu vas ? demande maman pendant que j'attache mes chaussures dans l'entrée.

— Faire du vélo. »

La prairie communale, la montée, l'aire de jeu. Passer sous le tunnel, devant le collège et les terrains de foot, jusqu'au supermarché. Parfois je trouve une bouteille vide pour récupérer la consigne. Parfois, je m'arrête pour regarder les autres jouer au foot ou sauter à la corde. Je fais semblant d'être en mission secrète, un espion qui voit ce que personne ne remarque.

C'est aussi une façon de fuir maman. Je déteste quand elle a tellement bu qu'elle somnole à moitié sur la table de la cuisine. Là, ce n'est pas ma vraie maman.

Dans ces moments-là, papa me manque encore plus que d'habitude.

Un jour ensoleillé, alors que je fais le tour de la colline près de la prairie communale, quelqu'un m'appelle par mon nom. Derrière une cabane de chantier, plusieurs types que je reconnais du collège.

« Tu fumes, Fabian ? » demande l'un d'eux.

Il porte une casquette ornée d'un majeur dressé.

« Vingt balles pour toi si tu avales ça », dit un autre coiffé d'un bonnet Adidas.

Il agite un mégot fumant et tout le monde éclate de rire. Moi aussi. C'est suicidaire de ne pas rire aux plaisanteries des autres.

« J'ai une meilleure idée », ricane la casquette.

Il me fait signe de le suivre.

« Là », fait-il en indiquant plusieurs cônes de chantier derrière la cabane.

Ce n'est qu'arrivé dessus que je vois le trou. Deux mètres sur deux environ, assez profond. Au fond pointe un tuyau en plastique jaune. On a déroulé un adhésif entre les cônes pour indiquer *accès interdit*. Le type à la casquette s'en fout.

« Cent balles pour toi si tu sautes là-dedans.

— Dans tes rêves. »

Je ne suis pas idiot. Je m'approche du bord et je jette un œil. Le trou fait bien un mètre et demi de profondeur, peut-être même deux, je n'atteindrai plus la surface si je saute dedans. Je marchande :

« Trois cents ? »

Ce serait une contribution non négligeable à mon voyage en Californie avec maman.

« Il est dur en affaires », dit le bonnet Adidas.

Pendant ce temps, le type à casquette soutire des fonds aux autres. Il feuillette une méchante liasse de billets dans le plat de sa main.

« Deux cent soixante. Tu empoches tout le paquet si tu sautes là-dedans.

— Sûr ? »

C'est de l'argent facilement gagné. Ils ne me laisseront pas tout seul au fond, ils n'oseront jamais. Et quand bien même, je pourrai toujours crier et hurler jusqu'à ce que quelqu'un m'entende.

« Sur la tête de ma mère, dit le type à la casquette en m'offrant une poignée de main en garantie. Deux cent soixante couronnes.

— OK, mais aboule le cash d'abord. »

Le type à la casquette hésite.

Je ne suis pas débile. Je comprends bien sûr qu'ils se moquent de moi, mais je m'en fous. Deux cent soixante balles, c'est quand même deux cent soixante balles.

On me met les billets froissés dans la main. Je les compte, et les fourre dans mon short. Puis je m'accroupis et je saute dans le trou.

La racaille à casquette lâche un rire hystérique et fait un *high five*.

Le trou est vraiment profond. En prenant mon élan pour sauter vers le haut bras tendus, j'atteins tout juste le rebord.

« Beau boulot, Fabian, dit le type à casquette. Maintenant il ne te reste plus qu'à sortir de là.

— Je trouverai bien comment. »

Du gâteau. Tôt ou tard, je remonterai.

« Allez, vas-y, Fabian ! » lance le type au bonnet.

Je fais quelques vaines tentatives. Sur la pointe des pieds, les bras étendus au maximum, je frôle le sol, là-haut. Grimpé sur le tuyau jaune, je cherche une prise dans le gravier. Au-dessus de moi, les téléphones filment et les types se bidonnent.

Je m'assois. Inutile d'insister. Je peux tout aussi bien rester assis là en attendant qu'ils se lassent.

« Le petit Fabian était au fond du trou, incapable de remonter », chante quelqu'un.

Ils rient et se moquent de moi. J'essaie de me refermer et de penser à autre chose.

Mais il y a de l'agitation, et toute la bande semble se précipiter sur la prairie communale.

« Hé, toi, là, attends. Viens un peu par ici ! »

Je tends l'oreille.

Des pas traînants sur le gravier, là-haut, une voix hésitante, puis à nouveau un chahut de rires.

« On a attrapé un animal rare, dit le type à la casquette. Il est là-dedans. »

Ils chuchotent et ricanent. Bientôt, les pas s'approchent et je me remets sur pied.

Au bord du trou se tient William.

« Salut », lui dis-je.

Parmi tous ceux qui passent par ici, il a fallu que ce soit lui.

« Aide-moi à remonter. Ils m'ont donné deux cent soixante balles pour sauter là-dedans, mais il faut que je remonte tout seul. »

William me regarde fixement.

« Donne-moi ta main. » Je tends les bras vers lui.

« Maintenant ! siffle le type à la casquette. Fais-le maintenant ! »

Les autres renchérissent et l'encouragent avec des applaudissements haineux.

Je supplie William du regard. Soudain, il fouille dans son pantalon et, avant que j'aie le temps de réagir, la pisse me gicle dessus.

Odeur de crevette, un goût métallique dans la bouche. Je crache et je bave, mes yeux me brûlent, mais rien de tout ça n'a d'importance. Ce n'est pas la pisse qui fait mal.

Quand j'ai fini de cligner des yeux, William a disparu. Le reste de la bande s'est attroupé tout autour du trou, bouches bées et langues venimeuses. Des moqueries et des téléphones en action.

« Allez, viens », dit le type à la casquette.

Il se baisse au bord du trou et m'offre sa main.

« Je t'aide à remonter. »

Je quitte les lieux à vélo. Vite, vite, droit vers la maison. La gorge nouée, hors d'haleine et la larme à l'œil.

Je les hais. Je hais tout et tout le monde.

En me lavant, j'évite le miroir au-dessus du lavabo. Je ne veux pas me voir. La grosse tare dégoûtante.

Je passe en courant devant maman dans l'entrée et je m'enferme dans ma chambre avec mon ordinateur et mon casque. Par morceaux, ma colère se désagrège tandis que je truffe de balles d'infâmes ennemis sur l'écran.

Au bout d'une demi-heure, maman vient frapper. Je coupe le jeu et viens m'asseoir à côté d'elle au bord du lit.

« Comment ça va, mon chéri ? »

Je ne peux pas garder le masque. Des larmes lentes me coulent le long des joues, et maman est absolument désespérée.

Son haleine pue le vin aigre, mais je la laisse s'approcher. J'aimerais que ce soit différent. Que maman et moi soyons différents.

« Mon chéri. »

Elle passe la main autour de moi, et je la laisse faire.

« Pourquoi ceux comme moi vivent-ils, maman ? »

Quoi que je fasse, ça capote. Je ne vois pas de raison de continuer.

« Mais mon chéri, tu ne dois jamais penser ça. Jamais de la vie. »

Mais je ne peux pas m'en empêcher.

« Est-ce qu'il s'est passé quelque chose ? demande maman. Est-ce que je peux faire quelque chose ? »

Je sais qu'elle m'aime, mais ça ne suffit pas.

« Je ne veux plus que tu boives autant. Je n'aime pas quand tu es soûle. »

Elle ôte son bras et baisse la tête.

Maman ne peut pas m'aider.

Il faut que je me débrouille tout seul pour régler ça.

Comme j'ai toujours fait. Comme je fais toujours.

57

Jacqueline

Avant l'accident

Été 2017

J'ai bloqué le numéro de Peter. Cette fois, c'était *finito* pour de bon. Il fallait que je sois plus gentille avec moi-même, mais surtout avec Fabian. Nous vivions depuis si longtemps dans ce cirque de disputes et de tumulte que j'en oubliais parfois que ce n'était pas une fatalité, et qu'il ne tenait qu'à moi de briser ce schéma.

Une autre vie était possible.

L'été m'appelait. Dès que j'apercevais le soleil à la fenêtre de la cuisine, je me précipitais au jardin pour m'en abreuver. Mais les heures de ciel bleu étaient brèves et rares. Bientôt, les masses nuageuses arrivaient comme une montagne cotonneuse, avec un froid qui donnait la chair de poule.

Un des rares jours de beau temps, à la mi-juillet, je somnolais sur une chaise longue à l'arrière de la maison quand j'ai entendu des pas.

Je me suis levée si brusquement que ma vue s'est troublée. Ola se tenait près du portail, en chemise cachemire, savates et lunettes noires.

« Qu'est-ce que tu fais ? » a-t-il demandé.

J'ai regardé mon bikini.

« Je bronze. »

Au début, quand je venais de faire sa connaissance, j'avais du mal à résister au sourire enfantin d'Ola. Aujourd'hui, il m'irritait surtout.

« J'ai arrangé un truc, a-t-il dit. Une surprise pour Fabian.

— Quoi ? »

Ola s'était toujours heurté à Fabian. C'était une des nombreuses raisons pour lesquelles ça n'aurait jamais pu marcher entre nous.

« Une surprise, a-t-il répété en souriant. Je crois que ça lui fera très plaisir. »

Il avait sûrement une idée derrière la tête, sans doute se rapprocher de moi, mais pour l'heure, j'étais assez désespérée au sujet de Fabian.

« Je m'inquiète pour lui, ai-je avoué à Ola. Je ne sais pas comment m'y prendre. »

J'avais peur que Fabian cultive des pensées destructrices.

Il m'avait demandé de ne plus boire, mais chaque fois que j'y pensais, je me sentais mal et je buvais de plus belle.

« Il faut nous entraider », a dit Ola.

Il est entré dans le jardin en passant devant moi et a regardé la chaise longue.

« Les grandes vacances le rendent dingue, ai-je dit. Il a besoin de structure. Ça se passe beaucoup mieux à l'école depuis que Micke est devenu son mentor. »

Ola s'est penché en arrière.

« Est-ce vraiment une bonne idée ?

— Qu'est-ce que tu veux dire ? »

Il a remonté ses lunettes noires sur son front.

« Allez, Jackie. Je ne suis pas aveugle. Tu as une aptitude unique à séduire tes voisins.

— Arrête de m'appeler Jackie. Et juste pour que tu le saches, il n'y a rien entre Micke et moi.

— Ah non ?

— Non.

— Alors j'ai dû avoir une vision le soir du Nouvel An. »

J'ai caché mon étonnement.

Comment était-ce possible ? Ola était pourtant rentré chez lui.

« Je ne sais pas ce que tu crois avoir vu.

— Tu n'as quand même pas oublié comment était ma chambre ? La fenêtre sur le pignon ? »

J'ai essayé de me souvenir, mais ma mémoire pâtissait bien sûr du vin du petit déjeuner et des deux grands gin-tonics qui avaient suivi.

« Je me suis trouvé là sur le coup de minuit, je comptais regarder le feu d'artifice avant d'aller au lit, a expliqué Ola. Tu sais, on a une vue directe sur le jardin d'Åke et Gun-Britt de la fenêtre de ma chambre. »

Et merde.

Il avait longtemps gardé ça pour lui. Pourquoi le sortir aujourd'hui ?

« Nous avions trop bu, ai-je dit. Ce n'était rien d'important. Juste un petit bisou.

— À peu près comme avec moi, alors ? a rétorqué Ola. Comment tu avais appelé notre relation, déjà ? Une passade ? »

J'avais encore honte de la façon dont je m'étais laissée aller cette fois-là. Ola était loin d'être innocent, mais j'aurais dû y regarder à deux fois. Ils venaient d'acheter la maison et d'y emménager, et j'avais tout fait voler en éclats. Il avait le droit d'être amer.

« Est-ce que Peter est au courant qu'il a eu de la concurrence ? » a demandé Ola.

J'aurais dû être plus claire avec lui dès cette époque. Quand notre passade était terminée et que son couple était en train de couler. Il n'y avait jamais eu d'avenir pour Ola et moi. Et pourtant, toutes ces années, je lui avais concédé de petites récidives. Parfois, je ne réfléchis pas plus aux conséquences de mes actes qu'une gamine de douze ans.

J'avais du mal pour les adieux. Depuis toujours.

« Qu'est-ce que tu cherches ? lui ai-je demandé avec un regard noir. C'est vrai que Micke et moi nous sommes embrassés le soir du Nouvel An. C'était une erreur qui ne se répétera pas. C'est une sorte de chantage, ou quoi ? Bianca est déjà au courant de tout. »

Ola a posé un doigt pensif sur son menton.

« Vraiment ? »

Pour moi, cela allait de soi. Tel que je connaissais Micke, il devait avoir avoué ses faux pas. Peut-être avait-il promis à Bianca de ne plus jamais me parler ? Au pire, il cesserait aussi d'être le mentor de Fabian.

« Je ne crois pas du tout que Bianca soit au courant de tout, a dit Ola.

— S'il te plaît, les drames, je n'en peux plus. Va-t'en, maintenant. »

Il a pris ses lunettes à la main et m'a regardée avec la plus grande gravité.

« Tu ne sais pas pourquoi Micke et Bianca ont déménagé ici, hein ? Parce que sinon, tu ne voudrais pas avoir Micke comme mentor pour Fabian.

— Qu'est-ce que tu racontes ? »

Je me l'étais demandé quelques fois, quand ils venaient d'emménager : que laissaient-ils donc derrière eux ?

« Micke est à mèche courte. On ne le dirait pas, il cache bien son jeu, a repris Ola. Mais j'en ai eu un aperçu quand nous avons surpris ces cambrioleurs dans leur garage. Micke est complètement parti en vrille et il a démoli ces types. »

Ça paraissait complètement dingue. En même temps, on avait été étonnamment discret au sujet de ce cambriolage.

« Tu mens », lui ai-je répondu.

Micke était l'homme le plus calme, le plus rassurant que je connaisse. Il n'aurait pas perdu la tête en s'en prenant violemment à quelqu'un.

« Pourquoi crois-tu qu'on n'a pas porté plainte ? » a demandé Ola.

Une impression désagréable s'est glissée sous ma peau.

« Et il y a quelque temps, Bianca m'a raconté la vraie raison de leur déménagement ici, a continué Ola sans quitter mon regard. Micke a eu une crise de rage face à un élève à Stockholm. Il a cogné le gamin contre un mur, et a failli lui casser le bras. Un gosse de quinze ans diagnostiqué avec toutes les combinaisons de lettres possibles. »

J'ai immédiatement pensé à Fabian.

C'était moi qui avais proposé que Micke soit son mentor.

« On lui a donné le choix entre ne plus jamais travailler comme enseignant à Stockholm et faire l'objet d'un signalement à la police, à l'inspection académique et tout le toutim.

— Non, pas Micke.

— Tu peux lui demander toi-même », a répondu Ola.

Il a remis ses lunettes sur son nez. Mon bikini s'y est reflété. Puis il a ouvert le portail et est reparti en traînant ses savates.

Je me suis rassise sur ma chaise longue, des fourmis plein la tête. J'ai repêché un insecte qui s'était noyé dans mon gin-to, et j'ai avalé la boisson tiède tandis que ma gorge se nouait.

Avais-je une image fausse de Micke ? Avais-je été aussi naïve que d'habitude ?

Dans ce cas, le pire était que j'avais moi-même mis Fabian dans la merde. À nouveau.

58

Mikael

Avant l'accident

Été 2017

J'aurais aimé ne jamais emménager ici. Le rêve d'une vie tranquille dans un quartier résidentiel n'était qu'une chimère. J'aurais dû écouter Bianca.

Après deux semaines de congé, elle avait repris son travail au bureau immobilier de la banque, tandis qu'avec les enfants j'étais toujours en vacances.

Nos journées étaient de plus en plus séparées. Le soir, Bianca s'endormait dans la chambre des enfants après leur avoir lu une histoire. Je glissais un œil et je tentais de la réveiller. Elle marmonnait, soupirait et se détournait. Quant à moi, je me tournais et me retournais en essayant de lire, d'écouter des podcasts, de compter les moutons. Souvent, je ne m'endormais pas avant minuit.

Quand je me réveillais, le lendemain, elle était déjà partie travailler.

« Qu'est-ce que vous voulez faire aujourd'hui ? » ai-je demandé aux enfants.

Le temps était magnifique. Après une longue série de jours froids et gris, le soleil était haut dans le ciel et plongeait Bråkmakargatan dans une éblouissante lumière blanche.

« Je veux faire de la balançoire », a dit Bella.

Nous avons pris les vélos pour gagner l'aire de jeu où les mamans des pavillons alentour, assises sur le banc, laissaient bronzer leurs jambes, tandis qu'un papa en sueur dans sa combinaison en latex réalisait des tractions pendu au portique.

« Je vais faire de la tyrolienne », a dit William en s'élançant pieds nus sur le sable.

Les mamans sur le banc m'ont salué distraitement.

« Plus haut, papa ! »

J'ai poussé si fort la balançoire de Bella que j'ai dû me baisser à son retour.

« Jusqu'au ciel ! » s'est-elle écriée.

En poussant à nouveau la balançoire, j'ai trébuché sur quelque chose et j'ai failli tomber à la renverse. Ce n'est qu'après avoir relâché la balançoire, en m'écartant et en titubant, que j'ai compris que j'avais heurté quelqu'un. Derrière moi, Fabian se tenait les mains dans les poches, un sourire fendu d'une oreille à l'autre.

« Tu sais quoi ?

— Tu m'as fait peur ! »

Il faudrait un jour qu'il arrête d'arriver comme ça en douce.

« Tu sais quoi ? » a-t-il répété.

Ses yeux brillaient de bonheur.

« J'ai pu conduire une M3. Je veux dire, conduire pour de bon ! Ola a un copain de Malmö qui lui en a prêté une. J'ai pu la conduire avec Ola assis à côté. La meilleure sensation de ma vie ! »

Ça avait l'air de sortir de son imagination.

« Ola ? Notre voisin ?

— Oui, il a été super cool. Avant, il passait son temps à rabâcher et à pinailler, mais maintenant, c'est une personne tout à fait différente.

— Il t'a laissé conduire une voiture de sport ?

— Une M3, a précisé Fabian en croisant les bras. Je ne mens pas, si c'est ce que tu crois.

— Non, bien sûr. »

J'ai attrapé la balançoire et j'ai aidé Bella à descendre.

« 431 chevaux, a continué Fabian. De zéro à cent en quatre secondes trois dixièmes. »

J'ai pris un air impressionné.

« Viens jouer », a dit Bella.

Elle a saisi Fabian par la main et l'a entraîné sur le sable.

« Vous allez faire de la tyrolienne avec William ? » ai-je demandé.

Bella a secoué la tête.

« La tyrolienne, c'est nul. Je veux faire du toboggan. »

Je les ai suivis sans me presser, en passant devant le bac à sable et le banc où les mamans en train de bronzer se sont retournées en chuchotant.

Fabian a égrené un compte à rebours, *trois, deux, un*, et Bella a lâché prise et glissé dans la gouttière. Ils sont remontés ensemble et il lui a montré où mettre les pieds en lui disant de faire attention.

Bella rayonnait. Elle adorait ça. William n'était pas du tout aussi prévenant, et traînait souvent sa petite sœur comme un boulet. Tant que j'étais moi aussi présent, il n'y avait pas lieu de s'inquiéter. Je pouvais bien laisser Fabian jouer un peu au grand frère. Ce rôle le faisait grandir de plusieurs centimètres ; j'étais de plus en plus certain que ce qui s'était passé il y avait bien longtemps avec la petite-fille de Bengt était une erreur.

Après un moment, Bella a voulu monter sur un cheval en plastique. Je m'y rendais quand les mamans occupées à bronzer se sont levées de leur banc et m'ont adressé la parole :

« Il est avec vous ? »

J'avais évidemment compris de qui elles voulaient parler.

« Qui ça ? »

Leurs narines ont enflé, leurs bouches ont rétréci.

« Nous ne trouvons pas ça convenable. Il est trop grand pour jouer ici.

— Je ne savais pas qu'il y avait une limite d'âge », ai-je dit en montrant un peu ironiquement le papa en latex qui faisait maintenant des pompes contre le mur de la cabane.

Les mamans ont soupiré en me jetant des regards noirs. Bien sûr, je pouvais les comprendre, mais que pouvait-il se passer sur une aire de jeu ? Ce devait être dur pour Fabian de supporter ces crasses, et que les adultes s'y mettent eux aussi. Heureusement, il semblait ne rien avoir remarqué.

« C'est l'heure de rentrer, ai-je dit à Bella.

— Non, je veux encore jouer ! »

Elle se balançait d'avant en arrière sur le cheval, imitant le galop.

Pendant ce temps, Fabian m'a regardé, un coup d'œil complice, avant de se tourner vers Bella :

« Je vais rentrer moi aussi. On pourra rouler ensemble.

— Bon, d'accord ! »

Elle est aussitôt descendue de cheval pour se précipiter derrière lui vers les vélos.

« Viens ! ai-je lancé à William, qui faisait la queue sur la rampe de la tyrolienne.

— Je reste un moment, papa. Rentrez, en attendant.

— D'accord, mais trois tours maximum, hein ? Après, direct à la maison. »

Près des vélos, Fabian avait aidé Bella à attacher son casque. Il lorgnait vers les mamans aux lunettes de soleil, sur leur banc.

« Tu es triste ? » a demandé Bella.

Ça m'avait échappé, mais Fabian avait en effet une larme à l'œil.

Avait-il malgré tout entendu ce qu'elles disaient ?

J'étais sur le point de lui poser une main sur l'épaule quand je me suis ravisé.

« J'ai quelque chose dans l'œil », a dit Fabian en se forçant à sourire.

Nous avons parcouru le court trajet jusqu'à notre lotissement, où Fabian est descendu de son vélo dans l'allée pour dire au revoir à Bella.

« À samedi prochain, alors ? ai-je dit.

— Pourquoi ?

— Chez Gun-Britt et Åke. C'est la fête des voisins. »

Fabian a déplié sa béquille et s'est penché pour fermer l'antivol.

« Nous ne sommes pas invités. »

En fait, ça allait de soi. Bianca ne serait jamais allée à la fête des voisins si Jacqueline en était. J'aurais dû l'avoir compris.

« Une autre fois, alors », ai-je dit à Fabian.

Bella m'a tiré par la manche de mon pull.

« Pourquoi ils ne sont pas invités ? »

Je n'ai pas répondu. J'ai posé le pied sur la pédale la plus haute et j'ai démarré en vacillant pendant que Bella saluait Fabian de la main. Par la fenêtre en face de moi, j'avais une vue plongeante sur leur cuisine baignant dans l'obscurité. Les cheveux blonds de Jacqueline sont passés en ondulant. Mais aussi quelqu'un d'autre. Un visage dans l'ombre, un sourire et une main levée.

J'ai supposé que c'était Peter, tant mon cerveau était conditionné pour que ce soit lui. Mais quand j'ai levé la main pour le saluer à mon tour, j'ai réalisé que ce n'était pas du tout Peter. C'était Ola qui agitait la main dans la cuisine de Jacqueline.

59

Jacqueline

Avant l'accident

Été 2017

L'été tirait vers sa fin, les jours rétrécissaient. Chaque matin, le soleil s'attardait encore quelques minutes de plus du mauvais côté du globe. Le soir, l'obscurité arrivait de plus en plus tôt, éparpillant le crépuscule en éclats rouge et or au-dessus de l'Öresund.

Le vin et les cachets me maintenaient en vie.

Je baissais les persiennes et tuais les heures une à une à la table de la cuisine. L'idée que Micke avait brutalisé ces deux garçons dans son garage ne me laissait pas en paix. Qu'est-ce que cela disait de lui ? de moi ?

Je me sentais flouée.

Était-il vrai aussi que Micke avait cogné un élève à Stockholm ? Lui qui semblait passionné par son métier d'enseignant et se plaçait toujours du côté des faibles. Cela expliquerait en tout cas pourquoi Bianca et lui avaient du jour au lendemain abandonné leur ancienne vie pour déménager six cents kilomètres plus au sud.

J'étais une épave. Il m'arrivait de me réveiller à la table de la cuisine sans savoir l'heure, si c'était le jour ou la nuit.

L'air était chaud et étouffant. C'était la canicule. Au bord de la fenêtre, des mouches tournaient autour des plantes desséchées.

« Maman, me disait Fabian, tu ne peux pas rester comme ça. Tu m'avais dit que tu arrêterais de boire. »

Ses vêtements étaient sales, je n'avais pas fait de lessive depuis des semaines. Ses cheveux crasseux filochaient.

« Est-ce que c'est si dur que ça ? demandait Fabian. Ressaisis-toi ! »

J'étais morte de honte.

« Oui. »

Je le devais. Pour lui.

Je devais me sortir les doigts du cul et m'extirper de cette merde.

« Il y a une chose dont je dois te parler », lui ai-je dit un jour où, le vin étant fini, la sécheresse m'avait fait sortir de la cuisine et enfiler un tee-shirt propre.

Fabian était comme d'habitude devant son ordinateur. Il a ôté ses écouteurs, qu'il a laissés pendre autour de son cou.

« Il s'est passé quelque chose ? »

Je ne savais pas comment présenter la chose. Comment allait-il le prendre ? Et si c'était le drame ?

« J'ai appris quelque chose au sujet de Micke, ai-je repris après une certaine hésitation. Quelque chose qui s'est passé dans l'école où il travaillait avant. Apparemment, il s'en est pris à un élève. »

Fabian a froncé les sourcils.

« Qui a dit ça ? »

Je me suis gratté le cou. Si Fabian apprenait que je tenais cela d'Ola, il le rejetterait aussitôt.

« Ils ont brusquement déménagé en Scanie. Alors qu'ils ne connaissaient personne ici. Ça pourrait être à cause de quelque chose qui s'est passé à Stockholm.

— Mais qui t'a dit ça ? » a demandé à nouveau Fabian.

Il était en train de se mettre en colère.

« Oh, c'est juste une rumeur. »

J'ai affiché un faux sourire, je me suis ressaisie avant de me lancer.

J'étais forcée de poser la question.

« Parce qu'il n'a jamais… Je veux dire, tu n'as rien remarqué ? »

S'il s'en était pris à Fabian, je lui aurais tordu le cou. C'était aussi simple que ça.

« Mais enfin, maman, a-t-il dit. C'est de Micke que tu parles.

— Oui, euh, je sais. »

Bien sûr, on ne pouvait pas faire confiance à Ola. Il devait avoir tout inventé. Par jalousie ? Fabian aimait bien Micke. Ce ne serait pas le cas s'il avait remarqué le moindre comportement violent.

« Micke est genre la personne la plus gentille que je connaisse.

— Bien sûr. »

J'ai titubé jusqu'à l'entrée, passé mon manteau et annoncé qu'il fallait que j'aille faire des courses. Il était tard, le Systembolaget fermait bientôt.

« Je peux t'accompagner ? a demandé Fabian.

— Pas aujourd'hui. »

J'avais déjà un pied dehors. Et je ne voulais pas que Fabian voie mes mains tremblantes farfouiller parmi les bouteilles. Ni quand j'en déboucherais une dans la voiture pour boire les premières gorgées avant de démarrer.

« Je reviens bientôt, mon chéri. »

Quelques jours plus tard, nous sommes allés avec Ola dans une propriété des environs de Malmö, où Fabian a pu conduire à l'essai une voiture de sport. Il rayonnait de joie, et je suis restée sobre jusqu'au soir.

Le vendredi, toute la famille Andersson est passée à vélo devant la fenêtre avec corbeille de pique-nique et plaids. Ils avaient le soleil dans les yeux, et c'était comme s'il ne s'était rien passé.

« C'est la fête des voisins, demain, a dit Fabian. Heureusement qu'on n'a pas à y aller. »

C'était exactement ce que je voulais entendre. J'avais peur qu'il se soit bien trop attaché à Micke. Combien d'autres déconvenues pourrait-il encore supporter ?

« Alors, qu'est-ce que tu dirais de déménager ? ai-je demandé. Loin de tout ça. Recommencer à zéro ailleurs. »

Il a ruminé un moment avant que son regard ne s'éclaire.

« En Californie ? Chez papa ? »

J'ai pris la bouteille de vin sur la table. Lu l'étiquette sans enregistrer un seul mot.

« Impossible.

— Quoi ? » Fabian a mordu comme un cobra. « On devait économiser. On peut tirer plusieurs millions de la maison, puis…

— Arrête ! »

Je n'en pouvais plus. Mes oreilles sifflaient, ma vue se voilait sous la pression des ténèbres. Je me suis extraite de ma chaise et les mots se sont échappés de ma bouche, comme une grêle.

« Nous ne pouvons pas habiter chez ton père. Il est en prison ! »

C'était comme si j'avais frappé Fabian en plein visage. Il a joint les mains sur sa bouche et s'est effondré.

« Pardon, mon chéri. J'aurais dû te raconter la vérité depuis longtemps. »

Je me haïssais, mais au moins, maintenant, c'était dit.

« Et le garage, alors ? »

Les épaules tremblantes, Fabian pressait ses mains l'une sur l'autre.

« Il n'y a pas de garage, ai-je reconnu. Ton père travaillait dans un bar quand nous nous sommes rencontrés. Mais il ne restait jamais bien longtemps nulle part. C'était un vrai fauteur de troubles. Au fond, il avait un cœur en or, mais il avait le chic pour toujours se créer des problèmes. Je croyais qu'à force de l'aimer je le rendrais heureux, mais ça n'a pas marché. On ne peut jamais sauver quelqu'un avec seulement de l'amour. »

D'un coup violent, Fabian a abattu les mains sur la table, comme s'il avait capturé un insecte qu'il essayait de retenir. Il grognait et tressaillait dans tous les sens.

« Pardon, mon grand. »

Il luttait avec lui-même. Son front était rouge et en sueur, les muscles de ses bras crispés.

« Mais les photos, alors ? Grand-mère ? »

J'avais franchi toutes les bornes en lui donnant ces photos. Il les avait réclamées pendant des mois et elles le rendaient complètement euphorique.

« Ce n'est pas ton père sur les photos, ai-je avoué. C'est un acteur américain. »

Le visage de Fabian s'est défait, tout fripé. Un filet de morve lui pendait du nez, et il s'est mordu la lèvre.

J'étais la pire maman du monde.

« Mais ta grand-mère, je n'ai pas menti à son sujet. Elle joue bien de l'harmonica dans un fauteuil à bascule. »

Je lui ai tendu un rouleau d'essuie-tout, pour qu'il se mouche.

« Je suis désolée, mais nous nous portons mieux sans ton père. »

Fabian n'a rien dit.

Il a jeté son mouchoir dans l'évier débordant et s'est précipité dans l'entrée. J'ai attendu le claquement de la porte de sa chambre, en vain. Que fabriquait-il ? J'ai gagné le vestibule, où je l'ai trouvé assis par terre, en train de nouer ses chaussures.

« Où tu vas ?

— Faire du vélo. »

Il ne me regardait pas. Tout son corps était tendu, chargé de colère contenue. Il s'est relevé avec des mouvements rapides et désordonnés. Quand il a claqué la porte derrière lui, j'ai envisagé de le suivre. Terriblement effrayée qu'il fasse une bêtise, qu'il blesse quelqu'un ou lui-même.

Le soir venu, je l'ai supplié de me pardonner. Ivre et lamentable, assise près de lui, j'ai bredouillé quelle mauvaise mère j'étais et qu'il méritait beaucoup mieux, jusqu'à ce que les rôles s'inversent et que ce soit Fabian qui me console en m'assurant que tout allait s'arranger.

Je me suis éteinte, le front contre la table de la cuisine. J'ai dû dormir au plus une heure, et quand je me suis réveillée il faisait nuit noire. Je me suis traînée jusqu'à la salle de bains pour me brosser les dents et me débarrasser du goût aigre dans ma bouche. À peine arrivée dans le vestibule, j'ai entendu un bruit bizarre dehors. Comme des pas.

Des cambrioleurs ? Était-ce mon tour ?

J'ai couru prendre un couteau de cuisine. Tout mon bras tremblait. Je suis passée de fenêtre en fenêtre, épiant dans la nuit.

Rien nulle part.

De lourds ronflements sortaient de la chambre de Fabian.

Un craquement a alors retenti, peut-être une branche cassée. Ça venait du jardin.

Je ne m'étais jamais sentie menacée dans cette maison. La peur du noir de mon enfance avait depuis longtemps disparu, et à Köpinge je m'étais habituée à ne plus fermer les portes à clé. La vie m'avait appris que les plus grandes menaces venaient de l'intérieur.

Sans réfléchir, j'ai ouvert la porte vitrée donnant sur le jardin. Mes sandales attendaient sur le paillasson. Je me suis avancée dans la nuit, le couteau tremblant dans la main.

« Hé ho ? Il y a quelqu'un ? »

Près de la clôture parvenait un reste de lumière du réverbère de la cour. Notre portail était ouvert. J'avais pu l'oublier. Ou Fabian. Ou…

J'ai continué d'un pas vif dans l'allée, je suis passée devant la remise et le tas de ferraille qui me sert de voiture.

« Hé ho ? Il y a quelqu'un ? »

Parmi les ombres noires se dessinait une forme. Les contours d'un homme.

Instinctivement, j'ai brandi mon couteau.

« Merde, qu'est-ce que tu fais ? » a dit Ola.

Ses yeux bleus luisaient dans l'obscurité de la cour.

« C'est toi ? »

Il fixait mon grand couteau.

« Je n'arrive pas à dormir, a-t-il dit. Qu'est-ce que tu fais ? Tu vas me taillader ?

— J'ai cru entendre quelque chose », ai-je dit en baissant le couteau.

Soudain, j'ai eu un doute. Les bruits n'étaient-ils que dans ma tête ?

Ola a fait le tour de la cour, en regardant le long de la piste cyclable, vers la grand-route et par-dessus la clôture. Toute la rue Bråkmakargatan dormait profondément.

« Ça a l'air calme, a-t-il dit.

— J'ai dû rêver. »

Ola s'est approché de moi en regardant le couteau dans ma main. Son parfum m'est arrivé jusqu'aux narines.

« Merci encore, ai-je dit. Pour la surprise. Fabian n'arrête pas de parler de cette voiture. »

Il a rejeté ses cheveux en arrière en souriant.

Mais une lueur d'inquiétude s'est bientôt allumée dans son regard.

« Comment tu vas, en fait ? »

Ce n'était pas une question simple. Pas le genre auquel on peut répondre *bien* et se dépêcher de passer à autre chose. Elle entrait profondément en moi en remuant tellement de strates.

J'ai dégluti. J'étais incapable de rien dire.

« Viens, a-t-il dit. Je te raccompagne à l'intérieur. »

La moindre cellule de mon corps criait *non*. C'était une idée incroyablement mauvaise. Et pourtant, ma main libre a atterri dans celle d'Ola et nos regards se sont réunis tandis que nous traversions le jardin.

« Tu ne devrais pas rester seule, cette nuit. »

60

Mikael

Après l'accident

Mardi 17 octobre 2017

Les heures se confondent. Nuit et jour, lumière et ténèbres. Derrière les stores et les persiennes, le temps est arrêté.

Sienna prépare des repas que nous ne mangeons pas.

« Je veux maman », dit Bella.

Je quitte la pièce pour qu'elle ne me voie pas m'effondrer. Le whisky est bientôt fini, mais il y a encore dans le bar de quoi étouffer au mieux la rumeur du monde.

Vers l'heure du déjeuner, des collègues de l'agence immobilière frappent à la porte. Ils apportent des plats cuisinés et de gros bouquets, des jouets pour les enfants et de belles paroles au sujet de Bianca. Je n'ai jamais rencontré la plupart d'entre eux, c'est étrange de les voir pleurer et me serrer dans leurs bras.

Je comprends leur sollicitude, je devrais éprouver de la gratitude, mais pour l'instant, je ne supporte pas la compagnie. Je tiens à peine sur mes jambes.

Une heure plus tard, mon proviseur vient lui aussi avec des fleurs et une carte signée par tout le collège.

« On n'arrive pas à y croire, dit-il. Les choses de ce genre n'arrivent tout simplement pas. »

C'est exactement ça. Les choses de ce genre n'arrivent pas. Ça n'arrive simplement pas.

Et pourtant ça arrive.

« Est-ce que maman est au ciel, maintenant ? demande Bella. Comme la maman de Fifi ? »

J'aimerais pouvoir croire une chose pareille.

Pour la première fois, j'éprouve une forme de désir de Dieu.

« Personne ne sait où est maman, dit Sienna en serrant Bella dans ses bras. Certains pensent qu'on monte au ciel quand on meurt. C'est peut-être vrai. »

Bella semble interloquée.

« Et toi, où tu penses qu'elle est, maman ? demande-t-elle.

— Je crois qu'elle est ici. »

Sienna embrasse la pièce d'un geste.

« Ici, avec nous. »

C'est une pensée réconfortante, mais je ne sens rien dans la pièce. Aucune présence, pas de Bianca. Rien que le vide.

L'un des nombreux bouquets sur la table porte une carte ornée d'une colombe. Dessus, une écriture chantournée :

Repose en paix

Jacqueline et Fabian

Je fixe un long moment la carte avant de l'arracher et de la froisser en boule inégale.

Quand on sonne à nouveau à la porte, je demande à Sienna d'aller ouvrir.

« Je ne peux pas. »

Sienna est un roc. Sans elle, ce serait le chaos.

Elle emmène Bella et William dans l'entrée. Je les entends parler et je reconnais les voix.

« Ce sont tes collègues », dit Sienna.

Elle me demande si j'en ai la force, et je veux bien. Pas longtemps.

Dans le vestibule se tiennent Majros et Roine, avec les yeux baissés et une plante en pot.

« Nous voulions juste t'exprimer nos condoléances.

— Nous pensons à toi, dit Roine. À vous tous. »

Il tire un peu sur sa moustache quand Majros donne son pot de fleurs.

« Merci.

— C'est gentil de votre part, dit Sienna.

— Ne t'inquiète pas pour le collège, me dit Majros. Reste avec ta famille. Occupe-toi des enfants. »

Je parviens à bredouiller une réponse. Ça ne doit pas être facile pour eux non plus. Qui sait comment se comporter dans une telle situation ?

« J'ai lu que la police avait classé l'affaire, dit Roine. Ça semble bizarre. Je les ai appelés hier et j'ai laissé mon numéro. Ils ont dit qu'ils me rappelleraient.

— Toi ? »

Il hoche la tête.

« Roine était lui aussi à Ica vendredi dernier, dit Majros. Il a vu Fabian Selander et sa mère. »

C'est comme si mon cerveau se contractait pour une netteté maximale. Roine était donc lui aussi au supermarché ?

« En fait, j'ai cherché à les éviter, explique-t-il. Mais Fabian m'a vu, alors nous les avons malgré tout salués.

— Où ? Dans le magasin ? »

Mon intérêt refroidit très vite. Pourquoi la police s'intéresserait-elle au fait que Roine ait vu Fabian et Jacqueline à Ica ?

« Sur le parking, répond-il. Ils étaient près d'une voiture, chargés de sacs de courses.

— Nous venons de revoir cette voiture dans leur allée, à l'instant », dit Majros.

Roine opine du chef.

« La même BMW. »

Je commence à fatiguer. Roine le remarque sans doute, car il croise mon regard et poursuit d'une voix plus nette :

« Tu sais qu'il y avait un homme avec eux dans la voiture ? Pas seulement Fabian et sa mère. »

Quelque chose lâche en moi. Un vertige s'empare de moi.

« Quoi ?

— Je l'ai reconnu immédiatement, dit Roine en tirant à nouveau sur sa moustache. C'était un de vos voisins. »

Je me crispe. Le moindre vaisseau de mon corps se contracte.

« Ola ?

— C'est ça, Ola Nilsson, confirme Roine. C'est lui qui a approuvé notre prêt immobilier il y a quelques années.

— Tu es sûr ? Pourquoi tu n'as pas contacté la police ? »

Je m'appuie de la main au mur. Pendant ce temps, Sienna entraîne les enfants dans l'escalier.

« Mais c'est ce que j'ai fait. Hier. Je croyais qu'ils me rappelleraient, mais aujourd'hui, j'ai lu sur le site du *Sydsvenskan* qu'ils avaient déjà classé l'affaire. Pour cette raison, je pensais qu'ils avaient une vue d'ensemble. Mais ensuite, j'ai demandé à Majros ce qu'elle en pensait. »

Roine et Majros travaillent ensemble au collège depuis qu'ils sont jeunes diplômés. Chez les élèves, le bruit court qu'ils sont plus que des collègues.

« Je me suis dit que c'était mieux de voir avec toi, explique Majros. Pour être sûrs que la police n'a rien raté d'important. »

Je fouille dans ma poche pour sortir mon portable. Il faut que je parle tout de suite avec la police. Pourquoi ne se sont-ils pas intéressés à ça ?

« Tu es absolument sûr ?

— Je ne t'en aurais pas parlé sinon. Ola était dans la voiture, et attendait que Fabian et sa mère chargent leurs courses. »

Je les imagine. Ola était là.

Ça change tout.

« Où était-il assis ?

— À l'avant, dit Roine. Au volant. »

61

Mikael

Avant l'accident

Été 2017

William s'est installé sur le paillasson, les bras croisés.

« Je ne veux pas y aller. Je manifeste. »

Malgré tout ce stress, je n'ai pas pu retenir un rire.

« Tu dois vouloir dire que tu *protestes*, a suggéré Bianca.

— Allez, viens. On n'y restera que quelques heures. On est malheureusement forcé de passer par là quand on habite ce genre d'endroit. »

Au fond, j'aurais moi-même donné cher pour être dispensé de cette fête des voisins.

« Je ne veux pas voir Fabian, a bougonné William, toujours assis sur le paillasson. Vous allez m'obliger à jouer avec lui.

— Ce n'est pas gentil de dire ça », ai-je objecté.

William a fait la moue.

« Fabian ne viendra pas ce soir, de toute façon », a dit Bianca en l'aidant à se relever.

Une minute plus tard, elle traversait Bråkmakargatan montée sur ses talons hauts, un enfant à chaque main. J'ai traîné derrière en essayant de boucler le sac à dos bourré de vêtements de rechange, de tablettes et de jeux.

Puis Åke et Gun-Britt ont pris le relais.

« C'est comme ça que ça doit être. Fête des voisins en été. Soleil qui brille et herbe verte. Ordre rétabli. »

En tablier de cuir, Åke a fait griller des travers de porc. Dégoulinant de sueur, une pince à barbecue grande comme un cric.

« Une mousse ? » a-t-il proposé en me tendant une bouteille.

Pendant que nous mangions, il nous a tenu la jambe à sa façon habituelle. Tout y est passé, du programme télé aux recettes de cuisine, à la politique et aux ragots. J'ai ri poliment aux bons endroits et glissé un commentaire assez humoristique. Bianca était entièrement occupée à contrôler ce que mangeaient les enfants et Ola semblait de mauvaise humeur.

Après le repas, j'ai accompagné Åke dans la cour. Il a regardé autour de lui avant d'allumer un cigare.

« Gun-Britt n'aime pas quand je fume », a-t-il confié en tirant des bouffées.

J'ai chassé la fumée de la main.

« Elle va sentir l'odeur.

— Aucune chance, a ri Åke. Elle a l'odorat bousillé depuis vingt ans. Je pourrais lui péter au visage, elle ne le remarquerait pas. »

Il a ri et toussé alternativement. Comme j'aurais aimé rentrer chez moi pour retrouver mon lit et le silence.

« Tiens, tiens, qui voilà ? » a fait Åke.

Fabian a débouché du coin de la rue sur son vélo.

« Salut ! » lui ai-je lancé.

Il nous a regardés et a fait un tour de cour. Il a marmonné un *salut* avant de repartir sur la grand-route.

« Ce gamin, quand même..., a grommelé Åke. Il passe son temps à pédaler en rond comme un débile mental. Le pauvre.

— Arrête, ai-je réagi. Ça ne doit pas être facile pour lui. »

J'étais infiniment las d'entendre toutes ces conneries.

« C'est bien ce que je dis. Sa mère n'a pas le temps de s'occuper de lui, a renchéri Åke. Quelqu'un devrait faire quelque chose, merde !

— Fabian est un garçon brillant, ai-je assuré. Tu t'inquiètes sûrement pour rien. »

En réalité, il n'avait pas l'air de s'inquiéter du tout.

Il a ricané dans un nuage de fumée, écrasé son cigare et jeté le mégot au caniveau.

De retour sur la véranda, il a rempli mon verre de whisky. J'en avais besoin. Pour lâcher prise, tout simplement.

Le réverbère s'est allumé dans la cour et la nuit s'est mise à tomber. Sur le canapé de la véranda, William jouait avec son iPad pendant que Bella courait sur la pelouse à côté.

Ola n'avait encore pas dit grand-chose. Il s'envoyait verre sur verre, le nez rouge et le regard brumeux.

Tard dans la soirée, nous avons abordé les événements horribles de la semaine passée. Le jeudi précédent, une centaine de personnes avaient été écrasées par un camion sur une artère touristique de Barcelone, et dans l'après-midi du vendredi, on a appris qu'un homme avait perpétré une attaque au couteau dans la deuxième plus grande ville de Finlande.

« C'est partout pareil, a dit Åke. On n'est plus en sécurité nulle part. »

Une fois de plus, c'est moi qui ai dû me faire l'apôtre de la modération et du bon sens. Une tâche ingrate qui commençait à user ma patience.

Ola faisait profil bas. À plusieurs reprises, je lui ai jeté un œil, m'attendant à le voir intervenir, mais il restait muet et pensif. Quelque chose le tracassait.

J'ai songé à la rage avec laquelle il avait abattu sa matraque sur Liam dans le garage.

Ce n'est que lorsque la discussion a versé sur la politique de défense suédoise et qu'Åke a évoqué avec nostalgie une anecdote de son service militaire pour illustrer la décadence actuelle de la société qu'Ola a commencé à tiquer. Il a posé son verre et s'est penché plusieurs fois sur la table avant de parvenir à prendre la parole.

« Pourquoi Jacqueline n'est-elle pas invitée ce soir ? » a-t-il lâché.

Tous les autres se sont tus. J'ai regardé Åke, qui a regardé Bianca, qui a regardé la table.

« Euh, eh bien, il se trouve que…, a commencé Gun-Britt. Je croyais que tu avais compris ?

— Naturellement, que je comprends, a rétorqué Ola. Je ne suis pas débile. »

Son ton était agressif et il trébuchait sur les mots, la langue pâteuse.

« Vous êtes là à vous gargariser de l'entente entre voisins, que tout le monde il est beau, tout le monde il est gentil. Et pendant ce temps, Jacqueline et Fabian sont seuls chez eux. C'est quoi, la logique ?

— D'accord, mais…

— Vous savez comment ça s'appelle, ça ? a poursuivi Ola en s'en prenant à Åke. Du harcèlement !

— S'il te plaît, a dit Gun-Britt. Jacqueline s'est mise elle-même dans cette situation. Comme on fait son lit, on se couche, hein ? »

Ola a débouché d'un coup sec une bouteille de gin et s'est servi en en renversant la moitié sur la nappe.

« Mais il faut être deux pour danser le tango, a dit Ola en me clouant du regard. Et pour coucher. »

Avais-je bien entendu ?

Bianca a mis la main sur sa bouche, choquée, en dévisageant Ola qui avalait son verre d'alcool pur.

« Je ne sais pas ce qui te prend, ai-je rétorqué. Mais Jacqueline et moi n'avons pas couché ensemble. Ce qui s'est passé entre nous était une erreur, qui ne se répétera jamais. »

Ola a posé son verre en ricanant.

« Ce n'est pas moi qu'il faut convaincre », a-t-il répondu en regardant Bianca.

Pensait-elle elle aussi que Jacqueline et moi avions une liaison ? En avait-elle parlé à Ola ?

« Je commence à en avoir vraiment ras le bol que tu te mêles de..., ai-je commencé, mais je n'ai pas pu aller plus loin avant que Bianca ôte la main de sa bouche et m'interrompe.

— Tu es en train de prendre la défense de Jacqueline ? a-t-elle lancé à Ola. Tu la plains ? Depuis notre arrivée ici, tu n'as pas arrêté de me mettre en garde contre elle, en me disant qu'elle était la pire mangeuse d'hommes. »

Ola a pris ses sourcils entre pouce et index.

« Quelques ragots n'ont jamais tué personne. Mais là, c'est autre chose. Comme si Jacqueline et Fabian n'avaient pas déjà assez la vie dure ? »

Bianca a reculé sa chaise.

« Je crois que nous allons y aller. »

Elle m'a regardé.

« Tu viens aussi ? »

En même temps, Ola s'est levé de l'autre côté de la table.

« Ce que tu as fait à Jacqueline est dégueulasse, merde, a-t-il lancé à Bianca. Tu as détruit sa vie. »

Il crachait chaque mot.

« Vous savez ce qu'elle a fait ? »

Åke et Gun-Britt, pour une fois, semblaient muets.

« Mais tu disais toi-même…, a objecté Bianca, avant d'être aussitôt interrompue.

— Elle t'a rendu un service ! Elle a essayé d'être gentille, et toi, tu t'es débrouillée pour la faire virer. »

Ola a titubé et frappé du poing sur la table en envoyant par terre une bouteille de bière. Gun-Britt s'est empressée de s'accroupir pour ramasser les éclats.

« Assez bu pour ce soir », a dit Åke.

Gun-Britt a abondé dans son sens :

« Le moment est venu de se quitter. »

Pendant que Bianca rassemblait les affaires des enfants, j'ai essayé de passer devant Ola, qui s'est dressé pour me barrer le passage.

« Fais attention », ai-je dit calmement.

Intérieurement, j'approchais de mon point d'ébullition.

« T'as intérêt à foutre la paix à Jacqueline et Fabian, maintenant », a dit Ola.

J'ai songé une fois encore à la façon dont il avait frappé Liam, au sang sur le sol du garage.

« Ne t'inquiète pas, ai-je répondu. J'en ai ma claque de vous tous. »

Je me suis retourné pour m'assurer que Bianca et les enfants me suivaient. Mais en voyant l'expression sur le visage de Bianca, j'ai tout de suite su qu'il y avait un problème.

« Où est Bella ? Je ne la retrouve pas ! »

J'ai essayé de garder mon calme. J'avais vu Bella dans le jardin peu auparavant. Elle ne pouvait pas être bien loin.

« Elle était là à l'instant.

— Où ? Quand ? a demandé Bianca en faisant lever William du canapé. Tu as vu ta sœur ?

— Hein ? »

Quand Bianca lui a arraché l'iPad des mains, William m'a regardé, stupéfait.

« Mais elle l'a dit à papa.

— Ah bon ? »

Je n'avais rien entendu.

« Elle voulait aller à l'aire de jeu. Papa lui a dit d'accord.

— Vraiment ? »

Je n'en avais absolument aucun souvenir.

« À l'aire de jeu ? a dit Bianca. À cette heure-ci ? »

Åke et Gun-Britt me dévisageaient. Ola aussi.

« Toute seule ? a-t-elle continué. Mais il fait noir. »

Elle me regardait comme si j'étais un étranger.

« Elle n'était pas seule, a dit William. Elle est partie avec Fabian. »

62

Mikael

Après l'accident

Mardi 17 octobre 2017

Une heure au plus après le départ de Roine et Majros, je suis au volant de la Volvo. Je roule vite à travers l'agglomération en écoutant Dropkick Murphys si fort que la voiture tressaille. Les essuie-glaces s'activent et le monde se trouble à travers la pluie et les larmes.

Est-ce Ola qui a renversé Bianca ? Roine est en tout cas sûr de son fait. C'était Ola qui était assis au volant de la BMW.

La police n'avait pas voulu recueillir son témoignage. Les enquêteurs étaient occupés ailleurs. Au standard, on m'a promis de me rappeler bientôt. Mais je n'ai pas l'intention d'attendre.

J'entre dans Lund par Fjelievägen et je me gare en infraction devant l'hôtel de police. La pluie fouette l'asphalte et les gens se pressent dans la rue, qui sous un parapluie, qui le pull relevé sur la tête.

Pourquoi Jacqueline et Fabian n'ont-ils pas dit que c'était Ola qui était au volant ? Il devait avoir un sérieux moyen de pression.

Je me hâte vers l'escalier en pierre au coin du bâtiment quand un policier en uniforme sort et s'arrête sur une marche au-dessus de moi.

« Peter ? »

Je lève les mains pour me protéger de la pluie. J'ai besoin de me pencher en arrière pour voir son visage.

« Qu'est-ce que tu fais là ? demande-t-il. J'ai entendu dire que l'affaire était classée.

— Il faut que je parle à une personne responsable. J'ai de nouveaux éléments. Il y a un témoin qui… »

Sans autre forme de procès, il me prend par le bras, me fait redescendre l'escalier et me ramène vers le passage piéton.

« Qu'est-ce que tu fous, putain ? »

Je regarde autour, mais évidemment, personne ne vient s'interposer quand un policier en uniforme s'empare de moi juste devant un commissariat.

Ses grosses chaussures pataugent dans une flaque tandis qu'il me traîne jusqu'à une ruelle derrière le bâtiment bleu de la banque.

« Ça valait la peine ? demande-t-il.

— Mais de quoi tu causes ? »

La pluie strie son visage grossier, mais c'est comme s'il ne remarquait rien. Il ne cligne même pas des yeux.

« Jacqueline. Elle en valait la peine ? D'accord, c'est un bon coup, mais Bianca est morte. Tes enfants ont perdu leur maman.

— Ferme ta gueule. »

Peter crache entre deux dents.

« Si tu avais gardé ta bite dans ton froc, rien de tout ça ne serait arrivé. Comment tu vas expliquer ça à tes gosses ? Papa baisait la voisine, et maintenant, elle a tué maman. Qu'est-ce que tu avais besoin de te la taper, hein ? Tu savais bien qu'elle était prise. »

Ses yeux brûlent de jalousie.

J'essaie d'expliquer.

« Je n'ai jamais couché avec Jacqueline. Nous nous sommes embrassés une fois le soir du Nouvel An, c'était une erreur idiote, mais il n'y a jamais rien eu de plus. Je n'aurais jamais mis ma famille en danger. Tu peux me laisser partir, maintenant ? »

Peter passe sa main dans sa frange mouillée et me toise de la tête aux pieds.

« Tu as vraiment l'air d'une merde, dit-il. Et tu pues l'alcool. Tu peux me remercier de t'avoir empêché d'entrer dans les locaux de la police. Ils t'auraient sûrement arrêté pour conduite en état d'ivresse. »

À travers le rideau de pluie, je vois la Volvo garée de travers, deux pneus sur le trottoir.

« Mais il faut que je parle à quelqu'un, dis-je. Ce n'est pas Jacqueline qui a renversé Bianca. C'était Ola. Un de mes collègues l'a vu. Il faut qu'ils reprennent l'enquête ! »

Peter met les mains à sa ceinture.

« T'as vraiment rien pigé. »

Il dégouline de fausse commisération.

« Tu ne sais pas ce qui s'est passé le soir de la fête des voisins, hein ? » dit-il.

Quelque chose s'arrête en moi. Je porte la main sur ma poitrine.

« Qu'est-ce que tu veux dire ?

— Jacqueline et moi, on a échangé quelques SMS pendant que vous autres étiez à la fête, dit Peter. Quand j'ai fini ma garde de nuit, je suis passé chez elle. C'est là que Fabian s'est trahi. Bien sûr, je n'étais pas censé savoir.

— Savoir quoi ? »

Peter marque une pause.

J'ai un goût fade dans la bouche.

« Fabian était anéanti, il pensait qu'il allait être placé en foyer. Il essayait de faire croire que Bella avait menti et inventé toute cette merde. Il devait croire que d'une façon ou d'une autre j'allais l'aider à se sortir de ce pétrin.

— Quel pétrin ? De quoi tu causes ? »

La pluie tombe de plus belle, forçant Peter à hausser la voix.

« Ce n'était pas la première fois que Fabian faisait une chose de ce genre, dit-il. La dernière fois, c'était aussi une voisine. La petite-fille de ce Bengt. »

Je tourne la tête vers le ciel tandis que le mur de pluie battante se resserre autour de moi.

Une image affreuse me traverse.

Bella et Fabian à l'aire de jeu.

Mais qu'a-t-il fait ?

63

Fabian

Avant l'accident

Été 2017

Nous ne sommes pas invités à la fête des voisins. Moi, je m'en fiche à cent puissance mille pour cent, ils peuvent bien faire leur fête de merde si ça leur chante. Mais ça me fait de la peine pour maman.

Quand j'étais en primaire, il y avait une règle simple : si on faisait une fête d'anniversaire, il fallait soit inviter *tout le monde* dans la classe, soit personne.

Vilda avait son anniversaire en avril. Elle n'organisait pas de fête, mais une *boum* avec danse et partie de facteur. J'ai reçu un carton d'invitation comme tous les autres dans la classe. Vilda suivait la règle tacite de l'école. Mais le même soir, sa mère a téléphoné. C'était une avocate, une pointure, qui siégeait au conseil de l'école. Elle a expliqué que je pouvais venir, mais à une seule condition : que maman vienne aussi.

Nous estimons ne pas être en mesure d'assurer la responsabilité de Fabian.

Maman était furieuse, mais avait peur que ce soit pire pour moi si elle disait quelque chose.

Quelques heures avant la boum, j'ai eu la migraine et de la fièvre. J'ai alors demandé à maman de me décommander.

Deux semaines plus tard, le cadeau préféré de Vilda a disparu du vestiaire de la classe, une paire de Nike blanches à lacets dorés. On ne l'a jamais retrouvée.

C'est quand même une bonne règle : on invite tout le monde, ou personne.

Pendant que les autres sont à la fête des voisins chez Åke et Gun-Britt, je vais faire quelques tours du quartier à vélo. J'entends leurs rires avec une boule au ventre. Au bout d'un moment, Micke et Åke sortent dans la cour et allument un cigare dégueulasse. Je file alors vers le pré communal et je plonge dans le tunnel.

C'est la dernière semaine des vacances. Je vais bientôt devoir retourner à l'école. La seule chose positive, c'est que je vais retrouver Micke.

Cette rumeur débile que maman a entendue, selon laquelle Micke aurait cogné un élève à Stockholm, c'est forcément un mensonge. Sûrement les mêmes idiots qui l'ont traîné dans la boue après ce qui s'est passé avec Andy. Micke est réglo avec ceux qui sont réglos. Juste. Certains ont du mal à admettre qu'il ne soit pas aussi mollasson que les autres profs.

Je suis inquiet pour maman. Il faut qu'elle arrête de boire autant. Si les gens se mettaient à causer, on ne sait jamais ce qui pourrait arriver.

Je crois que Micke lui manque. Après leur flirt du Nouvel An, ils ne se sont presque pas reparlé. J'aimerais pouvoir faire quelque chose. Je devrais peut-être aller parler à Micke ?

Ce matin, Ola était chez nous, sur le canapé. Je crois qu'il y avait passé toute la nuit. Bien sûr, il a été réglo. Il m'a laissé conduire une M3. Mais le pire qui puisse arriver est que maman se remette avec lui. En fait, c'est un psychopathe. Maman et lui ne sont restés ensemble que très peu de temps, mais assez pour que je puisse le percer à jour.

Je roule, je roule. J'ai beau tourner, j'ai toujours l'impression d'avoir le vent de face. Quand je reviens dans Bråkmakargatan, Bella sort du jardin de Gun-Britt et Åke.

« Salut, Fabian ! »

Elle scintille dans sa robe à paillettes et ses ballerines, dit qu'elle va à l'aire de jeu.

« Tu me pousserais sur la balançoire ? »

J'hésite un peu. Pas d'adultes en vue. A-t-elle vraiment le droit d'aller si loin toute seule ? Il va bientôt faire nuit.

« Tu dois d'abord demander à tes parents. »

Je gare mon vélo dans la remise et j'attends que Bella ait vérifié auprès de Micke et Bianca. Elle ne tarde pas à revenir en sautant de joie, les cheveux dansant sur le dos.

« J'ai le droit ! Papa a dit d'accord ! »

Elle me prend la main et part en sautillant le long du chemin.

Je n'ai pas le choix. Je dois la suivre, je ne peux pas la perdre de vue maintenant.

« Je veux aller super méga vite », dit-elle en grimpant sur la balançoire.

Au moment où je vais la pousser, j'aperçois la bande près de la tyrolienne. Un grand s'accroche au siège tandis que deux autres lui font faire des va-et-vient.

C'est le type à la casquette et ses potes.

« Viens, Bella. On rentre.

— Non ! » Elle me dévisage, déçue. « Je veux me balancer. Tu m'as promis ! »

Je pousse Bella en surveillant la tyrolienne. Et merde, trop tard. Le type à la casquette a sauté par terre, et toute la bande approche bientôt des balançoires.

« C'est ta frangine ? » rit le pote au bonnet Adidas.

Je prends Bella sous le bras et je la descends de la balançoire.

« Non ! fait-elle. Je veux encore me balancer. »

Elle m'échappe et s'accroche à la balançoire.

« Elle veut se balancer, l'imite le type à la casquette. Elle ne veut pas plutôt faire de la tyrolienne ? »

Bella se tait et lance un long regard vers la tyrolienne. Je sais qu'elle n'aime pas ça. La tyrolienne est assez haute et ça peut aller vraiment vite. Je devais bien avoir dix ans la première fois que j'ai osé m'y lancer. Bella n'a que cinq ans.

« Allez, quoi, dit le bonnet Adidas. On lui fait essayer.

— Non, proteste Bella. Je ne veux pas.

— Amène-la, Fabian », ordonne le type à la casquette.

Bella se débat à coups de pieds quand j'essaie à nouveau de l'attraper.

« Ce n'est pas dangereux. Promis. »

Une descente en tyrolienne, et nous sommes débarrassés de ces idiots.

« Allez, disent les types. Sinon, tu pourrais y aller, toi, Fabian ? Nu. Pendu par les pieds. »

Ils rient. Le type au bonnet Adidas me bouscule si fort que je perds l'équilibre.

Bella a l'air terrorisée, mais elle finit par hocher la tête. Elle est d'accord pour y aller, pour moi.

Mais dès que je l'ai descendue de la balançoire, elle regrette.

« Je ne veux pas, Fabian !

— Qui y va, alors ? demande le type au bonnet, qui semble perdre patience. Toi ou elle ? Il suffit de choisir. »

Bella se met à pleurer.

J'aimerais pouvoir faire quelque chose, mais je n'ai pas l'intention d'y aller tout nu. Me retrouver en vidéo sur Internet et devenir *le taré tout nu sur la tyrolienne*. Parfois, il faut faire un sacrifice pour sauver sa peau, même si ça craint. Je murmure à Bella :

« Pardon. »

Puis je la porte vers la tyrolienne. Elle se débat des pieds et des mains, mais je la tiens bien.

Quand je la pose sur la rampe d'accès, elle est en larmes. Je lui murmure :

« Ce n'est pas dangereux. Ça ira vite. Après, ils nous laisseront tranquilles.

— Je ne veux pas.

— Qui c'est qui décide, Fabian ? dit le type à la casquette. Toi, ou ta petite frangine ? »

À contrecœur, je pousse Bella vers le départ.

« Juste une descente rapide. Tiens-toi bien et ne lâche pas avant l'arrêt. »

Son regard me fait mal. Mais parfois, il faut faire des choses dont on n'a pas envie. C'est comme ça que ça marche.

« Allez, lance-la ! » crie le type à la casquette.

J'attrape le siège au vol. Pendant ce temps, Bella piétine en rond, mais elle ne peut aller nulle part. Le départ est à deux ou trois mètres au-dessus du sol et je lui bloque la rampe d'accès.

Ma gorge se serre quand je la force à monter sur le siège. Elle attrape la corde et soulève ses petits pieds.

64

Jacqueline

Avant l'accident

Été 2017

Ça a été un samedi sacrément long. Le matin, Ola a fait du café et demandé s'il devait rester. Il pouvait se décommander de la fête des voisins. Mais maintenant que j'étais à jeun, j'y voyais plus clair et voulais qu'il parte au plus vite.

« Appelle-moi s'il y a quelque chose, a-t-il dit avant d'y aller. N'importe quoi. »

Les remords me tenaillaient déjà le ventre.

Dans la cuisine, la bouteille de vin me regardait fixement sur son étagère. J'ai fui dans la chambre, sur le rebord de la baignoire, dehors sur la pelouse, mais la soif me poursuivait. Dès avant l'heure du déjeuner, j'y ai cédé.

« Maman… », a dit Fabian.

Les mêmes yeux que quand il était petit.

J'avais tellement honte d'être aussi faible et pathétique.

« Je sais… Je ne devrais pas… Je vais… »

Mes promesses n'étaient que du vent. J'étais à nouveau assise à la cuisine, devant un autre verre.

« Le dernier. »

En tout cas un des derniers.

Fabian m'a tourné le dos et s'en est allé.

« Où tu vas ?

— Faire du vélo. »

Que dire ? Je comprenais. Moi aussi, j'avais toujours fui.

J'avais juste tellement peur qu'il ne supporte plus ça très longtemps encore, qu'il passe les bornes une fois pour toutes.

Tandis que le soir descendait sur Bråkmakargatan, je suis restée à la fenêtre. Par la fente des persiennes, j'ai vu Micke et Åke dans la cour, de la fumée de cigare monter vers le ciel.

Il fallait que je parte d'ici.

Mais cette fois, il ne fallait pas fuir. Il fallait que je reprenne le contrôle de ma vie.

À la tombée de la nuit, j'ai vu par la fenêtre Fabian revenir. Tout le poids qui m'oppressait la poitrine m'a semblé s'amortir dans quelque chose de mou. J'ai respiré plus facilement.

Mais il y avait quelqu'un d'autre avec lui.

Qui ? Où allaient-ils ?

J'ai tendu le cou et vu Bella traverser la cour en sautillant. Elle tenait Fabian par la main. Fabian marchait d'un pas résolu, quelque chose de déterminé dans le regard. Ils ont disparu sur le sentier.

L'inquiétude s'est emparée de moi. Il allait bientôt faire nuit. S'il y avait quelque chose dont j'avais peur, c'était de laisser Fabian seul avec Bella.

J'ai titubé jusqu'à la fenêtre de l'entrée, mais ils n'étaient plus en vue. Je me suis aspergé le visage à la salle de bains avant de m'élancer dans la soirée fraîche.

Je ne suis arrivée qu'au coin du lotissement.

Bella filait droit sur moi, hurlant, les mains et les genoux tachés. Ses cheveux étaient emmêlés, sa robe pleine de sable. Ses yeux criaient, grandes plaies ouvertes.

« Non ! ai-je lâché. Non, non ! »

Je suis tombée à genoux en la tenant. Je lui ai caressé le dos en essayant de la calmer.

Je me souvenais d'Alice. Comme elle claquait des dents dans les grands bras de Bengt, dans la beauté trompeuse de ce jour d'été au bord de la piscine. Je tenais à présent Bella de la même façon, je l'ai serrée jusqu'à ce qu'elle cesse de trembler.

« Il ne faut jamais rien dire à personne, lui ai-je murmuré. Fabian irait dans un foyer. C'est comme une prison. »

Bella a reniflé sur mon épaule.

« Tu me le promets ? »

Elle a hoché la tête.

La seconde suivante, Fabian est accouru, hors d'haleine.

« Qu'est-ce que tu as fait, merde ? ai-je demandé.

— Pardon. »

Il haletait, les mains appuyées sur les cuisses. Il s'est penché vers Bella avec ses excuses.

« Ne la touche pas ! l'ai-je repoussé. Qu'est-ce qui ne tourne pas rond chez toi ?

— Mais j'étais obligé. Je ne voulais pas…

— Obligé ? Mais merde, Fabian !

— Je n'ai pas fait exprès de… »

Je lui ai crié de fermer sa gueule. Puis j'ai fermé les yeux et respiré à fond. C'était comme être arrachée à la réalité. Entrer dans quelque chose de nouveau, encore plus sombre.

« Bella ! Bella ! La voilà. »

Les cris nous sont parvenus en premier. Puis Micke et Bianca ont déboulé dans la cour.

« Bella ! »

Les talons de Bianca claquaient durs sur l'asphalte.

Aussitôt après avoir serré Bella dans ses bras, sa joie s'est transformée en fureur. Elle m'a aboyé dessus :

« Elle n'a que cinq ans !

— Je les ai trouvés à l'aire de jeu, ai-je menti. Nous sommes rentrés directement. »

J'ai cherché le regard de Micke. Se doutait-il de quelque chose ?

« Vous ne captez pas que c'est n'importe quoi, ça ? a dit Bianca.

— Tu comprends quand même que vous ne pouvez pas vous en aller comme ça, a dit Micke à Fabian, qui a hoché la tête sans les regarder.

— C'est complètement dingue ! a continué Bianca. S'il vous plaît, ne nous approchez plus ! Nous sommes voisins, c'est comme ça, mais nous ne sommes pas obligés de nous fréquenter. »

Ça ne valait pas la peine d'ajouter quoi que ce soit. Je ne pouvais qu'espérer que Bella se taise.

« Le principal, c'est que Bella aille bien », a dit Micke.

Bianca l'a fusillé du regard.

« Oui, Dieu merci. »

Un peu plus loin, William attendait sous le réverbère avec son iPad qui clignotait.

« Je rentre », a dit Bianca à Micke.

Emportant Bella sur sa hanche, elle a pris la main de William.

« J'arrive tout de suite », lui a lancé Micke, qui était resté.

J'en ai profité pour indiquer la porte à Fabian. Sans un bruit, il a disparu dans la maison.

J'aurais voulu vomir.

Tout ça était ma faute. Je le savais bien. Tout au fond de moi, je savais que quelque chose comme ça pouvait arriver. Et pourtant, je n'avais rien fait. Juste bu à me casser le crâne en m'apitoyant sur mon sort.

Ma tête tournait, j'ai regardé Micke.

« Je ne sais pas quoi dire. Pardon. »

Il a glissé les mains dans les poches de son pantalon.

« Ça n'est pas si grave. Bianca a paniqué en ne retrouvant pas Bella.

— Je ne parlais pas que de ça », ai-je dit.

Il a hoché la tête.

« Je sais. »

Il fallait que je lui dise. C'était la seule chose à faire.

« Écoute… Je… »

Les mots me poussaient dans la bouche comme des champignons.

Micke a attendu patiemment. J'osais à peine le regarder. Son sourire rassurant, ses lèvres. J'en gardais encore le goût.

« Je ne crois pas y arriver encore longtemps. »

C'était venu comme ça. Il fallait que ça sorte.

Il a sorti les mains de ses poches et m'a regardée avec inquiétude.

« Qu'est-ce que tu veux dire ?

— Viens un peu », ai-je proposé, la main sur le portail.

On ne pouvait pas rester là où d'autres pouvaient nous voir.

Micke a hésité, regardé autour de lui.

« OK, a-t-il dit. Mais dépêchons-nous. »

Il m'a suivie dans le jardin où nous nous sommes assis sur le canapé en rotin à l'arrière de la maison. Le vent s'était levé dans la soirée, les sauterelles chantaient. Dans le ciel sombre, l'œil de la lune nous regardait.

J'ai pensé à Bella. Elle était si petite. Elle allait devoir porter ça le restant de ses jours. Est-ce que ça changerait quelque chose que je raconte ce qui s'était passé ? Pas sûr.

Micke me regardait pensivement.

« J'ai toujours fui devant tout, ai-je commencé. Quand ça devenait pénible, je bouclais mes bagages et je filais. Parfois, Fabian avait fait des siennes et je ne voyais pas d'autre issue. Je ne sais pas comment me comporter autrement. Comment rester, arranger les choses. Je suis le genre qui bousille tout et se barre. »

J'avais l'impression d'être à la croisée des chemins. Peut-être pour la dernière fois.

Micke s'est frotté le nez.

« On peut toujours changer. Devenir une autre personne. »

J'aurais aimé que ce soit aussi simple.

« Je ne suis pas douée pour les adieux », ai-je dit.

Car c'était bien ce dont il s'agissait ?

Si Micke apprenait la vérité, il allait me haïr à jamais.

« Parfois, ça fait du bien de tirer un trait, a-t-il observé. De repartir de zéro.

— Mmh, mais Fabian n'aime pas ça. »

Quelle erreur avais-je bien pu commettre avec lui ? Est-ce que ça pouvait être héréditaire ? C'était une certitude, son père était un salaud misogyne et violent. Peut-être qu'on ne pouvait pas lutter contre la génétique ?

« Sans Fabian, j'aurais déjà quitté Köpinge depuis longtemps, ai-je dit. Tu sais, il ne supporte pas les changements. »

Combien de temps Bella allait-elle garder le silence ? Le risque était grand qu'elle ait déjà tout raconté à Bianca. Sa fureur serait évidemment monumentale.

« Et Peter ? a demandé Micke. Ça fait un moment que je ne l'ai plus vu ici.

— Il est parti. Pour toujours, j'espère. »

Micke n'avait pas besoin de parler. Ses yeux révélaient tout.

« C'est mon plus grand talent dans la vie, ai-je repris. Trouver des hommes qui ne sont pas bien pour moi. Ça aurait été tellement plus facile si j'avais choisi plutôt quelqu'un comme toi. »

Il a appuyé les mains sur ses genoux. Son regard a papillonné et sa voix a faibli.

« J'aime Bianca. Je ne t'ai jamais laissé entendre autre chose. J'en suis désolé. »

Son regard s'est dérobé.

« Ne le sois pas », ai-je dit.

Ma voix intérieure ressassait et la culpabilité me brûlait la poitrine. Il fallait que je lui raconte. De toute façon, la vérité allait éclater au grand jour.

« Ça ne marche pas, de fuir, a dit Micke. Moi aussi, j'ai essayé. »

Soudain, il m'a regardée dans les yeux.

C'était une marque de confiance.

« Je sais, ai-je dit. J'ai entendu parler de ce qui s'est passé à Stockholm.

— Quoi ? Où ?

— Tu sais comment ça marche, ici. »

Micke a eu un sourire de découragement, il a tourné la tête en me demandant ce que j'avais entendu.

« Pas de détails, rien de tout ça. Juste que tu as été renvoyé pour t'en être pris à un élève. »

Il a baissé les épaules, comme sur le point de s'effondrer.

« J'ai mal évalué la situation. Il y avait un grand qui bousculait d'autres élèves, j'ai tenté de m'interposer. Je lui ai crié d'arrêter, mais il était complètement hors de lui. À la fin, je l'ai plaqué au sol. Il a mal atterri, s'est cassé le poignet et a perdu une dent. »

Ce n'était pas exactement la façon dont Ola avait présenté la chose.

J'ai pensé à ce qui était arrivé avec Andy au collège de Köpinge, à la façon dont Micke avait pris la défense de Fabian.

« C'était un accident, ai-je tenté de le consoler. Tu as bien fait. Est-ce que tu aurais dû rester les bras ballants à regarder cet élève se battre ? »

Je n'ai rien osé dire à propos de ce qu'il avait fait aux cambrioleurs dans son garage. Là aussi, Ola avait dû exagérer.

« Après coup, j'ai appris que le garçon que j'avais plaqué avait été victime de harcèlement la plus grande partie de sa scolarité, a repris Micke à voix basse. Il avait été battu, on lui avait craché dessus, fait subir le pire qu'on puisse imaginer. Apparemment, *tout le monde* était au courant dans l'établissement.

— Aïe. »

C'était bien pire que je ne pensais. Soudain, je comprenais Micke d'une nouvelle façon. Je le voyais comme il était : un homme dont les bonnes intentions avaient eu de terribles conséquences. Ça, il était impossible de le fuir.

« Au bout de plusieurs années, le garçon en avait eu assez et avait rendu les coups quand plusieurs élèves plus jeunes s'en étaient pris à lui. Enfin, il se défendait, et c'est là que je suis arrivé et que je lui ai cassé le poignet.

— Mais tu ne pouvais pas savoir.

— J'aurais dû savoir. Tous les autres savaient. Quand j'ai tenté de m'expliquer et de présenter mes excuses, ni l'élève ni ses parents ne les ont acceptées.

— Mon Dieu. »

Micke s'est penché en avant. La lune l'éclairait de côté et une petite brise bruissait dans la haie derrière nous.

« Trois semaines plus tard, ce garçon a choisi de mettre fin à ses jours. Il n'avait que treize ans. »

Quel cauchemar. C'était vertigineux. Ces derniers temps, j'avais redouté que Fabian fasse la même chose.

Micke a mis ses mains sur son visage et j'ai doucement touché son dos.

« Après ça, j'ai persuadé Bianca de déménager en Scanie, a-t-il ajouté. J'ai fui tout ça. »

D'une certaine façon, nous nous ressemblions plus que je n'aurais imaginé.

« C'est tellement curieux, ai-je observé. Quand Fabian est né, je ne pensais qu'aux bons moments qui nous attendaient. Le voir grandir et être heureux. Je fermais les yeux sur le reste. Les difficultés.

— Cela semble très humain », a dit Micke.

Peut-être avait-il raison. Mais je ne voulais plus fermer les yeux. Il y avait peut-être encore une chance de tout rattraper. Cela ne signifiait pas que j'étais indifférente à Bella, que je ne condamnais pas Fabian pour ce qu'il avait fait. Mais si la vérité éclatait, ce qui se briserait entre Fabian et moi serait probablement irrattrapable. Au pied du mur, on pense quand même d'abord à soi et à sa famille avant tout.

« Je bois trop, Micke. Je n'arrive plus à le gérer. »

Il a redressé le dos et j'ai ôté ma main.

« On peut se faire aider. Par des professionnels. »

Il devait se douter de la situation. On en jasait probablement dans tout Köpinge.

« Qu'arrivera-t-il à Fabian ? Si je dois suivre un traitement pendant des semaines ? Où va-t-il aller ?

— Il y a sûrement une solution, a dit Micke. Je peux en toucher un mot à l'assistant social du collège.

— Non ! »

Il ne fallait surtout pas qu'il fasse ça.

« Je voulais juste que tu le saches. Si un jour nous ne sommes plus là, ce sera parce que j'aurai procédé à ma façon.

— On ne peut pas échapper à ça, Jacqueline. Où veux-tu aller ? Appelle plutôt les services sociaux pour te faire aider.

— Fabian ne me le pardonnerait jamais. Ce serait la pire trahison s'il se retrouvait dans une famille d'accueil ou un foyer. Il ne me parlerait plus jamais. »

Micke savait que c'était vrai. Il connaissait Fabian d'assez près pour le comprendre.

« J'aimerais pouvoir faire quelque chose », a-t-il dit.

Parfois, j'avais pu m'énerver devant sa confiance en sa capacité de sauver le monde et de tout arranger. Aujourd'hui, sa sollicitude me faisait chaud au cœur.

« Imagine qu'on se soit rencontrés quand j'étais plus jeune, avant tout ça », lui ai-je dit.

En passant le bras derrière ma tête, j'ai effleuré sa main. Un frémissement m'a traversé le ventre.

« Si nous nous étions rencontrés quand tu étais jeune, tu ne m'aurais même pas accordé un regard », a dit Micke.

Nous avons souri tous les deux.

« *True*. Hélas. »

Ses yeux brillaient comme des étoiles dans la nuit. La lune avait avalé la moitié du ciel et un parfum de magie flottait sur Bråkmakargatan.

J'ai regardé sa bouche.

65

Mikael

Avant l'accident

Été 2017

J'ai laissé Jacqueline sur son canapé en rotin et me suis dépêché de retraverser la cour. J'ai grimpé l'escalier sans bruit pour jeter un œil dans les chambres des enfants, où Bella et William dormaient gentiment. J'ai chuchoté dans le noir que je les aimais.

Bianca était assise dans le lit double, la couette autour des genoux.

« Où tu étais ? »

Elle n'avait pas l'air fâchée, surtout fatiguée.

« J'ai clarifié les choses avec Jacqueline », ai-je expliqué.

Bianca s'est blottie sous la couette tandis que j'ôtais mes vêtements de soirée. L'odeur du cigare d'Åke avait tout imprégné.

« Pardon d'avoir paniqué, a dit Bianca. J'ai imaginé des scènes affreuses. Mais Bella va bien. Je lui ai demandé si Fabian lui avait fait quelque chose de mal, mais apparemment, elle est juste tombée de la tyrolienne.

— Fabian a vraiment besoin d'aide, ai-je dit. Il faut que je prenne ça en main quand l'école va recommencer. »

Il fallait qu'il se passe quelque chose avant qu'il ne soit trop tard.

Je me suis assis au bord du lit pour enlever mes chaussettes.

« Qu'a dit Jacqueline ? » a demandé Bianca.

Je me suis tourné pour la regarder.

« Elle est alcoolique. Elle aussi a besoin d'aide. »

Bianca m'a regardé pensivement. Le bord de sa bouche tressaillait un peu.

« De ta part ?

— Absolument pas. Nous n'allons plus du tout avoir affaire à eux. J'aurais dû t'écouter depuis le début. »

Elle a paru soulagée. Sa main s'est posée sur mon genou.

Quand je m'étais levé du canapé dans le jardin de Jacqueline, c'était fini. Elle avait précisé qu'elle ne supportait pas les adieux, aussi nous étions-nous juste regardés sans rien dire. Nous savions tous deux que c'était une manière de prendre congé.

« Ola était vraiment bourré ce soir, a commenté Bianca. Il a tellement changé. Dire qu'avant je l'aimais bien. »

Il avait complètement perdu les pédales. D'abord cette violence dans le garage, et maintenant ça. J'étais hors de moi rien que d'y penser.

« Ce qu'il a dit sur moi et Jacqueline n'est pas vrai. Tu le sais, hein ? Il n'y a jamais rien eu entre nous. Ce baiser a été une terrible erreur. »

Bianca a serré les lèvres. Ses cils ont tremblé. Je me haïssais de lui avoir fait ça.

Pour que nous puissions tourner la page, il fallait dire toute la vérité.

« Il s'est aussi passé quelque chose le soir du Nouvel An. J'aurais dû t'en parler depuis longtemps. »

Si Bianca me pardonnait maintenant, je n'aurais plus jamais de doute.

Je savais qu'un baiser pouvait dévaster une vie et je ne laisserais plus personne m'en voler un seul instant. Je l'avais moi-même dit à Jacqueline : il n'est jamais trop tard pour changer.

« Sur le coup de minuit, ai-je continué. Alors que Jacqueline et moi regardions les feux d'artifice. »

Bianca a soutenu mon regard. Puis elle a posé la main sur mon coude et m'a interrompu.

« Je le sais déjà. Ola m'a raconté. Il vous a vus de sa fenêtre. »

Les larmes me brûlaient les paupières.

Je ne voulais pas vivre sans Bianca.

« C'était une erreur. Je t'aime. Je t'ai toujours aimée. »

Elle s'est rapprochée de moi, s'est ouverte, et nous nous sommes étreints. Nos yeux scellés ensemble à jamais.

« Je t'aime moi aussi », a-t-elle dit.

Tout s'est allégé. Mes côtes se sont soulevées, mes vaisseaux dilatés. Mon cœur a trouvé la place de battre et mes poumons se sont élargis. L'air circulait librement à travers mon corps.

« Nous devrions déménager, a dit Bianca.

— Un nouveau départ ? » ai-je murmuré.

Elle a presque ri.

« Est-ce que tu pourras un jour me pardonner ? »

Ma voix s'est effritée en poussière.

Nous nous sommes regardés un long moment. Le silence était tel qu'on entendait le sommeil des enfants à travers les murs.

« Je te pardonne. »

Toutes les horloges se sont arrêtées, un nouvel univers s'est déployé. Ça a duré quelques secondes, mais ne devait jamais finir.

« Tu m'as manqué », ai-je chuchoté.

Bianca a planté ses ongles dans mon dos, comme si elle ne comptait jamais me lâcher.

« Pour toujours », a-t-elle dit.

66

Jacqueline

Avant l'accident

Été 2017

Que fait-on quand on comprend que son enfant a un grave problème ? Avant tout ça, le printemps dernier, ou voilà seulement quelques semaines, je savais exactement quoi faire. Je pensais détenir la clé. Mais quand il s'agit de son propre enfant, rien n'est si simple.

Il y avait clairement un trouble, une sorte de mauvaise connexion dans son cerveau. J'avais élevé Fabian dans le respect d'autrui. Combien de fois avions-nous parlé du droit des filles à disposer de leur corps, des limites à ne pas franchir. J'étais certaine que peu de garçons de quinze ans avaient été éduqués à ce sujet aussi durement que lui. Je gardais toujours ce qu'il avait fait à Alice derrière la tête.

Est-ce qu'au fond quelque chose pouvait être noir ou blanc ? Quand Micke s'en était pris à cet élève à Stockholm, c'était pour protéger des garçons plus petits. Souvent, on n'a pas de vue d'ensemble. Il est si facile de tirer des conclusions hâtives et de juger.

Micke était condamné à vivre avec les conséquences.

Même chose pour moi.

Peut-être Bella allait-elle révéler ce qui lui était arrivé à l'aire de jeu ? Peut-être garderait-elle le silence ? Dans un cas comme dans l'autre, j'espérais qu'elle s'en tirerait avec le moins de séquelles possible.

Cet affreux samedi fin août, tard dans la soirée, après que Micke et moi nous sommes quittés pour la dernière fois, Peter est arrivé dans Bråkmakargatan avec de la violence dans la voix.

Fabian l'a fait entrer dans le vestibule et a essayé de lui parler pour le calmer tandis que j'étais enfermée, assise sur le rebord de la baignoire, les mains appuyées sur les oreilles, m'échappant de la seule façon qui me restait.

« Va-t'en ! lui ai-je crié. C'est fini ! Je ne veux plus te voir ! »

Peter a tambouriné et donné des coups de pied dans la porte de la salle de bains.

« Ouvre, bordel ! Tu es avec quelqu'un là-dedans, ou quoi ? »

Fabian a fini par lui raconter ce qui s'était passé. Qu'il avait emmené Bella à l'aire de jeu et lui avait fait mal.

« Maman dit que les services sociaux vont me prendre.

— Sûrement, a dit Peter.

— Mais on m'a obligé. Je l'ai juste montée sur la tyrolienne. Tu ne peux pas faire quelque chose ? Toi qui es policier ? »

Il était détruit. Je ne l'avais jamais vu aussi désespéré.

Il fallait y mettre un terme.

Aussitôt Peter reparti de guerre lasse, j'ai pris mon portable pour lui envoyer un message.

Si tu ne cesses pas de m'appeler, je porte plainte.

Le lendemain, ma nouvelle vie a commencé.

J'avais pris ma décision en entendant le désespoir de Fabian. Ou déjà plus tôt, en parlant avec Micke. En fait, je l'avais su à l'instant même où il s'était levé du canapé de rotin en me laissant seule au clair de lune.

« C'est impossible », avait-il dit.

L'essence même de ma vie.

Là, à cet instant, j'avais pris ma décision. Il fallait que ce soit possible.

J'étais pour la dernière fois à la croisée des chemins, et il n'y avait qu'une bonne direction. Je ne pouvais pas gâcher davantage d'années. Plus de faux pas. Je refusais de continuer à ramper, plus question de m'incliner jamais, que ce soit devant les hommes ou l'alcool.

Je n'allais pas fuir. J'allais faire ce qu'il fallait.

C'était laid et cynique de ma part d'accuser quelqu'un d'autre, mais Fabian ne m'aurait jamais pardonnée s'il avait su ce qu'il en était vraiment. Il ne comprendrait pas. Dans sa tête, j'étais sûrement faible et veule d'avoir besoin d'un traitement alors qu'il suffisait de se décider et de se prendre en main, puisque nous savions quels sacrifices seraient nécessaires si je partais en désintoxication.

Mais cela ne pouvait pas continuer ainsi. Fabian et moi avions tous les deux besoin d'aide.

Comme un chien de chasse, j'ai fouillé toutes les pièces, retourné la maison de fond en comble. L'évier s'est teinté de rouge et les bouteilles vides ont formé une montagne sur le plan de travail de la cuisine.

Au bout d'un moment, Fabian est sorti de sa chambre en traînant les pieds.

« Qu'est-ce que tu fais, maman ? »

Il s'est bouché le nez.

« Tout ça, c'est fini, maintenant. »

Quand l'égout a ingurgité les dernières gorgées de vin, j'ai tout rincé à l'eau, si brûlante qu'elle fumait.

Fabian s'est assis, les coudes posés sur la table de la cuisine. Ses cheveux pendaient et son visage était tourmenté.

« Ce qui s'est passé hier, a-t-il commencé. Ce n'était pas ce que tu crois. »

Je me suis retournée alors que la vapeur montait de l'évier. Je ne savais pas comment réagir. J'étais dégoûtée de l'entendre parler de ça.

« J'ai forcé Bella à monter sur la tyrolienne, a dit Fabian. Il y avait quelques garçons du collège qui m'ont obligé à le faire. Mais… »

J'ai fermé le robinet, et les dernières bouffées de vapeur se sont dissipées.

Je l'ai à nouveau regardé.

« Qu'est-ce que tu veux dire ?

— Je l'ai poussée sur la tyrolienne. Si elle s'était accrochée correctement, il ne se serait rien passé. Mais elle a lâché. Elle est tombée dans le bac à sable. »

Il semblait accablé, mais absolument sincère.

M'étais-je trompée en tirant des conclusions hâtives ? Ça ne pouvait pas être possible. Dans ce cas, il aurait dû protester davantage, non ?

« Pardon, a-t-il dit. C'était méchant. Mais je n'ai rien fait d'autre. Je n'ai pas touché à Bella, je ne l'aurais jamais fait. »

Je ne le croyais pas. Ça me faisait peut-être plus mal que tout le reste, mais je n'arrivais pas à lui faire confiance. Je savais de quoi il était capable.

« Pourquoi tu n'as rien dit, hier ? »

Ses yeux étaient deux ruines.

« C'était impossible. Tu n'écoutais pas. J'ai essayé d'expliquer à Peter, mais il ne m'a pas cru non plus. Personne ne me croit. »

Une onde mauvaise m'a traversée.

Je ne demandais rien tant que de le croire. J'étais ivre, prise de vertiges quand je l'ai vu s'en aller avec Bella. Quand ensuite elle était revenue en courant, triste et sale, mon cerveau n'avait trouvé qu'une seule explication.

À présent, je ne savais plus.

Je savais juste que j'avais besoin d'aide.

Le lundi venu, je me suis levée tôt pour téléphoner au centre de désintoxication Nämndemansgården. Puis aux services sociaux de la commune de Köpinge.

J'ai joint les mains en priant les forces supérieures pour que Fabian me pardonne.

Si un jour il apprenait la vérité.

67

Mikael

Après l'accident

Mardi 17 octobre 2017

La pluie a à peu près cessé, mais son odeur flotte encore dans l'air quand je sors de voiture dans notre allée.

Je fouille mes poches pour trouver les clés. Je me débarrasse de mon blouson dans l'entrée et me précipite dans l'escalier.

Le lit de Bella est vide, mais dans la chambre de William je trouve Sienna dans un fauteuil à bascule, les deux enfants au lit auprès d'elle.

Sienna me fait *chut*.

Les enfants dorment paisiblement, la bouche détendue. Les mains dans le dos, je les regarde respirer calmement et sans bruit. En même temps, l'avenir pénètre tous les pores de mon corps, je réalise que leur vie est à jamais transformée. Mes enfants n'ont plus leur maman. William est suffisamment grand pour être d'un instant à l'autre terrassé par le chagrin. Pour Bella, l'enfer guette, embusqué au coin de la rue.

Sienna s'assied à côté de moi. Ses joues sont creusées de larmes.

« Tu devrais toi aussi essayer de dormir », chuchote-t-elle.

Je sais qu'elle a raison.

Je regarde William et Bella et je sais que moi aussi je devrais me reposer.

« Il y a quelque chose que je dois faire d'abord, lui dis-je.

— Tu en es sûr ? »

Je réponds sincèrement :

« Non. »

Puis je le fais malgré tout.

Je ressors dans la cour.

Sous le réverbère, la bruine est presque en suspension, et il y a de la lumière derrière les persiennes de la cuisine chez Jacqueline.

Je contourne la BMW et je tambourine à la porte jusqu'à en avoir mal à la main.

« Jacqueline ! Fabian ! Ouvrez ! »

Je coupe par la pelouse en frottant mon poing contre la paume de l'autre main et je vais frapper à la porte vitrée à l'arrière.

« Ouvrez-moi ! Je sais que vous êtes là. »

En appuyant le nez à la vitre, j'aperçois une silhouette dans le noir.

« Fabian ! Il faut que je te parle. »

Il me regarde à travers la buée, l'air mal réveillé. Pend ses écouteurs à son cou et tourne la clé dans la serrure. Aussitôt, j'ouvre la porte à la volée, si bien que Fabian se retrouve projeté sur la plate-bande et ses écouteurs par terre.

« Qu'est-ce qu'il y a ? Maman n'est pas là. »

Il recule jusqu'à la façade en brique. Mon poing se crispe et mon bras tressaille.

Je me souviens d'Andy devant les toilettes du collège et, dans la cour de récréation à Stockholm, du grand garçon qui n'est plus de ce monde.

Je porte cette violence en moi.

« Je sais ce que tu as fait à Bella.

— Non. »

Fabian halète. Ses joues sont blanches et il plaque ses épaules contre la façade.

« Je sais ce que tu as fait à l'aire de jeu, pendant la fête des voisins. »

Fabian cherche autour de lui par où fuir. Il lève les mains. Ces mains qui ont touché Bella.

« Qu'est-ce que tu veux dire ? »

Il regarde par-dessus mes épaules et, comme je tourne la tête pour voir, il s'arrache au mur et part en courant. En trois rapides enjambées, je le ceinture, le soulève par l'arrière et lui tords le bras gauche dans le dos.

« Arrête, arrête ! »

L'adrénaline se décharge. Je ne peux pas arrêter. Je pousse Fabian vers la porte et je le jette dans la maison.

« Elle a cinq ans, ordure. Tu comprends quand même combien c'est dégueulasse ?

— Mais je ne l'ai pas touchée ! »

Ma main se referme autour de son cou, que je presse contre le mur. Il ne peut presque plus respirer.

« Tu dois me croire, suffoque-t-il. C'est vrai que j'ai été méchant avec Bella à l'aire de jeu. Il y avait des grands qui m'ont forcé. Je l'ai portée sur la tyrolienne et… »

Il reprend son souffle et déglutit.

« Elle ne voulait pas y aller, mais je lui ai dit de s'accrocher. C'est tout. Je n'ai rien fait d'autre !

— Tu mens. Peter a dit que tu as tripoté Bella.

— Peter ? »

Fabian a quelque chose d'hésitant dans le regard. Je desserre un peu ma main.

« Tu le lui as avoué le soir même.

— Non, j'ai demandé à Peter ce qu'il pensait qu'il allait m'arriver. Maman était tellement en colère et j'étais mort de trouille que les services sociaux m'embarquent. J'ai essayé d'expliquer à Peter que je n'avais jamais touché Bella, mais il était complètement dingue que maman se soit enfermée dans la salle de bains et refuse de lui parler. »

Je relâche encore ma prise. Mes forces sont en train de m'abandonner.

« Promis-juré, dit Fabian. Je n'ai rien fait. »

Je ne sais que penser.

« Peter semblait sûr de son fait.

— Et si Bianca me soupçonnait elle aussi ? Est-ce que c'est pour ça qu'elle m'a signalé aux services sociaux ? Ils sont venus me chercher pour m'emmener dans un foyer en pleine forêt. Je n'ai jamais rien connu de pire. »

Ce souvenir le fait frémir.

Mais je pense qu'il se trompe.

« Ce n'est pas Bianca qui t'a signalé. »

Si elle avait entendu dire que Fabian avait tripoté Bella, ma femme m'en aurait aussitôt parlé. Bella aussi aurait dit quelque chose.

La respiration de Fabian est lourde et oppressée. Il me regarde, confus.

« Je sais qu'Ola était aussi avec vous vendredi dernier, lui dis-je. C'est lui qui a renversé Bianca ?

— Non, il n'y avait que maman et moi dans la voiture. »

Il prétend ne jamais mentir, mais je suis sceptique.

« Je sais qu'Ola était assis dans la voiture, des gens l'ont vu. »

Fabian secoue la tête.

« Nous l'avons rencontré sur le parking d'Ica. Il voulait voir ce que ça faisait d'être au volant de la BMW. Mais il n'était pas avec nous quand on est partis. »

Ma main s'élance. Je frappe le torse de Fabian.

« Tu mens ! »

Ça craque et s'écrase sous ma main. Toute ma colère s'écoule par mes phalanges.

Fabian gémit.

« C'est la vérité. Ola s'est assis dans la voiture, mais il est descendu quand on est partis. »

Mes pensées moulinent. Pourquoi s'asseoir au volant pour descendre de voiture un instant après ?

« Tu ne piges pas ? Bianca est morte ! »

Je presse mon poing plus fort contre sa poitrine.

« C'était un accident.

— C'est impossible. Vous avez forcément vu Bianca. Pourquoi ne pas avoir freiné ? »

Fabian se tortille par saccades en suffoquant bruyamment.

« Mauvaise pédale. Je crois que maman a appuyé sur la mauvaise pédale.

— Conneries !

— La voiture venait de ralentir, dit Fabian. Nous allions freiner, mais c'est si facile de se tromper de pédale. D'appuyer par erreur sur l'accélérateur. »

C'est une reconstruction *a posteriori*. Fabian ne sait rien de la conduite automobile. Un conducteur expérimenté ne se trompe pas de pédale.

« Allez, la vérité, maintenant ! » lui dis-je en pressant à nouveau les mains autour de son cou.

Ça se love comme une anguille à l'étroit dans ma poitrine tandis que Fabian geint entre mes poings. Je hais la violence, mais à la fin, c'est comme s'il ne restait plus rien d'autre.

Un bruit. Une clé dans la serrure et le parquet de l'entrée qui craque.

Fabian et moi nous dévisageons et je lâche aussitôt son cou. Il emplit avidement ses poumons d'air. Baisse les yeux à terre.

Un très court instant, j'oublie mes enfants, tout ce qui reste. Dans mes pensées n'existe que Bianca. Et tout est perdu.

« Finalement, tu es capable de mentir, lui dis-je. Tu as menti en me disant que tu n'arrivais pas à mentir.

— Pardon. Je ne mentirai plus. »

Jacqueline l'appelle de l'entrée, mais Fabian ne lève pas les yeux.

« C'était moi qui conduisais la voiture. »

68

Mikael

Avant l'accident

Automne 2017

Une semaine après la fête des voisins, l'école a repris. J'étais en train de faire des photocopies devant la salle des troisièmes quand les élèves ont débarqué, bronzés et épuisés par leurs longues vacances.

J'ai toujours bien aimé ce moment de l'année, quand l'automne ne fait que commencer et qu'une nouvelle année scolaire se profile. Il y a quelque chose de libérateur à embrasser cette nouveauté, à faire le ménage et recommencer.

« Tu as entendu ? »

Kenneth était arrivé en douce dans mon dos. Il a regardé autour de lui en baissant la voix.

« Tu as entendu, pour Selander ?

— Quoi ? »

Kenneth était le professeur principal de Fabian.

« Tu fréquentes bien sa mère, non ? Je croyais que tu étais au courant ? »

Quoi, encore ? J'ai complètement perdu de vue la photocopieuse bringuebalante, qui a continué à cracher du papier par terre.

« Fabian n'est plus au collège, a dit Kenneth. Il est désinscrit. »

Alors Jacqueline avait quand même fini par le faire. La seule chose dont elle était capable. Prendre ses cliques et ses claques et fuir.

« Sa mère est au régime sec, a précisé Kenneth. Nämndemansgården. »

En centre de désintoxication ?

Je n'avais pas osé l'espérer.

« Ça me semble une sage décision, ai-je dit. Mais Fabian, alors, où est-il passé ? »

Kenneth a posé la main sur son ventre en regardant à nouveau autour de lui.

« Pris en charge par les services sociaux. »

Bientôt, la moitié de Köpinge a été au courant. La rumeur disait que Fabian avait été placé dans un foyer quelque part dans les forêts du Småland, pendant que Jacqueline suivait un traitement.

« C'est vrai, elle boit sûrement trop, a déclaré Gun-Britt. Mais cette femme a de plus gros problèmes encore. »

Åke et elle se sont invités chez nous pour s'enquérir de ce qui s'était passé après la fête des voisins.

« Je n'ai pas vu l'ombre d'Ola depuis », a dit Gun-Britt.

Nous n'avions pas de nouvelles non plus. Ça ne me manquait pas tellement. Quand Bianca l'avait aperçu devant la banque, il avait tourné les talons et s'était dépêché de s'éloigner.

« On aurait au moins espéré des excuses, a dit Åke.

— Oui, oui, a ajouté Gun-Britt. Il avait bu. »

Dès leur départ, j'ai allumé mon ordinateur pour regarder des appartements sur Lund.

« Regarde ce quatre-pièces sur Sofiaparken. »

Bianca s'est laissée tomber à côté de moi.

« Très joli.

— Et à un prix abordable, en plus. »

Bianca s'est penchée et a zoomé. Elle semblait vraiment gaie. Le pire de la crise était derrière nous. Peut-être pourrions-nous nous retrouver ? Nos soirées au parc Rålis à Stockholm, les nuits en Sardaigne.

« J'ai entendu beaucoup de bien de ce quartier », a-t-elle dit.

J'ai souri.

« Et les voisins ? »

Elle a ri en glissant les mains sous mes bras.

Ce soir-là, nous avons lu une histoire tous les quatre dans le grand lit. Bella et William au milieu, Bianca et moi chacun d'un côté.

« Je vous aime, ai-je dit au milieu de l'histoire.

— Mais papa, on sait, a dit Bella, continue à lire. »

Bianca et moi nous sommes regardés par-dessus leurs têtes. Je ne comprenais pas comment j'avais pu envisager autre chose que ça.

Fin septembre, Bianca et moi sommes partis en week-end thalasso à Ystad. Sur la promenade en bord de mer, elle m'a embrassé comme quand nous étions jeunes, avec un gros soleil orange qui jetait ses derniers rayons à l'horizon de la Baltique.

C'était une sorte de retour à la maison, des retrouvailles. À nouveau cette attraction qui dirigeait sans cesse mes mains vers Bianca. Je ne me lassais jamais de sa peau, de son intimité, de ses mots à mon oreille.

Nous avons passé le dimanche enlacés au deuxième étage, avec du champagne dans un seau à glace et un goût de fraise sur nos langues. Dans un coin crépitait un feu de cheminée et par la baie vitrée, le monde s'étendait devant nous, bleu et infini. C'était l'avenir qui nous attendait.

69

Jacqueline

Avant l'accident

Automne 2017

Après six semaines en désintoxication, j'ai titubé vers la liberté comme un veau nouveau-né. Le ciel était bleu désir, la lumière si infiniment claire et l'air avait goût d'automne.

On m'a laissée monter dans la voiture des services sociaux pour aller chercher Fabian. Cent kilomètres de forêt et un autoradio intarissable. Je ne l'avais pas revu depuis ce triste matin où ils étaient venus le prendre. Entre-temps, nous n'avions eu que deux brefs coups de téléphone depuis le centre de désintoxication, son marmonnement et ses non-réponses. Ma plus grande crainte était qu'il se soit à jamais refermé. Fabian pouvait être sacrément rancunier.

Il attendait sur l'allée de gravier. Toutes ses affaires fourrées dans un sac à dos et un sac au logo Ullared. Les épaules tombantes, il n'a pas levé les yeux avant que nous soyons garés et que je m'élance vers lui à petites foulées.

« Je ne veux plus jamais revenir ici », m'a-t-il dit, le regard noir.

J'aurais voulu le prendre dans mes bras, le serrer fort et lui chuchoter que tout allait s'arranger. La distance physique était sûrement une partie de notre problème. Que je ne puisse jamais le toucher, le tenir comme doit le faire une maman.

« Promets-le. Promets-moi que tu ne m'y enverras jamais plus. »

J'ai promis, bien sûr. Et cette fois, je ne le trahirais plus.

Les premiers jours après notre retour, Fabian est surtout resté enfermé dans sa chambre. Je suis venue le voir avec diverses propositions qu'il a toutes boudées. Il ne voulait même pas sortir faire du vélo.

Personne du collège ne nous a contactés, et quand les services sociaux ont appelé, j'ai expliqué que nous allions déménager.

Je ne pouvais plus rester dans Bråkmakargatan. Ola, j'aurais pu le gérer, j'y arrivais bien depuis plusieurs années maintenant, mais devoir croiser Bianca et Micke tous les jours, c'était impossible.

Ma soif avait comme disparu. Je n'éprouvais plus aucun besoin d'atténuer la réalité. Même la solitude était supportable maintenant que je savais avoir un but.

Bien sûr, je n'aurais jamais dû acheter cette maudite voiture. Tout aurait été différent si j'avais gardé l'ancienne, beaucoup plus petite, avec moins de chevaux. Moi qui avais toujours dénigré les parents qui essayaient d'acheter l'amour de leurs enfants avec des bibelots et des cadeaux. Mais c'était la seule façon de faire sortir Fabian de la maison. Pour la première fois cet automne, une lueur d'avenir a brillé dans ses yeux quand nous sommes sortis de chez le concessionnaire.

« Une BMW 323. C'est vrai, maman ? Elle est à nous ?

— Oui. À toi et à moi. »

Impressionné, il a passé la main sur le tableau de bord en bois.

« Quel rêve ! »

Nous sommes rentrés en silence à Köpinge, en sortant au rond-point d'Ica pour suivre la grand-route où les bosquets le long de la rivière avaient revêtu leurs robes d'automne.

« Tu vas mieux, maintenant ? a demandé Fabian.

— Beaucoup mieux.

— Tu as arrêté de boire ? »

Devoir entendre cette question dans la bouche de son enfant. Il était tellement clair que je lui avais fait du mal.

« C'est promis », ai-je juré.

Jamais plus.

J'ai garé la BMW dans Bråkmakargatan. Éteint le moteur en laissant la musique de l'autoradio. Je me suis lourdement penchée en arrière jusqu'à ce que la buée de nos respirations couvre les vitres. Bientôt on ne voyait plus rien. Une membrane fœtale qui nous protégeait du monde.

« Maman ? a dit Fabian.

— Mmh ?

— Hein, que c'est la faute de Bianca si j'ai atterri dans cet endroit affreux ? C'est elle qui nous a signalés aux services sociaux. »

J'ai fait durer le silence. Que pouvais-je dire ? Fabian ne pourrait jamais me pardonner s'il apprenait que c'était moi-même qui avais demandé ce traitement et l'avais envoyé dans ce foyer.

« Ne t'inquiète pas, lui ai-je dit. Tu n'auras plus jamais à y aller. Je ne te laisserai plus. »

Je lui promettais.

Toute ma vie était une promesse que je n'avais pas su tenir. Cette fois, je n'allais pas le décevoir.

Fabian a souri. Il me faisait à nouveau confiance.

Je suis restée en retrait. J'ai éteint toute la maison et baissé les persiennes.

Je ne voulais voir personne. À Köpinge, j'étais à jamais l'alcoolo et la mauvaise mère. Ici, il n'y avait pas de deuxième chance pour quelqu'un comme moi.

Les rares fois où je sortais, j'attendais la tombée de la nuit pour ne pas risquer de rencontrer les voisins. Ils n'auraient pas compris.

Avec Micke, bien sûr, c'était différent. Nous savions tous deux à quoi nous en tenir. C'était pour de tout autres raisons que je ne voulais pas le rencontrer.

Un soir, je l'ai vu par la fenêtre. Il était dans la cour, en train de jouer au hockey avec William. Pendant mes semaines à Nämndemansgården, j'avais beaucoup pensé à lui. Rêvé de lui. Parlé de lui en thérapie. Micke et moi, ça n'arriverait jamais. À présent je l'avais accepté.

J'ai pris contact avec un agent immobilier, qui m'a fait une évaluation préliminaire. La maison serait facile à vendre, m'a-t-on garanti. Les lotissements Astrid Lindgren de Köpinge jouissaient d'une excellente réputation.

Jour après jour, Fabian astiquait la BMW. Avec une patience impressionnante, il nettoyait jusqu'à la moindre pièce sous le capot. Et à la tombée de la nuit, nous prenions place à bord et partions dans la plaine roder le moteur sur les routes interminables de Scanie.

« C'est vendredi 13, aujourd'hui », a fait remarquer Fabian.

Nous étions dans la BMW, en route pour Ica.

« Tu ne crois quand même pas à ces bêtises ?

— J'ai lu quelque part qu'il y a plus d'accidents que d'habitude les vendredis 13. Il y a des statistiques.

— Bah, ai-je rétorqué. À partir d'aujourd'hui, le vendredi 13 sera mon jour de chance. »

Peu après, nous parcourions les rayons d'Ica. Fabian rayait chaque produit de notre liste de courses, tandis que je me cachais de mon mieux derrière mon caddie.

J'ai payé à la caisse et, en dirigeant le chariot vers les portes vitrées, Fabian a failli tamponner Ola.

« Tu es de retour ? m'a-t-il dit. Ça me fait plaisir de te voir. »

Il m'a dévisagée comme si c'était la première fois.

« Tu as l'air en forme.

— Je me sens bien. »

Ola ne devait absolument rien savoir de mon projet de quitter Köpinge. Sous peu, Fabian et moi aurions disparu sans laisser de traces. Si quelqu'un partait à notre recherche, il ne tomberait que sur des impasses.

« Maman. »

Fabian m'a touché le côté.

« On a de la glace dans les sacs.

— OK, OK », a dit Ola.

Il nous a suivis sur le parking et a attendu tandis que Fabian allait rapporter le caddie.

« C'est Peter qui a une nouvelle voiture ? a demandé Ola en admirant la BMW reluisante.

— Peter ? ai-je fait. Quel Peter ? »

Ola a souri avec malice.

« Ah, d'accord…

— Peter, c'est de l'histoire ancienne. »

Comme toi.

Sauf que je ne l'ai pas dit. Ola était une sangsue. Tant que j'étais à sa portée, il essaierait de s'accrocher à moi. La seule façon de me débarrasser de lui était de disparaître sans crier gare.

« Elle est à nous, a fièrement dit Fabian en caressant le capot.

— Tu as déjà pu l'essayer ? » a demandé Ola.

Fabian a ri.

J'ai fait le tour de l'auto pour ranger les sacs de courses dans le coffre et, une fois les portes déverrouillées, Ola a sauté derrière le volant.

« Tu n'as pas laissé le gamin l'essayer, Jackie ?

— Et puis quoi encore ?

— Allez, quoi, a insisté Ola. Il a déjà conduit une M3.

— Mais pas dans la circulation, a dit Fabian. Si on se fait prendre, on risque de ne plus pouvoir passer le permis. »

Ola a alors démarré le moteur. Il suffisait que la clé soit à proximité.

« Qu'est-ce que tu fais ? ai-je protesté en venant près de sa portière. Sors de là. »

Ola a plusieurs fois fait ronfler le moteur en montrant les pédales à Fabian.

« Regarde : accélérateur, frein, embrayage. »

Fabian était comme un enfant le soir de Noël.

Cela faisait partie de la nouvelle tactique d'Ola : se rendre populaire auprès de Fabian. Au début, c'était tout le contraire.

« Je suis sérieuse, Ola. Descends ! »

Il a coupé le moteur en ricanant.

En sortant de voiture, il s'est arrêté juste devant moi. J'ai refusé de reculer d'un millimètre et il a fini par céder.

« Allez, on y va, maman. »

Fabian était ronchon.

À l'instant, il avait pourtant l'air si heureux.

« Viens », lui ai-je dit.

Et puis zut, ce n'était qu'à trois minutes, et il n'allait pas dépasser les soixante.

« Sérieusement ? a dit Fabian.

— Seulement cette fois », lui ai-je dit quand il s'est installé au volant.

Il n'y avait de toute façon pas de policiers à Köpinge, pas de contrôle de vitesse, et dans moins d'un an, Fabian pourrait faire de la conduite accompagnée. Qu'est-ce qui pouvait nous arriver de mal ?

70

Mikael

Après l'accident

Mardi 17 octobre 2017

« Tais-toi, Fabian. Ne dis rien de plus ! »

Jacqueline reste dans l'entrée. Sa voix est désespérée. Je demande :

« C'est vrai ? »

Son visage est blême.

« C'est Fabian qui a renversé Bianca ? »

Jacqueline ne dit rien, mais le silence est aussi une réponse.

« Tu l'as laissé conduire ? Tu es malade ?

— C'était un accident, balbutie Fabian. J'ai vu le vélo du coin de l'œil et j'ai essayé de freiner. J'ai dû appuyer sur la mauvaise pédale. »

Jacqueline se détourne et je me précipite derrière elle à la cuisine.

« Jacqueline ? Nom de Dieu ! Pourquoi ne pas l'avoir dit dès le début ? »

Elle recule lentement vers le plan de travail.

« J'avais si peur qu'on m'enlève Fabian. Il valait mieux prétendre que c'était moi qui conduisais.

— Bianca est morte !

— Il ne se passe pas une seconde sans que j'y pense, dit Jacqueline. Tout est allé si vite. Nous avons pris la décision en descendant de voiture. »

Ma tête déborde d'images. Bianca sur l'asphalte, les yeux clos. Nos nuits en Sardaigne. Son rire à mon oreille. *Pour toujours*. Enlacés près de la cheminée à Ystad, avec l'avenir comme une mer étalée devant nous. Le corps en état de mort cérébrale à l'hôpital.

Jacqueline heurte de la hanche le plan de travail et cherche à tâtons une chaise où elle s'effondre.

« Nous pensions qu'elle n'était que légèrement blessée, dit-elle en se cachant derrière ses mains. Pas qu'elle allait…

— Vous l'avez tuée. Vous avez assassiné Bianca. »

Jacqueline écarquille les yeux.

« Ça ne va pas ? C'était un accident. »

Nous nous regardons, et je suis dérouté.

« Tu croyais que Bianca t'avait dénoncée, que c'était sa faute si les services sociaux t'avaient envoyée en cure et avaient placé Fabian dans un foyer.

— Non, proteste Jacqueline.

— Je n'aurais jamais volontairement fait du mal à Bianca », s'écrie Fabian qui a franchi le seuil en titubant.

Il a des marques rouges au cou. J'ai failli l'étrangler. Mes mains en tremblent encore.

« Est-ce qu'ils vont me renvoyer dans cet endroit affreux, maintenant ? »

Il a l'air désespéré. Ses mains se portent par spasmes sur le haut de son corps, vers le cou et le menton.

« Du calme, mon chéri », dit Jacqueline.

Elle contourne la table mais j'étends le bras pour l'en empêcher.

« Tu croyais que Fabian avait pratiqué des attouchements sur Bella, dis-je. Mais tu n'avais pas l'intention de nous prévenir, Bianca ou moi. Ce soir-là, tu étais assise à côté de moi sur le canapé en rotin, à t'apitoyer sur ton sort. Pas un mot sur ce que Fabian avait fait.

— Mais je n'ai rien fait », dit Fabian.

Je cloue Jacqueline du regard.

« Mais tu le croyais. »

Elle cligne nerveusement des yeux.

« Je comptais t'en parler. C'est pour ça que je t'ai demandé de me suivre. Mais c'était impossible.

— Je le jure, insiste Fabian. Je n'ai rien fait. »

Jacqueline a un geste d'impuissance.

« Je ne savais pas quoi faire. Je voulais juste protéger mon garçon. Tout ce que j'ai fait, c'est pour Fabian. »

La vulnérabilité luit dans ses yeux clairs et ma colère retombe peu à peu. Mes émotions se dégonflent, et mon corps n'est plus qu'une baudruche vide de peau et d'os.

« Comment as-tu pu le laisser conduire ? dis-je au bord des larmes. Il n'a que quinze ans. »

Jacqueline passe la main dans ses cheveux, faisant retomber ses boucles sur ses épaules fines.

« Je ne me le pardonnerai jamais.

— Ce n'était pas l'idée de maman, explique Fabian. C'est Ola qui m'a montré. Maman ne voulait pas, mais Ola la trouvait ridicule. »

Ses mains n'arrêtent pas de se tordre.

« Pardon, pardon, rabâche-t-il. Je ne veux pas retourner dans cet endroit. Je préfère mourir. »

Il cogne ses poings contre ses hanches et se met à hyperventiler.

« Arrête, Fabian ! »

Jacqueline essaie de bloquer ses mains.

« Je ne veux pas, maman ! Je ne veux pas !

— Fabian, s'il te plaît. »

Jacqueline l'enserre de ses bras jusqu'à ce que son corps se détende et lentement se rende. Les muscles se relâchent l'un après l'autre et Jacqueline desserre son étreinte. Ils restent là debout, en sueur et épuisés, comme après un intense match de catch.

Sous mes pieds, le monde se dérobe. Un gouffre à pic s'ouvre et je tombe désemparé dans l'œil du cratère.

Parfois, il n'y a personne à accuser.

La vie se brise, les personnes disparaissent. Rien n'est plus comme avant, et personne ne sait pourquoi.

Je continue à tomber.

71

Fabian

Après l'accident

Hiver 2017

L'agent immobilier roule en Porsche 911 Carrera. Je n'aime pas son regard fixe. C'est le genre de type qui s'aime un peu trop. Il ressemble à un crooner et marche comme un joueur de foot.

Je remonte ma capuche pour m'y cacher pendant qu'il enfonce à grands coups de marteau une pancarte orange « À VENDRE » dans la plate-bande. En gardant toujours un œil sur moi.

Il revient dans la cour en sifflotant.

« Dis donc, gamin ! »

Il se dirige droit sur moi, mais je ne dis rien, je ne regarde même pas de son côté.

« C'est toi qui habites ici, hein ? Au numéro 15 ?

— Mmh. »

Il a un bronzage de malade. C'est n'importe quoi.

« Nous avons une visite ici dimanche. J'apprécierais si vous pouviez rester à l'intérieur à ce moment-là. Certaines des personnes intéressées sont très sensibles au voisinage. »

Son sourire semble avoir pris racine dans son visage. Il a beau me regarder comme s'il souhaitait me voir disparaître à jamais, il ne peut pas arrêter son rictus. À l'aveuglette, j'enfonce la main dans la poche de mon blouson pour tâter le tournevis qui s'y trouve. Je ne sais pas exactement ce que ça coûte de faire repeindre une Porsche, mais ce bouffon d'agent immobilier ne risque pas de s'en tirer à meilleur compte qu'Ola avec sa Merco.

« Bonne fin d'après-midi », lance l'agent immobilier.

Tout en regagnant sa voiture, il lève la main pour saluer quelqu'un au numéro 14. Là, à demi caché derrière un grand pot de fleurs, Ola le salue à son tour de sa fenêtre.

À un moment, j'étais fâché que ses agresseurs ne l'aient pas blessé. Il l'aurait mérité. Mais tout a fini par s'arranger. Maintenant, Ola déménage, et je suis à peu près sûr qu'il ne viendra plus nous importuner. J'aurais dû dès le début faire confiance à mes propres capacités.

On ne peut pas croire dans le destin, un dieu ou le karma. Si on veut que quelque chose arrive, il faut y veiller soi-même.

Comme avec Hugin et Munin.

Après l'accident des chats, Ola n'a pas tardé à décider de quitter Bråkmakargatan.

L'agent immobilier ôte une poussière invisible de son épaule et bipe sa Porsche. Dans la plate-bande, à côté de la pancarte « À VENDRE », se dresse une petite croix en bois ornée de plaques dorées gravées. C'est là que reposent à jamais Hugin et Munin.

Quatre-vingt-dix-neuf jours. Jusqu'ici, maman reste sobre. Elle promet qu'elle ne boira plus jamais, mais je ne parierais pas grand-chose là-dessus. Les gens promettent sans arrêt des choses qu'ils ne peuvent pas tenir. C'est comme ça qu'on fait, comme ça qu'on survit : on promet et on ment.

Maman ment relativement souvent, mais elle n'est pas très douée pour ça. Elle a menti en disant que c'était Bianca qui nous avait dénoncés. Je sais qu'elle a elle-même contacté les services sociaux. Je ne suis pas débile. Mais je crois pouvoir faire preuve d'indulgence. Un jour, j'arriverai bien à pardonner à maman de m'avoir envoyé dans cette affreuse prison.

Dans sept mois et quelques semaines, je pourrai commencer la conduite accompagnée. Mais la Californie, je m'en fous. Qu'est-ce que j'y ferais ? Les États-Unis, c'est un pays pourri plein de violence et d'armes, de pauvreté et de merde. Et mon soi-disant père est un foutu loser.

En tout cas, la BMW est réparée. L'assurance a pris en charge le plus gros, et le garage nous l'a rendue. Je la lave dans l'allée, l'éponge mousse dans ma main, ça me dégouline sur le pantalon.

Devant la fenêtre de la cuisine, maman est montée sur un tabouret en bois. Elle vaporise du produit et sa raclette couine sur la vitre. Tandis que la crasse s'écoule, elle chantonne des paroles que je reconnais. Ça fait une éternité que je ne l'ai pas entendue chanter.

Quand Micke sort de son portail, il ne fait d'abord pas attention à moi. Il s'arrête et regarde maman qui tend les poignets et astique énergiquement la fenêtre. Son regard est sans équivoque.

« Salut ! »

J'agite mon éponge qui éclabousse partout.

Micke sursaute de surprise et me fait à son tour un signe de la main. Puis il disparaît dans son garage.

Il faut que je sois patient. Ça ne fait que quelques mois que Bianca est morte. Pourvu que je lui laisse un peu plus de temps, tout ira bien.

En tout cas, ils ne vont pas déménager de Bråkmakargatan. Nous non plus. J'ai fait changer d'idée à maman, et elle a prévenu l'agent immobilier que nous remettions à plus tard.

Ce printemps, Micke va revenir au collège. Le proviseur dit que je me suis très bien comporté ces dernières semaines, c'est inhabituel. Ça m'inquiète un peu. Il ne faut pas que je sois trop sage, sinon je risque de ne plus avoir droit à mon mentor.

Si on croyait au destin et à toutes ces conneries, on pourrait dire que c'est ça qui a fait emménager Micke dans l'ancienne maison de Bengt sur Bråkmakargatan.

Micke est bien. Je l'aime bien.

Non que je lui fasse confiance. Je ne fais confiance à personne. Mais je crois quand même que Micke est celui qu'il nous faut. À maman et moi.

Longtemps, j'ai cru que Bengt serait mon point d'appui. Il n'était pas comme les autres. Il me traitait comme n'importe qui, comme une personne.

Mais Bengt lui aussi m'avait sous-estimé. Il n'avait pas compris que je remarquais des choses que les autres ne voyaient pas. Plusieurs fois, je les avais aperçus ensemble quand ils pensaient être cachés. Maman et Bengt qui s'embrassaient, se serraient, se poissaient. La moindre parcelle de mon corps s'était mise à chanter : maman et Bengt ! Peut-être allais-je enfin avoir une *vraie* famille, un papa.

Mais quand j'ai révélé à Bengt que j'étais au courant, quand je lui ai dit que je les avais vus ensemble, c'est comme s'il était devenu l'ombre de lui-même, une coquille vide. Son rire a méchamment retenti quand je lui ai demandé si maman et moi pourrions venir nous installer chez lui.

Mais, mon petit bonhomme. Quelle imagination tu as !

Qu'est-ce que je croyais, à la fin ? Je me faisais des idées. Il n'aimait pas ma maman *de cette façon.*

Bengt a piétiné maman. Il lui a brisé le cœur comme si de rien n'était.

Et puis cette histoire avec Alice. Nous étions dans la piscine et je lui ai demandé si je pouvais regarder sa zézette. J'étais curieux, rien de plus. Elle a dit d'accord, et ça n'avait pas l'air de lui faire mal. Ce n'est pas avant que Bengt se mette à me crier dessus qu'elle a été triste.

Après ça, tout a changé. Même Bengt. Il ne disait rien, mais en tout cas c'était très clair.

Pourtant, c'est presque un hasard si ça s'est passé comme ça s'est passé.

C'était une de ces très belles journées d'été suédoises. Le ciel était bleu clair et les oiseaux chantaient dans la haie de thuyas.

Bengt avait appuyé une échelle au pignon de sa maison. Grimpé tout en haut, il s'occupait de la corniche avec son pot de peinture et un pinceau. Il a souri en me voyant. Je n'ai rien laissé paraître, que dalle. Il a suffi d'un coup rapide et énergique sur le côté de l'échelle.

Quand j'ai fini de nettoyer la voiture, je me change et je passe voir maman à la cuisine. Elle reste rarement assise à la table désormais, les persiennes sont remontées et ça sent le frais.

Maman a un spray dans une main et un chiffon dans l'autre. Son sourire monte jusqu'à ses yeux.

« Où tu vas ?

— Faire du vélo. »

Je passe devant Ica et le collège, je descends dans le tunnel et ressors de l'autre côté. Sur la prairie communale, la neige forme une fine poudre et les branches nues des arbres sont recouvertes d'une couche friable de diamant.

J'entends des rires et des cris joyeux à l'aire de jeu.

Sur la rampe de la tyrolienne, William s'apprête à se lancer, et à côté, sur la balançoire, Bella agite les jambes.

Je pose mon vélo et dis salut.

Bella saute de joie. Ça fait longtemps qu'on ne s'est pas vus.

« Tu peux me pousser ? demande-t-elle.

— Bien sûr. »

Je jette un coup d'œil vers la tyrolienne, où William vient de se lancer. Puis je donne de l'élan à la balançoire. Je pousse de toutes mes forces pour envoyer Bella vers le ciel gris uniforme.

« Jusque dans l'espace ! » s'exclame-t-elle.

William vient s'asseoir sur la balançoire voisine, la tête basse. Il donne des coups de pied dans le sable, sans rien dire.

Je comprends pourquoi il m'a pissé dessus. Ce n'est pas le problème. J'aurais fait la même chose. Parfois, il faut choisir entre soi et quelqu'un d'autre, et on se choisit toujours soi-même. Tous les gens normaux font ça.

« Tu veux que je te pousse toi aussi ? »

William me regarde avec scepticisme sous le bord de son bonnet. Je souris. Seul un amateur frappe sa proie dès qu'elle mord à l'hameçon. Il faut la bercer dans une impression de sécurité. Et c'est quand elle s'y attend le moins qu'on lui plante le couteau dans le dos en tournant la lame.

« Attrape-moi, Fabian ! » lance Bella en lâchant la balançoire.

Je plie un peu les genoux en tendant les mains. Quand Bella saute, je la rattrape dans mes bras. J'aime la sentir contre moi.

« Je voudrais que tu sois mon grand frère », dit-elle.

Je la tiens par la main tandis que nous nous dirigeons vers la tyrolienne.

« Peut-être que je pourrais le devenir.

— Ouiiiii ! »

Bella a des milliers d'étoiles dans les yeux.

Elle ressemble tellement à sa mère.

Mais le souvenir que je garde de Bianca est différent. L'effroi dans ses yeux, la conscience, comme si elle avait compris. Pendant un centième de seconde, j'ai croisé son regard, mais ça a suffi. Elle savait. Elle comprenait. Un centième de seconde, puis j'ai écrasé l'accélérateur.

REMERCIEMENTS

Un grand merci à Astri, Matilda et toute l'Ahlander Agency. Merci à Teresa, John, Lisa et tous les autres chez Ester Bonnier. Sans vous, pas de livre. Merci aussi à Emma Lindström, Birgitta Ekstrand, Monika Wiesler et tous ceux qui m'ont apporté leur aide précieuse.

Imprimé en France par CPI
en février 2023
N° d'impression : 2069777

Pocket – 92 avenue de France, 75013 PARIS

S32931/02